KB100939

어쩌다, 짐승과 신혼 1

어쩌다,
짐승과 신혼 1

예가온 장편소설

Tefface Book

Vol. 1

[Contents]

Vol. 2

Chapter 1

재회는 유럽식으로

경성창극단 오디션장.

탁―.

고수의 북 치는 소리에 그녀의 풍성하고 짙은 속눈썹이 바르르 떨리더니 아래로 내려앉았다. 부채를 접어 든 그녀의 손끝이 공중에 고운 선을 그리며 심사위원들의 시선을 모았다. 텅 빈 듯 슬픔이 가득한 눈동자에 눈물이 맺히는 것 같았다.

"갈까부다 갈까부다⋯⋯."

희고 가녀린 목에 푸른 핏줄이 튀어나왔다. 간장을 녹이듯 애끓는 소리를 내지르며 커다랗게 벌어진 입술 사이로 나온 젖은 노랫소리가 주위의 적막을 깨뜨렸다. 땀방울이 송골송골 맺힌 그녀의 붉어진 얼굴에서 끊어지지 않고 흘러나오는 임을 그리워하는 절규가 그녀가 서 있는 강당을 가득 메웠다.

"천리라도 따라가고 만리라도 갈까부다."

그녀의 소리가 끝나자 잠시 침묵이 흘렀다. 그러곤⋯⋯.

"조오타!"

박수 소리도 이어졌다. 책상을 '탁' 치는 소리도 들려왔다. 그제야 진주는 숨을 몰아쉬고 이마에 맺힌 땀을 훔쳐 내더니 허리를 숙여 인사했다.

해당화가 그려진 산수화 같은 한복을 정갈하게 입고 긴 머리를 올려 쪽을 지고 비녀를 꽂은 채, 스승 남애순이 쥐여 준 낡은 부채를 손에 들고 있었다.

"대학 졸업도 하기 전에 경성창극단에 바로 입단하려는 이유가 있습니까?"

"감히 쳐다보기도 힘든 훌륭한 선생님들과 같이 무대에 서 보는 것이 어린 시절부터 소원이었습니다."

정통 국악을 바탕으로 다양한 대중음악을 결합해 한국 창극의 미래를 이끄는 경성창극단의 신입 단원을 뽑는 오디션장에는 6명 정도가 심사위원석에 앉아 있었다. 그곳에 소리꾼 배진주를 모르는 심사위원은 없다.

그녀는 무형문화재인 소리꾼 아버지와 민요를 전수받은 어머니 아래 타고난 목소리로 각종 국악 대회에서 최고상을 휩쓴 국악 신동이었다. 내로라하는 판소리 명창들의 가르침을 받고, 여러 악기 연주 실력도 뛰어나 국악계에선 이미 유명한 배진주. 어린 나이에 어머니를 잃고 17세 되던 해에 아버지 배기주 명창마저 갑자기 요절해 고아가 된 비운의 소리꾼.

"만약 합격시켜 주신다면 열심히 노력해서 선배님들 무대에 부끄럽지 않도록 최선을 다하겠습니다."

그때, 묵직한 목소리가 진주에게 날아들었다.

"여기에서 일하다 보면 국내 투어 공연은 물론이고 해외 공연도 많을 텐데요. 만약 결혼을 하게 되면 활동에 제약이 많지 않을까요?"

심사위원석에서 한 남자가 팔짱을 끼고 고개를 젖힌 채 물었다. 전혀 생각지 못한 질문에 잠시 당황했으나 진주는 주저 없이 대답했다.

"전, 아직 결혼 생각이 없습니다."

"그래요?"

"네. 소리는 끝없이 연습해야 하는 것으로 배웠습니다. 만약 경성창극단에 입단하게 되면 당분간은 선배님들께 배우기 위해 아무것도 않고 소리와 창극 연습만 할 겁니다."

"으음."

진주는 질문을 던진 심사위원과 눈이 마주쳤다.

어디서 본 것 같은데. 아닌가? 너무 잘생겨서 비슷한 배우와 착각한 걸까. 소리 하는 사람은 분명히 아닌데 심사위원석에 앉았으니 공연 관련 일을 하는 사람일 테다.

커다란 체구에 날카롭고 커다란 눈매가 기억에 남았다.

진주는 오디션이 끝나자마자 서둘러 오디션장을 빠져나왔다. 시간을 확인해 보니 약속 시간에 늦을 것 같진 않았다.

'왜 하필이면 같은 날, 같은 시간이어서는.'

스승님의 성화로 나가게 된 맞선인지 소개팅인지, 급하게 나가려고 준비하던 그녀는 경성창극단 입단 오디션 시간을 잘못 알고 있었단 걸 뒤늦게 알게 됐다. 게다가 맞선 시간과 오디션 시간이 겹친다는 걸 알게 되어 진주는 오늘 아침 맞선남에게 맞선 시간을 늦추자는 문자를 보냈었다.

> 안녕하세요? 오늘 오후에 만나 뵙기로 했던 배진주입니다. 죄송하게도 갑자기 급한 일이 생겼어요.
> 3시간만 약속 시각을 늦추거나 다른 날짜로 옮기면
> 안 될까요?

　상대방이 무척 황당할 거란 생각이 들었다.
　'하지만 오디션이 맞선보다 더 중요한 건 당연해.'
　다만 맞선 몇 시간 전에 갑자기 문자로 약속을 바꾸는 건 예의 바르지 못한 것 같아 그녀의 마음에 계속 걸렸다. 다행히 답은 금방 왔었다.

> 알겠어요. 다른 날을 잡긴 힘들고 3시간 뒤에 봅시다.

> 네. 감사합니다.

　'한 번에 알아볼 수 있을까?'
　진주는 맞선 상대 얼굴을 제대로 몰랐기에 바로 알아볼 수 있을지 걱정됐다. 미룬 약속 시간에 또 늦으면 안 될 것 같아 택시에서 내려 헐레벌떡 맞선 장소로 뛰어 들어갔다.

그녀는 카페 내부를 두리번거렸다.

스승님은 지훈 아저씨 아들이니 닮아서 딱 보면 알 거라 하셨는데.

하지만 멀리 창가 쪽에 낯익은 다른 얼굴이 보였다. 다시 봐도 유난히 눈에 띄게 잘생긴 외모와 인상 깊은 눈매. 눈이 마주치니 그 남자도 아는 척 손을 들어 올렸다.

'어? 심사위원석에 계시던 분이 왜 여기 계시지?'

맞선남은 아직 도착하지 않았나 봐. 우선 눈이 마주친 심사위원에게 인사를 하려 진주는 그가 앉은 곳으로 다가갔다.

"안녕하세요? 저는 좀 전에 경성창극단에서 오디션을……."

"오디션 보던 한복을 그대로 입고 맞선을 보러 왔군."

진주의 눈이 놀라움에 동그랗게 커졌다.

"네? 그걸 어떻게……?"

아셨을까요?

이상한 느낌이 들었다.

"나랑 맞선 보러 온 거 아니었나?"

"……!"

놀란 진주는 벌어지려는 입술을 안으로 말아 넣었다. 오디션장에서 어디서 본 얼굴이라 생각하긴 했었는데. 가까이서 보니 그의 얼굴에 지훈 아저씨가 언뜻 보이는 것 같았다.

"심사위원님 성함이 어떻게 되세요?"

"이윤재."

아버지의 친구이자 소리 동기인 지훈 아저씨의 외동아들 이

윤재.

진주는 황당해하며 그를 보았다. 맞닿은 첫 시선도, 낮게 울리는 목소리도 그녀를 움찔거리게 할 만큼 서늘하고 차가웠다. 경성창극단 심사위원석에 앉아 갑자기 결혼 얘기를 꺼내던 그 남자가 바로 오늘의 맞선남이었다니, 하아……. 진주의 머릿속이 복잡해졌다. 그래서 결혼하고 어쩌고 하는 질문을 한 거였어. 무의식적으로 그녀는 다시 고개를 숙였다.

"죄송합니다. 제가 오디션 시간과 맞선 시간이 겹치는 걸 모르고 있다 오늘 알게 됐어요. 다른 날로 연기는 안 된다고 하셔서……. 한 번 더 죄송합니다."

그녀는 자리에 앉았다. 옷을 정리하고 고개를 들 때까지도 그는 경계하는 눈빛을 진주에게서 떨구지 않고 있었다. 윤재는 턱을 괴고 다리를 꼬고 앉았다. 잠시 후 아무 말 없이 턱 끝을 조금 만지작거렸다. 그녀를 면밀하게 관찰하는 윤재의 시선이 한참이나 떨어지지 않자 진주는 무안했다. 어색함에 입 안이 말랐다.

"방송 활동도 많이 하는 거로 아는데 개인 매니저는 없나?"

그와 어릴 적에 스친 적은 있었으나 잘 아는 사이도 아닌데. 남자가 예의 없어 보여 마뜩잖았다. 상대가 아무리 나이가 어린 여자라지만 결혼 얘기가 오가는 맞선 자린데……. 하지만 어딜 봐도 결혼 생각은 없어 보이니 한편으론 잘 된 건가?

"전 연예인이 아니니 개인 매니저가 필요할 정도로 활동을 많이 하진 않아요. 제가 꼭 필요한 곳에만 가서 공연합니다."

내내 시선을 내리고 있던 진주는 눈꺼풀을 올려 남자를 쳐다보았다. 보이는 맞선남의 얼굴은 다정함이라곤 하나도 없이 무표정하다. 늘 웃는 얼굴인 지훈 아저씨하곤 완전히 다르네.

이윤재. 우리나라 최고의 엔터테인먼트 기업인 K 엔터 이지훈 회장의 유일한 외동아들. 어릴 때부터 모든 걸 다 가지고 오냐오냐 떠받들어 주는 사람들 사이에서 자라 그러겠지. 매끈하게 연예인 뺨치게 잘생긴 건 말할 필요가 없었다.

지훈 아저씨 역시 동네에 들어서면 모두가 쳐다보는 미남이었고, 그의 어머니는 유명한 미인 대회 출신이라 했었다. 그러니 그 사이에서 태어나 모든 것을 가진 이 금수저 남자는 어딜 봐도 보석처럼 반짝거렸다.

큼직한 눈에 매끈하게 뻗은 콧날, 새하얀 피부에 다부진 몸매, 뚜렷한 눈매 속 진한 눈동자 안에는 오만함마저 가득했다. 세상에 아무것도 모자란 게 없다는 듯 자신감에 차 보였다. 진주는 그의 앞에서 뭔가 주눅 드는 느낌에 테이블 아래로 주먹을 꾸욱 쥐었다.

"나는 알다시피 공연 관련 일을 하고 있고. 그쪽은, 국악계에선 워낙 유명인이니 잘 알고 있고."

진주는 남자를 또 보았다. 그녀는 자기도 모르게 아랫입술을 조금 깨물었다. 스승님이 소개한 맞선남이 지훈 아저씨 아들이란 말에 조금은 지훈을 닮아 다정하지 않을까 기대를 하고 나온 것이 잘못이다 싶었다.

"저, 이윤재 님께서 경성창극단 심사위원석에 앉아 계셨던 이유를 물어봐도 될까요?"

진주는 이윤재라는 사람이 심사위원석에 앉아 있었다는 사실이 무엇보다 마음에 걸렸다. 지훈 아저씨도 엔터 쪽 사업을 하시니 공연 관련 일이겠지?

"이번에 경성창극단에서 준비하는 다음 작품 총괄 연출."

진주는 얼굴을 굳혔다. 정신이 번쩍 차려졌다. 자세를 바로 잡고 허리를 세워 턱도 시선도 더 들어 올렸다. 혹시나 했는데 경성창극단에 합격해 입단하게 되면 감독님으로 모시고 매일 봐야 할 사람이었다. 거기에 작품 총괄 연출이라면…… 말 다 했지. 작품을 하는 동안 창극단 안에선 최고 권력자였다.

'어쩌지?'

그저 진주는 스승님의 말을 어기기 싫어 나온 맞선 자리였다. 상대가 어릴 때부터 잘 따르던 지훈 아저씨의 아들이라 어떤 모습으로 변했을지 궁금하기도 했다. 지훈과 전혀 느낌이 다른 모습에 실망도 되었으나 거절하러 나온 자리니 그의 불친절함이 더 잘 되었다 싶기도 했다. 그런데 하늘 같은 창극단 감독님이 되면 말이 달라지는데?

"저어……, 감독님."

"……?"

자세며 표정이며, 조금 달라진 진주의 모습에 윤재의 굵은 눈매가 가늘어졌다.

'감독님이라…….'

심사위원석에서 진주의 소리부터 듣게 된 윤재는 다른 건 몰라도 배진주란 천재 소리꾼이 소리와 무대에 대한 열정만큼은 가득한 여자인 걸 알 수 있었다. 유럽에서 영화와 공연 관련 공부를 했지만, 국악을 좋아했기에 한국에 들어와 국악으로 석사를 딴 그였다. 그가 듣기에도 배진주의 소리에는 특별한 울림이 있었다.

'맞선에 나온 남자에겐 관심 없지만, 감독이라니 제 일이랑 상관있단 말이지?'

주춤거리던 여자는 생각 정리를 다 했다는 듯 눈빛이 새까맣게 반짝이다 또렷해졌다.

"오늘 맞선은 스승님께서 간곡히 부탁하셔서 나온 자립니다. 오디션장에서 말씀드린 것처럼 저는 아직 연애도, 결혼할 생각도 없습니다. 같은 일 하시니 제 입장을 잘 아실 것 같아요. 극단에 합격해 신입으로 들어가면 당분간은 아무 생각 없이 경성창극단 활동만 할 겁니다."

가만히 듣고 있던 윤재는 진주를 바라보며 입을 열었다.

"그거 마음에 딱 드는 말이네. 나도 결혼 생각은커녕 여자 만나고 다닐 여유도 없어."

"네. 잘 알겠습니다. 어른들 사이에서 나온 결혼 얘기도 여기서 바로 정리했으면 해요."

'음?'

제 마음을 시원하게 말해 주니 윤재는 기분이 좋아야 했지만, 뭔가 찜찜했다.

"그러면 스승님께는 서로 생각하는 부분이 많이 달라 각자의 길을 가기로 했다고 말씀드리면 될까요?"

진주가 서둘러 자리를 정리하려는 낌새가 확연히 보였다.

"그러지."

"네. 알겠습니다. 그럼 저는 이만 일어나겠습니다."

"그러든지."

진주는 할 말이 끝났다고 생각했는지 윤재 눈앞에서 벌떡 일어났다. 총감독이 될 사람과 오래 마주 앉아 있는 건 너무 부담되는 자리였다.

'할 말 다 했으니 이쯤에서 일어나도 문제는 없겠지?'

진주는 일어나 의자에서 조금 떨어져 마지막 무대 인사를 하듯 정중히 허리 숙여 인사했다. 화폭에나 나올 듯한 모습을 하고 진주는 뒤돌아 빠른 걸음으로 카페를 빠져나갔다.

다음 주 토요일 오후.

'하, 이 여자는 진짜 데이트라도 하는 줄 아나. 무슨 생각으로 여기서 만나자고 한 거지?'

맞선 당일에는 그렇게나 결혼엔 생각 없다 선을 긋더니 집안 어른들 성화에 마지못해 다시 나온 건 이해가 됐다. 자기도 같은 처지였으니. 그런데 약속 장소라고 보내 온 곳이 하필이면 주말 오후에 번잡한 놀이공원이었다.

윤재는 놀이공원 입구에 서 있었다. 약속 시간이 다가오자 진주가 굵게 웨이브 진 머리를 묶어 길게 한쪽 어깨로 늘어뜨리고 소녀처럼 걸어오는 게 보였다.

눈이 마주쳤다.

'으음?'

그를 보고 눈에 힘을 주는 것 같더니 진주는 점점 빨리 걸어왔다.

"……!"

고개를 조금 기울인 윤재가 무슨 일이라도 생긴 건가 생각하는 사이…….

"뭐……!"

진주는 다짜고짜 그에게 뛰어들었다. 그러곤 덥석 그의 허리를 안았다. 그의 한쪽 눈썹이 매섭게 치켜 올라갔다. 흐엇! 처음 맡아보는 알 수 없는 달콤한 향기가 윤재를 감쌌다.

"바, 반……."

윤재의 얼굴은 예상치 못한 상황에 놀라 일그러졌다.

"무슨 짓입니까? 배진주 씨, 미……쳤습니까?"

"바, 반가워요."

진주는 눈을 질끈 감고 말했다.

'이 여자, 뭐야?'

그러나 곧 허리를 부자연스럽게 끌어안은 그녀의 손끝이 부들거리며 떨리는 게 그에게도 전해졌다. 윤재는 이상한 느낌에 눈을 반쯤 가늘게 떴다. 그녀를 잘 안다고 할 순 없다. 하지만 예와 바른 몸가짐을 중시하는 전통 판소리의 맥을 고수하는 남애순 명창의 수제자였다. 그런 배진주가 몇 번 보지 않은 남자에게 가볍게 행동할 리 없었다.

'뭔가 있는데?'

그녀의 머리카락 위로 윤재의 낮은 목소리가 내려앉았다.

"재회를 유럽식으로 원하나 보군. 어떤 걸 원하나?"

진주가 한 번도 그 누구의 접근을 허용하지 않은 가까운 거리에 허리 숙인 윤재의 얼굴이 다가왔다.

"난 뭐든지 잘하는데."

첫 맞선을 본 후, 스승을 통해 전해 들은 얘기는 진주 입장에선 황당하기 그지없었다. 맞선을 끝낸 이윤재 감독이 아버지께 상대가 마음에 드니, 빨리 결혼하길 원한다고 했다는 것이다. 약혼도 필요 없으니 바로 결혼을 서두르자는 말도 덧붙여 전해졌다.

― 스승님! 세 번이요, 세 번만 만나 보고 결정하겠습니다.

결혼은커녕 연애할 생각마저 한 번도 해 본 적 없는 진주는 스승이 흥분한 목소리로 전하는 맞선 상황이 심상치 않다는 걸 눈치챘다.

세 번만 만나 보겠다 둘러댄 건 지훈 아저씨와 스승님이 결혼으로 몰아붙이는 분위기라는 것을 느꼈기에 저도 모르게 튀어나온 말이었다.

― 그렇지? 그러면 세 번은 만나 보고 결혼을 할지 말지 결
  정하겠다고 지훈 오라버니께 전해 주마. 그라제! 여자가
  남자 마음을 덥석 받으면 안 되는 것이여. 세 번은 튕겨
  야제.

그녀는 주위에 아는 지인들에게 이윤재의 평판을 물었다.

일에 있어선 완벽주의자로 통하는 이윤재. 그는 다가오는 여
자들에게 여지를 주지 않는 냉혈 철벽남으로 유명했다.

이미 그가 K 엔터의 차세대 경영인이 될 것을 알고 있기에
공개적으로 다가오는 여자들도 많고 그중에는 유명한 여자 연
예인도 많았다고 했다. 하는 일 때문에 연예인들을 많이 접해
서 대형 스캔들의 주인공이 되기도 했지만 그는 무표정과 정
색, 침묵으로 일관한 차가운 남자의 대명사였다.

아직 스물셋에 대학 졸업도 안 했는데 결혼이라니. 진주는
아무리 고민해 봐도 결혼은 아직 시기상조라고 생각했다. 들
이대는 맞선남을 빨리 떼어 낼 방법을 궁리하던 진주는 절친
강아에게 조언을 구했다.

― 으흠, 진주야. 남자들은 죄다 너처럼 조신하고 단정하고
  예쁜 여자를 좋아하거든? 그러니 너랑 완전히 반대로만
  행동하고 말하는 건 어때?

― 반대로?

― 우선 놀이공원에서 만나자고 해. 삼십 대 남자는 그런 거
  기겁할걸.

― 정말 싫어할까?

─ 말도 마. 선배들한테 물어본 적이 있는데 나이 든 남자랑
　　데이트하러 그런 데 가는 거 아니래.

그래서 진주는 윤재에게 놀이공원에서 만나자고 과감히 문
자를 보냈고, 그에게서 그러자고 답이 왔다.

─ 그 맞선남이 철벽으로 그렇게 유명하다며? 네가 먼저 스
　　킨십으로 선수를 쳐서 정을 뚝 떨어뜨리면 어때?

강아의 충고에 따라 진주는 윤재를 보자마자 남자의 허리를
통나무라 생각하고 눈을 질끈 감고 껴안았다.

'세 번의 만남이 여기서 끝난다면 이 정도는 할 수 있어.'

차마 입이 떨어지지 않고 손끝은 떨렸지만 연기라 생각하고
말을 뱉었다.

"바, 반가워요."

'이제 이 남자는 화를 내며 돌아가겠지? 미안하지만 어쩔
수 없어.'

첫 반응은 만족스러웠다.

"배진주 씨, 미……쳤습니까?"

낮게 흥분해 어디선가 그르렁대는 듯한 그의 목소리를 들으
며 진주는 호흡을 가다듬었다.

'뭐야? 강아가 말한 대로 정말 싫어하잖아?'

어색하게 잡은 손가락 끝의 재킷 자락 안으로 남자의 근육
같은 것이 느껴졌다. 흠칫 놀랐지만 그녀는 모른 척 숨죽였다.
하지만 진주에게 되돌아온 건 한 번도 들어본 적 없는 이상한
답이었다.

"재회를 유럽식으로 원하나 보군. 어떤 걸 원하나?"

그녀는 잡고 있던 그의 슈트 자락을 움켜쥐었다. 흐엇! 부딪힐 듯 가까운 거리에 그의 얼굴이 보였다. 흠칫 놀란 진주는 어찌할 바를 몰라 주춤거렸다.

그녀는 명창들과 전국에서 찾아오는 소리꾼들이 가득한 애순의 집에서 바른 몸가짐을 위해 전통 한복과 속옷까지 겹겹이 갖춰 입는 정통파 소리꾼에 유교걸이었다.

'뭐지? 어떡해!'

혼란스러운 생각을 정리하기도 전에 그녀의 머리카락 위에 다시 벼락을 치듯 남자의 낮은 목소리가 꽂혔다.

"난 뭐든지 잘하는데."

'히익! 이, 이 남자가 뭐래?'

순간 마주친 그녀의 눈은 더할 나위 없이 휘둥그레졌다. 그의 얼굴은 가까워지고 있었다. 그녀의 눈동자는 지진이 난 듯 심하게 떨렸다.

'이게, 이게 아닌데!'

그것은 분명히 공연계 쪽에서 직접 진주가 들은 정보였다. 이윤재는 여자가 가까이 가기만 해도 험악한 얼굴을 하고 뒤돌아선다고.

'분명히 스킨십을 하기만 하면 나가떨어질 거랬는데!'

윤재는 의심을 숨긴 짙은 눈동자를 일렁이며 닿을 듯한 얼굴 거리에서 한 손마저 그녀의 볼을 잡으려 했다.

"흐억! 아니요!"

그녀는 놀라 팔을 휘저으며 그에게서 얼굴을 떼고 두어 걸음 뒤로 물러났다. 진주의 얼굴은 새하얗게 질려 있었다. 그녀는 눈살을 찌푸렸다.

이런 이상한 남자는 한 번도 만나 보거나 상상해 본 적도 없는데. 하지만 이상하네. 왜 싫지 않지? 몇 번 안면이 있어 그런 건가.

오히려 조그맣게 속에서 열기가 올랐다. 마치 공연을 앞두고 시작을 위해 마지막 호흡을 고를 때처럼, 진주는 그저 동그란 눈으로 놀란 토끼처럼 숨을 고르며 그를 올려다볼 뿐이었다.

반면, 장난스러운 한마디 한마디에 여자가 진심으로 놀라며 반응하는 것이 윤재에겐 퍽 흥미로웠다. 아마도 판소리만 부르고 들으며 살았을 이 여자에겐 꽤 자극적인 도발이겠지.

'뭐, 좀 귀여운 구석도 있네?'

그는 의미심장한 눈빛으로 다시 진주를 내려다보았다. 눈빛이 부딪치자 평정을 찾은 여자를 괜히 한 번 더 놀려 보고 싶었다.

"봐, 지금도 시선이 내 몸을 훑어 내리는 것 아닌가?"

그는 몰래 입술에 힘을 줬다. 기대에 부응하듯 마주 선 작은 여자의 눈꼬리와 코끝과 볼이 붉었다.

피식.

"아니거든요!"

그녀는 토라졌는지 몸을 돌려 놀이공원 입구로 걸어 들어갔다. 윤재도 천천히 보폭을 맞추어 그녀를 뒤따랐다. 날씨는 구름 한 점 없이 맑고 좋았다.

둘은 놀이공원 안에서 무엇을 탈지 결정하기 위해 주위를 둘러보고 있었다. 진주는 우선 자신의 무례함부터 사과했다.

"죄송합니다."

"내가 어떻게 해석해야 하지?"

"그, 그냥. 유럽에 오래 계셨던 분이라 그렇게 인사하는 것도 괜찮을 것 같아서요."

정말 궁색한 변명이었다. 결론적으로 강아의 진심 어린 조언은 잘못된 조언이었다.

'뭐가 문제였지? 너무 억지로 들이댄 건가. 어쩌지? 세 번 만나는 동안 저 남자가 이 결혼을 포기해야 하는데.'

한쪽에선 윤재가 깊어지는 고민에 고개를 계속 더 숙이는 그녀를 바라봤다.

쇄골 아래를 경계로 겹겹의 레이스가 살결이 보일 듯 말 듯 덮고 있는 단정한 살구색 원피스. 턱선도 목선도 그녀의 새까만 눈동자만큼 티 없이 깨끗하다.

"어떤 놀이 기구를 좋아하나?"

"네?"

"타고 싶은 게 있어서 여기서 만나자고 한 거 아닌가?"

— 놀이공원에 들어가면 무조건 과격하게 흔들어 대는 기구
　를 같이 타. 그걸 타고 귀신처럼 소릴 지르며 머리를 산발
　한 여자를 보면 있던 정도 똑 떨어질걸.

— 그, 그렇게까지?

진주는 멀리 시선을 두며 손가락을 들어 가리켰다.

"저는 저거요."

거대하게 서서 미친 듯이 다리를 흔들어 대는 댄스 문어였
다. 윤재는 인상을 썼다. 기구에서 새어 나오는 고함이 심상치
않았다.

"저건, 너무 심하게 흔들어서 어지럽겠는데?"

— 만약에 남자가 안 타려고 하면 막 몸을 비비 꼬면서 콧소
　리로 졸라 봐. 아무리 성격 좋은 남자도 그 꼴은 못 볼 거
　야.

진주는 강아의 조언을 다시 한번 믿기로 했다.

"저거 타고 싶어요……. 오오."

어색한 표정으로 눈을 반짝이며 예쁜 목소리로 입술을 톡
내밀고, 진주가 조르는 모습을 보던 윤재는 미간을 한번 찌푸
렸다. 진주의 모습이 윤재의 눈에 깊숙이 박혔다.

"저, 저것도 타요."

"진짜 저것도?"

"네……에."

윤재의 고개가 비스듬하게 기울어졌다.

'참, 나를 이런 방법으로 떼 보겠단 말이지?'

윤재는 이미 진주가 의도를 가지고 정신없이 움직이는 기괴한 놀이 기구들만 탄다는 걸 알고 있었다. 진주가 일부러 얼굴을 엉망으로 만들어 보여 줬지만 몸에 밴 습관인지 어느새 얼굴로 흘러내린 머리카락은 가지런히 정돈하곤 했다.

'그건 모르는 모양이네.'

그는 적당히 모른 척하며 진주의 생각에 따라 주고 있었고 그것 역시 윤재에겐 생각보다 재미있었다.

한참을 그렇게 기구를 타던 둘은 음료를 마시러 작은 휴게실로 들어가 앉았다. 침묵이 잠시 흘렀다. 그는 깍지 낀 손을 턱에 괴고 진주를 보았다. 하아, 한숨이 조용히 새어 나왔다.

윤재 역시 이지훈 회장이 다짜고짜 부모들 사이의 약속을 이유로 소리꾼 배진주와 맞선 자리를 만들어 골치가 아팠다. 그가 일단 맞선에 나갔던 것은 아버지 입장을 생각했기 때문이었다.

평생 소리를 사랑하셨던 아버지가 같은 스승 아래 소리 동기인 배기주 명창과 남애순 선생을 가족보다 더 각별히 여기는 것을 윤재도 모르지 않았다.

그러나 자신의 결혼 얘기는 전혀 결이 다른 문제였다. 윤재는 유년기를 지나면서 사랑과 결혼에 큰 의미를 두지 않았다. 아버지의 불행했던 결혼 생활과 상처뿐인 어린 시절의 기억.

사람에도, 사랑에도 이렇게 둔감해진 건 그 때문일까.

맞선 후 결혼 생각이 없단 윤재에게 지훈은 강수를 두었다.

— 이번에 배진주와 결혼하지 않으면 그 아이를 호적에 올릴
　 생각이다.

아버지가 배진주를 친자식인 자기보다 더 아낀다는 것을 알
고는 있었다. 윤재는 그렇게 하면 새 오빠가 될 남자와의 재산
싸움에 집안이 풍비박산되는 걸 감당할 수 있겠냐고 따져 물
었지만, 그것도 지훈에겐 별 소용없었다.

지훈의 언성은 계속 높아졌다. 윤재는 아버지 재산 때문에
결혼할 생각은 더 없으니 아버지 마음대로 하라며 더욱 강경
하게 맞섰다.

— 네가 이렇게 나오면, 그렇게 좋아하는 공연 감독 일을 계
　 속할 수 있을 것 같으냐?

안 되겠다 싶었는지 지훈은 결국 마지막 카드를 꺼냈다. 그
는 아들이 그 일을 얼마나 좋아하는지 잘 알았다. 따지고 보
면 여자를 곁에 두지 않는 것도 일 때문이라 생각했다.

평소 웃는 얼굴인 지훈의 표정도 식어서 찬기가 돌았다. 제
일을 볼모로 한 협박에 윤재의 얼굴은 사정없이 구겨졌고 지
훈은 더욱 냉철하게 입을 열었다.

— 대신 결혼만 하면 네 일에 일절 상관하지 않으마.

— 정말 이렇게까지 하셔야 합니까?

— 나는 이번만은 꼭 기주와의 약속을 지켜야겠다.

아무 말 없이 앉은 진주를 보던 윤재는 손바닥으로 얼굴을

한 번 훑어 내렸다.

첫 맞선을 본 후 그는 안심했다. 배진주가 결혼을 원하지 않는다면 아버지도 어쩔 수 없겠지. 그녀도 어지간히 맘에도 없는 자리에 나온 것이 확실해 보였다. 하지만 첫 맞선을 그렇게 마무리한 저녁에 이지훈 회장에게 걸려 온 전화 내용은 윤재 입장에선 어이없었다.

― 윤재야, 앞으로 딱 3번만 진지하게 만나 보렴. 진주 그 아이가 그러고 싶다 하는구나.

― 정말 배진주가 저와 3번을 만나 보겠다 했단 말입니까?

― 그래. 널 가까이서 보니 진중하고 호감 가는 인상이라 말했다더라.

이 여자, 뭐지?

결혼과 자신이 하고 싶은 일을 지키는 것, 그 둘 중 하나를 선택하라면 윤재는 고민할 것 없이 자신의 일이었다.

철이 들기도 전에 유럽으로 건너가 예술 고등학교와 예술 대학을 거쳐 온 그는 예술과 공연을 사랑했고 무엇보다 자신의 일에 모든 걸 쏟아부어도 아깝지 않을 열정과 애정이 있었다.

한국에 들어온 건 한국의 아름다운 것들을 세계 무대 위에 내놓고 싶었기 때문이었다. 이 중요한 시점에, 그걸 내려놓고 회사로 들어오라 하시다니. 그건 안 될 말이었다.

윤재는 궁리 끝에 이 세 번의 만남을 받아들이고 그동안 배진주를 적당히 구슬려 볼 결심을 했다.

결혼을 비즈니스로 이용하는 정략결혼쯤은 주변에서 흔한 일이었다. 어차피 할 생각이 없는 결혼이니, 사업 거래하듯 배진주와 자유로운 결혼 생활을 하면 어떨까.

"배진주 씨는 이 결혼, 정말 할 생각인가?"

윤재의 표정도 창극단 오디션과 지난 맞선에 비해 많이 누그러져 있었다. 서늘하고 낮게 가라앉기만 하던 목소리도 조금 높낮이가 생긴 상태였다.

'아버진 이 결혼을 결코 포기할 리 없어.'

윤재와 결혼 얘기로 고성이 오가던 중 배기주 명창과의 마지막 약속을 떠올리던 지훈의 눈가가 물기로 촉촉해지는 것을 그는 지켜보고 있었다. 지훈은 윤재에게 협박보다 회유가 낫겠다고 생각했는지 그날의 일을 말해 주었다.

기주는 엄마를 먼저 떠나보내고 아비마저 잃으면 오롯이 홀로 될 딸을 유언처럼 지훈에게 남기고 갔다고, 그랬기에 지훈은 진주만큼은 끝까지 보살피겠단 친구와의 약속을 지키기 위해 그렇게나 진주와 윤재의 결혼을 밀어붙이는 거라는 걸.

그 마지막 약속을 못 지키면 나중에 기주를 무슨 얼굴로 보겠냐던 지훈의 한마디에 윤재는 결국 입을 닫았다. 평생의 숙원 사업처럼 배진주를 딸로 맞아들이려는 그의 고집을 꺾는 것은 무리다 싶었다.

'혹시 비즈니스 같은 결혼이라면 받아들이지 않을까.'

잘 설득만 하면 자기 일과 커리어에 누구보다 욕심이 있는 여자니 이 결혼을 받아들일지도 몰라. 세 번 만나겠다 한 것도, 자기를 첫 만남에서 놀이공원으로 불러들인 것도 나름 좋은 징조겠지?

평소처럼 정색이 아닌 부드럽게 풀린 표정으로 윤재는 턱을 엄지로 한 번 쓸며 진주와 시선을 교환했다. 진주의 얼굴이 그의 눈에 카메라 포커스를 맞추듯 선명하게 담겼다.

도자기처럼 매끈하고 하얀 얼굴과 벚꽃 빛 두 뺨에 생기가 묻어났다. 두 눈을 가득 채운 그녀의 검은 동공엔 다부진 이채가 겹겹이 어른거렸다. 호기심을 자극하는 눈빛이었다. 일렁이는 움직임 하나하나마다 무언가를 물어보게 만드는 신비한 빛깔, 그러나 답하지 않아 감질나게 하는 그런 눈빛.

왜 이렇게나 이 여자가 세세하게 보이는 건지.

한참이나 깊숙하게 응시하고 있는데, 진주가 통통하게 윤기 나는 작은 입술을 열었다.

"아니요, 저는 이 결혼을 조금도 원하지 않아요."

순간 진주를 향해 느슨하게 풀어지던 그의 눈빛이 다시 예리하게 날이 섰다. 윤재는 혹시라도 진주의 반응이 예상과 달라 멈칫한 마음을 제 눈동자로 들킬까 싶어 얼른 시선을 한 번 내렸다 올렸다.

조금도 원하지 않는다는 여자의 단호한 말과 억양은 뇌리에 남아 날카로운 것이 심장을 긁는 듯한 착각이 들었다. 연달아 서운함에 짜증이 섞인 미묘한 감정도 들어찼다. 그러나 곧 아무렇지 않다는 듯 냉랭한 표정으로 그는 다시 정색의 가면을 만들었다.

진주의 거절은 당연한 것이니까. 비즈니스로 결혼을 하자는 황당한 제안에 바로 그러겠다 답한다면 기분이 썩 좋을 것도 아니면서.

최대한 아무렇지 않은 척 낮은 음색으로 윤재는 진주에게 천천히 물었다.

"그런데 왜 여기까지 나온 거지?"

그녀는 오디션에 섰던 그때처럼 자세며 얼굴이 긴장돼 보였다. 상기되어 붉어진 그녀의 얼굴을 그는 유심히 보았다. 동그란 눈매가 반듯하고 선했다. 그 속을 가득 채운 깨끗한 눈동자는 여전히 새까맣게 반짝인다.

'어릴 때 모습이 아직 남아 있군. 내가 유학을 떠날 때 배진주가 열 살쯤이었던가?'

뚫을 듯 강하게 응시하는 윤재와 시선이 얽히자 진주의 눈동자엔 어색함과 망설임이 드러났다. 그러나 이내 그 고민도 끝내겠다는 듯 눈동자는 더욱 차분해졌다.

그의 한 손이 어려운 퍼즐이라도 풀 듯 저도 모르게 솟구친 눈썹을 매만졌다.

"저는…… 스승님 말씀을 어길 수 없어요."

납득할 수 없다는 표정이 그의 얼굴에 스치더니 고개가 조금 돌아갔다.

"그렇다고 아무 남자와 짝을 갖다 붙이는 걸 받아들이기엔…… 그쪽이 그 정도 바보는 아닌 것 같은데."

"스승님께서 저에게 아무나 붙여 주실 리 없단 것도 알고 있어요."

조금 성이 난 날카로운 진주의 목소리가 그의 옅은 비아냥을 받아쳤다. 그사이 윤재의 눈썹은 더욱 치켜 올라갔다.

'그렇게나 남애순 선생에 대한 신뢰가 크단 말이지.'

사제 지간을 중시하는 소리꾼들의 특수성을 그가 모르진 않았으나 성인이 된 배진주가 스승의 명령을 그렇게 맹목적으로 따르려 한다는 사실은 다소 충격이었다. 그런 모습은 그동안 몇 번 만나면서 알게 된 배진주의 이미지와도 너무나 다르기도 했고.

"스승님은 고아인 저를 여태껏 키워 주신 분이시고 저를 지금의 소리꾼으로 만들어 주신 분이세요."

진주에게 남애순은 스승이자 어머니였다. 진주가 타고난 소리 천재임을 알게 된 아버지는 늘 진주에게 부모보다 스승의 가르침을 더 믿고 따라야 한다 말하곤 했다.

아버지의 장례를 치르고 오갈 데 없어진 진주의 거취를 의논한 이들도 지훈과 애순이었다.

— 진주야, 이제 여기가 네 집이다.

망연자실한 진주의 손을 끌고 제집으로 데려가 평소와 다름없이 거둬 준 이는 스승 남애순이었기에, 아직 어렸지만 그녀는 스승의 은혜를 갚기 위해서라도 훌륭한 명창이 되겠노라고 다짐했고 아버지의 마지막 말도 잊지 않았다.

— 진주야, 지훈 아저씨와…… 무엇보다 스승님 말씀 잘 들어야 헌다. 알것제?

울며 고개를 끄덕이던 진주는 스승의 명은 무슨 일이 있더라도 따르겠노라 아버지께 대답했기에 스승님이 직접 마련하신 맞선도, 오가는 결혼 얘기도 바로 거절할 수 없었다.

하지만 결혼을 이렇게 끌려가듯 할 순 없어.

"감독님께서 빨리 결혼을 원한다기에 시간을 벌 생각으로 세 번 만나겠다 한 거예요."

"뭐라고?"

진주의 말이 끊어지고 그녀의 눈은 깜박거렸다. 마주 앉은 남자의 미간이 구겨졌기 때문이다.

왜 그러지?

"하, 참나."

"……."

윤재는 이제야 뭔가 알겠다는 듯 팔짱을 끼고 등을 의자에 붙였다.

"양쪽 집안 어른 둘이서 결혼을 시키려 작정하고 입을 맞췄나 보군. 그쪽에서 내가 진중하고 호감 가는 얼굴이라 좋다고 했다는 건?"

"네? 제가요?"

또 그녀의 토끼 같은 눈이 동그랗게 커졌다. 안 들어 봐도 한 적이 없는 말이란 거였다. 어이가 없어 한숨이 삐져나오는 사이, 진주는 할 말이 남았는지 먼저 말을 이었다.

"솔직히 스승님께서 그 소식을 듣고 너무 좋아하셔서 마지못해 여길 다시 나왔고, 저는 당연히 이윤재 감독님께서 저를 거절하실 거라 생각했어요. 이제 제 생각은 말씀드렸으니 오늘로 이 만남은 정리하고 싶습니다. 감독님께서 아시는 것처럼 전 아직 스승님께 배워야 할 소리도 많고 더구나 창극은 이제 막 시작인걸요."

하아, 정리라.

그는 손바닥으로 목덜미를 한 번 쓸었다. 하지만 시선은 그대로 진주를 보고 있었다. 그가 듣기에 여기 나온 이유도, 거절하는 것도 충분히 이해는 됐다.

하지만 윤재 입장에선 그렇게 간단히 말 한마디로 정리될 상황이 아니었다.

"이지훈 회장님이 친구분인 배기주 명창과 중요한 약속을 하셨다는데 알고 있나?"

"약속이요?"

두 분 사이에 약속이라니. 그녀로선 처음 듣는 말이었다.

"아니요."

아버지의 이름이 불쑥 그의 입에서 나오자 진주는 먹먹함이 밀려와 심장이 뻐근했다.

"이지훈 회장님은 배기주 명창에게 배진주를 딸로 삼아 끝까지 보살피겠다 약속하셨다는군. 그래서 그 약속을 지키기 위해 배진주를 기필코 며느리로 삼고 싶어 하시지. 그게 아니면 당장 딸로 호적에 올려 회사를 배진주에게 물려주시겠다고 나에게 엄포를 놓으셨어."

"네……에?"

진주의 얼굴에 이번엔 경악이 스쳤다.

"이미 다 알고 나온 거 아닌가?"

처음 듣는 얘기들에 정신이 없는데, 의심이 드리운 이윤재 감독의 얼굴이 진주의 눈에 들어왔다. 그 사실을 다 알고 재벌 집 며느리가 될 생각을 한 것이 아니냐고 돌려 묻는 그의 얼굴에 그녀는 자존심이 상했다. 입술에 힘을 더 주던 진주는 기어코 얼굴이 화끈거렸다.

"아니에요!"

그녀의 목소리도 커졌다. 지훈이 어릴 때부터 그녀를 예뻐하며 '진주야, 아저씨 딸 할 테냐?'라고 입버릇처럼 말할 때도 그녀는 그저 농담이거니 했었다. 그런데 결혼을 두고 그런 말이 오갔다니.

이윤재에 대해 자세히 알게 된 후에도 그렇게나 잘난 남자가 나한테 관심을 가질 리 없다고 생각하며 마음을 놨다.

'그래서 이 남자가 그렇게…….'

잘 모르지만, 이 남자에겐 내가 아버지의 약속을 핑계 삼아 자기 재산을 뺏으려는 악역이 된 건가.

매섭게 내려앉는 남자의 시선이 끈질기다 싶을 즈음, 이어 남자의 목소리가 들려왔다.

"배진주 씨. 서로 처한 상황을 말했으니 나도 더 솔직히 말하지."

그의 목소리는 더 심각하게 가라앉았고 불길한 느낌에 진주의 눈빛도 무거워졌다. 더 솔직히 말할 무언가가 있단 말에 어깨가 저절로 움츠러들었다.

"이 결혼을 하지 않으면 아버지는 내가 공연계에서 감독으로 발붙이지 못하도록 할 생각이시더군."

진주는 들으면서도 믿기지 않았다.

"서, 설마요."

늘 웃는 얼굴로 노래를 불러 주면 갖고 싶은 걸 사 주겠다던 좋은 아저씨.

그런 지훈 아저씨가 아들에게 이렇게나 살벌한 말을 했다는 것이 믿어지지 않았다. 그것도 결혼을 조건으로 거시다니.

"여태 설명했다시피 나는 내 일을 지키기 위해서라도 이 결혼을 반드시 해야 할 상황입니다. 배진주 씨."

진주가 고개를 들었다. 남자의 목소리는 묵직하고 낮았다. 그가 부르는 자기의 이름도, 갑작스러운 높임말도 무섭게 들렸다. 큰 숨을 쉬느라 어깨가 한 번 올라갔다 내려왔다.

"당신이 호적에 올라가 딸이 되면 나와 동생으로 엮여 법정에서 싸우게 될 겁니다."

"……!"

진주의 눈동자가 무언가 깨지고 부서져 내리듯 떨리고 흔들렸다. 반면 윤재는 미동 없이 침착했다. 무서운 단어를 내뱉으며 달라진 말투가 진주에겐 더욱 차디차게 느껴졌다.

"그러니 다른 대안이 없다면 나와 결혼하는 척하다 적당한 시기를 보고 이혼하는 건 어떻습니까?"

"……!"

결혼 얘기를 무마시키려 나온 자리였는데 결혼에다, 한 번도 떠올려 본 적도 없는 이혼 얘기까지 듣고 있으려니 진주는 조금 어지럽기까지 했다.

'먹히는 건가?'

그녀의 모습을 지켜보던 윤재는 그의 제안이 어느 정도 설득된다 싶었다. 이때다 싶어 그는 집에서부터 생각해 온 다른 조건들을 나열하기 시작했다.

"물론 결혼식도 하고 혼인 신고도 해야 할 테니, 위자료나 위로금은 그쪽 생각보다 더 챙겨 줄 수 있습니다. 당연히 내 아내가 되면 세계 무대에서 활동하는 소리꾼으로서의 성공도 보장될 겁니다. K 엔터 최대 주주의 하나뿐인 며느리가 될 자리이니 배진주 씨에게 손해 갈 게 없죠."

당연히 처음부터 사례는 서운하지 않게 해 줄 생각이었다. 짐작건대 저 여자가 평생 소리를 해도 만질 수 없는 큰 금액이 분명했다.

아버지가 며느리의 활동에 힘을 실어 줄 것은 뻔했고 자신도 공연계에 있으니 배진주가 최고의 소리꾼이 되도록 만드는 것은 어려운 일이 아니었다.

"후우우."

진주는 긴 숨을 내쉬며 치맛자락을 한 손으로 꼭 쥐었다. 입술이 바싹 마르고 눈동자엔 황망함이 잠시 스쳤다. 진주는 윤재의 말을 들으며 정신을 가다듬으려 애썼다. 곧 흔들리던 눈빛도 단정하게 가라앉았다.

"감독님 말씀은 잘 들었어요. 일단 어른들께 세 번 만나 보겠다 말씀드렸으니 남은 시간 동안 방법을 고민해 보겠습니다."

잠시 진주는 말을 끊었다 다시 이었다. 참으려 했으나 돈을 운운하는 그의 말들이 너무 어이없어 화가 났다.

배진주, 할 말은 해야 해!

"이윤재 감독님과 동생이나 아내로 엮일 생각도 없지만, 전 거지도 아니고 기업이나 감독님의 도움이 있어야만 성공할 수 있는 실력 없는 소리꾼도 아닙니다."

진주의 답을 주의 깊게 듣던 윤재는 나무라듯 따지는 진주의 말에 눈썹을 찡그렸다. 잔뜩 가시 돋친 장미에 찔린 듯 여기저기가 따끔거렸다.

'젠장. 표현이 너무 과했나?'

윤재는 결혼 생각이 없다는 그녀의 답에 무안했던 나머지 상황 설명의 단어 선택을 너무 직설적으로 했다고 후회했다.

"위자료나 K 엔터 도움 없어도 잘 먹고 살 수 있으니 그런 말씀은 다시는 마세요. 저도 먹고살 만큼은 벌고, 마음먹으면 더 벌 수 있어요."

그러는 사이, 잘못한 어린아이를 엄하게 훈계하듯 어린 여자가 윤재에게 또박또박 읊조렸다.

배진주는 천성적으로 목소리가 예쁜 여자였다. 당돌하고 도도해 보이는데 알 수 없는 처연함이 녹아 지나치게 맑고도 서글픈 목소리. 그런 목소리가 둥둥 윤재의 귀에 울려 댔다.

'제길.'

다시 침묵이 흘렀다. 의도치 않게 놀이공원에서 오간 말들이 너무 무거워 공간마저 어색해지고 말았다. 당연히 결혼을 받아들일 생각으로 놀이공원에 불렀을 거란 그의 판단이 문제였다. 그는 애써 말을 돌렸다.

"내일 새 작품 대본 리딩부터 나오는 건가?"

예상대로 진주는 심사위원 전원 만장일치로 경성창극단 합격이 결정되었다.

"네. 내일부터 경성창극단 정식 출근입니다."

윤재의 질문에 그녀는 공적인 질문에 공적으로 대하겠다는 투로 자세와 말투를 다시 고쳤다.

"내일부터 매일 보겠군."

"그리고……."

"뭐지?"

"양쪽 어른들의 오해로 오늘 자리가 마련된 것이니 남은 두 번의 만남은 없었던 걸로…… 했으면 합니다. 상황 설명은 지훈 아저씨와 스승님께 제가 잘 말씀드리겠습니다."

진주는 당장 내일부터 직장에서 매일 볼 직장 상사와 두 번이나 사적으로 더 만나는 것이 아무리 생각해도 부담스러웠다.

으음…….

"배진주 씨는 보기보다 성격이 급한가?"

윤재는 알 수 없는 짜증이 났다. 여전히 여지를 주지 않으려는 여자의 입장도 너무나 이해됐다.

"두 번 남은 만남 동안 해결책을 찾아보겠다고 말한 건 그쪽인 걸로 아는데?"

그렇다고 서슴없이 이렇게 잘라 내는 건 아니지 않나?

여자의 단호한 말투에 규정할 수 없는 아쉬움마저 생기는 것 같아 윤재는 그런 자신에게도 화가 났다.

무엇보다 그에겐 배진주를 두 번 더 만나고 결혼을 해야만 하는 명분도 있었고.

"배진주 씨는 나에 대해 얼마나 아나?"

진주는 조금 조아렸던 고개를 다시 들었다. 그러곤 의아한 마음에 어색한 표정을 지었다.

"난 내 일을 지키기 위해 결혼할 이유가 충분하고, 지금 확실한 대안이 없는 한 단번에 이렇게 포기하는 건 앞뒤가 안 맞다 보는데. 게다가 아직 기회는 두 번이나 남아 있지 않나?"

호기심 반, 오기도 반.

배진주도 결국엔 다른 여자들처럼 황홀하게 자신을 쳐다보게 될 것이란 기대 반, 그것도 아니라면 어떻게든 쳐다보게 만들자는 각오 반.

"배진주 씨, 어쨌든 내일부터 우리 매일 봅시다."

chapter 2

좋아합니다

호동 왕자

경성창극단에 첫 출근한 진주가 처음 하게 된 작품은 퓨전 사극이었다.

그녀는 4학년이었으나 수업이 하나밖에 없었고, 그마저도 공연을 준비하는 수업이었기에 경성창극단 출근으로 학점 대체가 가능했다.

진주는 받아 든 대본을 꼭 쥐었다. 대본 리딩을 하기 위해 모인 자리에서 모든 창극단 단원들은 먼저 인사를 했다. 진주는 전체 단원들에게 인사하려고 진수가 일어나는 모습에 미소를 지었다.

"이번 창극에서 호동 왕자 역할을 맡은 백진수입니다. 잘 부탁드립니다."

국악계 젊은 남자를 대표하는 꽃미남 3인방 중 첫째 백진수. 그는 남애순의 아들이자 그녀의 제자이며 진주의 동문이었다.

"와아!"

진주는 진수가 일어나 인사하자 자신이 지를 수 있는 가장 큰 소리로 테이블을 두드리며 환호했다. 얼굴은 좋아 죽겠다는 듯 활짝 웃고 있었다. 여기저기서 진수를 환영하는 소리도 컸다.

"배진주 씨가 어릴 때부터 친오빠처럼 함께 자란 오빠라고 챙기는 거 봐. 저런 여동생이 직장에 같이 있으니 진수 씨는 든든하겠네."

"그럼요. 우리 진수 오빠가 세상에서 제일 멋지거든요."

진주는 좋아하는 마음을 숨기지 않고 진수보다 먼저 대답했다. 진수를 향해 진주가 그득 웃어 주자 눈이 마주친 진수도 방긋 웃었다.

이어 진주는 테이블 끝에 마주 앉아 자신을 쳐다보는 이윤재 감독과도 눈빛이 마주쳤다.

'왜 저래?'

확실하지 않지만 계속 자신을 노려보는 것 같았다. 첫 데이트를 마친 후로 진주도 윤재가 계속 신경이 쓰이지 않았다면 거짓말이다.

'불편해 죽겠네.'

진주가 단원들과 모두 인사하는 사이에도 쏟아지는 그의 시선을 애써 피하는 동안, 윤재는 단원들과 인사하며 시선 중간 중간에 걸리는 배진주를 집요하게 쳐다봤다.

'저 여잔…… 날 왜 그렇게 보지?'

생각해 보면 첫 맞선에서부터 만날 때마다 그녀의 눈빛은 계속 뭔가 한심하단 투였다. 윤재는 여태 자신의 얼굴을 그런 눈빛으로 쳐다보는 여자가 없었기에 오히려 배진주의 무심함과 모른 척 피하는 시선보다 눈빛이 더 거슬렸다.

지켜보니 그녀가 모든 남자에게 그러는 것도 아니었다. 창극단 첫날 대면식에서 배진주는 다른 남자 단원들에겐 지나칠 정도로 친절하게 인사하게 웃으며 내내 상냥한 얼굴을 했으니까. 같이 자란 백진수에겐 한 번도 본 적 없는 환한 얼굴로 연신 미소를 보내는 걸 하루에도 여러 번 봤다.

'오직 나만 그런 표정으로 보겠다 이거지?'

혹시라도 일을 하다 시선이 마주하면, 미묘하게 구겨진 얼굴에 한심하단 표정을 하고, 자기가 집요하게 쳐다보는 걸 분명히 알 텐데 일부러 시선을 피하는 것도 모를 수 없었다.

'하아, 정말 이상한 여자네.'

"잠깐! 배진주 씨!"

무대 위로 이윤재 감독의 날카로운 소리가 쩌렁쩌렁하게 들려왔다.

"이거 몇 번쨉니까? 그 장면에 그런 표정이 아니라고 몇 번이나 말했죠?"

"죄송합니다. 다시 하겠습니다."

벌써 같은 장면에서 몇 번이나 같은 지적이었다. 진주가 맡은 배역은 낙랑 공주의 동생으로 철없이 호위 무사와 사랑에 빠지는 역할이었다.

그러나 진주의 연기가 어색해 계속 NG였다. 몇 번을 더 지켜보던 윤재는 결국 소리를 질렀다.

"컷! 이렇게 계속 연습 못 합니다. 20분만 쉽시다."

"죄송합니다. 죄송합니다."

진주는 선배님들께 미안한 마음에 연신 고개를 숙였다. 최선을 다해서 하고 있는데 윤재의 눈에 차지 않았다.

진주는 단원들 모두에게 미안한 마음에 연습 중인 강당을 빠져나왔다. 단원들 역시 힐끗힐끗 그녀를 쳐다보았으나 뭐라 말을 할 수 없어 눈치만 보고 있었다. 진주는 표정 관리가 잘 되지 않아 화장실로 들어가 문을 잠갔다.

"하아."

눈물이 쏟아지려 했지만 참아야 했다.

이 정도는 아무것도 아니야. 스승님께도 아버지께도 처음 무언가를 배울 때는 그게 아니라는 말을 많이 들었었다. 지적받은 부분을 고치려 연습하고 또 연습하는 것이 그녀에겐 익숙했다.

전통 판소리는 성음과 아니리, 발림을 이용해 연극적 요소를 포함하긴 하지만 어디까지나 주요 기능은 소리였고 정적이었다. 반면 창극은 배역에 따른 연기의 비중이 매우 크기에 창극을 본격적으로 처음 배우는 진주에겐 새로운 도전이었다.

그럼에도 진주는 자기를 맘대로 판단하던 오만한 그 남자의 콧대가 납작해지도록 실력을 보여 주고 싶었다. 하지만 그녀의 결심은 현실적이지 않았다.

'이게 뭐야……'

코끝이 아리고 눈시울이 뜨끈해졌다. 진주는 쓰윽 코끝을 한 번 손으로 닦아 냈다. 이렇게 나약하게 굴면 배진주가 아니지. 열심히 더 연습하고 고치면 되는 거야. 그렇게 다짐하곤 화장실 거울을 보고 얼굴을 정리했다.

화장실을 나오자 여자 화장실 앞에 진수가 걱정스러운 표정으로 기다리고 서 있었다. 진수는 그저 말없이 진주에게 물병을 건넸다. 둘은 로비에 놓인 의자에 앉았다. 진수는 진주의 얼굴을 살폈다.

"와아, 정혼자라면서 되게 **빡빡**하네."

누가 들을까 두리번거리던 진주는 눈을 부릅뜨고 진수에게 작은 목소리로 주의를 줬다.

"조용히 해."

진수는 윤재와 진주의 사이도, 결혼 얘기가 오간다는 것도 이미 애순에게 들어 알고 있었다.

"둘 사이가 좀 걸쩍지근한 거지?"

"아니거든. 아직 잘 몰라서 그래."

"너는 학교 졸업하고 오지, 뭐 하러 이렇게 빨리 입단해서 고생을 사서 해?"

"오빠랑 같이 무대에 서 있으니 난 좋은데?"

둘은 단둘이 있으면 같이 지내 온 세월에 옥신각신 진짜 남매 같았다.

"오빠, 오늘 연습 마치고 같이 저녁 먹고 아이스크림 먹으러 갈래?"

"왜? 또 딸기 아이스크림 먹고 싶어?"

진주는 고개를 끄덕이며 말했다.

"감독님한테 욕 좀 먹고 나니 딱 딸기 아이스크림이 먹고 싶네."

"그러자."

"좋아라. 헤헤."

진주가 아이스크림 사 먹자는 소리에 기분이 좋은지 진수의 얼굴 앞에서 헤실거렸다.

"배진주 씨."

진주를 부르는 윤재의 목소리가 들렸다. 목소리가 낮고 컸기에 높은 층고를 가진 로비가 그의 목소리로 울려 댔다. 진주는 놀라서 벌떡 자리에서 일어나 대답했다.

"네!"

그가 진주에게 다가왔다.

"할 말이 있습니다."

"아, 네."

분위기를 살피던 진수는 가볍게 인사를 하고 먼저 연습실로 들어갔다.

"누군가를 사랑해 본 적, 없습니까?"

불쑥 윤재는 물었다. 제 앞에서 잔뜩 얼어 있는 진주에게 그는 한 발 더 다가갔다. 그녀는 눈을 깜빡이며 더욱 긴장했다.

"네에? 무슨 말씀이신지."

그녀의 눈빛에 두려움과 당황스러움이 동시에 스쳤다.

"배진주 씨."

"네, 넵!"

맑은 눈동자가 빤히 그에게 닿았다. 그의 얼굴이 스윽 다가왔다.

"좋아합니다."

낮고 굵은 그의 목소리가 온 로비에 울려 진동했다. 그의 숨소리도 너무나 아찔하게 가까이 들렸다. 데일 듯 뜨거운 숨결이 확 덮쳐 왔다.

이름을 부르며 바짝 다가온 그의 커다란 몸에 진주가 뒤로 한 걸음 물러섰다. 그러나 발을 헛디뎠는지 비틀거렸다. 작게 소리를 내며 진주가 넘어지려 하자 윤재는 진주를 붙들었다. 한 손은 진주의 손목을, 다른 한 손은 그녀의 허리를 가볍게 두른 모습이었다.

갑작스러운 상황에 소스라치게 놀라 얼굴이 붉게 익은 진주와 윤재는 그 상태로 시선이 마주쳤다. 꿰뚫을 듯 쏟아지는 검고 짙은 시선에 진주는 눈을 질끈 감았다 떴다. 처음 보는 눈빛이었다. 어지럽게 겹겹이 흔들리는 신비한 시선에 그녀는 숨이 차올라 가슴도 들썩거렸다.

"하아."

정신을 차리려 진주가 그에게 기울어진 몸을 바로 세워 호흡을 가다듬었다. 그녀의 양 볼은 물론 귀까지 새빨개진 모습에 윤재가 표정을 고쳐 다시 무감한 표정을 지었다.

이상했다. 전혀 다른 낯선 사람을 만난 것 같은 기분에 진주는 얼떨떨했다. 그녀의 의지와 상관없이 이번엔 목덜미 아래까지 빨개지고 말았다.

'이게, 무슨 상황이지?'

움켜잡은 손에 힘이라곤 하나도 없었다.

"조금 전 내 눈빛. 잘 봤습니까?"

"네?"

진주는 한번에 알아듣지 못했다.

"배진주 씨가 무대 위에서 보여 줬으면 하는, 사랑에 빠진 눈빛."

아아, 진주는 밀려드는 부끄러움에 고개를 내려 시선을 바닥으로 떨구었다.

'뭐야, 연기 지도였어?'

"알겠습니까?"

"네. 알겠……습니다."

진주는 급히 인사를 하고 연습실로 들어갔다. 윤재는 진주의 뒷모습이 사라지는 것을 몇 초간 지켜보고 서 있었다.

후우. 내가 왜 그랬을까?

질투인지 호기심인지 명확히 규정하기는 어렵다.

윤재는 엄지손가락으로 아랫입술을 천천히 훑으며 조금 전의 상황을 되짚어 봤다. 배진주를 과하게 다그친 것 같아 사과를 하러 나왔는데 진주와 백진수가 같이 다정하게 앉은 모습에 무언가 치밀어 올랐다. 배진주와 눈이 마주치는 순간엔 왜 그렇게 충동적으로 그녀를 부르고 바라본 걸까. 전혀 자기답지 않은 모습이었다. 좋아합니다? 되지도 않은 연기 지도를 핑계로 갖다 붙인 꼴이라니. 피식, 우스꽝스러운 자신의 행동에 그저 헛웃음이 나왔다.

― 좋아합니다.

진주는 침대에 누워 잠을 청했으나 며칠째 잠이 오지 않았다.

'뭐야.'

로비에서 짙은 눈동자를 하고 고백하던 그 장면은 사라지지 않고 환영처럼 진주를 쫓아다니기 시작했다.

좋아한다는 말은 무대 위에서 매일 반복해 상대역 배우에게 듣는 대사였다. 하지만 그것과는 질적으로 달랐다. 이윤재의 강렬한 시선은 도무지 사라지지 않았다. 그의 커다란 눈동자 안에 자기의 얼굴이 가득 담겨 같이 흔들리는 것을 본 건 그녀에겐 생경하고 특별한 경험이었다.

게다가 시간이 지날수록 기억은 점점 선명해졌다. 다가온 그에게서 정체를 알 수 없는 시원하고 달콤한 냄새가 났다는 것. 손목을 잡았던 그의 강한 악력과 그녀의 허리를 두른 팔, 제게 닿았던 몸의 단단한 느낌도 사라지지 않고 계속 진주에게 남아 있었다.

기억은 평면적이기에 쉽게 날아간다 생각한 것은 착각이었다. 그에 대한 기억은 감각도, 모습도, 향기마저 선명히 입체적인 형태로 뚜렷해졌다.

"자야 해, 배진주."

눈을 감고 잠을 자려 이불을 뒤집어쓰고 주문을 외우듯 혼잣말을 했다. 새벽에 일어나는 습관이 있었기에 이른 시간에 잠을 자는 그녀였다. 요 며칠간 동동 떠다니는 그 기억 때문에 잠을 설쳤는지 컨디션이 그리 좋지 않았다.

'내가 왜 이러지.'

이전에 한 번도 그녀가 겪어 보지 않은 일이었기에 진주는 그저 잠을 청할 뿐 해결책을 몰랐다. 눈을 감고 그녀가 좋아하는 '사랑가' 한 대목을 입술 속에 넣어 조곤거리는 수밖에.

드디어 창극 '호동 왕자'의 막이 올랐다. 시간이 지나며 준비한 무대가 거듭될수록 연기자들은 여유로워지고 작품도 무르익었다.

공연을 마친 어느 날 저녁, 찾아온 지인들과 인사하고 옷을 갈아입으려 대기실로 들어가려던 진주는 문득 뜨거운 시선을 느꼈다.

"배진주 씨."

낮게 울리는 목소리에 고개를 돌렸다. 진주는 순간 멈칫했다. 윤재가 저벅저벅 다가오고 있었다.

왜, 왜 또 다가오지?

— 좋아합니다.

하아. 그의 모습을 바라보는데 밤마다 동동 떠다니던, 이윤재에게 안겼던 장면이 겹쳐졌다.

진주는 몰래 큰 숨을 들이켜며 긴장으로 굳은 어깨를 폈다. 그녀는 무의식적으로 고개를 조금 흔들었다. 이상한 생각들을 떨쳐 버려야 했으니까.

"네. 감독님."

"저기……."

윤재는 계속 다가왔다. 그는 아주 키가 컸기에 점점 진주의 시야는 그로 가득 찼다. 그러더니 이내 그의 커다란 몸이 진주의 몸 위에 그늘을 드리웠다.

"……!"

윤재가 그녀의 앞에 섰다. 알 수 없는 마른 향기가 그녀의 코끝에 스쳤다. 익숙한 나무 냄새 같기도 하고 돌 냄새 같기도 했다.

시선을 올리니 그의 굵은 목이 보이고 목울대가 위아래로 움직이는 것이 보였다. 또 훅하고 은은하고 낯선 스킨로션 향이 날아들었다.

"잠깐만. 배진주 씨, 움직이지 말고 가만있어요."

두근두근.

여태껏 연기 지도를 하기 위해 그가 다가서던 거리보다 더 가까운 거리였다. 무언가 반응을 해야 하는데 진주의 심장은 물색없이 밖으로 튀어나올 듯 뛰어 대고 요동쳤다.

꼴깍.

잘 쉬어지지 않는 숨을 쉬어 보려 작게 벌린 입술 안은 바싹 말라 연신 침을 넘기고 있었다.

'왜 그러지?'

사락.

진주는 바스락거리는 소리에 고개를 내렸다.

'음?'

윤재는 허리를 숙이고 로비 바닥에서 무언가를 하고 있었다. 이번엔 그의 등과 허리 굽힌 뒷모습이 내려 보였다.

"감독님. 뭐 하시는 거예요?"

"무대서부터 거슬렸는데 이 의상 치마 길이가 너무 길어 위험해. 좀 전에도 끝자락이 신발 끝에 밟히려 해서."

그는 발끝에 밟힌 한복 치맛단을 뺐다. 진주는 눈 끝을 찡그렸다. 괜히 얼굴이 화끈거렸다.

'내가 왜 이렇지? 도대체 왜 혼자 이상한 생각으로 긴장하는 거야!'

평소 감정 변화 없이 담담한 그녀인데 하필이면 이 남자와 있을 때만 이런 일이 반복되는 것도 난감했다.

"무슨 일로 부르셨어요?"

"오늘, 시간이 좀 되나?"

"시간이요?"

"다른 약속 없으면 같이 식사하면 좋을 것 같아서."

진주는 눈을 깜박였다. 갑자기 밥을? 혹시 먹으면서 오늘 공연에서 고칠 점에 대해 지적을 하려는 걸까? 그런 자리에서 밥이 넘어가기나 할까. 그녀는 어떤 표정으로 어떻게 답을 해야할지 몰라 잠시 주춤거렸다.

"오늘 공연 말이지……."

아, 역시. 올 것이 왔구나 싶었다. 하지만 진주는 오늘 혼신의 힘을 다해 공연을 했기에 후회는 없었다.

"오늘 연기를 잘, 하더군. 배진주의 무대는 매력적이었어. 감독이 눈을 떼기 어려울 만큼."

예상치 못한 그의 칭찬에 그녀의 눈이 커다랗게 떠졌다. 그에게 처음 듣는 칭찬이었다.

'응?'

진주의 눈에 그가 아주 작게 웃는 것 같다는 착각이 들었다. 그래서 작은 각도로 고개를 기울였다. 윤재의 웃는 얼굴을 진주는 한 번도 본 적이 없었기 때문이다. 그건 창극단 모든 단원이 마찬가지였다. 놀랍게도 윤재는 입꼬리를 제법 올리고 정말 웃고 있었다.

진주는 무언가 울컥했다. 가슴 깊숙한 곳에서 부르르 떨려

왔다. 이를 악물고 밤낮으로 연습하던 지난 시간을 떠올렸다. 판소리만 해 왔던 그녀에게 연극적인 요소를 가미해야 하는 창극은 각오했던 것보다 어려운 점이 많았다.

감독인 이윤재는 수많은 지적을 진주에게 쏟아 냈고, 진주는 고치고 또 연습했다. 그가 자신의 노력을 알아주지 않는 것 같아 서운할 때도 많았다. 그 속상함을 누구에게도 말할 수 없었기에 진주는 작은 가슴에 욱여넣고 또 욱여넣었었다.

"감사합니다."

그의 칭찬에 무엇을 할 수 있나. 진주는 그저 천천히 허리를 숙여 인사를 했다. 허리를 펴고 드는 그녀의 얼굴을 본 윤재도 진주의 젖은 눈 끝을 보았다.

"배진주, 뭐 먹고 싶나? 오늘은 칭찬의 의미로 뭐든 사 주고 싶은데."

진주는 화장이 지워지지 않게 살짝 눈가에 맺힌 눈물을 훔쳤다. 그러곤 아이처럼 볼을 부풀리고 환하게 웃었다.

"고기 사 주세요, 감독님. 오늘 열심히 공연했더니 너무 배고파요."

윤재는 진주가 귀엽게 웃으며 처음으로 자신에게 날을 세우지 않고 다가오는 게 느껴졌다. 그녀의 무대를 지켜보며 날마다 온갖 감정의 희로애락을 다 느꼈다 하면 넌 뭐라 할까.

달갑지 않을 지적들을 듣고 줄곧 작은 연습실에서 연습하던 그녀의 모습을 그도 계속 봐 왔었다. 그랬기에 그는 그녀의 이런 성장이 대견하고 뿌듯했다.

"좋아, 오늘은 내가 최고로 맛있는 스테이크 레스토랑으로 안내하지."

진주는 머쓱했다. 그가 진주를 데려온 곳은 한강이 보이는 높은 타워 꼭대기에 있는 고급 레스토랑이었다. 뷰는 말할 것도 없이 황홀했다. 커다란 통창 너머 서울의 야경과 별들이 반짝였다. 인테리어도 음악도 분위기도 좋았다. 그런데 유명한 레스토랑인 데다 당연히 고기 맛도 좋을 텐데, 왜 손님이 아무도 없을까?

진주는 곁눈으로 힐끗거리며 내부를 살폈다.

"여기 유명한 호텔 레스토랑이죠?"

"맞아."

"그런데 왜 손님이 아무도 없어요?"

"내가 다 예약했어."

저도 모르게 진주는 입술을 조금 벌렸다. 창극단에서 감독과 배우로 오랜 시간을 지내다 보니 이윤재 감독이 재벌가 아들이었다는 사실을 잊고 있었다. 이 넓은 식당을 다 예약했다는 말을 듣고 보니 다시금 이전의 오만해 보였던 첫 맞선 날의 이윤재가 떠올랐다.

"네? 왜요?"

"고기 먹고 싶다고 하지 않았나?"

"고기는 그냥 먹으면 되는데 왜 쓸데없이 자리에 돈을 써요?"

윤재는 낯설다는 표정으로 진주를 보았다. 늘 평온한 모습으로 차분히 연습하던 배진주는 사라지고 앙칼진 목소리로 발끈해 흥분하는 배진주라. 그녀의 모습이 생소했다.

이건 잔소리 같은 건가. 여자들은 가까운 사이가 될수록 잔소리를 많이 한다고 들은 것 같은데. 그는 진주가 자신의 말에 토를 달았던 적이 몇 번 있었다는 사실을 기억해 냈다. 처음 맞선에서 그리고 다시 만난 놀이공원에서도. 아니, 나에게 호통을 쳤던가? 물론 이혼이니 위자료 얘길 하며 도발했던 건 자신이었다.

피식. 이 자리는 창극단 단원으로 앉은 게 아니라 정혼자로 앉았다 이 말인가? 윤재는 미간에 작은 주름을 지며 심각하게 자기 주머니 걱정까지 하는 진주가 귀여워 보였다.

"주문하신 음식 나왔습니다."

스테이크 접시가 앞에 놓이고 와인 잔에 맑은 와인이 부어졌다. 윤재는 앞에 놓인 스테이크 접시를 당기더니 곧바로 나이프를 들어 고기를 서걱서걱 큼직하게 썰었다. 그러곤 그녀의 접시와 자신의 접시를 바꾸었다.

"……"

진주는 기분이 이상했다. 먹음직스러운 두툼한 고기들이 고르게 잘려져 있었다.

"먹지. 여긴 아버지도 자주 오시는 곳인데, 고기도 연하고 애피타이저나 디저트도 괜찮아."

"네."

그런데 진주는 한참을 먹지 않고 접시를 내려다봤다. 윤재는 제 접시의 고기를 마저 자르려다 진주 표정이 밝지 않음을 알아챘다.

"왜 그러지? 고기가 마음에 들지 않나?"

"이 고기, 정말 제가 먹어도 되나요?"

"무슨 말이지?"

진주는 여전히 꼿꼿하게 몸에 새겨진 듯한 바른 자세로 앉아 투명하게 그를 보고 있었다.

"한 번도 누군가 내 접시에 고기를 잘라 준 적이 없어요. 그래서 이런 친절은 어떻게 받아들여야 할지 잘 모르겠어요."

윤재는 그녀의 말을 듣고 손가락 끝을 몇 번 까딱거렸다. 이 자그맣고 예쁜 여자는 고기를 잘라 올려 주는 사람 하나 없이 여태 어떤 시간을 보내온 걸까.

하지만 한편으로 기분이 나쁘지 않았다.

"이 정도는 친절이랄 것도 없으니 그냥 먹어도 돼."

무뚝뚝했으나 차가운 말투는 아니었다. 조금 고개를 숙이고 고기를 마저 자르는 윤재의 양 볼이 이유도 없이 복숭앗빛으로 발그레해졌다.

'생각보다 까다로운 여자군.'

배진주는 까다롭다……. 어떻게 들어도 칭찬일 리 없는데 그런 생각과 동시에 그의 마음에 훅하고 뜨거운 공기가 스며와 고였다. 이내 가슴 한편 어딘가가 뭉근했다.

마음에 들었다. 자신을 포함해 일관적으로 명확히 선을 긋는 그녀의 모습이.

"……?"

하지만 여전히 먹으란 고기는 안 먹고 진주의 눈빛은 심각하기만 했다. 고기가 식는데. 좀 더 크게 썰어 줄 걸 그랬나? 왜 먹지 않는지 고민 중인 윤재에게 진주의 시선이 닿았다. 그녀는 여전히 궁금한 것이 가득하다는 듯 짙은 눈동자를 하고 있었다.

"배우가 기대보다 더 연기를 잘했다고 감독님이 레스토랑을 전세 내고 고기를 직접 잘라 주는 건 아니잖아요. 아닌가? 혹시 마음에 드는 여배우와 식사하실 땐 이렇게도 하시는 거예요?"

그녀의 눈동자가 한 번 일렁거렸다. 진주 생각에 윤재는 유럽에서 공부도, 일도 했으니 한편으론 가능한 일인 것 같기도 했다.

반면 윤재는 그녀의 질문에 당황했다. 부드러웠던 표정이 와락 일그러졌다. 고기를 잘라 준 건 그저 무의식적인 행동이었다. 한 번도 여자에게 이렇게 해 준 적도, 해 줘야지 생각지도 않았었기에 그도 마땅한 변명이 없었다.

다만 힐끗 내려다본 그녀의 의심스러워 하는 얼굴이 상당히 못마땅했다. 한쪽 눈썹이 휘릭 미묘하게 치켜 올라갔다.

"배진주 씨, 여배우들에게 고기 잘라 먹일 시간 따위 없어.

이건……. 감독으로서가 아니라 맞선을 봤던 여자에게 보이는 배려 정도라 해 두지."

진한 여자 향수를 얼마나 노골적으로 싫어하는지, 노출이 심한 여배우들과는 눈 한번 맞추는 것도 꺼려 한단 걸 알면 그런 말을 못 할 텐데 나에 대해 정말 하나도 모르는군. 이 여잔 나에게 관심이 아예 없는 건가.

후우, 왠지 모를 아쉬움에 윤재는 그녀가 알아채지 못하도록 한숨을 길게 한 번 내쉬었다.

"배진주 씨가 결혼을 생각지 못할 만큼 판소리를 사랑하고 명창이 되길 꿈꾼다는 걸 잘 알겠어. 하지만 나 역시 무엇과도 바꾸고 싶지 않을 정도로 내 일을 사랑하며 열정을 가지고 있단 걸 이해해 주겠나?"

윤재는 와인 잔을 들어 입술을 대고 한 모금을 들이켰다.

그는 이제껏 배진주를 설득했던 강경했던 방법에서 감정에 호소하는 방법으로 전략을 바꾸었다. 그녀는 소리 외에 그가 조건으로 내세웠던 돈이며, 재벌가 며느리가 되는 것엔 전혀 관심이 없어 보였다.

"대신 배진주 씨가 최고의 소리꾼이 될 수 있도록 최선을 다해 돕도록 하지."

그녀에 대한 호기심이든 관심이든 이젠 상관없었다.

배진주가 자신을 한심하게 쳐다보며 어떻게든 떼어 버리려 한다는 걸 알면서도 한번 잡아 보고 싶은 마음이 고개를 쳐든 것이 이 계약 결혼의 시작점이라면 시작점일 터.

"식으면 고기 맛이 덜한데. 어서 먹지."

"……."

진주는 포크를 잡은 손을 더 꼬옥 쥐었다. 이상하게 남자의 표정과 눈빛에 걱정이 보이는 건 착각인 걸까?

이 결혼을 하게 되면 난 어떻게 될까?

이어 같은 단어가 머릿속을 맴돌고 있었다.

결혼……?

남편이 되면 이렇게 다정하게 해 주는 것일까.

남들에겐 아무것도 아닐지 몰라도 진주는 반듯하게 잘린 고기 조각들이 왠지 따뜻하다고 느꼈다.

윤재는 진주에게서 줄곧 눈을 떼지 않았다. 결혼 얘기만 나오면 당황하며 고민하는 그녀의 모습이 안쓰러울 지경이었다.

"아직 한 번 더 남았으니 세 번째 만남이 끝날 때까지 더 생각해 봐."

탁탁. 타닥.

윤재는 턱을 괴고 손톱 끝으로 테이블을 치고 있었다. 꺼진 휴대폰 액정을 괜히 보고 있었다. 배진주는 약속 시간에 맞춘 듯 나타날 것이고, 사적으로 그에게 연락한 적은 없다.

탁탁, 타다닥. 타닥.

하아.

증상이 시작된 건 꽤 오래전이었다. 출근하며 은근슬쩍 눈으로 배진주를 쫓다가 보이지 않게 되면 괜히 불안해졌다. 그러다 다시 모습이 시야에 잡히면 두근두근, 숨쉬기가 자주 곤란한 이상한 증상.

어제만 해도 공연을 끝내고 인사하는 단원들 사이에 그녀의 모습이 보이지 않자 평소보다 빠른 걸음으로 공연장을 뒤지며 배진주를 찾아다닌 건 결코 의식적인 행동이 아니었다. 정신을 차려보니 배진주만 찾아다니고 있었던 거지.

세 번째 만남 장소는 첫 맞선 장소와 같은 호텔 카페였다. 윤재는 시계를 다시 보았다. 진주와의 약속 시간은 다가오고 있었다. 윤재는 일어나 화장실을 찾아 손을 씻고 넥타이를 다시 정리했다. 그리고 거울 속의 얼굴을 한번 훑어봤다. 늘 하던 운동까지 취소하고, 몇 번이나 슈트를 갈아입고 헤어숍에 다녀왔다.

이게 뭐 하는 건지.

윤재는 다시 자리에 돌아와 앉았다. 긴장되는지 두 손을 잡아 깍지를 꼈다.

또각또각.

진주가 걸어 들어오는 것이 보였다. 윤재는 가볍게 손을 들어 인사했고, 진주는 허리를 굽혀 인사했다.

"많이 기다리셨어요?"

"아니, 나도 막 도착했어. 앉지."

커피를 주문하고 기다리는 동안, 매일 보며 일하는 둘 사이에도 어색함은 여전했다. 하지만 윤재는 알게 됐다. 카페에 나타난 진주를 보자마자 그동안 흐릿하던 자신의 감정이 강한 확신으로 바뀌었다는 걸. 그의 큼직하고 깊은 눈이 풀썩 감겼다가 떠졌다.

일단은 최대한 아무 감정이 없단 듯, 이 결혼은 비즈니스고 계획대로 진행된다는 느낌으로.

"배진주 씨."

진주를 향한 눈동자는 잠시도 떨어지지 않았다. 그녀의 커다란 동공만이 뒷말을 짐작하고 흔들리고 있었다.

"우리 결혼합시다."

그의 목소리가 성급하게 내려앉았다.

머릿속이 하얗게 바랬다.

연애는 진주와 상관없는 것이었다. 애순의 집에 들어간 후로 그녀는 매일 새벽에 일어나 소리 연습을 하며 고등학교를 다녔고 우리나라의 가장 유명한 국악 대학에 진학한 후에도 내로라하는 전국의 소리꾼들이 모인 그곳에서 누구보다 열심히 소리 연습을 해야 했다.

소리꾼들 대부분은 배기주 명창의 딸이며 남애순 명창의 제자인 배진주를 잘 알았다. 그랬기에 꼬리표처럼 붙은 아버지와 스승의 이름에 누를 끼치지 않기 위해 늘 바른 모습을 보여야 했고 스스로 그래야 한다고 다그쳤다. 기억도 없는 어린 시절부터 최고의 소리꾼이 되기 위해 앞만 보고 달려왔는데, 아직 배울 것도 많고 소리꾼으로 이룬 것이 있는 것도 아닌데…… 연애도 아니고 바로 결혼이라니.

한편으로는 예상한 말이었다.

그가 소품실로 찾아와 세 번째 만남을 언급하던 그 순간부터, 무대 뒤까지 찾아와 결혼을 서두르는 건 그에게 말 못 할 또 다른 이유가 있을 거란 생각도 들었다.

'하지만 이렇게 결혼을 결정해도 괜찮은 걸까.'

눈꺼풀이 파르르 떨렸다.

윤재와의 두 번째 만남 이후, 그녀가 가만 있기만 한 것은 아니었다. 상황을 설명하고 결혼을 취소해 달라고 설득하기 위해 진주는 스승에게 찾아갔다. 결혼을 할 수 없다고 말하기 전에 애순은 진주에게 양쪽 집안에 커다란 경사가 생겼다며 온몸으로 좋아했다. 그리고 애순은 웃으며 진주를 안고 등을 토닥이며 말했다.

－ 진주야, 윤재가 유학 가기 전에 기주 오라버니 북 제자였던 걸 기억하느냐? 돌아가신 네 아버지도 하늘에서 이 기막힌 인연을 보고 좋아할 것이여. 다가오는 기일에는 모두 모여 인사할 수 있겠구나.

더없이 어울리는 짝이라며, 윤재라면 진주에 대해서도 잘 아니 누구보다 좋은 남편이 될 거라고 흐뭇해하는 모습에 진주는 차마 입을 열지 못했다.

'흐으읍.'

진주는 왠지 숨이 찼다.

지금 그의 입에서 나온 '결혼합시다'는 진주가 평소에 당연히 생각하던 사랑이 전제된 결혼이 아니었다. 비즈니스였고 조건이 있는 거래였다. 어떤 장난도 강압도 없이 그의 표정마저 진지했기에 마주 앉은 이 순간이 진주에게 완벽히 현실로 다가왔다.

진주는 다시 호흡을 고르며 고개를 들고 그를 쳐다봤다.

지난 몇 달간 매일 그와 같이 일하며 그녀는 이윤재 감독이 가진 국악이나 공연 예술에 대한 애정과 실력을 엿볼 수 있었다. 그의 배경 때문에 이윤재 감독이 K 엔터를 경영하기 위한 준비 과정으로 창극단 일을 하는 거란 어떤 이들의 수군거림이 틀렸단 걸 확실히 느끼기도 했다.

이 남자는 나무랄 데 없이 멋있는 사람이고, 그의 매력적인 제안처럼 앞으로 자신이 훌륭한 소리꾼이 되도록 도움을 주겠다는 말도 거짓이 아닐 것이다. 하지만 무엇보다 이 무리한 결혼을 고민하게 만든 이유는…….

'어쩌면 이 결혼이 나에게, 그동안 꿈꿔 오던 자유를 줄지도 몰라.'

늘 공인이라 조심스러워 여행은커녕 외출도 힘들었는데 결혼을 방패 삼으면 어디든 갈 수 있지 않을까? 결혼해 살게 될 집은 소리꾼들이 늘 오가는 스승님 집과는 다를 거야. 편안한 옷을 입고 늦잠을 자거나 오후를 나른하게 뒹굴어 보는 자유로운 일상을 보내게 될지도 몰라. 어차피 이 남자는 사랑이 목적이 아니니 나에게 사랑을 바라지도 않을 텐데…… 결혼을 하게 되면 내가 한 번도 누려보지 못한 진짜 자유로운 삶을 살아 볼 수 있지 않을까.

진주의 상념은 점점 깊어졌다.

"……"

알 수 없는 기대로 윤재의 눈동자는 한 번 일렁거렸다. 하지만 둘 사이의 정적은 윤재의 예상보다 길었기에 일말의 초조함이 그에게 찾아들었다.

혹시 결혼을 거절할 생각인가.

"배진주 씨."

마주한 진주의 눈빛에 짙은 이채가 파도처럼 몰려왔다 사그라들었다. 그녀의 입술은 좀처럼 열리지 않았다.

'그렇다 해도 결혼은 일생의 가장 중요한 문제야. 상황에 휩쓸려 떠밀리듯 결혼할 순 없어.'

진주에게 결혼이란 그녀가 늘 부르던 춘향가 가사처럼 운명적인 사랑을 하고 그것을 위해 목숨마저 희생하는 아름다운 것이었다.

'만약 진짜 사랑하는 남자를 만나게 된다면 이 결정을 후회하지는 않을까?'

수없이 다른 갈래로 생각이 오고 갔다. 밤마다 결혼이라는 만약의 상황을 상상해 보긴 했으나 늘 결론은 희미했었다. 하지만 이젠 어떻게든 그의 제안에 답을 내려야 했다.

'받아들여야 할 상황이라면, 반드시 내 의지로 결정할 거야.'

그녀는 숨을 길게 한 번 들이마셨다.

"결혼을 결정하기 전에…… 조건이 있어요."

느리면서도 힘이 실린 진주의 낮은 목소리가 윤재의 귓가에 퍼졌다.

"그 조건이 받아들여진다면 결혼할게요."

서늘하게 가라앉은 깨끗하기 그지없는 목소리였다.

"말하지."

윤재 역시 그 조건이란 게 궁금했다. 침묵은 다시 또 몇 초.

"만약 이 결혼을 하더라도, 이혼은 안 돼요."

윤재는 진주의 단호한 어조에 턱을 휘릭 치켜올렸다. 한쪽 눈가에 잘게 주름이 잡혔다.

"……!"

"감독님은 저에게 결혼하는 척하다 적당한 시기를 보고 이혼하는 건 어떻냐고 하셨죠? 감독님도 저도 매체가 주목하는 공인이에요. 이혼이 커리어에 도움될 리 없습니다."

흐음.

그녀의 말처럼 결혼하게 된다면 세간의 이목을 피하긴 힘들 것이다. 이혼도 마찬가지. 소리꾼 배진주에게 이혼이 치명타가 될 것도 뻔했다.

"커리어를 지키기 위해 계약 결혼을 받아들이고 나서 이혼을 하게 되면, 오히려 그동안 쌓은 모든 커리어가 한 번에 무너질 거예요."

내가 그렇게 무책임하진 않은데. 만약 이혼을 한다 해도 그녀에게 그런 일이 생기도록 내버려 두진 않을 것이었다.

"그래서?"

윤재는 우선 장황하게 시작된 진주의 얘기부터 끝까지 들어볼 생각이었다.

그녀는 턱에 힘을 주더니 하얗고 자그만 손끝도 말아 쥐었다. 차라리.

"서로의 커리어를 철저히 도와주는 쇼윈도 부부."

"······!"

"······어때요?"

윤재의 한쪽 눈가 주름이 더욱 굵게 잡혔다. 이어 그의 눈동자가 커졌다. 쇼윈도라고? 배진주 입에서 먼저 나올 만한 단어 같지 않은데.

그는 헛웃음이 조금 나왔다. 하지만 진주의 얼굴에는 꽤 선명한 각오가 보였다. 그는 테이블 조명에 반사되어 그녀의 눈동자에 맺힌 자신의 얼굴을 바라보았다.

이혼은 안 되니 종신형 쇼윈도 부부를 선택하겠다? 꽤 당돌하게 내놓은 제안이긴 했다. 하지만 용기 있다 하기엔 진주의 눈동자는 하염없이 계속 떨렸다. 윤재는 엄지손가락으로 아랫입술을 슬쩍 문질렀다.

이 여잔 쇼윈도 부부가 무언지 알고나 하는 말일까. 게다가 이혼도 없이 평생 쇼윈도를? 이런 맹랑한 생각도 하는 여자였네. 배진주. 참 나.

꼼지락거리는 그녀의 손가락을 보니 할 말이 더 남은 것 같았다.

"조건은 그것뿐인가?"

"그리고 결혼과 동시에 저에게 자유를 주세요."

"자유?"

"내 개인적 공간과 간섭받지 않는 자유 시간이요."

진주는 더 다부지게 힘주어 말했다.

갑작스러운 맞선이 계약 결혼이 되고 그 조건에 자유란 단어를 붙이는 순간 자유롭고 싶은 마음이 더 간절해졌다. 신혼집에서 간섭받지 않을 시간과 혼자만의 공간이 생긴다면……그녀에겐 그렇게 나쁜 거래가 아니란 생각도 들었다.

'무조건 당당하고 배진주답게. 쇼윈도 부부든 뭐든, 부부는 평등한 관계니까. 서로에게 좋은 걸 요구하는 것도 당연해.'

이 남자와 나이 차이는 무려 일곱 살. 그는 사회에서 리더로 평가받는 사람이었고 진주는 소리꾼으로 살아왔지만 이제 막 창극단에서 막내 생활을 하는 사회 초년생이나 다름없었다. 더욱이 인생의 가장 중대한 결정인 결혼을 선택하는 이 순간이 자신의 의지로 선택한 것임을 이 남자에게 명확히 각인시키고 싶었다.

"또 있나?"

"아니요. 이게 내 조건들이에요."

그는 그녀의 마음을 꿰뚫듯 유심히 바라봤다. 그녀의 눈동자 속에 비친 자신의 얼굴은 여전히 떨리고 있었다. 조목조목 제 걸 따지는 모습에 윤재는 뜬금없이 그녀가 기특하단 생각도 들었다.

"좋아. 받아들이지."

진주는 그가 자신의 제안을 모두 수긍하는 것에 마음이 놓였다. 그런데 이 남자는 왜 이런 무거운 말들이 오가는데도 대수롭지 않은 듯 평소의 표정과 다름이 없을까?

"감독님은 결혼 외에…… 저에게 원하시는 게 없으세요?"

"말했다시피 나는 공적인 자리에서 부부의 역할만 잘해 주면 돼."

"네."

윤재는 오히려 마음이 편했다. 그녀 역시 이 결혼에 목적이 있는 건 분명해 보였다.

'행복한 결혼은 필요 없지만 간섭받지 않을 자유는 필요하단 말이지.'

윤재는 숱 많은 그녀의 속눈썹이 깜박이다 흔들리는 걸 주의 깊게 응시하며 차분하게 말했다.

"결혼했단 이유로 네 개인 생활을 빼앗거나 방해할 생각은 전혀 없어."

윤재는 스승의 뜻을 어기지 못해 맞선 자리에 나온 그녀와의 첫 만남을 기억해 냈다.

그동안 얼마나 갑갑하고 힘들었을까.

윤재는 어릴 적의 진주를 잠시 떠올렸다. 그가 유학을 떠나기 전까지 윤재는 기주에게 가끔 북을 배우러 그녀의 집으로 갔었다. 그곳에서 그의 시선에 들어오던 한복을 입고 부채를 쥔 어린 여자아이. 환하게 웃으며 소리 연습을 하다가 마당을 뛰어다니던 여덟 살, 아홉 살, 열 살의 어린 배진주. 그땐 소리하는 게 마냥 즐거워 보였는데.

그는 그동안 진주가 자신의 의지와 상관없이 살아온 부분도 어느 정도 있었을 거란 생각에 잠시 안타까운 생각도 들었다.

"그럼, 내 청혼을 드디어 받아 주는 건가?"

진주가 이 자리에 나온 이유였다.

"감독님께서 제 제안을 다 받아들여 주신다면 이 결혼, 할게요."

"확실한 걸 원하는 것 같으니, 그건 계약 조항을 만들어 계약서에 명시하지."

진주는 고개를 끄덕이며 이 청혼을 완전히 수락했다.

"좋아. 배진주의 자유로운 쇼윈도 결혼 생활이 불편하지 않도록. 가능하면 내가 최대한 맞춰 주겠다고도 약속하지."

그는 큼직한 손을 내밀었고 진주는 그의 손을 잡았다.

chapter 3

각방은 안 돼

지난번 만남 이후 공연 일정이 많아진 진주는 개인 연습실에서 새벽부터 밤늦게까지 거의 살다시피 하고 있었다. 진주는 퇴근 후에도 연습하느라 윤재의 전화를 받지 못했고 결국 그는 연습실까지 찾아왔다.

"감독님께서 연습실엔 웬일이세요?"

"오늘 결혼 세부 계약 사항을 정하기로 한 날인데."

"아, 그럼 감독실로……."

"나보다 배진주가 더 바쁘니, 그냥 여기서 하지."

그는 그녀의 작은 연습실로 들어와 문을 닫고 앉아 챙겨 온 노트북을 꺼내 열었다. 개인 연습실은 두 평 남짓의 작은 방음 공간으로 바닥에 한두 명만 앉을 볏짚 돗자리가 고즈넉하게 깔려 있었다. 그리고 보이는 건 오로지 장단을 맞출 북과 진주가 마시던 작은 물병.

"여긴 불편하실 텐데."

"내가 배진주에게 다 맞춰 주겠다 하지 않았나? 그리고 불편하지 않아."

창극단 개인 연습실에 외부인이 들어올 일은 없다. 늘 혼자 앉아 소리 연습을 하는 진주의 공간에 그가 커다란 몸으로 그 공간을 메우고 같이 있으니 꽉 찬 느낌과 낯섦과 어색함이 섞여 기분이 기묘했다.

"결혼 조건으로 원하는 세부 사항이 더 있으면 말해 보겠나?"

"지난번에 말했듯 개인적인 공간을 만들어 주세요."

"예를 들자면?"

"방음이 되는 개인 소리 연습실이 필요해요."

아, 집 안에서 완전히 차단된 개인 생활을 하겠다는 말이라 생각했는데.

그는 가볍게 고개를 끄덕였다.

"그러지."

"결혼 후에 신혼살림은 어디서 시작해요?"

"신혼집을 알아보고 있어."

"감독님이 분가하시면 본가에 아버님 혼자 지내시는데…….. 저는 아버님 모시고 같이 살아도 괜찮아요."

예상치 못한 말에 윤재가 미간을 구기며 진주를 쳐다봤다.

당차게 자유를 달라더니 신혼부터 합가를?

이 여자 세상 물정을 너무 모르네.

"그건 내가 불편해서 안 돼. 그리고 꼬리가 길면 밟히게 되어 있어. 아버지는 네 앞에선 허허거리서도 눈치가 백 단인 양

반이야. 배진주는 한집에 살면서 진짜 부부 연기를 안팎으로 잘할 자신이 있나 보군."

"음."

그런가. 진주는 무안해 입술을 조금 말아서 오므렸다. 신혼여행을 다녀와서도 우리 둘의 어색한 사이가 계속되면 이상하게 생각하시겠지? 그녀는 가만히 고개를 끄덕였다.

"이제부터 본론. 쇼윈도 부부지만 각방은 안 돼."

"……!"

말도 안 돼.

그녀는 순간적으로 떠오르는 여러 상상에 어쩔 줄 몰라 붉으락푸르락 표정이 바뀌면서 입술마저 조금 벌어졌다. 진주는 곧바로 입술에 힘을 주고 야무지게 닫더니 눈을 크게 뜨고 힘을 줬다.

"그게 무슨 말씀이세요?"

목소리가 커진 건 아니었지만 흥분한 건 틀림없다.

"아버지는 신혼집에 자주 오실 거야. 내가 혹시라도 출장 가거나 집에 없는 동안에, 그렇게 사랑하시는 며느리를 만나러 와서 신혼집에서 식사하거나 차를 마시고 가실 수 있어. 저 양반 눈치에 신혼부부가 각방 쓰는 걸 알게 되면 두 집안이 모두 다 시끄러워져."

윤재의 말은 설득력이 있었다. 그러나 진주는 예상하지 못한 상황이었기에 긴장한 표정이 역력했다. 떨려서 진주는 침을 한 번 넘겼다.

만약 방이 아주 크다면 같이 쓸 수는 있지. 어차피 둘 다 직장 생활을 하니 집에서 같이 생활하는 시간이 많진 않을 테고 커다란 방에 침대를 두 개 놓을 수 있으면 잠이야 따로 잘 수 있을 테니, 진주는 한방에서 잔다는 윤재의 조건도 나름 합리적으로 받아들이려 노력했다.

"그러면 치, 침대는……."

당연히 한 침대를 사용할 리 없단 걸 알고 있었으나 혹시 모르니 확인이 필요했다. 그녀는 한 번 더 확인차 윤재에게 물었다.

"그러니까. 침대는 당연히……?"

윤재는 말끝을 흐리는 진주의 얼굴을 보았다. 동그랗게 눈을 키우고 코끝이 왜 그런지 발갛게 익어 있었다.

'종신 쇼윈도를 하자면서 같은 방, 같은 침대를 쓰자고 할 줄은 아예 생각 못 한 모양이지?'

반면 윤재는 여유로웠다. 나른한 표정을 하고 팔짱을 꼈다.

"침대도 당연히 같이 써야지. 아버지께서 침실에 들어오실 수 있고, 무엇보다 일하시는 분들에게 우리 부부 사이를 자세히 물어보실 수도 있고."

진주의 눈동자는 생생히. 누가 봐도 알 정도로 부들부들 떨렸다. 그녀는 신혼집에서 일하시는 분들의 눈도 속여야 한단 걸 간과하고 있었다. 재벌가 신혼집의 규모가 작을 리 없을 테고 창극단 출퇴근에 소리 연습을 새벽부터 하는 그녀의 스케줄에 혼자 그 많은 집안일을 다 하겠다 하는 것도 무리였다.

'같은 방, 같은 침대를 쓰는 쇼윈도 부부. 이게 진짜 부부와 뭐가 달라?'

진주의 눈이 더없이 휘둥그레지는 모습을 본 윤재는 짐작했다는 듯 피식거렸다.

'더 놀리면 안 되겠네.'

"무슨 상상을 하고 얼굴이 그렇게 총천연색으로 변하는지 모르겠지만, 잠은 내가 다른 방에서 자도록 하지. 어떤 경우에도 내가 먼저 다가갈 일은 없을 테니 그건 안심해도 좋아."

"……."

윤재의 눈에 안심된다는 그녀의 표정이 들어왔다. 그녀가 살짝 고개를 내리자 동그랗게 예쁜 이마가 눈에 걸렸다.

"한 번 더 말하지만, 최선을 다해 배진주의 성공을 도와주지. 공적인 아내로 있어 주는 것 외엔 어떤 것도 필요치 않아."

진주도 아는 얘기였지만 조금 발끈했다.

"저도 다른 걸 바라지 않거든요!"

진주는 고개를 돌려 노트북 화면에 깜박거리는 계약서 조항들을 눈으로 읽어 내렸다.

"그럼 확실하게 침실 및 집 안에서 신체적 접촉은 금지한다는 조항도 추가해 주세요."

"좋아. 단, 둘이 있을 때라고 전제를 달지. 제삼자가 있을 땐 불가피하게 신체적 접촉을 해야 할 수도 있어."

"알겠어요."

진주의 말이라면 다 들어주는 분위기인데 뭔가 손해 보는 느낌이 났다. 그는 늘 아무렇지 않고 자신만 긴장하는 것도 왠지 억울했다.

"혹시 예외 조항은 필요 없겠나?"

"예외 조항이요?"

"단둘이 있을 때, 배진주가 먼저 스킨십을 원하게 되면 어떻게 하지?"

진주는 당황했다.

"마, 말도 안 돼요!"

장난을 치듯 윤재는 여유만만하게 기울인 얼굴로 진주를 보았다. 왜 이렇게 매번 이런 얼굴의 그녀를 놀리고 싶은 걸까.

"배진주는 아직 잘 모르겠지만."

"……."

"난 정상적인 남자고."

천천히 또박또박. 그는 말을 이었다.

"뭐든 아주 잘하는 편이야."

진주는 인상을 썼다. 비슷한 말을 전에 한 번 들어본 적이 있는 것 같은데.

"난 '낮이밤이' 스타일이거든."

"네? 낮…… 뭐요?"

진주는 말간 눈동자를 했다. 처음 듣는 용어였다. 신조어인 건 틀림없는데 뜻을 모르니 반응하기가 어려워 그저 멀뚱히 쳐다봤다.

전혀 감도 못 잡는 진주의 반응에 윤재의 눈빛은 미묘해졌다. 못 알아들었으면 그만이라는 듯, 입술을 늘어뜨린 윤재는 그저 진주에게서 눈을 떼지 않았다.

배진주는 정말 남자를 하나도 모르는군.

윤재는 앞으로 진주가 너무 당황하거나 놀라지 않게 과한 농담은 조심해야겠다고 생각했다. 하지만 결혼하고도 그러면 곤란한데. 쇼윈도라도 엄연히 유부녀가 되니까.

"그게 뭔지 궁금하면 검색이라도 해 보든가."

낮이밤이? 그게 도대체 무슨 말이지?

진주는 집에 도착해 인터넷 검색을 했다. 진주의 집까지 그가 직접 운전해 배웅해 주었기에 휴대폰을 켤 겨를이 없었다.

"낮이밤이……."

다소 농밀한 어른들의 용어였기에 처음 그런 말을 들어 본 진주로선 그 뜻을 알 길이 전혀 없었다. 인터넷 검색을 해 보니 첫 화면에 용어 뜻이 바로 보였다.

"낮에도 이쁘고 밤에도 이쁘다. 이런 뜻이었어?"

그 뜻이 아니었지만, 밤이 늦어 졸음이 몰려온 진주는 다른 뜻을 찾아볼 생각은 못 하고 액정을 바로 껐다.

이 말이 그 상황이랑 무슨 상관이지? 진주는 단순히 생각했다. 이윤재가 자기 스스로도 밤낮으로 예쁜 사람인 걸 잘 아는 모양이라고.

　결혼을 결정하니 결혼식을 진행하는 건 일사천리였다. 지훈
은 바쁜 진주의 일정을 고려해 유능한 웨딩 플래너를 고용했
다. 공연 중간에 바쁘게 진행되는 결혼식 준비라 가장 효율적
인 스케줄을 짜고 간소화하려 했으나 드레스 피팅과 사진 촬
영은 취소할 수 없었다.

　드레스를 입어 보기로 한 날, 진주가 도착한 웨딩숍은 그녀
가 평소에 공연 준비를 위해 드나들던 의상실과 많이 달랐다.

　넓은 로비 공간에 들어서니 화려한 보석으로 수놓인 웨딩드
레스가 유리관에 전시되어 조명 아래 빛을 발하고 있었다. 사
진으로 보던 유럽의 왕실을 옮겨 놓은 것 같은 웅장한 공간에
메인 드레스룸을 중심으로 다양한 콘셉트의 드레스가 룸마다
진열돼 있었다.

　정말 화려하네. 이런 웨딩숍도 있구나.

　진주는 저도 모르게 윤재를 찾아 두리번거렸다.

　극단 막내로 바쁘디바쁜 진주에 비해 일정이 여유로운 윤재
는 이미 턱시도 선택을 끝낸 후였다. 그랬기에 오늘 하루에 신
랑, 신부 피팅과 실내 촬영까지 한 번에 하기로 결정한 것이다.

　타각.

　구두 발자국 소리에 돌아보니 윤재가 직원 한 명과 그녀를

맞으러 나왔고 둘은 눈빛으로 인사했다.

"어머, 신부님. 오셨군요. 저는 드레스 매니저 조안나입니다. 저희 웨딩숍은 우리나라 최고 1%의 특별한 웨딩드레스만 취급하는 곳입니다. 세계 유명 디자이너 작품도 수십 점 보유하고 있어요."

"네. 안녕하세요."

"신랑님께서 너무 잘생긴 데다 어느 턱시도를 입으셔도 멋지게 소화하는 훌륭한 피지컬 덕분에 턱시도 선택은 어렵지 않았어요. 신부님을 보니 웨딩드레스 고르는 것도 어렵지 않을 것 같아요. 두 분이 같이 선 모습이 너무 멋질 것 같아 기대되네요, 정말 잘 어울리세요."

직원의 칭찬에 머쓱해 시선을 돌리다 윤재를 보았다. 그는 이미 선택한 턱시도를 입고 있었다. 웨딩드레스와 턱시도의 조화를 보기 위해 신랑이 먼저 고른 턱시도를 입고 신부의 드레스를 고르기로 예정되어 있었다.

나비넥타이에 검은색 벨벳 슈트. 남자의 몸 라인을 여실히 드러내는 스타일이었다. 높은 콧날과 날렵한 턱선 아래 받혀진 나비넥타이가 유독 그에게 잘 어울려 보였다.

보기만 해도 빠져드는 매력적인 배우 같아.

"신부님은 어떤 드레스를 원하세요? 저희 숍에서 신부님을 위해 몇 가지 추천하는 디자인은 있지만 우선 신부님이 원하시는 디자인부터 보여 드릴게요."

"음."

진주는 미처 구체적인 드레스 디자인을 생각해 두지 않았기에, 답은 않고 멀리 걸린 드레스들에 시선을 두었다. 직원은 이내 그것을 눈치챘다.

"저……."

"신부님은 몸매 라인이 예술이신데요! 여기 이 디자인은 어떠세요? 어깨를 드러내고 허리선을 잡아 주면서 풍성하게 퍼지는 형태인데 이 드레스엔 아주 특별한 포인트도 있어요."

진주도 직원이 안내하는 드레스를 꼼꼼히 보기 시작했다.

포인트?

친절한 웃음을 가득 머금은 직원은 진주를 그 드레스 뒤편으로 데려가 그 포인트란 걸 보여 줬다.

앞부분은 풍성한데 등 부분이 완전히 실종되어 허리 아래까지 파여 있었다. 진주의 두 눈이 휘둥그레졌다.

"아, 아니 이건 좀……."

풋. 지켜보던 윤재만 설핏 입술 끝에 웃음을 걸었다.

"그럼 이건요? 황금빛이 나는 로맨틱한 드레스인데요. 정말 화려하고 우아한 자수 드레스입니다."

윤재는 진주를 지켜보다 다가와 직원에게 입을 열었다.

"신부 드레스는 내가 직접 골라 주고 싶은데. 가능합니까?"

직원이 추천하는 드레스는 윤재의 눈에도 차지 않았다. 더군다나 진주가 마음에 들어 할 스타일도 아니었다.

"네. 그러시겠어요? 그렇다면 신랑님께서 원하시는 것은 어떤 것……."

윤재는 직원에게 조금 성가시단 표정을 드러냈다.

"우선은 둘이서만 조용히 둘러보고 디자인을 선택한 다음, 부르겠습니다."

"아, 네 그러시겠어요? 그럼 두 분이 마음에 드는 드레스로 세 벌을 고르시면 됩니다."

"그러죠."

직원은 인사를 하고 나갔다. 직원이 설명을 잘해 주긴 했으나 진주가 정작 마음에 드는 걸 선택하는 데 방해가 되는 것 같았다.

진주가 눈으로 좇고 있는 드레스는 그게 아니거든.

"입어 보고 싶었던 드레스 스타일이 있나?"

"가능하면 한국의 선을 살린 한복 드레스를 입을 생각이에요."

진주가 한복 드레스가 진열된 쪽을 유심히 보는 걸 그는 알고 있었다.

"한복 드레스도 스타일이 다양하던데. 뭐가 가장 마음에 드나?"

진주는 전통 혼례를 올리는 건 아니지만 결혼식을 통해 한복의 아름다움을 드러내면 좋겠다고 생각했다.

그녀는 한복 드레스들이 걸린 곳으로 가서 하나하나 옷들을 만지고 훑어보기 시작했다. 그리고 한곳. 윤재 역시 진주의 시선이 오래 머무는 드레스를 같이 보고 있었다.

파격적이라고 표현할 수는 없으나 어깨를 완전히 노출한 한복 드레스. 진주는 하얀 실크 느낌이 나는 원단을 만지작거리며 한참이나 드레스를 보았다.

"그 드레스를 한번 입어 보면 어때?"

"……!"

진주는 흠칫 놀랐다. 깨끗한 디자인이지만 저고리를 없애고 원피스 한복 치마로 만들어 오히려 더 과감하게 노출한 느낌이었다.

"안 돼요. 이 드레스는……."

"드레스 피팅하러 왔는데 한번 입어 본다고 손해날 건 없지 않나? 난 잘 어울릴 것 같은데."

한번 입어 보고 싶기도 했다. 하지만 진주는 어깨를 노출한 옷을 한 번도 입어 본 적이 없었다.

고민하는 진주의 눈동자가 흔들리는 걸 윤재가 보았다.

"그렇게 노출이 신경 쓰이면."

윤재는 잠시 몇 초간 고민하나 싶더니 직원을 불렀다.

"저 한복 드레스 위에 얇은 흰색 시스루 저고리를 매치한 신부를 보고 싶군요."

"신부님이 드레스를 입고 이 안에 계십니다. 신랑님은 이 문을 직접 열어 주시죠."

윤재는 고개를 높이 쳐들어야 끝이 보이는 거대한 문 앞에 섰다. 드레스 입은 신부를 보기 위해 신랑이 열어야 할 문은 크고 작은 꽃들로 둘러싸여 있었다.

드륵.

문이 그의 손에 열리자 새하얀 진주가 수줍게 서 있었다. 시스루 저고리 안으로 보일 듯 말 듯한 진주의 가늘고 고운 어깨선과 기다란 팔의 실루엣이 몽환적이기까지 했다.

완전히 문을 다 열고 그녀의 앞에 선 윤재가 한참 동안 넋이 빠진 듯 진주를 보자 계속 그와 눈을 맞추던 진주는 이내 볼빛이 붉어졌다.

'내가 아는 모든 배우들보다 배진주가 더 예쁜 것 같아.'

시간이 멈춘 듯 할 말을 잃은 윤재는 그녀만 빤히 바라보고 있었다.

한편, 쏟아지는 윤재의 눈빛에 진주는 이상한 마음이 들어 시선을 내렸다.

'뭐야, 저 눈빛은.'

윤재가 정말 진심으로 사랑스러워하는 듯한 시선을 보내니 진주는 더 부끄러웠다. 가뜩이나 태어나 처음 이렇게 노출된 옷을 입어 보는데, 진주는 윤재 앞에 몸이 드러나는 웨딩드레스를 입고 서 있는 자신이 얼떨떨했다. 하지만 직접 드레스를 입어 보니 진짜 결혼한다는 사실이 실감이 나기도 했다.

'그나저나 감독님은 왜 계속 저렇게 쳐다보지? 그만 쳐다보면 좋겠는데.'

민망해 죽겠다는 진주의 눈치에도 윤재의 시선은 더 촘촘하게 내리꽂혔다.

"신랑님의 감각이 놀라우세요. 부끄러워하시는 신부님을 위해 시스루 저고리를 매치할 생각을 하시다니. 신부님께서 입은 모습을 보시고 디자이너님도 오히려 더 신비한 느낌이 든다고 좋아하셨어요."

"……네."

넋을 놓고 있던 윤재는 직원의 말에 건성으로 대답했다. 직원은 아무 말도 하지 않는 윤재에게 다가가 이젠 신부에게 찬사를 보낼 차례라고 자그맣게 윤재 귓가에 조언했다.

"에이, 신랑님, 부끄러우시더라도 이 순간엔 신부님께 한마디 하셔야죠. 이 순간의 신랑 리액션이 죽을 때까지 간다고 합니다."

그제야 턱을 괴고 여전히 열심히 바라보던 윤재는 진주에게 한 걸음 더 가까이 다가갔다.

'신부를 위한 한마디라. 그런데 저런 드레스를 입고도 우아해 보이기 힘든데, 배진주는 그게 되네.'

윤재는 그 순간, 진심을 다해 말해 주고 싶었다.

"배진주."

처음 보는 그녀의 목선과 어깨선이 지독히도 하얗고 가냘프게 보였다.

"오늘은 내가 아는 누구보다 아름답고 우아하군."

"……!"

진주는 그 달콤한 말에 입술을 모았다. 그가 내던진 눈빛이며 대사가 진심이 아니란 걸 알지만…… 나쁘지 않았다. 그가 칭찬에 인색하단 걸 누구보다 잘 아니까.

"고, 고마워요."

그가 쇼윈도 부부의 연기를 충실히 하고 있단 걸 아는데, 이상하리만치 의심이 들 정도로 눈빛은 깨끗했다.

찰칵. 찰칵찰칵.

사진작가는 평소에 보기 힘든 아름다운 두 남녀의 웨딩 사진을 찍느라 분주했다.

"신부님은 신랑님을 더 강렬하게 보셔야 합니다. 신혼 첫날밤의 수줍음과 긴장감이 드러나게 표정 부탁드립니다."

"아, 네."

사진 촬영이 처음은 아니었지만, 진주가 주로 작업하는 공연 포스터나 판소리 화보를 찍는 것과 분위기는 너무 달랐기에 긴장한 그녀는 어떻게 해야 할지 갈피를 잡지 못하고 있었다.

"어! 신부님! 신랑님 가슴에 손을 더 바짝 대어 주세요."

진주는 그의 가슴팍에 살짝 손을 올리고 포즈를 잡고 있는데 작가는 계속 바짝 잡아 달라고 부탁했다.

"이, 이렇게요?"

진주는 나름 손끝에 더 힘을 싣고 그의 가슴을 손바닥으로 눌렀다.

"에이, 평소에 스킨십도 한번 안 해 보신 분처럼 그러시면 안 되는데요. 여기서는 맘껏 표현하셔도 됩니다. 웨딩 촬영이신데."

윤재는 턱시도를 입고 있었지만 사진 콘셉트를 바꾸며 타이와 단추를 풀었기에 셔츠 안으로 근육이 조금 드러나 있었다. 그래서 조심스러웠던 건데…….

진주는 사진작가를 너무 힘들게 한다 싶어 큰맘을 먹고 그의 가슴을 세게 꾸욱 눌렀다. 자연스레 진주의 몸은 조금 더 윤재에게 붙었다. 최대한 연기하듯 사랑에 빠진 신부의 표정을 하고 그의 얼굴을 올려다봤다.

이 남자도 긴장한 걸까.

평소의 무표정은 아니었다. 턱에 힘이 조금 들어갔고 잠시 마주친 동공 안으로 무언가 밀려들었다 사라지더니 그가 먼저 시선을 떨구었다.

손가락 끝이 미세하게 떨리기에 그에게 전달하지 않으려 진주는 더 손에 힘을 주었다.

'하아……. 떨려. 내가 떨고 있다는 걸 감독님이 알아채면 어쩌지?'

"이제, 마지막 컷을 찍을 텐데요. 신랑님께서는 우리가 없다 생각하시고 신부님께 강렬하게 하고 싶으신 포즈를 지어 주시면 좋겠습니다. 보통은 키스를 하시던데."

"네?"

키스란 말에 진주는 동공마저 사정없이 떨어 댔다.

'키스! 손도 안 잡아 본 사람이랑 키스라니!'

그것도 이렇게 많은 사람들이 있는 앞에서 해야 한다니. 진주는 몸에 힘을 주고 참았으나 결국 팔부터 다리까지 후들거리기 시작했다.

그 모습을 눈치챈 윤재는 잘게 숨을 뱉었다. 윤재는 키스 신에 버금가는 메인 컷이 나오지 않으면 사진작가가 계속 키스를 요구할 거라 생각했다.

그때, 진주의 실루엣을 감싼 투명한 저고리에 달린 옷고름이 시야에 들어왔다. 잠시 고민하던 그는 진주의 귓가에 입술을 붙이고 속삭였다.

"배진주, 짧은 공연이라고 생각해."

진주의 뺨과 그의 얼굴은 거의 닿을 듯 붙어 있었다.

"떨지 말고 나를 믿어."

진주는 고개를 잘게 끄덕였다.

윤재는 무언가 결심이 서자 그녀에게 시선을 맞추고 바라보는 눈빛을 고쳤다. 지독히도 그녀를 갈구하지만 애틋하고도 수줍게…… 그는 스윽 손을 뻗어 진주의 저고리 옷고름을 들어 올려 끝을 그러쥐었다.

"뭐 하려구요?"

진주가 들리지 않는 작은 목소리로 윤재에게 다급하게 속삭였다.

흔들리는 시선 두 개는 긴박하게 엉기어 섞여 들었다. 윤재의 심장도 뛰어 대고 머릿속은 어수선했다.

'진심이 아닌 연기로 이런 마음이 들 수 있을까.'

윤재는 애써 흘러드는 생각을 뿌리치고 최대한 카메라 방향으로 그녀와의 미묘한 긴장감이 드러나는 각도를 잡았다.

눈 끝에 걸리는 배진주의 붉은 얼굴 때문일까, 가슴 아래서 짙은 열기마저 일었다. 숨을 한 번 내뱉었다.

"키스는 안 해도 될 테니…… 조금만 참아."

윤재도 조용히 진주의 귓가에 속삭였다. 그는 키스라도 할 듯 얼굴을 들이대더니 그녀의 어깨를 신비롭게 감싼 저고리에 손을 가져갔다.

그러곤,

'너무 놀라지 말았으면 좋겠는데.'

부드럽게 진주의 옷고름을 천천히 풀어 내렸다.

찰칵, 찰칵, 찰칵.

카메라 셔터 소리가 다시 요란해졌다.

눈코 뜰 새 없이 바쁜 일상이 다시 계속됐다. 진주는 창극단 공연과 기념행사 공연을 오가느라 딴생각을 할 겨를이 없었고 윤재 역시 공연을 진행하며 다음 연출 작품을 준비해야 했기에 시간은 빨리 흘러갔다.

그렇게 결혼식 전날이 되었다.

한국의 전통 결혼은 신부 쪽에서 신랑 쪽으로 예단을 보내면, 결혼식 전날에 그 답례로 신랑 집안에서 신부에게 선물과 예물을 가득 담은 함을 함진아비에게 지워 보낸다.

진주의 집으로도 드디어 함이 들어오고 있었다.

"함 사시오! 함을 사시오!"

길모퉁이를 돌아 고운 두루마기를 차려입고 함을 진 함진아비 셋이 도착했다. 신랑인 윤재는 신부의 집에 먼저 도착해 함 맞을 준비를 하고 있었다.

"함 사시오!"

소리꾼 함진아비들의 배에서 울려 나는 시원한 목소리가 한 번 더 온 동네에 퍼졌다.

음과 양이 교차하는 오후 늦은 시간.

기이잉―.

대문이 열리고, 함진아비가 신부의 집에 함을 그냥 들이지 않고 신부의 가족들과 실랑이를 벌이는 건 흔한 광경이었다. 이번에 진주의 함을 집 안으로 끌어들여야 할 임무를 맡은 건 신부의 친구들이었다.

첫 번째 전략은 미인계.

미스 춘향 출신 승희가 술상을 들고 나와 함진아비들이 선 길바닥에 술상을 내리고 호리병에 가득 든 막걸리를 사발에 따라 함진아비 앞으로 내밀었다.

그러나 함진아비들 표정은 시큰둥했다.

"아이고, 지금 우리가 그 먼 길을 달려왔는데! 고작 막걸리가 웬 말이야! 이 함은 오늘 집 안에 못 들어갈 함인가 보네!"

능청을 떨며 함진아비 하나가 이번엔 길바닥에 철퍼덕 주저 앉았다.

이번엔 정미가 화려한 한복을 곱게 입고 나와 흰 봉투를 길 바닥에 펼쳤다. 함진아비들 눈이 커졌다.

"오! 우리가 찾는 것이 그것이 맞지. 그러면 우리가 그 봉투를 밟고 갈 테니 빡빡하게 한번 깔아 보시오."

여인은 봉투를 함진아비 앞에 두어 장 더 깔았다. 가장 선두에 선 오징어 가면 쓴 함진아비가 발을 떼려 하니 다른 함진 아비가 길을 막았다.

"잠깐!"

그는 목덜미를 긁적이며 바닥에 납작 엎드리더니 깔린 봉투를 하나 들어 열어 봤다.

"음?"

"안 돼, 안 돼. 봉투가 너무 가벼워."

그러곤 다시 털썩 주저앉는다. 그 꼴을 지켜보던 강아가 안 되겠는지 결국 직접 나왔다.

"오라버니들, 뭘 원하시오?"

"절세미인들이 춤이라도 추면……?"

"절세미인은 이미 줄줄이 여럿 봤으니 이번엔 섹시한 장돌 뱅이 춤이나 한번 보시오!"

챙 챙챙!

꽹과리 소리에 북소리가 더해져 들려왔다. 얼쑤! 하는 소리에 강아가 장돌뱅이 춤을 추기 시작했다. 광대에 소리꾼들이 가득했기에 분위기가 달아오르고 춤판은 흥거웠다.

"와아! 얼씨구!"

한판 신나는 놀이가 끝났다.

"비싼 춤도 봤으니 이제 집으로 함 좀 들어갑시다!"

강아가 앞에 선 함진아비의 팔을 잡아끌자 함은 결국 문 안으로 들어갔다.

"어서들 오시게."

애순이 인사를 하자 함진아비는 마루에 지고 온 함을 모두 내려놓았다.

진주는 방에서 준비를 하고 있다가 함이 들어왔단 소리에 나와 마루에 앉았다.

드르륵.

분홍이 옅게 감도는 저고리에 흰 치마를 차려입은 진주 앞에 같은 흰색 바지에 연분홍빛 쾌자를 입은 새신랑 윤재가 다른 방에서 문을 열고 나왔다. 머리끝이 거의 문에 닿을 정도로 윤재의 키는 컸다. 그녀의 시야를 가득 채운, 분홍 빛깔 한복을 입은 윤재의 모습은 무척이나 색달랐다.

소리꾼들을 아우르는 광대의 첫 번째 조건이 인물 치레라 배운 진주는 아이러니하게도 윤재만큼 광대에 어울리는 사람이 없단 생각이 들었다.

저 남자는 어떤 차림이든, 어디 있든 시선을 압도하네.

'분홍색 한복도 잘 어울리는구나.'

그녀의 한복과 맞춰 입은 것이 분명했다. 그는 평소에 그렇게 밝은색 옷을 즐겨 입지 않으니. 진주는 드레스 피팅 때 입었던 윤재의 날렵한 턱시도도 생각났다. 그에 대해 여러 모습을 알게 된 게 나쁘지만은 않았다. 생각보다 결혼 준비를 하면서 그와의 스킨십이 많았지만.

'그것도…… 나쁘지 않아.'

신랑 신부는 서로 마주 보고 앉았다. 그와 가까이서 마주 보는 건 흔한 일인데 아직도 진주는 어색해 고개가 저절로 조금 내려갔다. 볼도 순식간에 발그레해졌다.

둘 사이에 앉은 애순은 함을 모두 펼치고 그 가운데서 따끈한 시루떡을 꺼냈다. 아직도 김이 모락모락 올라오고 있었다. 애순이 접시 하나를 가져와 시루떡을 그 접시 위에 올리고 진주에게 건넸다.

"이 시루떡은 신랑 각시 아무 문제 없이 쫀득하게 붙어서 마음 맞추고 살란 의미여. 진주야."

"네."

조그맣게 고개 숙인 진주가 대답했다.

"이 떡 한 조각을 떼서 네가 신랑 입에 직접 먹여 주거라."

"네, 네?"

그저 맞절이나 할 줄 알았기에 윤재에게 떡을 먹여 주란 애순의 말에 진주는 잔뜩 긴장했다.

반면 진주의 얼굴이 금세 달아오르는 걸 보는 윤재의 양 입꼬리도 조금 위로 올라갔다.

"오매! 신랑 각시 부끄러워하는 것 보니 뽀뽀도 한번 안 해 본 것 같은데요. 스승님! 곧 부부가 될 텐데 떡을 손 말고 입으로 먹여 주는 건 안 된당가요?"

어디서 들려오는 동네 사람들의 주책스러운 농담에 진주가 마당 쪽으로 눈을 흘겼다. 키득거리는 소리도 들려왔다. 수십 개의 구경하는 눈이 신랑 신부만 향하고 있으니 하지 않겠다 할 수도 없었다.

하아…….

진주는 떡을 조심스레 잡아 들었다. 가득 붙은 떡고물을 접시에 털어 내고 윤재의 입 앞으로 가져갔다.

눈앞에 너무 가까이, 비현실적인 그의 얼굴이 있다.

잘생겼어. 보고 있으니 새삼 잘생긴 그의 얼굴이 더욱 의식이 되었다.

떡을 먹이기 위해 자연스럽게 시선을 내리자 그의 매끈하게 높이 솟은 코 아래의 입술도 자세히 보였다. 입술도 예쁘구나. 마치 값나가는 어느 왕실의 귀족 고양이처럼 그는 기품 있고 화려해 보였다. 도톰한 입술에 붉은 자줏빛 입술 색은 관리라도 받은 듯 윤기가 흘렀다.

그 고귀한 입술로 진주는 떡을 가져갔다. 윤재에게 가까워지는 만큼 그녀의 눈도 점점 커졌다. 바로 코앞에 진주의 얼굴과 손가락과 떡이 보이자 윤재의 턱은 힘을 주어 각이 졌다.

"빨리 신랑도 아 하시요!"

신랑 신부 놀리는 재미에 구경 온 사람들은 웃어 대며 농담을 던지느라 정신없었다.

"신부는 손꼬락 조심해야 쓰것네. 신랑 얼굴이 손가락도 옴팡 잡아먹을 표정이여!"

"아하하."

윤재의 진한 눈매에 힘이 들어갔다. 입술은 점점 크게 벌어졌다. 아. 진주는 그의 입에 떡 조각을 집어넣었다. 떡을 흘리지 않으려니 그의 입술에 손가락이 붙었다 스쳤다. 윤재는 진주가 넣어 준 떡을 입술을 꼬물거리며 씹고 있었다.

'어, 어쩌지?'

떡은 성공적으로 들어갔으나 이번엔 떡에 붙은 팥고물이 그의 입술에 듬성듬성 달라붙었다.

'안 되겠어.'

진주는 할 수 없이 손가락을 다시 그의 입술에 갖다 대고 엄지손가락으로 최대한 건드리지 않게 그의 입술을 훑어 내며 남은 손가락으로 팥고물을 슬쩍슬쩍 닦아 냈다.

"……!"

진주의 얼굴을 빤히 보던 윤재는 씹어 먹던 떡이 튀어나올 듯 흠칫 놀랐다.

작은 진주의 손가락이 입술을 훑어가는데 찌릿찌릿, 등줄기엔 전류가 흘렀다.

이어 새끼손가락이 톡톡 쳐 대며 스치는데 입술 끝은 불에 데인 듯 뜨거웠다.

그러다 정수리 끝에서부터 간질간질 전율이 일기 시작했다.

서서히 윤재의 얼굴도 귀부터 붉어졌다.

그런 윤재를 보고 자신의 행동에 그가 당황했다 생각한 진주는 얼굴을 당겨 그의 귓가에 작게 속삭였다.

"감독님 입술에 떡고물이 붙었어요. 이제 됐어요."

뜨거운 그녀의 입김이 윤재의 한쪽 볼과 턱에 흩어졌다. 간질거리던 몸에 이번엔 오소소 닭살이 올랐다.

"⋯⋯어."

저도 모르게 입술이 달싹거렸다. 목덜미에 땀이 흐르는 것 같았다.

"이제 장모와 신랑이 맞절하면 됩니다. 진주에겐 어머니 같은 남애순 선생님께서 장모 대신 신랑과 절하겠습니다."

진짜 장모는 아니었으나 진주에겐 어머니와 다름없으니 애순과 윤재는 서로 자리를 잡고 맞절을 했다. 고개를 들어 허리를 세우고 앉아 애순이 먼저 두 손으로 윤재의 큰 손을 잡았다. 애순의 눈빛에 그윽한 물빛이 서렸다.

'윤재야, 이렇게 잘 커 줘서 정말 장하다. 달님, 하늘님, 천지신명님⋯⋯. 우리 윤재 이렇게 번듯하게 자라게 해 주어 정말 고맙소.'

애순의 짙은 눈동자 끝에 어느새 작은 눈물방울이 맺혔다. 얼른 눈물을 훔친 애순은 잡은 윤재의 손등을 어루만졌다.

"우리 진주⋯⋯. 천년만년 따숩고 귀하게 여겨 주시게. 이

서방."

윤재도 잡은 그녀의 손이 지나치게 뜨거워서인지, 무언가 울컥함을 느꼈다. 그래서 평소엔 남애순 선생이라 불렀으나.

"네, 어머니. 그러겠습니다."

오늘만은 달리 부르고 싶었다. 윤재 입에서 난데없이 터져 나온 '어머니' 소리에 참고 참았던 둑이 터지듯 애순의 눈물이 기어코 눈가를 적시며 볼을 타고 흘러내렸다.

"이 서방, 미안허네. 이 늙은 것이 좋은 날에 주책이여. 이해하시게."

함이 들어오느라 시끌시끌했던 애순의 집은 저녁 식사와 술상을 대접하고 한밤에야 모든 손님을 내보내고 고요해졌다.

함 들어오는 날은 마지막으로 신랑을 거꾸로 매달고 발바닥을 쳐야 한다고 누군가 주장했으나 감히 윤재를 나무에 매달아 발바닥을 치겠다 나서는 사람이 없어 결국 불발됐다.

지금 창극단 단원이거나 미래에 창극단 단원이 될 소리꾼들이 손님의 대부분인 데다가 국내 최고 엔터테인먼트 기업 오너가 윤재의 아버지임을 다 알고 있는데 누가 그를 매달아 두고 손을 본단 말인가. 결국 눈치만 보다 조용한 술 한잔에 신랑 맞이는 끝이 났다.

도르륵.

진수는 사랑방에서 윤재에게 술을 따르고 있었다. 직장에서는 상사이지만 진주와의 결혼으로 손아랫사람이 된 터라, 개인적으로도 어색해졌다.

"진주, 특이 사항이 있나……?"

"네? 무슨 특이 사항이요?"

윤재는 진수가 말귀를 못 알아먹는 것 같아 눈 끝에 힘을 줬다. 백진수에게 뭔가 물어보는 것도 민망한데 눈치 없이 되물어 답답했다. 하지만 현재로선 백진수가 진주에 대해서 가장 잘 알 것 같았다.

"어디 약한 곳이 있다든가, 잘 먹는 거라든가, 좋아하는 장소……."

"아! 진주는 가리는 것 없이 다 잘 먹는 편입니다. 채식을 좋아해서 고기를 많이 먹진 못하구요."

소리하는 사람이 채식을? 지난번에 보니 고기를 싫어하는 것 같진 않던데. 윤재는 줄곧 궁금했다. 배진주가 원했던 자유는 뭘까?

"좋아하는 곳은?"

"진주는 무난한 성격이라 어딜 데려가든 다 좋아하고……."

"어딜 가 봤는데?"

윤재가 퉁명스럽게 물었다. 윤재는 진주에 대한 진수의 마음도 궁금했다. 하지만 떠보지 않아도 뭉뚱그려 말하는 진수 태도로 보니 둘 사이에 별 스토리는 없다는 답이 내려졌다.

진짜 순진한 애들 풋사랑이었나?

안도감이 생겼지만, 그마저 윤재 마음에 들지 않았다. 사랑스러운 여자가 충분히 사랑받지 못했다는 연민이 불쑥 들어찬 것이다.

"공연을 워낙 많이 다니긴 했는데……."

"일 말고 개인적으로 좋아하는 곳은?"

진수는 잠시 생각하더니 눈썹을 긁적였다.

"워낙 어릴 때부터 판소리 공연 다니느라 학교만 겨우 다녔지, 진주는 개인적인 여행을 다닌 적이 없어요."

예상은 했었는데, 답을 들을수록 진주가 안타까워졌다.

'결론은 배진주는 뭘 먹으러 다니지도, 어딜 가지도 않았다는 말이군.'

윤재는 왠지 씁쓸했다. 진주가 살아온 지난 시간들이 지나치게 무료했겠다 싶었다.

'그래서 그렇게나 자유롭고 싶었던 건가?'

"그리고 딸기 아이스크림…… 말이야."

"네?"

"그걸 자주 먹는 이유는?"

그는 퇴근 후 진수와 진주가 창극단 부근의 아이스크림 가게로 가는 걸 몇 번 본 적이 있었다. 게다가 멀리서 언뜻 보면 늘 진주는 딸기 아이스크림을 먹고 있었다.

"스승님께 혼났을 때나 혼자 소리 연습을 하다 막히는 부분이 있어 속상할 때, 진주는 딸기 아이스크림을 먹으면 기분이 좋아져요."

"그렇군."

윤재는 한 손을 턱에 괴었다. 무슨 생각인지 눈동자가 깊은 우물처럼 새까맸다.

같은 시각, 애순과 진주는 오랜만에 한 이불에 누워 있었다. 결혼식이 다가오자 애순이 오늘 밤은 같이 자자며 진주에게 청한 것이다.

마당 어디에 귀뚜라미가 여럿 사는지 우는 소리가 어우러져 컸다. 잠을 청해도 잠이 오지 않아 애순도 진주도 천장만 바라보고 있었다.

"네 시아버지 말이, 윤재가 듬직하니 말은 없어도 속정은 깊다고 하더라."

"네."

진주가 보기에 윤재는 세상에 아무 부러울 것도, 무서울 것도 없는 사람 같았다. 함이 들어오고 손님을 치르고 어른들과 술이 오가는 동안에도 그는 물 흐르듯 모든 일을 처리하고 필요할 때마다 든든히 진주 옆에 앉아 있었다.

"아직…… 윤재가 속에 있는 얘기까지는 안 하는 것이여?"

"네."

진주는 생각해 봤다. 그를 정말 사랑하게 되고 그도 나를 많이 사랑해서 하는 결혼이었으면 어떤 기분일까? 늘 부르던 사랑가의 춘향과 몽룡처럼 한시도 떨어지기 싫을 만큼 애틋했다면.

"진주야."

애순이 이불 안에서 진주의 손을 더 꼬옥 잡았다.

"네. 스승님."

"너는 누가 뭐래도 내 딸이여."

아들 진수도 성격이 곰살맞긴 했으나 딸과는 달랐다. 진주는 애순에게 제자로서도, 열일곱부터 딸로 키우면서도 손 하나 댈 것 없이 착하게 자라 주어 그녀에겐 커다란 위안이고 자랑이었다.

애순이 진주의 손을 두 손으로 더 꽉 잡고 손등을 쓰다듬었다.

"시집가면 행복하게 잘 살아야 한다."

"네."

진주는 괜히 코끝이 시큰 아려 왔다. 하지만 진주는 마음을 다잡았다.

늘 바라 왔던 뜨거운 사랑은 아니라도 최선을 다해 행복해지려고 노력해야지.

Chapter 4

하려면 제대로 해야지

다음 날, 결혼식은 지훈의 계획대로 성대하고 화려했다.

한국을 대표하는 젊고 아름다운 소리꾼 배진주와 창극단에서 만나 한눈에 사랑에 빠진 젊은 공연 감독의 결합을 과장해 알리느라 온갖 매체들도 들썩거렸다.

정신없이 결혼식을 끝낸 둘은 하객들과 인사를 마치고 서둘러 신혼 여행지로 출발했다. 진주가 아는 건 윤재가 예약한 신혼 여행지가 남태평양 폴리네시아의 한 섬이란 것과 비행 시간이 12시간이 넘는다는 것 정도였다.

진주는 그와 단둘이서 나란히 앉아 오랜 시간 비행기를 탄다는 사실이 걱정됐으나 좌석을 안내받으니 둘의 좌석이 멀리 떨어져 있었기에 오히려 안심했다.

최고의 VIP를 위한 퍼스트 스위트룸. 이런 좌석이 있단 걸 들어 본 적도 없었던 진주의 눈앞에 펼쳐진 공간은 비행기 안이라곤 믿어지지 않을 정도로 낯설었다. 고급 호텔을 그대로 옮겨 놓은 듯한 단 두 사람만을 위한 기내 스위트룸.

진주는 개인 좌석은 물론 넓은 식사 테이블과 욕실까지 갖춘 내부를 담당 직원에게 소개받으며 둘러보았다.

윤재는 직원에게 자연스럽게 영어로 몇 가지 질문하더니 고개를 끄덕였고 인사를 한 직원은 문을 닫고 사라졌다. 기내 방송이 나오자 자리에 앉으며 진주는 안전띠를 맸다.

"직원이 뭐라고 한 거예요?"

영어를 모르진 않으나 불어가 섞인 빠른 영어였기에 진주는 알아듣기 힘들었다.

"오늘 일정을 설명했어. 코스 식사 후에 쉬다가 잠자리에 들 시간이 되면 여긴 신혼부부의 공간으로 만들어진다는군. 그러니 우린 방해받지 않고 최대한 편안하게 쉬면 된다고."

"네에?"

신혼부부의 편안한 공간…… 비행기 안에서?

"큼직한 더블베드인 것도 마음에 들고."

진주가 그 말을 듣고 둘러보니 정말로 침대는 더블베드였다.

'침대가 하나?'

"다행히 잠은 편히 자겠네. 오늘 피곤할 텐데."

진주는 긴 비행 시간이지만 기내식을 먹고 좌석에 앉아 잠을 자겠지 하고 단순히 생각했던 것이 실수임을 알게 됐다.

뭐지? 흘러가는 상황이 생각과 전혀 다르잖아.

우웅.

잠시 후 비행기는 이륙을 시작했고 높은 상공에 이르러 구름이 보이기 시작하자 담당 직원이 식사 메뉴를 들고 다시 찾아왔다.

"잠시 실례하겠습니다."

윤재는 직원에게 메뉴를 받아 들고 진주를 보며 말했다.

"음. 혹시 즐겨 마시는 와인이 있나?"

"아, 니요."

윤재는 진주가 원하는 구체적인 와인이 없다는 말에 고개를 조금 끄덕였다. 그는 다시 고개를 내려 메뉴를 보다 직원과 몇 마디를 나누고 와인을 주문했다.

"세계적으로 유명한 와인 셀러가 추천한 와인 중에 여성들이 좋아하는 와인이라기에 내가 알아서 주문했어."

"네."

윤재의 말이 끊어질 때마다 침묵이 찾아왔다.

테이블 위에는 곧 와인 두 잔과 안주가 올려졌다. 그는 와인 두 잔 중에 붉은색 와인을 진주의 앞쪽으로 내밀었다.

하지만 진주의 머릿속은 한 가지로 꽉 차 있었다.

'더블베드라니, 같이 자야 할까?'

진주는 그 생각에 긴장이 되어 최고의 와인이고 뭐고 맛을 느낄 수 없었다.

'진짜 한 이불에서 같이?'

점점 그 생각이 머릿속을 가득 헤집었기에 그녀는 자동으로 미간을 점점 더 찌푸렸다.

'차라리 직접 물어보는 것이 낫겠어.'

고개를 든 진주는 그에게 시선을 고정했다.

"혹시…… 오늘 밤, 저 침대에서 같이 자야 하나요?"

진주가 딴생각으로 당황스러운 눈빛을 보내는 걸 윤재도 알긴 했다.

'하아. 더블베드가 문제였군.'

그는 자기 와인 잔을 들고 진주의 잔으로 가져가 슬쩍 부딪혔다.

톡.

"그럴 리 없잖아? 지난번 계약서에 그 부분에 대해선 분명히 명시했던 것 같은데. 내가 먼저 스킨십을 하거나 같은 침대에서 자는 일은 없을 거라고."

윤재는 와인을 한 모금 들이켰다.

"그러니 안심해. 침대는 오늘 많이 피곤할 테니 편안히 자란 의미야."

"……?"

"내 결혼 선물이기도 하고."

이 비행기는 윤재가 그녀를 위해 고심해 준비한 것이었다. 촉박한 일정에 예약이 어려워 인맥을 동원해 겨우 잡은 자리이기도 했다.

"창극단 바쁜 일정에 공연까지 소화하면서 결혼 준비로 힘들었을 테니, 결혼을 무사히 치르게 되어 기쁘다는 의미."

재벌이라 그런 줄 알았는데 자신을 위해 이런 공간을 특별히 준비했다는 말에 놀라기도, 미안하기도 했다.

"감사합니다."

그가 세심하고 계획적이란 건 진주도 알고 있었다. 감독으로서 창극단에서 보이는 그의 모습에서도 빈틈은 없었으니까. 그래서일 텐데…….

진주는 그를 힐끔 올려봤다. 언제부턴가 지그시 그를 보는 횟수도 잦아졌다.

'자꾸만 저러면 따뜻하고 든든한 사람이라고 오해하게 되는데.'

그 안에 감독님의 마음이 조금이라도 있을까 봐.

진주는 고갤 돌려 창문 밖을 보았다. 이미 비행기는 구름 위로 올라 파란 하늘 위에 자리를 잡고 사뿐히 날고 있었다.

"결혼했으니."

진주의 고개가 윤재에게 다시 향했다.

"……?"

"하고 싶은 건 하고 살아. 이젠 그래도 되니까."

윤재는 결혼과 동시에 자유를 달라던 진주의 말이 마음에 깊이 새겨졌었다. 진주는 살풋 웃었다.

"왜 그렇게 웃지?"

"지금 하고 싶은 게 있긴 한데, 할 수가 없어서요."

할 수 없다는 진주의 답에 윤재는 그게 무언지 궁금했다. 가능하다면 배진주가 하고 싶은 건 다 해 주고 싶은데.

"그게 뭐지?"

"그건요…….."

진주의 표정이 심각하다가 이내 미소를 걸었다. 그녀는 뭘 생각하는지 간간이 혼자 웃었다, 활짝 웃는 건 아니지만. 그 모습을 본 윤재도 어정쩡한 미소를 띠었다.

"춘향이와 몽룡이처럼."

춘향이와 몽룡? 윤재가 예상 못 한 이름이었다.

"화끈한 사랑을 해 보고 싶었어요."

윤재는 처음엔 잘못 들었다고 생각했다. 그의 눈이 큼직하게 커졌다.

"화……끈?"

"에이, 감독님도 아시면서 왜 그러세요?"

괜히 윤재의 얼굴이 화끈 달아올랐다.

"어릴 땐 공연을 해야 하니 춘향가를 외워 부르기만 했지, 그 작품의 의미를 잘 몰랐거든요. 커서 공부도 하고 내용을 이해하게 되니 자연스럽게 열여섯 춘향이 같은 사랑을 해 보고 싶다고 생각했어요."

윤재는 진주의 말을 들으며 그녀가 의미하는 '화끈'의 의미가 통상적인 의미와 다르지 않을까 하는 생각을 했다.

배진주가 그렇게 하고 싶다는 화끈한 사랑이란 뭘까.

"예를 들자면?"

"춘향이는 감정에 당당하고 적극적이고 솔직하잖아요."

춘향전에서 춘향과 몽룡은 열여섯에 만나 첫눈에 사랑에 빠지고 신분을 뛰어넘은 뜨거운 사랑을 하다 바로 혼인을 한다. 원문에 보이는 그들의 사랑은 더없이 뜨겁고 과감했다.

"춘향이 롤모델인 건 몰랐군."

"그런 사랑은 못 하더라도……."

진주가 말끝을 흐렸다. 소원도 부부가 되어 화끈한 사랑은 못 해 보겠다는 아쉬움이 윤재에게 느껴졌다. 하지만 진주는 진지한 표정으로 윤재에게 말했다.

"이제 결혼했으니, 앞으로는 적극적으로 행복해지기 위해 노력하며 살 거예요."

윤재의 눈빛이 나른했다.

"이 결혼도 행복해지려고 내가 선택한 거니까."

한창 대화를 하던 중 그의 시선에 진주의 손가락에 끼워진 결혼반지가 보였다.

"결혼반지는…… 마음에 드나?"

둘에게 반지를 같이 맞추러 갈 여유는 없었다. 웨딩 플래너와 윤재가 먼저 결혼반지와 예물 보석 세트를 선택해 진주에게 보여 주었고 진주는 샘플로 디자인을 결정했다. 그녀가 실제로 반지를 본 건 윤재가 반지를 직접 끼워 준 결혼식장에서였다.

"마음에 들어요."

진주도 그제야 반지를 내려다봤다. 화려한 다이아몬드가 촘촘히 아름답게 박혀 있었다.

그녀의 손가락에 가끔 끼우던 반지라곤 공연을 위한 소품 옥가락지 정도였다. 평소엔 액세서리를 잘 하지 않았기에 처음 왼손 약지에 껴 본 큼직한 결혼반지가 진주는 어색했다. 그녀는 계속 반지를 만지작거렸다. 윤재는 그 어색함도 눈치챘다.

춘향과 몽룡처럼 불같은 사랑을 하고 싶다고?

'이 어린 신부를 어쩌지?'

눈이 마주치면 술기운에 새어 나오는 어설프고 과장된 감정을 들킬 것 같아 윤재는 술잔과 그녀의 손가락만 계속 내려다보았다. 그는 입술 밖으로 뱉지 못 할 말을 역시나 삼키는 중이었다. 윤재의 손가락에도 같은 모양의 결혼반지가 반짝이고 있었다.

저녁을 먹은 후, 같이 있는 게 어색했는지 가만히 앉아 있던 진주는 자꾸 주변을 두리번거렸다. 창밖을 얼마간 쳐다보더니 앞을 보고, 넌지시 침대 방향으로 고개를 돌리다 한숨을 조그맣게 쉬었다.

'먼저 침대에 들어가서 자겠다고 말하긴 미안한 모양이네.'

"같이 영화 보겠나?"

윤재는 이 무료함을 달래기엔 영화가 가장 좋을 것 같았다.

"좋아요."

영화가 이 분위기에 딱이다 생각했는지 진주의 얼굴에 화색이 돌았다. 윤재는 소파 앞에 앉아 대형 브라운관을 켰다. 소파에 부착된 태블릿에 영화 리스트가 보였다.

"무슨 영화를 좋아하지?"

"전 고전이요. '로마의 휴일' 같은……"

"그 영화는 여기서 볼 수 있을 것 같긴 한데."

윤재가 영화를 찾는 동안 진주도 영화 제목을 같이 둘러보며 무엇을 볼지 골랐다. 진주는 특별한 공간에서 보는 거니 평소에 좋아하는 영화보다 기억에 남을 영화를 보고 싶었다.

"보고 싶은 게 있어요."

"제목은?"

"그런데 제목이 기억이 안 나요."

"그럼 내용을 말해 봐."

진주는 눈으로 태블릿 화면을 훑으며 윤재에게 말했다.

"좀 오래된 판소리 사극 영화인데, 세자가 판소리를 너무 좋아해서 소리꾼들을 불러 공연을 시키다가……."

"그건 '푸른 들녘의 노래'야."

"아, 맞아요."

윤재는 제목을 검색하더니 진주가 보고 싶다는 영화를 찾아 틀었다.

"어? 시작한다."

이 영화는 윤재도 좋아하는 영화 중 하나였다. 감독이 흥행과 상관없이 한국의 소리를 고스란히 담고 싶어 한 흔적이 영화 곳곳에 묻어나는 아름다운 영화였다.

"이 영화에서 제가 존경하는 이말지 무형 문화재님이 주인공 소리를 더빙하셨잖아요? 그 부분이 제일 기대돼요."

둘이 영화에 집중하는 동안 영화는 서서히 클라이맥스로 치닫고 있었다. 어쩌다 광대인 소리꾼을 사랑하게 된 세자는 그녀를 궁으로 들이려 하지만 여자 주인공은 그녀의 소리 스승을 깊이 사랑하고 있었다.

집중해 영화를 보던 진주는 눈물을 훔쳐 냈다. 윤재는 진주가 우는 걸 보고 흠칫 놀랐다.

'소리가 듣기 좋아 본다더니 왜 눈물을 흘리는 거지? 그 정도로 슬프진 않은데.'

비극적인 로맨스 영화도 아니었다.

"여자 주인공은 스승님을 사랑할 수밖에 없었을 거예요."

진주는 여자 주인공에게 몰입해 있는 것 같았다.

"세자의 사랑을 받아들이면 여자 주인공은 장차 신분이 높아지고 소리꾼들을 도울 수 있겠지."

진주는 윤재를 쳐다봤다.

"여자 주인공은 날마다 같이 지내면서 다정하게 소리도 가르쳐 주고 그녀가 훌륭한 소리꾼이 되도록 희생해 준 스승님을 더 사랑했어요."

"그러면 뭐 해? 스승은 고백 한번 못 해 보고 여자를 떠나는데."

진주는 안타까운 표정을 지었다.

영화를 보는 건지 여자의 마음에 관해 토론을 하는 건지.

"저라면 세자의 여인이 되거나 궁에 묶이는 것보다 죽을 때까지 스승님을 그리워하고 사랑했을 거예요."

"그건 영화 내용과 다른데."

"저라면 그랬을 거라고요."

화끈하고 과감한 사랑 어쩌고 하더니 이번에는 자유로운 삶에 대해 이야기하기 시작했다. 하긴, 춘향이도 목숨을 걸고 사랑을 키웠지만 주체적으로 자신의 삶을 선택했던 여자였지.

영화가 끝나갈 즈음, 아름다운 판소리 몇 곡이 흘러나오고 있을 때.

스르륵.

윤재의 어깨에 자그만 진주의 머리가 살포시 기대 왔다.

"……!"

윤재는 최대한 어깨를 움직이지 않고 자신의 얼굴을 돌려 진주의 얼굴을 내려 보았다.

— 저 침대에서 같이 자야 하나요?

눈을 동그랗게 뜨고 놀라서 물어 오던 그녀의 얼굴이 떠올랐다.

"침대 타령을 하며 그렇게 떨어 대더니."

잠든 진주의 말간 얼굴에 윤재는 저절로 미소가 지어졌다.

'혼자 그렇게 고민했던 게 겨우 그거였다니.'

하지만 그런 진주가 윤재는 무척이나 귀여웠다.

"남자한테 기대어 이렇게 잠들 거면서."

나직하게 그의 어깨 위로 왔다 가는 옅은 진주의 숨소리가 무척이나 듣기 좋았다.

긴 영화를 혼자서 다시 보듯, 윤재는 표정을 바꿔 가며 재미있게 그녀를 지켜봤다. 혼자 웃기도, 입술을 튀어나오게도, 코에 주름을 만들기도 했다.

진주의 고개는 더욱 윤재 쪽으로 기울어 갔다.

비행기에서 내려 경비행기로 다시 갈아타니 푸른 바다와 구름이 어우러진 섬들의 모습을 한눈에 볼 수 있었다. 그 모습은 아름답다 못해 경이로웠다.

겨울이었던 한국을 벗어나 허니문을 보낼 곳은 기온이 40도에 가까웠다. 진주도 두꺼운 옷을 벗고 챙이 넓은 모자에 무릎까지 내려오는 하늘거리는 흰색 원피스로 갈아입었다.

'믿어지지 않아. 천국 같아.'

다시 보트를 타고 어느 섬에 도착할 무렵.

그들의 눈앞에 서 있는 허니문 하우스는 형용 못할 붉은 노을로 뒤덮이고 있었다.

푸른 하늘로 서서히 검붉은색 노을이 스며드는 이색적인 풍광을 자랑하는 이곳은 세계 최고의 시크릿 허니문 리조트로 유명한 루이스 파라다이스. 그중에서도 이곳은 작은 섬 하나에 2층 수상 빌라 리조트 한 곳만 있어 프라이빗한 장소였다. 끝없는 수평선을 배경으로 어딜 둘러봐도 사람 하나 없는 조용하고 신비한 곳이었다. 시선이 닿는 모든 곳이 푸르디푸른 에메랄드 빛 바다였다.

"저건 뭐예요?"

하우스 입구 데크 아래, 바닥이 훤히 드러나는 물속엔 넓적

하고 커다란 물체가 너울거리고 있었다. 진주의 물음에 짐을 든 버틀러는 웃으며 대답했다.

"가오리입니다."

"가오리요?"

사람보다 덩치가 커 보이는 가오리 몇 마리가 보였다. 자세히 보니 그 옆으로 온갖 색의 물고기들이 헤엄치고 있었다.

바다 끝과 맞닿은 수평선으로 쏟아져 내리는 일몰과, 흩뿌려지는 물빛에 진주는 눈을 떼지 못하고 가만히 서 있었다.

"여기선 상어와 가오리는 흔히 볼 수 있습니다. 수중 환경이 좋아 산호색도 예쁘고 보트로 조금 멀리 나가시면 거북이도 만나실 수 있어요. 이제 숙소를 안내하겠습니다. 실내로 들어가시죠."

"아름다워요."

저도 모르게 진주에게서 탄성이 흘러나왔다.

잔뜩 상기된 모습으로 진주가 리조트를 둘러보는 모습에 윤재는 서운해졌다. 이 리조트는 아버지의 결혼 선물이었다.

'비행기보다 이곳을 더 좋아하네. 배진주가.'

다행인 건가? 그런데 이상했다. 배진주가 좋아하는 모습에 내가 왜 만족감이 들까.

더운 날씨와 긴 여정에 피곤할 법한데 윤재는 오히려 충족되는 느낌이었다.

짐을 든 버틀러가 숙소 문을 열었다.

"묵으실 곳은 여깁니다."

"와아."

버틀러는 이 숙소가 7성급 허니문 리조트 '루이스 파라다이스'에서도 VIP 전용 2층 워터 빌라 객실이라 소개했다. 바다를 마주 본 거실과 테라스, 수영장을 품은 수백 평 규모의 다크우드 패널 목재와 로즈골드 장식은 고급스러워 보였다. 시야를 채우는 거실은 하늘과 바다만 있을 뿐 방해받을 것은 아무것도 없었다.

윤재가 옷을 갈아입으러 방에 들어간 사이 진주는 테라스로 나갔다.

15미터 수영장이 바다와 맞닿아 경계 없이 이어졌다. 진주는 소파에 앉아 하염없이 바다를 바라봤다. 유유히 헤엄치는 아름다운 색깔의 물고기들은 여전히 여기가 현실이 아니라고 말하는 것 같았다. 그때, 멀리서 배 한 척이 보였다.

"뭐지?"

짧은 옷으로 갈아입은 윤재는 그녀의 옆 소파에 앉았다.

"벌써 저녁 식사가 오나 보군."

"여긴 식사가 이렇게 오는군요."

"보트를 타고 나가야 리조트 프런트가 있어. 오늘은 쉬고 내일은 본 섬으로 나가 보지."

전통 의상을 입고 머리에 꽃 장식을 한 원주민 둘이 카누를 타고 붉은 일몰을 가르며 노를 저어 왔다. 카누에는 커다란 잎사귀와 꽃으로 장식된 음식들이 접시에 담겨 있었다. 온갖 종류의 빵과 잼, 고기와 해산물, 처음 보는 열대 과일과 음료들이 카누 안을 가득 채우고 있었다.

배에서 내려 인사한 그들은 카누 위에 가득 실은 음식과 과일들을 야외 테라스 식탁 위에 예쁘게 올려 두고 신혼부부를 환영한다는 인사를 하며 꽃다발을 목에 걸어 주었다.

여자는 진주의 귀에 흰 꽃을 꽂아 주며 최고의 신부가 되었으니 좋은 시간을 보내라는 말을 덧붙였다.

그런데 두 명은 돌아가지 않고 진주를 보고 있었다.

"왜 그러시는 거예요?"

"여기에 묵는 모든 신혼부부들을 위해 사진을 찍어 나중에 한국으로 보내 준다는데."

"어떻게 해요? 그럼……."

진주는 잠시 고민하더니 더워서 손에 쥔 부채를 보았다.

"이건 제 생각인데요."

진주는 들고 있는 부채를 촤악 펼쳤다.

"사랑가 마지막 장면은 어때요?"

윤재는 눈을 가늘게 떴다. 진주가 연출하려는 장면을 그 역시 잘 알았다.

판소리 춘향전의 전반부 하이라이트인 '사랑가'의 마지막 엔딩. 부채에 가려진 춘향이와 몽룡이의 부채 키스신.

윤재는 진주에게 부채를 달라고 손바닥을 내밀었다.

"……?"

"하려면 제대로 해야지. 키스하는 모습을 숨기려고 부채를 펼치는 건 음흉한 이몽룡이니까."

피, 진주는 윤재에게 부채를 건넸다. 그녀가 아기 때부터 수천수만 번은 더 반복했을 장면이었다. 하지만 두근두근. 기분 좋게 심장이 뛰어 댔다.

진주는 늘 하던 대로 남자의 품에 기대었다. 그러곤 발뒤꿈치를 들고 그의 얼굴 가까이 가서 턱을 돌려 수줍게 웃었다.

촤르륵!

서로 가까워지는 두 사람의 입술이 윤재가 펼친 부채로 가려졌고, 윤재가 진주에게로 더욱 허리를 숙였다. 가려진 부채 속에서 둘이 마주 보던 시간은 겨우 몇 초였다. 진주가 올려 본 윤재의 눈동자는 묘하게 짓궂어 보였다. 진주는 그 눈빛에 긴장돼 아랫입술을 살짝 씹었다.

그렇게 많이 해 온 장면인데…… 진주는 가슴속에서 찌르르 울리는 소리가 나는 것 같았다. 그러다 윤재의 눈빛이 더욱 뚫어질 듯 진하게 꽂히자 심장이 철렁 내려앉았다. 그의 눈빛에 빨려 들어갈 것 같아서 진주는 고개를 내렸다.

"이제, 된 것 같아요."

그녀는 그에게 기댄 몸과 어깨에 올린 한 손을 떼어 내며 한 발짝 뒤로 물러섰다. 탁. 윤재도 펼쳤던 부채를 접어 진주에게 주었다.

"아주 사랑스러운 포즈로 잘 찍혔습니다. 좋은 시간 보내십시오."

사진을 찍어 준 그들은 두 사람에게 사진을 보여 주었다. 누가 봐도 수줍게 부채 속에 숨어 키스하는 커플의 모습이었다.

원주민들은 빈 카누를 타고 다시 일몰 속으로 유유히 사라졌다. 진주는 바다 위 석양을 보며 먹을 수 있도록 차려진 야외 테이블로 다가갔다.

"여긴 빵이랑 고기가 주식인가 봐요. 으음? 이 과일은 어떻게 먹는 거지?"

자리에 앉은 진주는 평소와 다르게 부산을 떨었다. 윤재는 그 모습을 보며 한 손으로 볼과 턱을 조금 문질렀다.

"왜 그래?"

"뭐가요?"

"평소의 배진주 같지 않은데?"

진주도 알고 있었다. 평소와 다르게 과장되게 행동하고 있다는 걸. 하지만 감독님도 평소와 다른 걸. 쇼윈도든 뭐든 이 신혼여행이 끝나면 같은 집에서 살아야 할 사이니 계속 무슨 말을 할지 고민하며 서먹한 건 힘들 것 같았다.

'이번 신혼여행의 목적은 저 남자와 친해지는 거야.'

그리고 이윤재 감독에 대해서도 좀 더 자세히 알고 싶었다. 먼저 솔직하게 다가가서 자연스럽게 대하면 그도 마음을 열어주지 않을까. 진주는 비행기에서 와인을 마시면서 편하게 그와 이런저런 대화를 했던 게 생각났다.

"우리 저녁 먹고 술 마실래요?"

"그러지."

"내일은 보트를 타고 본 섬으로 나가는 일정이 있어."

"본 섬이 따로 있어요?"

"여긴 무인도를 빌라로 만든 형태이고 본 섬으로 나가면 다양한 레스토랑이나 즐길 것들이 있어."

"즐길 거리요?"

"식당이나 클럽, 로컬 시장과 현지인 민속 공연 등이 있겠지."

"민속 공연이요? 보고 싶어요."

"좋아. 내일은 저녁 시간을 본 섬에서 보내고 나이트 공연을 관람하는 일정으로 할게. 그 외의 오전 시간에는 자유롭게 보내."

"네."

잠시 후.

'너무 많이 마시는 거 아니야?'

윤재는 슬슬 걱정이 되기 시작했다. 식사를 끝내고 술을 마시자던 진주는 제 입에 맞는지 와인이 너무 맛있다고 계속해서 홀짝홀짝 마시고 있었기 때문이다. 그러더니 다른 독한 술들도 꺼내 이것저것 맛을 본다며 마시고 있었다.

"왜 감독님은……!"

그녀는 눈을 반쯤 뜬 채로 윤재에게 손가락질도 해 댔다. 계속 지켜보던 그는 결국 팔짱을 꼈다.

배진주 취했네.

진주의 자세가 흐트러진 걸 보는 건 윤재도 처음이었다. 그녀는 눈을 더 게슴츠레하게 떴다.

"이번 신혼여행의 목……족은!"

발음도 조금씩 어눌하게 풀어지고 있었다.

"목적이 있었군."

진주가 씨익 웃었다. 풀어져 웃는 모습이 귀여워 보였다.

"감독님이랑 화악……."

느슨하게 풀어졌던 윤재가 진주의 말에 정신이 번쩍 든 얼굴을 했다.

"화악 뭐?"

"확 친해지는 거예요."

"난 또 뭐라고."

윤재의 대답에 진주가 볼에 힘을 주는지 볼우물이 파였다.

"감독님이 평소에 너무 완벽해 보이니까, 내가 감독님과 친해질 틈이 없잖아요."

진주는 또 술을 따랐다. 윤재는 이제 말려야 할 것 같았다.

"이제 그만 마시지? 그렇게 술을 섞어 마시는 걸 어디서 배웠나. 지금도 많이 취한 것 같은데."

진주가 눈에 힘을 주며 부릅떴다.

"어제 비행기 안에선 하고 싶은 대로 다 하라면서요?"

"……설마 만취해서 토하거나 우는 건 아니겠지?"

"한 번도 그런 적이 없어서 몰라요."

"그렇게 섞어 마시면서 취한 적이 없으면, 타고난 술고래 아닌가?"

"사실은 독한 술, 잘 못 마셔요. 이렇게 섞어 마시는 것도 처음이에요."

진주는 솔직해졌다.

"콜라를 섞으니 진한 술이 이렇게 달콤해지는 것도 처음 알았고."

"그럼 그만 마셔."

윤재는 진주가 달콤하다며 홀짝홀짝 마시는 술잔을 결국 빼앗았다. 어느 순간 진주의 표정이 풀어진 게 보였다. 거르는 것 없이 다 말하는 것도 평소의 모습과 달랐다.

"그럼 자기 주량이나 주사도 모르겠군."

이 상태로 진주와 술을 계속 마시는 건 생각보다 많은 상상을 하게 했다. 제아무리 배진주라 해도, 술 먹으면 어찌 될지 모르니.

"맘대로 해 보라더니, 이렇게 하는 건 별로예요……?"

진주는 이 와중에도 윤재의 생각이 신경 쓰였다. 친해져야 하니까.

"술에 취해 솔직해진 배진주가 나쁘진 않아."

"감독님은 잘 모르시겠지만, 난 원래 솔직하고 적극적이고 욕심도 많아요. 그리고……."

또 말이 잠시 끊어졌다. 윤재는 다시 그녀의 말을 기다렸다.

"……."

한 번쯤은 죽고 못 사는 연애도 해 보고 싶었는데.

그런 말까진 술김이라도 꺼낼 수 없어 진주는 입술을 닫았다가 입술을 모아서 톡 내밀었다. 하지만 기분이 한결 가벼워진 탓에 진주는 얼굴에 옅은 웃음을 띠고 이윤재의 얼굴을 쳐다보다 시선을 떨어뜨리기를 반복했다.

"또 말을 하다 끊네."

주사인가 원래 그런 성격일까 윤재가 고민하는 사이 진주가 물었다.

"전에 이 리조트에 온 적 있었어요?"

"여긴 허니문 리조트인데 내가 전에 어떻게 와?"

"그런가? 그런데 왜 감독님은 여기가 자기 집처럼 익숙하고 이런 멋진 집과 바다를 보고 놀라지도 않아요?"

"놀라야 하나?"

"감독님은 이런 멋진 여행지도 놀랍지 않구나. 그치만 나 혼자 호들갑 떠는 건 좀 이상하잖아요. 감독님은 뭘 봐도 리액션도 없고……."

"……?"

"빈틈도 없고."

진주는 그에 대해 깊이 생각하자 궁금한 것으로 가득 찼다.

감독님은 연애를 해 봤을까? 했다면 얼마나 해 봤을까? 당연히 매력적인 여자들을 많이 만나 봤겠지? 그러니 이렇게 여자를 대하는 게 자연스럽고 매너가 몸에 배어 있지.

고기를 썰어 주던 이윤재도, 웨딩숍에서 능숙하게 화보를 찍던 이윤재도 같이 떠올랐다.

난 남자 손 한번 못 잡아 보고 결혼까지 하고 말았는데. 왠지 억울해.

"왜 그렇게 생각하지? 나도 빈틈 있는데."

희미하게 미소를 입술 끝에 건 윤재의 얼굴에 흐릿해진 진주의 시선이 닿았다. 피, 진주가 웃었다.

"감독님은 연애를 몇 번이나 해 봤어요?"

진주는 결국 물었다. 자유로운 분위기의 유럽에서 학창 시절을 보냈고 20대를 감독으로 살았으니, 몇 명이나 사귀었을까. 세 명? 열 명? 그중에 진짜 사랑도 있었을까?

왜 이런 게 궁금한지 모르겠지만. 묻고 보니 점점 더 궁금해졌다.

"궁금하단 내 빈틈이란 게, 내 연애 경험인가?"

"연애 경험이 많지 않다면 이렇게……."

또 말을 하다 말았다.

"이렇게 뭐?"

'여자 마음을 설레게 만들 수 있을 리가 없잖아요.'

그녀는 말을 돌렸다.

"멋진 허니문 숙소를 알고 있을 리가 없잖아요? 감독님이 여행 전문가도 아닌데."

"이 리조트는 아버지가 며느리 선물로 예약해 주신 거야. 사업적으로 이 리조트 회장님과 친분이 있으시다고 들었어."

"아. 네."

"그리고! 전에 말했던 것 같은데. 여자 사귈 시간 따위 없었어. 연애는 귀찮아서 해 볼 생각을 한 적도 없고."

응?

진주는 눈을 깜박였다. 한 번도 연애를 해 본 적이 없다는 건가? 하긴. 그녀가 주워들은 이윤재에 대한 정보들에 따르면 그는 여자들을 싫어해 가까이하지 않는다고 했다.

'그러면 나에겐 왜 이렇게 잘해 주지? 쇼윈도 부부가 그렇게 절박했던 건가?'

진주가 머릿속을 굴리는 동안, 윤재 역시 궁금한 걸 묻고 싶었다. 술잔을 잡고 다른 손으로 몇 번 톡톡 테이블을 치던 윤재의 손동작이 멎었다.

"혹시 백진수를……."

술에 취해 솔직해진 진주에게 확인받고 싶은 게 있었다.

"한번 사귀어 보고 싶었던 건가?"

진주의 눈은 백진수란 이름이 나오자마자 술이 확 깨듯 커다래졌다.

"아니거든요!"

진주의 입에서 우레와 같은 큰 호령 소리가 터져 나왔다. 윤재는 깜짝 놀랐다.

"그, 그래?"

"진수 오빠를 짝사랑하긴 했지만 정말 친오빠처럼 생각하고 좋아했던 거예요."

나긋한 시선으로 윤재는 진주를 보았다. 아무런 감정이 없는 백진수에 비해 진주는 어릴 때부터 족히 10년 이상은 혼자 짝사랑해 왔던 게 틀림없었다.

"잠시 나갔다 올게요."

갑자기 진주가 자리에서 일어났다.

"어딜?"

말이 끝나기도 전에 진주는 비틀거리며 거실 테라스 문을 열고 나갔다. 윤재도 같이 나가려고 일어섰다.

'술이 생각보다 약한가.'

진주가 어느새 데크 끝에 서 있는 게 보였다. 얕은 수심이었으나 술에 취해 휘청이는 진주에겐 위태로워 보였다.

"와! 진짜 바다다."

진주가 소리쳤다. 그러다 뒤돌아 윤재를 보며 환하게 웃으며 말했다.

"감독님, 이거 바다인 거 확실하죠?"

진주는 바다 앞에 서서 한참을 바라보았다.

"끝없이 펼쳐진 바다를 보니 자유롭게 느껴져요. 막 마음이 벅차올라! 이건 자유야."

그녀는 큰소리로 외치며 두 팔을 들어 올렸다. 진주는 이내 두 팔로 날개를 만들어 데크 위를 쿵쿵거리며 뛰기 시작했다.

"감독님, 이거, 나 지금 자유로운 거 맞죠! 와하하!"

진주는 크게 웃으며 폴짝폴짝 뛰기도 했다. 한참을 신나게 방방 뛰던 진주는 다시 데크 끝에 바다를 보며 섰다.

"……?"

설마.

지켜보던 윤재는 진주에게 다급히 다가갔다.

"이봐! 배진주. 잠깐!"

그런데 말릴 새도 없이 진주는 바다로 뛰어들었고, 놀라 뒤쫓던 윤재도 곧바로 바다로 뛰어들었다. 진주가 수영을 전혀 못하는 건 아니었으나 술에 취하다 보니 몸을 가누지 못하고 허우적거렸다.

"이봐, 배진주! 괜찮아?"

윤재는 물에 빠져 허우적거리는 진주를 찾아 건져 안았다. 다행히 이 바다는 윤재의 가슴 정도밖에 오지 않는 얕은 바다였기에 안전했다.

"배진주, 정말……."

안고 계단으로 올라오니 물에 빠진 생쥐가 따로 없었다. 진주는 자신이 한 짓을 아는지 모르는지 겨우 눈을 뜨고 정신을 차렸다. 그녀는 그 와중에도 눈을 굴리다 윤재에게 그 모양으로 안긴 게 부끄러운지 어설프게 그의 가슴팍에 고개를 처박았다.

"죄, 송해요."

정신이 차려진 건가.

진주는 헝클어진 머리카락을 손가락으로 정리하며 얼굴의 물기를 닦아 냈다.

"이제 내려 주세요."

"죄송하면 좀 더 내 목을 꽉 붙들어 주면 좋겠어."

윤재는 그녀를 자신의 품 안으로 더 꽉 당겼다. 진주는 어쩔 수 없이 윤재의 목을 두 손으로 두르고 꼬옥 안았다. 바닷물은 짜고 찝찝했다. 술에 취해 바다에 빠진 여자를 건져 낸 이 상황이 유쾌할 리 없는데. 이상하게도 상쾌하고 시원했다.

진주가 팔로 둘러 안자 그녀의 얼굴과 입술이 그의 목 언저리에 닿았다 떨어졌다. 그의 온몸에 오소소 소름이 돋아 올랐다. 어딘지도 모르는 살과 살이 맞닿아 부딪히는 느낌이 뜨거웠다.

윤재는 제 품에 안긴 진주를 내려다봤다. 달빛이 젖은 진주의 얼굴에 쏟아지고 있었다. 그녀의 얼굴은 지나치게 아름다웠다.

"내일이면 기억도 못 할 것 같긴 한데."

진주가 추울까 염려된 그는 그녀를 더욱 당겨 안았다. 그녀에게서 흩뿌려지는 뜨거운 입김이 윤재의 가슴을 휘감았다. 그녀도, 윤재도 취했고 이국의 밤은 몽롱했고 신비했다.

"나, 빈틈…… 많아."

갑작스러운 그의 말에 진주는 침을 넘겼다. 한기가 조금 느껴지던 몸속에서 거센 심장 소리가 새어 나오는 것 같았다.

'술 때문이겠지? 이상해.'

모든 그의 말이 포장돼서 달달하게 들리는 거 같았다. 용기도 막 샘솟고.

진주는 흐트러진 짙은 눈빛을 윤재에게 보냈다.

"그 빈틈이란 거, 감독님께 진짜 있으면…… 한번 보여 줘

봐요."

아주 미세하게 윤재는 미간을 찌푸렸다. 위험한 말이었다. 지금 술 취한 윤재에겐 자신의 품에 안긴 진주가 지나치게 아름다워 보이기에 더더욱.

윤재는 눈꼬리에 힘을 주고 이를 꽉 물었다.

'배진주도 나도, 지금 제정신이 아니야.'

흐트러진 그녀의 모습이 윤재를 더없이 자극했다.

"보여 주면, 무서워서 도망갈 텐데……."

참아야 하는데.

"치, 거봐. 빈틈이 없으니까."

삐죽 나온 진주의 아랫입술을 보며 윤재는 주먹을 꽉 쥐었다.

"이건…… 기억하지 말고 잊어."

참고 참았던 윤재의 입술이 진주의 이마에 살며시 닿았다 떨어졌다.

진주는 정신이 아득했다.

'이윤재가 나에게 입 맞추다니. 그럴 리 없잖아.'

공중에 떠 있는 듯한 기분이 들어 진주는 꿈이 틀림없다 생각했다.

윤재가 그녀를 안고 길게 숨을 내쉬고 움직일 때마다 진주의 몸이 같이 움직였다. 그의 몸에서 나오는 짙은 체향과 열기, 그리고 바다 내음이 그녀의 안에서 흥분되어 뒤섞였다.

"보기만 해도……."

진주는 숨을 몰아쉬며 떨리는 시선으로 자신을 바라보는 윤재를 보았다. 꿈이 틀림없으니까. 진주는 그의 한쪽 뺨에 손을 올렸다.

"설레고 떨려."

다음 날, 아침.

"으음."

머리가 아팠지만, 서걱거리고 가슬가슬한 이불의 낯선 느낌과 좋은 향기에 진주는 슬며시 눈을 떴다.

평소와 뭔가 다른 아침…… 응?

그녀는 벌떡 일어나 앉아 주위를 살폈다. 지난밤 일이 다 기억나지 않고 띄엄띄엄 났다.

"헉!"

술에 취해 손가락질하며 헛소리를 하던 자신이 기억났다.

'그리고 정신을 차리겠다고 테라스로 나갔는데.'

진주는 자기가 바다에서 제대로 수영을 못 하고 허우적거리자 윤재가 헤엄쳐 와 자신을 건져 준 것을 기억해 내고 몸을 부들부들 떨었다. 이어서 어젯밤 젖은 몸으로 그에게 안겨 욕실로 들어가는 장면마저 기억났다.

배진주, 미쳤구나.

이불로 다리 킥을 하며 괴로움에 몸부림치고 있는데 익숙한 목소리가 들려왔다.

"기억이 좀 나는지 모르겠군."

헉. 침실로 들어오는 윤재가 보였다.

"안녕히…… 주무셨어요?"

"글쎄, 안녕히 잘 수 있었을까?"

진주는 어젯밤 자신의 행동에 민망해져 고개를 숙이고 이불 속에 얼굴을 파묻었다.

"술에 취해서 바다로 들어가면 어쩌란 말이야?"

"그게 아니고…… 죄송해요."

"하아."

윤재는 간편한 트레이닝복 차림이었다. 어딜 다녀온 모양이었다. 그는 작은 피크닉 가방을 열었다.

"처음으로 술을 많이 마신 거면 속이 안 좋을 텐데, 미역국으로 해장해."

"여기에 미역국이 있어요?"

"프런트에 물으니 동양인들을 위해 컵으로 된 한국 국이 있다고 해서 부탁했어."

그럼 이 국을 가지러 나갔다 오신 거구나.

윤재는 뜨거운 물을 미역국 그릇에 따르며 말했다.

"아직도 계약서에 예외 조항 넣는 거 유효해."

"예외 조항이요?"

"배진주가 먼저 스킨십을 원하게 될 경우의 조항."

그녀의 얼굴이 삽시간에 붉게 타올랐다.

"어젯밤에 보니, 예외 조항이 필요하겠던데?"

진주는 윤재가 자신을 놀리는 게 틀림없다고 생각했지만 문제는 기억이 다 떠오르지도 않았고 그 기억이 진짜인지, 착각인지 확신이 없다는 것이었다. 둘만의 공간에서 신체적 접촉을 금지한다는 계약 조항은 이미 무용지물이었다.

윤재는 다행이기도 서운하기도 했다. 기억하지 말랬더니, 정말 잊었나 보군.

윤재는 바다에 빠져 젖은 진주를 욕실에 데려다주고 자신도 다른 샤워실로 가서 빨리 씻은 후 그녀가 걱정되어 거실로 나왔다. 촉촉한 맨얼굴로 눈을 반쯤 감은 채 잠옷을 입고 욕실에서 나온 그녀는 어안이 벙벙할 정도로 깨끗하고 맑아 보였다. 그러곤 한 번의 눈 맞춤도 없이 잠이 온다며 새하얀 침대로 바로 들어가 버렸다.

후우, 얼마나 시간이 지났는지는 알 수 없었다. 자다가 갑갑했는지 걷어 낸 이불 사이로 그녀의 얼굴이 드러났다.

"……."

침대 옆에 허리를 세우고 앉은 윤재는 그녀의 흘러내린 앞머리카락을 보았다. 그는 관자놀이를 긁적거렸다.

"간지러울 텐데, 잠이 깨려나?"

그는 자기 입에서 나온 혼잣말에 한쪽 입술을 올려 미심쩍

게 웃었다.

'보고 있는 얼굴이 가려지는 게 싫은 거면서.'

동시에 그는 손가락을 들어 올려 그녀의 머리카락을 귀 뒤로 넘겨 주었다. 자유롭다며 뛰어다니던 술 취한 진주의 모습이 스쳤다.

'술에 취해 자니 이건 좋군.'

그녀의 얼굴 앞 매트리스에 팔을 괴고 윤재는 그녀를 계속 보았다.

별다른 것이 없는 진주의 자는 얼굴인데 도무지 지루하지 않았다.

오후가 되어 본 섬으로 보트를 타고 나오니 전통 축제가 한창 펼쳐지고 있었다. 어린 돼지를 잡아 과일, 채소들과 같이 바비큐를 하는 동안 마을 한쪽 광장에선 관광 온 커플이 전통 결혼 의상을 입고 결혼식을 진행하고 있었다.

"저 사람들은 결혼 10주년 기념으로 이곳으로 와서 리웨딩을 하나 보군."

나뭇잎으로 만든 치마를 입고 커다란 깃털을 단 모자를 쓴 부부는 신성한 물을 뿌리는 의식을 하더니 손을 맞잡았다. 그들은 사제의 요청에 따라 하나의 커다란 천을 어깨에 같이 두르고 울퉁불퉁한 돌길을 걸어갔다.

언어는 통하지 않았지만, 진주는 알 것 같았다. 부부란 같은 공간에서 함께 어려움을 이겨 내는 사람들이란 걸.

부부가 서약 후 키스하자 축하 공연이 이어졌다. 전통 춤을 추는 사람들과 관광객들이 구분 없이 어울려 춤을 추기 시작했다. 결혼식이 끝나니 커플들은 길고 긴 키스를 나누기도 했고 춤을 추기도 하며 자유롭게 파티를 즐겼다.

잠시 후 원주민들이 익은 고기를 가져와 푸짐한 저녁 식사를 차렸다. 그리고 무대에서 공연이 이어졌다. 색다른 음식과 노래에 진주도 흥겨웠다.

"잠깐 손 씻고 올게요. 감독님은 천천히 식사하고 계세요."

그는 고개를 끄덕였고 진주는 자리에서 일어나 나갔다.

'여긴 화장실이 어디였지?'

현대식 건물이 아니라 전통 건축 양식을 재현해 둔 곳이고 사용하는 언어도 영어가 아니었기에 진주는 여기저기를 찾아다녀야 했다.

'왜 안 보이지?'

화장실 표지를 찾아 보이는 길을 따라 걸어가던 진주는 연못을 낀 산책로를 찾았다. 그 길을 따라 걸으니 마침 호수를 관리하는 사람이 보였다. 물고기에게 먹이를 주고 있었다.

"화장실이 어디예요?"

그가 안내해 준 화장실에서 손을 씻고 나온 진주는 연못 속 이상하게 생긴 물고기를 구경하기 시작했다.

쿵, 쿵구궁. 톡, 토로록. 탁탁.

그때, 그녀의 귀에 경쾌한 악기 소리가 멀리서 들려왔다.

'한국 북소리랑 비슷하네.'

진주가 좋아하는 북장단과 리듬이라 그녀는 소리가 나는 곳을 따라 찾아 들어갔다. 문이 없는 방갈로 안에서 몇 명의 원주민들이 크고 작은 타악기를 두드리고 있었다.

우리나라 축제 모습이랑 비슷하다.

이들이 공연 준비 중이라는 생각에 진주는 그들이 악기를 두드리는 손놀림과 장단을 주의 깊게 보고 들었다.

"배진주!"

그 순간 희미하게 자기 이름을 부르는 소리가 멀리서 들리는 듯한 착각이 들었다.

'감독님이 많이 기다리시겠다.'

진주는 그곳을 빠져나와 왔던 길로 돌아가려 뒤돌았다.

어? 여기가 어디지?

밖은 꽤 어두워졌고 앞에는 여러 갈래로 길이 나누어져 있었다. 일단 보이는 길을 따라가며 연못을 찾으려는데 익숙한 길은 나오지 않고 간혹 만나는 이들은 원주민뿐인 데다 더 어두워지자 길도 무서워졌다.

'어쩌지? 길을 잃은 건가?'

윤재만 믿고 본 섬 축제를 따라온 거라 이 섬이 얼마나 큰지 지도를 볼 생각도 못 했기에 진주는 당황했다. 손만 씻고 돌아올 거란 생각에 휴대폰도 두고 나와 윤재에게 연락할 방법도 없었다.

주변이 어두워지자 저 멀리 바다만 보였다. 그녀는 하는 수 없이 눈에 띄는 벤치에 앉았다.

돌아다니면 더 헤맬지도 몰라. 일단 여기서 기다려 보자.

길을 잃어 당황스러웠지만, 진주는 밤이 되어 서늘한 공기도, 눈앞의 바다도 좋았다. 눈을 드니 별이 눈에 들어왔다. 그러나 혼자 어둠 속에 기다리려니 무서움이 엄습했다. 무서움을 달래려 진주는 노래를 부르기 시작했다.

"하늘하늘 나무 사이로 불어오는 봄바람 타고 섬섬옥수 그네질."

진주는 춘향가 대목 중 '적성가'를 작게 불렀다. 이몽룡이 그네를 타는 춘향이에게 첫눈에 반해 자신의 마음을 전하는 대목이었다.

그녀의 노랫소리는 점점 커졌다.

"나비도 서로 만나 이렇게 춤을 추니 봄바람 하늘하늘 붉게 물든 꽃잎들 날리네."

"배진주!"

그녀의 노래는 끊어졌다. 커다란 남자가 무서운 속도로 제 이름을 부르며 뛰어오고 있었기 때문이었다.

"감독님?"

진주는 반가움에 벌떡 일어났다.

"지금 이 상황에, 하아, 노래가 나오나?"

윤재가 숨을 거칠게 몰아쉬며 진주 앞에 바짝 다가왔다.

"내가 무슨 일이 생긴 줄 알고……, 하아."

"괜찮으세요? 화장실에서 나오다 길을 잃어버려서 찾다가, 계속 가면 더 헤맬 것 같아서."

그는 많이 뛰어다녔는지 한참이나 헉헉거렸다.

"전화라도 해야 할 것 아냐!"

"휴대폰을 안 가지고 나왔어요."

'그래도 이렇게 찾아서 다행이야.'

윤재는 진주가 기다려도 오지 않자 걱정되어 행사장에서 나왔다. 가까운 화장실을 찾아갔으나 진주는 없었고 주위 직원들에게 물어도 비슷한 사람을 보았다는 사람이 없었다. 그 후부터 윤재는 뛰어다니며 진주를 찾기 시작했다.

찾아도 보이지 않자 그녀의 이름을 크게 부르기 시작했다. 무슨 일이 생긴 건 아닌지, 좋지 않은 상상이 섞여 들자 어디를 어떻게 뛰어다녔는지 기억조차 나지 않았다.

그러다 멀리서 진주의 목소리가 들려왔다. 정확히는 진주의 노래. 거기에 있으니 찾아오라는 신호처럼 들렸다. 찾는 사람의 마음은 알지도 못하는지 신나고 발랄한 목소리로 부르는 '적성가'.

노래를 부르고 있는 진주가 어이가 없으면서도 다행이다 싶기도 했다. 그 노래 덕분에 배진주를 찾은 거니까.

"이제 우리 집에 가자. 배진주."

윤재는 덥석 진주의 손을 잡았다.

"손은…… 안 잡아도 되는데요."

하지만 윤재는 조금 더 세게 진주의 손을 잡았다.

"아이도 아니고, 길을 잃어버리다니. 그것도 이런 섬에서."

"어두워져서 그랬다니까요? 기다리다 정말 안 되면 직원들에게 도움받을 생각이었어요."

진주의 눈에 인상이 구겨진 윤재의 얼굴이 보였다.

"내가 걱정해서 뛰어다닐 거란 생각은 안 했나?"

윤재의 목소리가 버럭 커졌다.

"왜…… 감독님이 화를 내고 그래요?"

진주의 눈도 커졌고 눈동자는 떨렸다. 그 모습을 보던 윤재가 지나쳤나 싶어 표정을 누그러뜨렸다.

"아, 미안해."

그녀의 말처럼 가장 놀란 것은 진주였을 텐데, 길을 잃고도 아무렇지 않게 말하는 모습에 그만 자기도 모르게 화를 내고 말았다. 그는 이마에 손바닥을 얹었다가 아래로 훑어 내렸다. 배진주를 찾아 뛰어다니던 그 순간이 너무 끔찍했기 때문일까, 후회가 밀려왔다.

많이 놀랐을 텐데.

"일단 빨리 돌아가지."

윤재는 보트로 갈 때까지 그녀와 잡은 손을 놓지 않았다.

chapter 5

이제, 나도 좀 봐 주지

숙소에 돌아온 진주는 씻고 잘 준비를 했다. 진주는 옷을 갈아입고 씻으면서 수십 번을 곱씹어 생각했지만 윤재가 이해되지 않았다.

'길을 잃어서 무섭고 정말 황당했던 건 난데.'

당연히 놀라서 자신을 찾아 헤맸으니 그를 고생시킨 건 미안한 일이었다.

'하지만 그게 그렇게까지 화를 낼 일이야?'

윤재는 거실을 조금 왔다 갔다 하다 흘깃거리며 진주의 눈치만 보고 있었다.

"배진주. 침실로 좀 와 주겠나?"

그는 먼저 침실로 들어가 소파에 앉아 진주를 불렀다. 진주는 뒤따라 들어왔다.

"무슨 일이세요?"

"보여 줄 게 있어."

윤재는 침대 방향으로 고개를 돌렸다.

"침대에 앉아 볼래."

"침대엔 왜요?"

"그게, 침대에서만 보여 줄 수 있어."

괜히 위아래 침실을 둘러보며 진주는 볼을 부풀렸다.

"뭔데요?"

"일단 침대에 앉아 보면 알아."

"앉았어요."

진주는 그에게 화가 나기도 했지만 찾아다니게 한 건 자신의 잘못이기에 미안하기도 했다. 화해든 대화든 그와 풀어야 할 것 같아 일단 그의 말대로 침대에 앉았다.

탁. 촤르륵.

그는 불을 끄더니 커튼을 모두 닫았다. 방 안은 그가 보이지 않을 정도로 어두워졌다.

"뭐예요!"

"쉿."

어둠 속에서 그의 낮은 목소리가 내려앉았다.

"이제 그대로 누워 봐. 여기 베개 베고."

콩닥콩닥. 심장이 빠르게 뛰어 댔다. 뭐야?

진주는 고개를 갸웃거렸다. 일단은 그가 시키는 대로 침대에 조심스럽게 누웠다.

뭘 하려는지 도무지 감이 오지 않았다.

그러곤 윤재가 침대에 올라와 그녀의 옆에 앉았다.

"왜 이래요?"

너무 황당해 진주는 누웠다가 다시 일어났다.

맨정신에 이건 무슨 전개지?

한 침대에 나란히 눕기엔 우리 둘 사이가 그 정도로 친하지도 않고, 오늘 저녁에 벌어진 상황 때문에 아직 서먹한데…….

어둠 속에서 다시 윤재의 목소리가 울렸다.

"안심하고 누워 봐."

"무, 무슨……."

"누우라니까."

"……?"

침실은 칠흑같이 어두웠고 겨우 그의 음영만이 보였다.

서, 설마 이 남자가! 먼저 덮치는 일은 없을 거라고 말했는데, 이 남자는 약속은 지키는 사람 같았는데!

"아직도 누울 생각은 없나?"

윤재는 안 되겠는지 눕지 않으려 파닥거리는 진주의 어깨를 지그시 눌러 그녀를 결국 눕혔고 자기도 그 옆에 누웠다. 그것과 동시에 '지이잉' 하는 기계음이 들리더니 진동이 느껴졌고 빛이 새어 들었다.

"……!"

무리지어 어우러진 별 무리들이 한 번도 보지 못한 크고 작은 빛을 뿜어내고 있었다.

"이거 보면서 내가 갑자기 화낸 거, 마음 풀었으면 좋겠어."

진주는 옆에 누워 낮은 목소리로 조곤거리는 이 남자도 멀리서 빛나는 별 같다고 생각했다.

'기분이 좀 풀어졌을까?'

윤재가 옆을 힐끗 보니 진주는 여전히 별들 속에 빠져들 듯 시선을 고정하고 있었다. 그래도 진주가 자신의 성의를 싫어하진 않는다는 것만으로도 윤재는 마음을 놓았다. 그러다 윤재는 무언가 자각하게 됐다.

난 왜 이 여자 눈치만 계속 보고 있지.

결혼하고 신혼여행을 와선 진주에 관한 생각을 하지 않은 시간이 없다시피 했다.

원래 계획은 조용한 곳으로 신혼여행을 왔으니 진주는 평소에 느끼지 못한 자유로움과 여유를 만끽하며 휴가를 보내고 나는 다음 작품 자료들을 더 훑어보려 했는데.

'하지만 막상 둘이 같이 있으니 아무 일도 할 수가 없어.'

진주는 확실히 처음보다는 덜 어색해했다. 친해지겠다고 술을 마신 후로는 말도 행동도 편해졌고 틈틈이 자기 시간을 가지기도 했다.

자기 앞에서 움츠리기만 하던 그녀가 맘에 안 든다고 윤재에게 화를 내기까지 했으니 발전한 것은 틀림없었다.

문제는 자신이란 생각이 들었다. 일을 위해 진행한 결혼인데, 왜 일은 안 하고 진주만 보고 있는지. 지금도 마찬가지였다. 그녀 옆에서 낑낑거리며 눈치를 보고 있었으니까.

한편 진주는 손에 잡힐 듯 가득 찬 별을 보니, 마치 우주에 떠 있는 듯한 착각이 들었다. 그러다 무언가 울컥하고 말았다.

'감독님은 나에게 미안한 마음에 사과를 하려던 것뿐인데.'

그저 기분을 풀어 주려고 노력하는 그의 모습에 오히려 진주는 미안했다.

"이런 멋진 광경은 생각도 못 했어요. 고마워요."

별을 보며 가득 차오르던 황홀함과 동시에 진주에겐 이상한 생각이 꽂혀 들었다.

'뭐, 이런 사람이 다 있지?'

그의 배려와 친절은 낯선 것투성이라 진주는 오해할 수밖에 없었다. 아니, 오해하고 싶은 걸까. 이 남자는 다정하고 따뜻하니까.

진주는 그 별들을 보면서 수많은 생각에 잠겼다가 문득 슬퍼졌다. 윤재에게서 아빠가 겹쳐 보였기 때문에.

'왜 갑자기 아빠가…… 떠오르지?'

진주는 누군가에게 겉으로 화가 난 걸 드러낸 적이 없었다. 진수나 강아에게조차도.

그녀가 화난 걸 귀신처럼 눈치채고 기분 풀라며 다독이던 유일한 사람이 바로 아빠였다. 소리 연습으로 힘들거나 집에 돌아와 소리 연습을 하기 싫다고 하소연하면 춤을 추거나 우스꽝스러운 표정을 지으며 그녀의 기분을 풀어 주려 했던 딸바보 아빠.

그런데 왜 하필이면 감독님이 사소한 내 기분까지 놓치지 않고 풀어 주려 이러는 걸까?

진주는 아빠 생각에 시큰해진 코끝을 문질렀다.

아무리 신혼여행이라 해도 정말 사랑하는 것도 아닌데, 감독님은 나를 왜 이렇게 신경 쓰는 거지. 혹시 나처럼 그도 어색하지 않은 결혼 생활을 위해 친해지려고 노력하는 걸까? 아니면 그사이에 정이라도 든 걸까…….

"화는 이제 풀렸나?"

그의 목소리에 그녀는 윤재 쪽으로 고개를 돌렸다.

"화가 났다기보다……, 좀 당황했던 거예요."

"다행이네. 별 구경이 기분 전환에 도움이 됐나 보군."

가벼운 그의 반응에 진주도 마음이 가벼워졌다. 다시 편하게 자세를 고치고 누워 하늘에 시선을 고정했다.

"생각지도 못했어요, 지붕이 열리고 이렇게 많은 별을 누워서 볼 수 있단 거. 어떻게 한 거예요?"

아까 섬에 다다르도록 진주의 화를 풀어 줄 해답을 찾지 못한 윤재에게 답을 준 사람은 놀랍게도 보트 조종사였다.

숙소에 내릴 즈음 조종사는 오늘 날씨가 너무 좋아서 최고의 밤하늘이 펼쳐진다고 귀띔해 줬다. 신부를 위해 침실 천장을 열면 환상적인 시간을 보내시게 될 테니 하지 못한 말이 있다면, 그 시간에 해 보라고.

윤재는 보트 조종사 얘기를 하려다 갑자기 장난기가 발동해 진주 쪽으로 몸을 돌렸다.

"혹시 그런 거 들어봤나? 여기처럼 남태평양의 숨은 섬은 오래전부터 군사적 비밀 기지였거든. 전쟁 같은 만약의 사태를 대비해서 로켓을 바로 발사할 수 있도록 이 리조트처럼 지붕이 열리는 구조로 제작되었지."

진주는 고개를 돌려 윤재를 뚫어져라 보았다.

"그, 그럼, 이 침실도 바닥이 열리고 그 아래 로켓 같은 게 대기하고 있는 거예요?"

윤재는 갑자기 눈을 굴려야 했다.

뭐지? 내 농담이 진짜 먹히는 건가? 거짓말이라며 눈을 흘길 줄 알았는데.

그는 목덜미를 살짝 긁었다.

"어……. 그, 그게?"

진주도 맞장구를 치며 심각한 표정을 지었다.

"감독님, 사실은요. 저도 예전에 아빠에게 그런 말을 들은 적이 있어요. 지구를 구해 주는 변신 로봇이 지하에 숨어 있는데 위급한 상황이 되면 요새처럼 만든 지붕이 열리고 우리를 위해 싸우려고 출동한다고."

"어, 그랬어?"

진주가 진담인지, 농담을 하는 건지 윤재는 혼동이 왔다. 그녀를 보니 뭐가 재미있는지 해맑게 웃고 있었다.

"아빠는 그 로봇이 하늘로 날아오르는 걸 보는 게 소원이었는데 한 번도 진짜로 보진 못했대요. 그런데 난 오늘 정말 그 말이 진짜였다는 걸 보게 된 건가? 혹시 그 리모컨으로 조종하면 바닥이 열리는 것도 볼 수 있어요? 이 리조트 아래는 바다니 혹시 해저에 설치된 건가?"

윤재는 턱 끝을 천천히 문질렀다.

뭐라 말해야 하지? 농담이었다고 말해야 되나, 가만히 있어야 되나.

"풋."

진주가 조그맣게 소리 내어 웃었다. 고개를 귀엽게 요리조리 흔들면서 윤재를 골리는 듯.

"감독님도 속았구나? 하하. 제가 그렇게 바본 줄 알아요?"

머쓱해진 윤재도 같이 웃었다. 진주가 윤재를 보며 환하고도 크게 웃었다. 그 모습이 어떤 날도 세우지 않고 편해 보여 윤재도 마음이 놓였다.

"나 놀리는 거 재미 들렸어요?"

"아니, 그건 아니고 그냥⋯⋯."

"저도 농담한 거예요."

진주는 피식 가볍게 웃었다.

"전 감독님과 친해진 것 같아서 좋아요. 그게 이번 여행의 목표라고 했잖아요? 처음엔 감독님이 무서웠지만, 이번 여행으로 가까워진 것 같아서 좋아요."

"그런가?"

윤재도 둘이 친해진 건 틀림없다 생각했다.

"앞으로는 갑자기 화를 내는 일은 없을 거야."

"아깐 조금 놀랐던 것뿐이에요. 걱정을 끼친 건 난데, 제가 도리어 화를 낸걸요."

"손을 억지로 잡은 것도 미안해."

"아⋯⋯."

미친놈처럼 찾아 헤매다가 진주가 눈앞에 보이는 순간, 다시는 놓치면 안 되겠다는 생각이 들었다. 윤재의 손안에 그녀의 가냘픈 손이 잡혔을 때 윤재는 심장이 철렁 내려앉고 말았다.

보트를 타고 리조트로 들어오는 내내 얼마나 머릿속이 복잡하던지.

이윤재, 너 인정해야 해. 너는 이 여자와 떨어지기가 싫은 거다.

배진주의 표정과 행동에 일일이 반응하는 것도, 자기답지 않게 사과하겠다고 끙끙대는 것도 그래서였다. 하지만 윤재는 이제 화가 난 진주 앞에 가만히 있는 게 불가능하단 걸 알게 됐다.

그녀가 화가 나니 도리어 자신이 불안해 짜증이 나고, 그 마음이 풀어지지 않으니 결국엔 안달이 난 것도 자신이었다.

"그건…… 괜찮았어요."

의외의 답에 윤재는 마음속으로 놀랐다.

"더 정확히는 고마웠어요. 많이 놀라서 떨렸는데."

자신이 이런 솔직한 말을 한다는 게 진주 스스로도 놀라웠지만, 그가 많이 미안해하기에 진주는 괜찮다고 말해 주고 싶었다.

'사실은 그가 잡은 손을 놓을까 불안했어.'

"감독님이 손을 계속 잡아 줘서 안심됐거든요."

진주와 윤재의 시선이 한 번 뒤엉켰다. 그러다 진주는 다시 하늘을 보았다. 하지만 윤재는 진주의 얼굴만 바라보았다.

'미치겠네.'

사랑스러운 눈동자로 별을 너무 열심히 보고 있으니 그만 봤으면 좋겠다는 생각이 들었다.

이제 나도 좀 봐 주지. 이윤재, 이 미친놈.

신혼여행임에도 진주는 새벽같이 일어나 바다를 보고 비치 베드에 앉아 소리 연습을 몇 시간씩 했고, 윤재는 그 시간에 프라이빗 해변을 뛰며 운동을 했다. 그러고 나면 둘만을 위한 아침 식사가 테라스에 마련되어 있었다.

"배진주."

"네?"

이제 진주는 자기의 이름을 부르는 나직한 윤재의 목소리에도 익숙해졌다.

"이거."

며칠 동안 진주가 먹는 모습을 지켜보던 윤재는 굳이 그녀의 앞 접시에 고기를 몇 개 올려줬다. 진주는 볼을 부풀렸다.

아침부터 고기를?

"배진주는 고기를 좀 더 먹어야 해. 새벽마다 그렇게나 소리 연습하는 것에 비해 평소에 먹는 단백질 양이 너무 적어."

"저도 식단 조절하며 고기도 먹어요. 단지 공연 스케줄이 많이 없는 아침엔 가볍게 먹는 편이에요."

단전의 힘을 끌어 올려 노래하는 판소리는 운동보다 훨씬

배의 힘을 많이 사용하기 때문에 배가 자주 고프긴 했다.

"혹시 다이어트 하나?"

진주는 말도 안 된다는 표정으로 고개를 저었다.

"다이어트라니, 당치도 않아요. 소리 연습 때문에 일부러 많이 먹으려고 노력하는 편이고요."

"그럼 잘됐네. 이거 더 먹어 둬."

윤재가 고기 한 조각을 들어 진주의 접시에 또 올렸다.

"살도 좀 더 쪄야겠어."

진주가 반팔 반바지를 입은 모습을 본 윤재는 평소 성량에 비해 진주가 퍽 말랐다는 생각을 하게 됐다.

"전 적당한 체형이거든요!"

"적당한 게 뭔지 모르나 보군."

진주는 눈을 흘겼다. 내 몸을 자기가 언제 봤다고?

"배진주의 성공을 최선을 다해 도와주기로 한 감독으로서 하는 말이야. 적당한 양의 고기를 아침에 먹어야 한다. 알겠나?"

쳇, 갑자기 감독이라는 전제를 다니 무시할 수 없었다.

"알았어요. 최대한 노력할게요."

윤재는 커피 머신에서 내린 커피를 진주의 앞에 내밀었다.

"오늘은 리조트 밖으로 나가지 않고 그동안 밀린 일이나 하며 시간을 보낼 생각인데, 혹시 하고 싶은 게 있나?"

"저도 오늘은 쉬면서 숙소에 있으려고요."

"그럼 오늘은 일정 없이 개인 시간으로 보내도록 하지."

아침 식사 후 진주는 테라스 비치 베드에 누워 책을 읽다 잠들었다. 얼마나 시간이 지났을까, 첨벙거리는 소리가 들려 눈을 뜨니 수영장에서 수영 중인 윤재가 보였다.

깜박깜박.

잠이 덜 깬 희미한 시야에 빠르게 수영장을 오가는 윤재의 모습이 보였다.

운동을 좋아하나 봐. 새벽에도 빼지 않고 운동하더니.

지금 윤재에게 말을 걸면 수영에 방해가 될 것 같았다. 자다가 뒤척이는 척하며 손바닥으로 얼굴을 가렸다. 살짝 벌린 손가락 사이로 윤재의 모습이 눈에 들어왔다.

윤재는 상의를 훌러덩 벗어 던진 채였다.

'래쉬 가드 같은 기능성 수영복도 많은데, 왜 하필이면 여기서 웃통을 다 벗고⋯⋯.'

뭐, 잘생기고 몸도 좋아서 보는 족족 영화 같긴 하네. 둘러싼 자연 배경이 장난이 아니니 여기엔 누굴 갖다 놔도 잘생긴 타잔이 될 것 같긴 했다.

"푸핫."

그는 수영을 끝냈는지 수영장을 걸어 나왔다.

윤재의 체형은 옷을 입었을 땐 슬림해 보였다. 하지만 상체를 탈의한 맨몸은 단단하고 탄력 있는 어깨선에서 허리로 군살 없이 곧게 뻗어 있었다. 남자의 맨몸을 본 적 없는 진주도 꽤 오랫동안 가꾼 몸이라는 것을 알 수 있었다. 운동선수도 아닌데 어떻게 저런 몸을 가지고 있는지 신기할 정도였다.

그런 진주의 시선을 감지한 윤재가 눈매를 가늘게 늘이며 웃었다.

"볼 게 좀 있나 보네. 아까부터 꽤 열심히 보던데."

"제가요? 언제요? 전 계속 자고 있다 감독님 소리에 막 깼는데요."

윤재는 진주가 능청을 떠는 것도 늘었다 싶었다. 새초롬하게 귀여운 입술까지 내밀고.

"그럼, 자고 있었다고 치지."

타다닥…… 쏴아.

며칠 열대성 스콜 때문인지 갑자기 비가 내리다가 맑아지곤 했는데, 아니나 다를까 오늘도 몇 초 만에 굵고 강한 빗줄기가 내리기 시작했다.

윤재는 두 손바닥을 모아 뻗어 진주의 이마 위에 우산을 만들었다.

"다 젖겠다."

"오늘은 어제보다 비가 더 많이 내리겠어요. 어서 들어가요."

그의 두 손 아래에 진주의 얼굴이 가려지긴 했으나 미처 다 가릴 순 없었다. 높다란 콧날과 앙증맞은 붉은 입술이 더없이 예뻐 보였다.

"자유롭고 싶어서 이 결혼을 선택했다고 했지?"

신혼여행이 끝나가고 있었다. 윤재는 진주가 이 여행에서 아쉬운 게 없길 바랐다.

"맞아요."

"나랑 친해지려 이 신혼여행을 왔고."

다 아는 말을 왜 하는지, 의아한 표정으로 진주가 윤재를 보았다.

"그럼 자유롭게 비를 맞으며 한 번 더 물속으로 뛰어 들어가 보는 건?"

진주의 눈이 커졌다.

"지금요?"

"비 맞아 본 적은?"

"어릴 땐 비를 맞으며 친구들과 놀았어요."

"비 맞으며 헤엄친 적은?"

진주의 눈빛이 진하게 일렁였다.

'그런 적은 없지만 한번 해 보고 싶어.'

그러나 그녀는 잠시 머뭇거렸다.

'수영복만 입고 감독님 앞에 있는 건 민망한데.'

윤재는 진주가 수영해 보고 싶어 한단 걸 알고 있었다. 그는 수영장에 걸터앉아 발만 넣어 첨벙거리던 진주를 몇 번 봤으니까.

"이번 여행 목적이 나와 친해지는 거라며? 나는 친해지고 싶은 사람과 같이 수영을 하는 편이야."

"하, 하지만."

진주의 대답이 다 끝나기도 전에 몸이 공중으로 높이 들렸다. 그는 진주를 한쪽 어깨에 둘러멨다.

"뭐예요? 설마, 아니죠? 빨리 내려 주세요!"

놀란 진주는 그의 어깨 위에서 다리를 바동거렸다. 비는 점점 더 거세져 야외 테라스로 들이쳤다. 머리카락을 타고 눈과 목으로 흘러내리는 빗줄기가 굵어 앞이 안 보일 정도였다. 진주는 얼굴을 때리는 빗방울을 하염없이 손으로 쓸어내렸다.

"내려 달라니까요!"

그는 말이 없었다.

"감독님, 마지막 경고예요!"

내려 달라고 그의 어깨를 쳐 봤으나 윤재는 끄떡도 하지 않았다.

검은 하늘과 맞닿아 쏟아지는 빗줄기가 장엄하고 웅장해 보였다.

"이 상태로 수영장에 던지기만 해 봐요. 그러면……."

윤재가 그 말에 제자리에 섰다.

"그러면?"

"그러면 정말 가만 안 둘 거예요!"

윤재는 입술을 길게 늘어뜨리고 다시 걸었다. 그는 그녀를 붙잡은 채 수영장으로 내려가는 계단을 하나하나 내려가며 몸을 담그기 시작했다.

"난 던질 생각까진 없었는데, 하지만 배진주 말을 들으니 나를 어떻게 가만 안 둘 건지 무척 궁금해졌어."

어쩌지? 정말 던질 생각인가 봐.

진주는 파닥거려 봤자 아무 소용이 없음을 알게 됐다. 물은 그의 허리께로 잠겼고, 시원한 물이 진주의 종아리에도 느껴졌다. 여전히 비는 퍼붓고 있었다.

'절대 혼자 떨어질 수 없어. 차라리……'

진주는 몸을 어깨에 폴더처럼 접어 더욱 웅크렸다. 그러고는 잡히는 그의 팔뚝을 되는 대로 꽉 두 팔로 휘감았다. 빠지더라도 무조건 이윤재와 함께, 진주에겐 그 생각밖에 없었다.

"지금 수영을 하자는 건가? 씨름을 하자는 건가?"

"놓기만 해 봐요! 친해진 거 무효예요."

"자, 이제 물속에 들어갈 거야. 더 꽉 잡아."

윤재는 그녀가 그렇게 원했던 물속으로 같이 들어갔다.

풍덩!

"푸핫!"

쏴아아―.

쏟아지는 비는 둘의 안중에도 없었다.

"와아."

방금 전까지 버둥거리던 진주는 수면에 튕기듯 튀어 오르는 빗줄기와 멀리 보이는 바다를 고요히 바라보고 있었다. 그녀를 바라보는 윤재의 표정은 한없이 흐뭇했다.

잠시 후, 흐린 바다가 언제 그랬냐는 듯 다시 밝아지고 푸른빛을 되찾을 때까지 둘은 아이처럼 서로 얽혀 물속에서 놀기 바빴다.

신혼여행을 끝내고 한국으로 들어온 진주와 윤재는 윤재의 본가로 가기 전에 애순의 집을 먼저 찾았다.

　"다녀왔습니다."

　"오매, 오매! 진주야, 잘 다녀왔느냐? 이 서방도 왔는가?"

　반가운 손님들이 대문을 들어섰다는 말에 애순이 버선발로 나가 진주와 윤재를 맞이했다.

　한국은 한겨울이었기에 애순의 집 마당에는 눈이 와 쌓여 있었다. 한 해가 끝나가려니 추위도 매서워져 처마 밑엔 고드름이 달려 있었다.

　"날씨가 오늘 갑자기 이렇게나 추워질 줄 몰랐구나. 여길 먼저 들른다는 전화에 진주 방에 불을 땐 것이 얼마 안 되었는디. 아직은 방바닥이 좀 추울 텐데 잠자리가 괜찮으려나?"

　애순도 신혼부부가 서울로 바로 가지 않고 애순에게 먼저 인사하러 온다는 소식을 오후 늦게야 받았다. 귀한 손님들 먹일 음식을 준비하느라 잠자리에 불 피우는 걸 늦게 생각한 탓에 오랫동안 비워 둔 진주의 방은 금방 따뜻해지지 않았다.

　"그럼요, 스승님. 괜찮아요. 걱정 마세요."

　"이불은 두껍고 따뜻한 것으로 깔아 놨으니 둘이 이불 안에서 꼬옥 껴안고 자면 춥지는 않을 것이다."

　진주는 애순의 말에 답은 못 하고 부끄러워 얼굴만 붉혔다.

　애순의 앞에 절하고 앉은 진주와 윤재는 신혼여행 후라 그런지 제법 가까워진 듯했다. 둘이 집 마당에 들어서는 모습이 다정해 보여 애순의 눈에 그 모습이 참 예뻤다.

"새신랑, 신부는 멀리서 여기까지 오느라 수고했다. 오늘은 늦었으니 어여 들어가 쉬거라. 잠도 푹 자고. 이 서방도 좋은 꿈 꾸시게."

"네."

진주가 씻고 방으로 들어오니 다른 욕실에서 씻고 온 윤재는 먼저 이불 안에 들어가 있었다.

'감독님도 추운 모양이시네.'

욕실에서 머리카락 물기를 다 없애려 했는데도 머리카락 길이가 허리 아래로 오는 진주였기에 물방울이 머리카락 끝에 계속 걸려 떨어졌다. 방으로 들어서니 몸은 찬 공기에 계속 오슬오슬 떨렸다.

"이리 들어오지."

"네?"

윤재는 이불 속에 앉아 진주에게 이불 속으로 들어오란 말을 하고 있었다.

"여긴 좀 따뜻해."

윤재는 진주가 씻고 나오면 방이 추울 것 같기에 이불 속으로 들어가 제 체온으로 이불 속을 데우고 있었다.

진주는 윤재의 말에 당연히 주춤거렸다. 갑자기 이불 속으로 들어오라니. 그것도 윤재가 들어가 있는 이불 속으로.

하지만 윤재의 눈빛은 걱정까지 더해져 거부할 수 없이 강렬했다.

"들어와. 추워."

진주는 핑계를 생각했다.

"아직, 머리카락을 못 말렸어요. 젖었는데……."

"괜찮아, 이리 와."

하아. 진주는 숨이 가빠져 오고 눈앞이 조금 흔들렸다.

그는 지금 나를 걱정해서 이불 속으로 들어오라는 것뿐인데. 이미 그와의 접촉은 수도 없이 많았으니까……. 저 정도는 괜찮겠지? 무엇보다.

'그의 곁으로 가고 싶어.'

진주는 그가 앉은 이불 속으로 들어갔다. 누가 본다면 윤재의 품속으로 들어가는 듯 보일 터였다. 이불 속은 생각보다 더 아늑하고 따끈했다. 그곳은 어느새 윤재의 체취로도 가득했다. 진주의 등에 윤재의 가슴이 붙었다 떨어지곤 했다. 윤재는 그녀가 완전히 이불 속으로 들어오자 일어나 진주만 이불로 감싸 주었다.

"다행히 이불이 아주 두꺼워."

그는 그녀의 목까지 두꺼운 이불을 들어 올려 진주의 몸을 감싸 주었다. 그리고 일어나더니 작은 화장대에 놓인 드라이어와 빗을 가져와 콘센트에 드라이어를 꽂았다.

지이잉.

"엇, 안 그러서도 돼요."

"빨리 말리지 않으면 감기 걸려."

드라이어를 켠 윤재는 덜 마른 그녀의 긴 머리카락을 손바닥 위에 올려 타월로 누르고 물기를 닦은 후 말리기 시작했다. 어색하지만 그가 만지는 느낌에 진주는 익숙함을 느꼈다.

'그의 손길이 좋아.'

뜨거운 바람이 머리카락 속을 헤집으니 추웠던 건 온데간데 없고 진주의 가슴속이 뜨거워졌다.

말리는 머리카락 사이로 그녀의 새하얀 목덜미가 언뜻 보였다. 윤재의 손목에 순간적으로 핏줄이 튀어나와 도드라졌다. 신혼여행을 다녀온 이후부터 일어난 일이었다. 그녀의 얼굴을 볼 때, 가끔 윤재는 알 수 없이 치미는 욕망으로 난감해졌다. 그러나 그는 모른 척 누르고 또 참았다.

"오늘은 어쩔 수 없이 한 이불에서 자야겠지?"

"……네."

놀란 건 도리어 윤재였다.

어쩔 수 없는 상황이어도 당연히 거절할 거라 생각했는데.

애순이 깔아 둔 이불은 하나였으니 진주도 어쩔 수 없었다. 그리고 그가 덮칠 일은 없을 거란 생각에 같은 이불을 덮고 자는 것이 가능할 것도 같았다.

진주는 다시 이불 속에 들어가 얌전히 누워 순진한 얼굴로 윤재를 불렀다.

"추운데…… 어서 이불로 들어오세요."

흠칫 놀란 윤재의 커다란 눈동자가 꿈틀대다 멈췄다.

"어, 그래……."

윤재는 하는 수 없이 들어가 이불에 반듯하게 몸을 눕혔다.

"아, 불을 꺼야 했는데! 제가……."

진주가 일어나려 몸을 돌렸고.

"아니, 내가 끌게."

윤재도 몸을 일으키려 했다.

"어?"

동시에 몸을 움직인 둘은 부딪혔다. 그러자 진주가 걱정되어 잡으려던 윤재는 그녀의 어깨를 붙들고 같이 누운 꼴이 되고 말았다.

눈빛이 교차했고, 윤재의 턱 아래 그녀의 입술이 있었다.

"……!"

그의 한쪽 입꼬리가 경련이라도 하듯 미세하게 떨렸다. 윤재는 어금니에 힘을 주고 주먹을 쥐었다.

'더 이상은 안 돼. 선을 넘겠어.'

아릿한 느낌을 뒤로하고 윤재는 그녀와 몸을 떼고 이불 안에서 몸을 일으켰다.

"넌, 누워 있어. 내가 불을 끌게."

불을 끄려고 문가로 온 윤재는 문살 창호지 밖으로 어른거리는 실루엣에 문을 조금 열어 보았다. 그의 예감처럼 큼직한 함박눈이 달빛 아래로 소담스럽게 내리고 있었다. 그걸 보자 아름다운 눈이 내리는 모습을 진주와 같이 눈에 담고 싶었다.

그는 진주에게 고개를 돌렸다.

"배진주."

"네."

"밖에 눈 와."

"정말요?"

진주는 자리에서 벌떡 일어났다. 그러곤 그의 옆에 서서 방문을 활짝 더 열고 내리는 눈을 보았다. 벌써 담벼락과 장독엔 눈이 소복이 쌓이고 있었다.

"마당에 눈 보러 나갈래요?"

윤재가 고개를 끄덕이며 미소 지었다.

눈 구경이라고 해 봐야 겨우 방 앞에 달린 마루에 나와 내리는 눈을 보는 것이었다.

"마당에 나가서 보자니까요?"

"추워서 안 돼."

진주가 아이처럼 눈을 보며 좋아하기에 잠시 윤재도 눈 구경을 할 수 있었다. 그러나 곧 진주가 코트 안에 잠옷만 입은 상태란 걸 알게 되니 추울까 걱정이 됐다. 그러다 그 아래로 시선이 더 내려가 진주의 맨발을 보는 순간, 윤재는 가만있을 수 없었다.

"이렇게는 안 되겠어."

윤재는 방으로 들어가 데워진 두꺼운 이불을 가져와 진주를 둘러씌웠다. 그녀는 망토를 쓴 눈사람처럼 꼼짝할 수 없이 이불에 갇힌 모양새가 되었다.

"풋."

윤재는 귀여움에 웃었다.

"그렇게 이상해요?"

"다른 건 몰라도 춥지는 않겠다."

"치."

윤재는 다시 한번 진주를 두른 이불을 꼼꼼히 여미고는 오랜만에 눈 내린 시골의 마당을 바라보았다. 윤재는 눈발을 맞는데도 따듯했다.

"여기서 보는 눈은 오랜만이에요."

"추위를 많이 타니 겨울을 싫어할 것 같은데?"

"추운 건 싫지만, 눈이 오면 눈싸움을 하고 얼음이 얼면 썰매를 탈 수 있으니 아이들에겐 좋은 계절이죠."

진주는 아빠와 마당에서 눈싸움하던 어린 시절이 떠올라 미소 지었다.

"맞아."

잠시 둘은 조용해졌다. 윤재는 눈이 쏟아지는 하늘을 올려봤고 진주는 그런 윤재의 옆모습을 보고 있었다.

이 남자는 내가 이렇게 계속 봐도 되는 사람인 걸까. 마음에 담아도 되는 사람일까.

그는 결혼 이후로 불쑥불쑥 친절했고 점점 다정해졌다, 전혀 다른 사람인 것처럼. 처음엔 낯설었으나 이제는 이윤재의 다른 모습마저도 진주에게 익숙해졌다.

"감독님, 추운데 감독님도 여기로 들어오세요."

진주의 나직한 말에 윤재가 고개를 내렸다. 진주는 윤재가 바람이 못 들어가도록 꽁꽁 싸 놓은 이불을 벌려 윤재의 자리를 만들어 주었다.

윤재는 잠시 망설였다. 진주에게 실수할 것 같아 일부러 눈을 보자던 거였는데. 하지만 저 이불 안으로 들어가지 않으면 진주가 무안하고 춥겠지.

그녀의 적극적인 몸짓에 윤재는 마음을 고쳐먹고 이불을 다시 펼쳐 자기와 그녀를 함께 감쌌다. 이불의 끝을 여미자 그의 가슴에 진주의 어깨가 붙었다. 그녀가 바스락거리는 것이 고스란히 느껴졌다.

이제는 제법 익숙해진 진주의 샴푸 향과 은은한 체향이 뒤섞여 몰려왔다.

"배진주."

귓가를 울리는 그의 낮은 부름에 진주는 그를 올려 보았다. 윤재의 눈이 슬쩍 가늘어지다가 다문 입술 끝이 주저함으로 잠시 떨렸다. 진주가 길게 숨을 내뱉는 소리가 커다랗게 들려왔다.

진주는 새삼스럽게 느껴지는 어색함에 시선을 아래로 떨구었다. 조금 전까지는 그와 같이 있어도 어색하지 않았는데 왜 갑자기 이런 마음이 드는지 이상했다.

"나 좀 볼래?"

차분하게 가라앉은 목소리였다.

진주의 눈빛은 사슴처럼 커다랗고 깨끗했고, 그런 그녀를 바라보는 윤재의 눈빛은 길을 잃고 당황한 짐승의 눈빛과 다름없었다.

진주가 마주친 그의 흐트러진 눈빛에 놀라 잠시 떨자 윤재의 한 손이 그녀의 어깨를 가만히 잡았다. 진주는 저도 모르게 살포시 두 눈을 감았다.

하루에 수천 번도 더, 참아야 한다고 되뇌던 지난 시간들이 무색해졌다.

그녀의 감은 두 눈이 허락이라도 되는 양, 윤재는 더 이상 참지 못하고 고개를 내려 그녀의 입술에 제 마른 입술을 겹쳤다. 눈처럼 수줍게 그녀의 입술에 그가 내려앉던 날. 그녀의 뺨을 쓰다듬은 것도, 손가락이 그녀의 탐스러운 입술을 애틋하게 훑어내린 것도 모두 처음이었다.

그는 그녀의 턱을 살짝 눌러 벌어진 입술 사이로 장난치듯 아랫입술을 머금고 물었다. 이어서 잘게 떨어 대는 진주의 붉은 입속을 샅샅이 헤집기 시작했다.

윤재는 뜨거운 입김을 진주에게 여러 번 불어넣었다. 그녀는 그때마다 데인 듯 놀라 몸을 떨곤 했다. 그의 키스는 한 번이 아니었다. 이후로도 한참이나 이어졌다.

'원래 키스란 이런 걸까?'

"하아……."

심장이 내려앉은 지 이미 오래. 울려 대는 거친 숨소리가 누구의 것인지 분간이 되지도 않았다.

입술은 또 엇갈려 교차했다. 잘게 부서진 그의 눈동자가 그녀의 얼굴에 내려앉아 간질이다 달아나곤 했다.

한껏 붉어져 예민해진 진주는 다시 눈을 감았다. 그 얼굴이 다시 윤재를 자극했는지 이번엔 그녀의 아랫입술을 깊게 머금었다.

진주는 그에게로 빨려들었다. 자기가 내쉬는 모든 호흡과 몸의 온기, 물기마저 빨아당기는 느낌이었다. 그가 입 안의 여린 감각 하나까지도 남김없이 훑어 내자 진주는 어쩌지 못하고 헐떡이다 자기도 모르게 그의 목에 매달렸다.

"하아."

진주는 어느새 윤재의 아래에 있었다. 이불은 거의 벗겨지고 둘은 어느 사이에 마루에 누울 듯 포개져 있었다. 맞닿은 얼굴 사이에 뜨거운 숨결이 쉴 새 없이 드나들며 얼굴을 간지럽혔다.

사락.

훤히 드러난 진주의 맨발 끝에 눈이 떨어져 녹아내렸다. 그 모습을 본 윤재가 정신을 차렸다.

정신없는 입맞춤에 차가워진 진주의 작은 발을 윤재가 손으로 감쌌다. 발을 잡은 손길에 놀라 진주가 발을 빼려 했으나 윤재는 발을 더욱 세게 잡았다.

"또 춥겠다."

"하아."

진주는 아직도 숨을 몰아쉬며 고개를 저었다. 그런 진주의 얼굴을 살피던 윤재의 표정엔 난감함이 드리웠다.

"놀랐나?"

그것이 가장 걱정스러웠다.

순간적으로 밀려든 입술이 무서웠으려나. 좀 더 참을 걸 그랬지.

진주가 성인임을 모르진 않으나 스물셋이란 나이는 여전히 그에게 어리게만 느껴졌다. 거기에 아무런 경험이 없단 걸 알기에 윤재는 진주에게 어떻게 다가가야 할지 수없이 고민했지만 아직도 답을 몰랐다.

"아니요."

다행이다.

윤재는 안도의 숨을 뱉었다. 단정한 진주를 바라보는 윤재의 눈동자는 아직도 혼탁했다. 그는 진주를 바로 보면 안 될 것 같아 시선을 내렸다. 가느다랗게 뜬 눈으로 그녀의 입술과 코를 보다 눈을 더 내리깔았다. 윤재는 진주의 어깨만 보며 마루에 널브러진 이불을 들어 그녀의 몸 위로 다시 여미어 주었다.

여전히 숨이 찬지 진주의 입술이 조금 벌어져 하얀 입김을 뱉어 냈다.

"이제 방으로 들어갈까?"

"네."

진주의 볼이 아직도 붉었다. 윤재는 한 손을 뻗어 그녀의 볼을 감싸 쥐었다. 윤재의 큼직한 손은 그녀의 볼과 귀를 지나 턱과 목선까지 감싸고도 남았다. 진주는 도자기 인형처럼 더 꼭 쥐면 부서질 것 같았다. 그의 손가락 사이에 그녀의 귓불이 걸렸다.

젠장.

음험한 생각들이 그를 또 집어삼키려 했기에 윤재는 벌떡 일어나 이불과 그녀를 통째로 안아 들고 방으로 들어왔다.

다행히 방은 제법 따끈하게 데워져 있었다. 폭신한 요 위에 그녀를 조심스럽게 내린 윤재는 진주의 옆에 가만히 누워 잠을 청했다.

하아아아······.

한 이불 안에 그가 누워 있다는 것만으로 진주는 숨을 쉬는 게 버거웠다. 그뿐만 아니라 나직이 몰아서 숨을 내뱉는 소리마저 숨죽여야 했다. 두 눈은 굳게 감고 있었다.

내가 잠들지 못하고 있단 걸 그가 알면 안 되는데. 최대한 참든 척 평온한 숨소리를 내야 해. 감독님은 지금 잠이 올까?

잠을 자려면 몸에 힘을 빼고 다리도 편하게 뒤척거려야 하는데 꿈짝할 수가 없었다. 거기에 눈을 감고 잠을 자려 애쓰면 애쓸수록 진주의 머릿속엔 좀 전에 있었던 마루에서의 일이 재생되었다. 감각도 오롯이 기억났다. 그의 손과 입술이 스쳤던 자리들이 순서대로 떠오를 때마다 그 부위가 화끈거리는 것 같았다. 눈을 보기 전 이불 속에서 그와 눈빛이 마주친 순간도 떠올랐다.

그가 다가오려다 멈췄을 땐 왠지 모르게 아쉬웠는데, 마루에서 입술을 진짜 맞붙여 왔을 때는 말랑하고도 부드러웠어. 아앗, 계속 생각하면 안 돼!

진주는 잡생각을 물리치고 어서 잠들어야겠단 생각에 마음속으로 자신이 아는 판소리 대목 중 가장 비극적인 노래를 부르기 시작했다.

'적막한 감옥 방 찬 자리에……, 내가 만약에 도련님을 못 보고 죽으면……!'

춘향이 변 사또의 수청을 거절하다 옥에 갇혀 죽음을 앞두고 부르던 '옥중가'였다. 하지만 '도련님'이란 가사에 키스가 끝나고 윤재가 자신의 맨발을 손으로 잡아 감싸던 느낌이 다시 생생히 떠올라 진주는 눈을 뜨고 말았다. 입맞춤이나 손을 잡은 것과는 또 다른 낯선 촉감이었기에 그녀는 멈칫할 수밖에 없었다. 이내 그의 손에서 전해지던 온기에 그가 얼마나 따뜻한지 단번에 알 수 있었다.

진주는 입술을 꼼지락거렸다. 볼을 느긋하게 쓰다듬던 손에서 느껴진 떨림이 되살아났다.

가슴이 터질 듯 설렜어. 그러곤 그 손가락이 입술로 내려왔을 땐……. 이렇게 계속 생각나는 건……, 내가 감독님을 좋아하고 있나 봐! 배진주, 제발 그만 생각하자. 쯤!

진주는 그를 오디션에서 만난 후 지금까지 윤재가 자신에게 했던 말과 행동들을 떠올렸다. 그의 친절과 배려가 자신에게 남달랐단 걸 그녀도 모르진 않았다.

하지만 그를 생각하면 따라오는 낯선 감정이 커질 때마다, 쇼윈도 결혼을 위한 배려에 고마움을 느끼는 것이라 단순히 치부하곤 했었다. 혹은 그가 문득 보고 싶은 건, 그에게 가끔 겹쳐지는 아빠에 대한 그리움 때문일 거라고 외면하면서.

'그런데 그런 모든 감정들이 좋아하는 마음이었어.'

진주의 머릿속을 어지럽게 만드는 상상은 비단 키스의 세밀한 장면만은 아니었다. 정작 그녀를 더 복잡하게 만든 건.

'키스도 했는데. 이제 우린 무슨 관계가 된 걸까.'

감독님은 키스를 그냥 한 것일 수도 있는 걸까? 분위기 때문에 아무 감정 없이 그런 거면 어쩌지?

하지만 그것도 잠시, 윤재가 그럴 리 없다는 생각이 들었다.

그럼 내게 조금 감정이 생겨서? 하지만 그게 사랑이라고 말할 수 있을까. 내일 아침에 일어나면 그를 어떤 얼굴로 봐야하는 걸까. 아무렇지 않은 척해야 할까.

그녀의 고민은 점점 깊어졌다. 그 와중에 진주는 합리화도 열심히 하고 있었다.

확실한 건 감독님도 나와의 키스를 싫어하진 않는 것 같아. 뭔가 간절히 원하는 것 같은 입맞춤이었는데……. 좋아하지도 않는데 그런 키스는 불가능하겠지?

머릿속은 엉망진창 뒤죽박죽이었다. 그래도 진주에게 확실한 건 있었다. 키스를 했으니 그와 그녀에게 무언가가 시작됐다는 것.

'비즈니스로 계약된 쇼윈도 부부가 키스를 하면 그다음엔 무슨 일이 일어나는 거지?'

일단 그의 마음부터 확인해 봐야겠다고 생각했다.

그런데 마음은 또 어떻게 확인하지? 그건 내일이 되면 알 것 같았다. 감독님이 먼저 무슨 말을 하거나 행동을 할 수도 있는 거니까. 그래, 만약에 그의 마음에 내가 조금이라도 있는 거라면…….

진주는 한번 마음을 열고 그에게 다가가 보고 싶다는 생각이 들었다.

만약 이윤재와 사귀게 된다면…… 그건 어떤 느낌일까.

한편 고개를 돌려 진주를 본 윤재는 그녀가 잠이 오지 않아 뒤척거리는 걸 봤다. 그녀의 눈꺼풀이 감긴 채 바르르 떨리고 있었다. 작은 숨소리도 간간이 들려왔지만 잠이 들었을 때 들리는 평온하고 규칙적인 소리가 아니었다.

'많이 놀라 그러겠지?'

윤재도 잠은 오지 않았다. 그의 손은 조금만 자리를 옮기면 그녀의 손을 잡을 수 있는 곳에 놓여 있었다. 그녀의 손을 잡고 싶다는 생각. 몸을 옮겨 진주를 품에 꼬옥 안아 보고 싶다는 충동. 다시, 보드랍고 앙증맞은 붉은 입술에 키스하고 싶다는 욕망까지 한곳에 뒤섞여 몸과 마음을 들쑤시고 있었다.

'짐승 같은 놈.'

일제히 곤두선 감각들이 잠 못 이루는 진주를 향했다. 그러나 더 이상의 자극도, 상상도 참아야 했다.

절대로 먼저 덮치는 일은 없을 거라 장담해 놓고 그렇게 앞뒤 없이 키스부터 하다니.

어리고 감정에 서툴다는 핑계로 감정을 눌러 온 그였지만 이제 더 이상은 진주를 좋아하는 감정을 숨길 수 없다는 걸 그도 알게 됐다.

내 행동을 오해하면 어쩌지. 내 마음을 알게 되면 진주는 어떻게 반응할까.

윤재는 한 번 더 진주가 누운 쪽으로 고개를 돌렸다. 어느새 잠이 든 모양인지 이젠 숨소리가 고르게 들려왔다.

어느새 날이 밝아 오고 있었다.

윤재는 몰려드는 온갖 생각들로 잠들 수 없었다. 진주의 잠든 얼굴을 보며 수많은 가정과 말들을 꺼내다 집어삼키며 밤을 꼬박 새웠다. 잠시 후, 진주가 눈을 뜨는 게 보였다. 그녀는 윤재가 당연히 잠들어 있을 거라 생각했는지 고개를 돌리다 자신을 응시하는 윤재와 시선이 마주치자 당황한 듯 보였다.

"언제, 일어나셨어요?"

"조금 전에."

자는 진주의 얼굴을 보며 새벽 내내 생각했다. 좋아한다는 말은커녕 직접 내색한 적도 한 번 없는데, 혹시 성급했던 입맞춤에 놀라 다시 뒷걸음치진 않을까. 하지만 그렇다고 이미 깊어진 마음을 참을 수 있을 것 같지는 않았다. 진주를 향해 꾸물꾸물 욕심이 생기는 걸 느꼈다.

'배진주가 나를, 좋아해 줬으면 좋겠다.'

그러나 진주가 아무 감정 없이 이 결혼을 비즈니스 관계로 시작한 건 분명했으니, 시작점부터 다시 바꾸어야 했다.

그렇다면 배진주가 나를, 좋아하게 만드는 수밖에.

"배진주."

윤재가 갑자기 나직이 이름을 불렀다.

"네, 네?"

그 소리에 놀란 진주가 눈을 동그랗게 뜨며 대답했다. 입술 끝에 맴도는 말을 꺼내려던 윤재는 몇 번이나 주춤하다 진주의 일렁이는 눈빛에 무언가를 결심한 듯 그녀의 눈동자에 초점을 맞췄다.

"배진주가 하고 싶다는 그거."

— 춘향이와 몽룡이처럼 화끈한 사랑을 해 보고 싶었어요.

"내가 하고 싶은 거요?"

"춘향이 같은 화끈한 사랑, 그거 나랑 하자."

"……!"

윤재가 밤새 진주에게 다가갈 방법을 고민한 후 내린 결론은 단순했다. 아직은 사랑에 서툰 진주에게 자신이 먼저 솔직해지는 것이었다. 어떤 가감도 꾸밈도 없이 진실하게.

"그 전에……"

"……"

"나 좀 좋아해 줄래?"

진주는 숨이 멎었다. 어젯밤 너무 뛰어 대는 심장을 겨우 진정시켰는데, 그는 아침부터 또 자신을 흔들어 댔다.

혹시 지금 이거 꿈인가. 너무 이 남자 생각을 많이 하다 잠들어서 꾸게 된 꿈?

이렇게 좋아해 달라고 말하는 사람이 이윤재란 사실이 믿어지지 않았다.

"어제 마루에서 그건……"

그의 목소리는 밤새 잠을 자지 못한 듯 낮게 잠겨 있었다.

"너무 좋아서, 네가 예뻐서 도저히 참을 수 없어서 했던 키스니…… 오해하지 마."

진주는 온몸에 힘이 모두 빠져나가는 느낌이 들었다.

그의 목소리가 떨리고 있었고, 그것은 진짜란 생각이 들었다. 이건, 고백이 틀림없었다. 그의 한마디로 그녀가 밤새 했던 모든 고민들이 다 소용없는 것이 되어 버린 것 같았다.

이윤재가 나를 좋아한다고 말했어.

숨이 점점 더 막혀 왔지만, 진주는 어안이 벙벙했기에 아무

대답도 할 수 없었다.

원래 고백은 이렇게 막 쏟아붓는 것처럼 하는 건가. 게다가 내가 키스 때문에 고민하는 건 어떻게 알았을까.

"배진주."

"……!"

앉아서 앞만 바라보는 진주를 그가 이불 안으로 잡아당겼다. 진주는 심장이 아릿했다.

"좋아한다고 말했으니."

그녀도 윤재에게 뭐라고 말해 줘야 할 거 같은데 너무 정신이 없어 입을 열 수 없었다. 그를 쳐다볼 용기가 없이 그저 부끄러워 고개는 자꾸 내려갔다.

"이제 한번 제대로 안아 봐도 되나?"

그는 몸을 내리고 고개를 기울여 애써 진주와 시선을 맞췄다. 안게 해 달라는 동의를 구하는 표정이었다. 진주는 얼떨결에 고개를 끄덕였다.

그는 그제야 긴 숨을 내뱉으며 그녀를 더욱 세게 안았다.

"밤새도록 얼마나 이렇게 안고 싶었는지…… 모르지?"

그는 한 손으로 그녀의 머리카락을 뒤통수부터 쓰다듬었다. 사랑스럽다는 손길이었다. 헝클어진 머리카락을 귀 뒤로 조심스럽게 넘기며 정리해 주기도 했다.

그의 눈동자가 그러다 진주와 또 마주쳤다. 그의 한쪽 입술 끝에 힘이 들어갔다. 그녀의 심장이 아래로 쿵, 내려앉았다.

그의 짙어진 눈동자가 사뭇 진지하게 그녀를 바라보다 이번엔 위험하게 바뀌었다. 두 개의 시선이 공중에서 엉켜들었다. 윤재의 짙은 눈썹이 떨리고 있었다.

아직은 해가 뜨지 않았기에 불 꺼진 방 안은 어두웠다. 하지만 서로의 모습과 표정이 다 보이는 것 같았다. 진주는 방 안에 오로지 그와 그녀 둘뿐이란 생각에 저도 모르게 혀를 내어 입술을 적셨다. 미간을 찌푸리며 묘하게 변한 그의 눈빛을 보던 진주는 직감했다.

키스를 또 하려는 걸까?

알 수 없는 기대와 설렘으로 눈을 깜박이며 진주를 바라보던 윤재는 야트막한 한숨을 쉬었다.

'이러다 정말 큰일 나겠네.'

키스를 한 번 더 하고 싶었지만, 이불 안은 너무나 위험했다. 가까스로 참아 내며 본능을 억누르는 윤재를 가로막은 건 순진한 진주의 눈동자였다. 마치 무언가 달콤한 사탕이라도 받으려 기대하는 아이 같은 얼굴. 윤재는 피식 웃으며 애써 들끓는 감정을 식히고 이성을 되돌렸다.

"오늘 같은 날도 새벽에 일어나 소리 연습을 할 건가?"

"……."

사실은 잠깐이라도 그가 자는 동안 연습을 하러 나가 머릴 식히고 싶었다. 지난밤에 있었던 일로 마음이 어지러웠기 때문이다.

"그냥…… 같은 시간에 눈이 떠졌어요."

"잘 잤어?"

"네."

그녀의 말이 다 끝나기도 전에 윤재가 다시 가만히 그녀를 안았다. 그의 숨소리가 크게 들려왔다.

"난 어젯밤에 잘 못 잤어, 누구 때문에."

"……!"

그가 더욱 꽉 안아 왔다. 진주는 숨이 막히는지 목을 길게 빼려 꼼지락거렸다.

"너무 바스락거리면 이 새벽에 무슨 일이 있어날지 장담할 수 없는데."

장난 반 진담 반인 윤재의 말에 진주는 그대로 멈췄다. 그는 입술 끝에 웃음을 걸었다.

"그냥 이렇게 안고 1시간만 더 자자."

진주도 그의 품 안에서 가만히 눈을 감았다.

chapter 6

진짜 부부가 되고 싶어

애순이 가득 차려 준 아침상을 받고 인사를 한 두 사람은 서울로 이동해 지훈의 집으로 갔다. 신혼여행을 다녀온 아들 내외를 반갑게 맞이한 지훈은 두 사람에게 절을 받은 후에 차를 마시며 이런저런 얘기를 하느라 여념이 없었다.

"아버님께서 저희가 신혼여행에서 묵은 리조트를 준비해 주셨다고 감독님께 들었어요. 감사합니다. 아주 멋진 곳에서 편히 쉬면서 놀다 왔어요."

진주의 말에 지훈의 얼굴에서는 웃음이 떠나지 않았다.

"진주 네 맘에 들었다니 다행이구나. 그곳이 신혼여행지로 제법 유명한 곳이라기에 지인 찬스를 썼는데, 잘 쉬었다니 신경 쓴 보람이 있었어."

셋은 가벼운 이야기 중에 공연계의 중요한 이슈들도 주고받았다.

"진주는 경성창극단에서 좋은 소식이 들리더구나."

"네, 아버님. 이번 휴가 마치고 창극단에 복귀하게 되면 새로운 작품에서 주인공을 맡게 될 거 같아요."

"그건 당연하지. 다음 작품은 춘향전이라지? 역시, 진주 네
가 춘향이를 하지 않으면 누가 한단 말이냐? 오랜만에 네 연기
도 보고 멋진 소리까지 다 들어 볼 수 있겠구나."

진주는 지훈이 지나치게 추켜세우는 것이 부끄러워 얼굴이
화끈해졌다.

"아직 대본은 안 나왔지만, 각색이 많이 될 거라 소리가 얼
마나 들어갈진 모르겠어요."

지훈은 안경 너머로 윤재를 넌지시 봤다.

윤재는 원래 목적이 없으면 말을 잘 하지 않아 묵묵히 오가
는 얘기를 듣고 있었으나 진주를 보는 눈빛은 이전과 확연히
달랐다. 그렇게나 결혼을 안 하겠다고 버티더니 생각보다 결
혼 생활을 원만히 하겠다 싶어 지훈은 마음이 놓였다.

"윤재 너는 다음 작품이 정해진 거냐?"

"네, 전부터 다른 극단에서 몇 개 제안받은 게 있어서 고민
하다 결정했어요. 해외 전통극과 한국 판소리를 컬래버한 작
품인데 공연 올리면 해외 반응도 좋을 것 같습니다."

"그래? 부부가 같은 창극단에 있으면 좋았겠지만, 감독과 주
연 배우가 같이 일하는 모양새가 주위를 불편하게 할 수도 있
을 거다."

지훈은 경성창극단에서 한 작품만 하고 다른 곳으로 옮기
는 윤재의 판단이 진주를 배려한 것임을 알고 있었다. 진주의
능력과는 상관없이 모르는 사람들이 본다면, 진주가 결혼을

통해 남편과 재벌 시댁의 입김으로 주연을 맡게 됐다고 오해 받을 수도 있었다.

"진주는 공개 오디션을 통해 주연으로 선발된 겁니다. 경성 창극단에서 그런 오해를 할 사람은 없구요."

지훈은 다행이란 듯 고개를 끄덕였다.

"신혼집 공사는 어찌 됐느냐? 바로 들어가도 되는 거냐?"

"네. 이미 마무리되고 우리 짐들도 모두 들어간 상태라 생활하는 데 지장 없을 겁니다. 걱정 안 하셔도 됩니다."

"그래, 손볼 곳이 많더니 생각보다 빨리 끝나 다행이구나."

인사를 드린 후 지훈의 집을 나온 두 사람은 윤재가 운전하는 차를 타고 신혼집으로 향했다. 신혼집의 규모는 진주의 생각보다 훨씬 컸다. 정원도 잘 꾸며져 있어, 밖으로 나가지 않아도 간단한 산책은 할 수 있을 정도로 넓었다.

윤재는 진주를 본채로 안내했다. 문을 열자마자 층고가 높아 갤러리처럼 인테리어된 거실이 널따랗게 펼쳐졌다.

"1층엔 거실과 서재, 게스트 룸 등이 있어. 주방은 저기."

그녀는 천천히 새롭게 지낼 곳을 둘러보았다. 밝고 정갈한 느낌의 실내 인테리어는 물론 은은한 조명까지 모두 마음에 들 정도로 예뻤다.

"네가 지낼 곳은 2층. 올라갈까?"

그녀는 그를 따라 조금은 두리번거리며 2층 계단을 올라갔다. 탁 트인 1층과 다르게 2층은 복도를 사이에 두고 문이 여러 개 있었다. 그는 첫 번째 방문을 열었다.

"여기가 침실."

"와."

진주는 너무나 커다란 침실에 할 말을 잃고 입을 벌렸다. 한 번도 본 적 없는 초대형 사이즈 침대가 레이스로 된 사각 캐노피로 둘러싸여 있었다.

침실과 연결된 드레스 룸도 웬만한 큰 방보다 컸다. 그리고 그 옆으로 연결된 욕실은 마당의 풍경을 바라보며 사용할 수 있도록 커다란 욕조를 배치해 두었다.

"마음에 드나?"

"네. 그런데……."

모든 게 마음에 들었으나 걸리는 게 있었다. 이 모든 공간은 감독님과 공용 공간으로 만들어진 곳일 텐데 이렇게 좋은 침실을 어떻게 혼자 쓰지.

"여길 저 혼자…… 사용하는 건가요?"

"물론이지. 드레스 룸만 나와 같이 사용하고 그 외의 2층 공간은 마음대로 사용하면 돼. 나는 대부분 1층에서 지낼 테니 방해받을 걱정은 안 해도 되고."

윤재는 진주가 원했던 자유롭고 개인적인 공간을 확인하는 것이라 생각해 자신이 방해되지 않을 거라 강조했다.

"그게 아니라, 감독님이 생활하시는 데 불편하실 것 같아서요."

진주는 이 큰 공간을 혼자 사용하는 것에 그에게 미안한 마음이 들었다.

"난 불편하지 않으니 그런 걱정은 하지 않아도 돼. 그리고 여긴 네가 정말 기대할 것 같은 곳."

"⋯⋯?"

침실 옆 방문을 열자 나온 공간은 진주가 결혼 전 부탁했던 개인 연습실이었다. 소리 연습을 할 수 있는 공간은 물론 그녀가 공연 연습을 위해 연기나 춤을 추고, 악기를 연주할 수 있도록 국악기들도 준비되어 있었다. 진주는 윤재가 세심하게 신경 썼다는 것을 느낄 수 있었다.

"저기엔 어릴 때부터 사용하던 북과 가야금도 가져다 뒀어."

"고마워요. 이렇게나 좋은 연습실이 생길 줄은 몰랐어요."

윤재는 그녀가 마음에 들어 하니 흐뭇했다.

"마지막으로 보여 줄 공간이 있어. 여긴 아마 나도 가끔 사용하게 될 거야."

윤재도 같이 사용할 공간이란 말에 진주도 궁금했다.

마지막 방문을 열자 한쪽 벽에는 대형 스크린이 있었고 맞은편에는 소공연장처럼 계단식으로 높이 배치된 소파 침대 세 개가 놓여 있었다.

꼭 집 안에 작은 극장이 있는 것 같았다.

"여긴 독서나 음악을 듣거나 영화를 볼 수도 있고, 그러다 잘 수 있는 공간으로 만들었어."

"멋있어요."

"나중에 시간 내서 같이 영화 보자."

진주는 고개를 끄덕였다.

둘은 집 구경을 끝내고 창극단 얘기와 신혼집 생활에 대한 것들을 의논하며 차를 마셨다. 길고 긴 신혼여행 끝에 어른들에게 인사하고 새집 구경까지 이어진 빡빡한 일정에 진주가 긴장되고 피곤할 게 뻔했기에 윤재가 먼저 권한 것이었다.

"생각해 봤는데요, 일하시는 분들은 제가 출근해 집에 없는 시간에 왔다 가셨으면 좋겠어요."

"상주해 집안일을 도와주시는 분들이 있으면 더 편할 텐데. 내가 출장 등으로 집을 비울 때도 덜 적적하고."

"그건 괜찮아요. 휴일에도 소리 연습하고 공연 준비로 심심할 틈은 없을 거예요. 그리고 일하시는 분들이 같이 있으면 오히려 신경 쓰일 것 같아요."

윤재 역시 집에 사람이 있는 걸 싫어했고 진주와 같이 있는 시간을 방해받을 것 같아 진주의 제안을 받아들이기로 했다. 윤재는 고개를 끄덕이다 그녀의 얼굴을 유심히 쳐다봤다. 할 말이 더 있단 표정이 분명했다.

"할 말이 더 있나?"

진주는 긍정의 눈짓을 보냈다. 윤재는 궁금하기도, 긴장되기도 했다.

"단도직입적으로 물어볼 게 있어요."

"⋯⋯?"

가벼운 대화로 느른하게 풀어지던 분위기도 잠시, 갑자기 심각한 얘기를 꺼내는 듯해 윤재가 빤히 그녀를 보았다.

"오늘 새벽에 감독님이 나한테 했던 말 기억나요?"

진주가 그를 보며 일부러 눈을 크게 떴다. 오늘 새벽 자신을 좋아한다던 윤재의 고백이 꿈처럼 느껴졌기에 그에게 확실하게 확인받고 싶었다. 윤재는 의아하단 표정을 지으며 손가락 끝으로 한쪽 눈썹을 가볍게 긁었다.

"술에 취해 한 말도 아니고 눈 뜨자마자 내가 한 말인데, 당연히 기억나."

'와아, 진짜였어.'

진주는 진짜 일어났던 일이란 게 확인되니 확 안심이 밀려왔다.

"그럼 오늘부터 우리, 정말 사귀는 거예요?"

윤재의 눈썹 한쪽이 치켜 올라갔다. 그에겐 그녀의 말이 이상하게 들렸다.

결혼에 신혼여행까지 다녀왔는데 사귀는 거라니?

그는 잠시 고민이 됐다. 그녀의 말 속에는 이 결혼은 쇼윈도 결혼이니 진정한 결혼으로 받아들이지 않는단 의미가 들어있는 듯했다.

그러니 배진주에게 우리 관계는 아직 썸을 타는 사이에서 사귀자는 말이 나온 정도쯤인 건가?

윤재는 턱을 한 번 문질렀다.

'우리 둘의 진지한 관계의 시작점이 오늘, 여기인 걸까.'

"진짜 사귀는 사이가 된 건 맞지."

"사귀자는 말은 안 했잖아요?"

잠결에 했던 고백이라 생각하고 정말 사실인지 확인받고 싶은 건가.

"좋아해."

진주는 그의 답을 듣고는 시선을 어디에 둘지 몰라 고개를 떨구었다. 윤재는 이런 말을 여자에게 하게 될 거라곤 이전에는 손톱만큼도 생각한 적이 없었다. 그것도 이렇게 대놓고 노골적으로 매달리게 될 줄은 더더욱 몰랐다.

"그러니까 배진주……."

그녀를 부르는 목소리에 힘이 실렸다.

"이젠 쇼윈도 부부는 안 되겠어."

떨구었던 그녀의 맑은 눈동자가 다시 윤재에게 박혔다. 그와 그녀가 쇼윈도 부부라 이름 붙여 약속했던 것은, 이렇게 감정이 생긴 지금은 소용없는 것이었다.

"나는 너와 진짜 부부가 되고 싶어."

단호하고 낮게 울리는 그의 음성에 진주의 시선이 멈칫하다 흔들렸다. 그러나 그녀는 여전히 말이 없었다. 다만 뚫어질 듯 집요하게 그를 쳐다보았다.

'내가 너무 성급했던 건가.'

여전히 침묵하는 그녀의 마음을 가늠할 수 없어, 윤재는 불안해졌다.

한참을 아무 말 없던 진주는 입을 열었다.

"물어볼 거 아직 남았어요."

"……!"

윤재는 흠칫 놀랐다.

"뭔데?"

"나 좋아한다는 말, 정말 진심이에요?"

내 고백이 진주에게 확신을 주기에 부족했던 건가.

윤재는 진주의 마음을 이해할 것도 같았다. 자신이 먼저 계약 결혼을 하자고 해 놓고 신혼여행이 채 끝나기도 전에 좋아한다는 고백으로 모든 것을 뒤집고 있으니 진주가 자신을 의심할 만하단 생각도 들었다.

"진심이야."

그는 또박또박 진주에게 진심을 다해 말했다.

"내가 너무 예뻐서 키스했다는 것도요?"

"맞아."

진주가 일어섰다.

"그럼……."

잔뜩 긴장한 채 진주에게 진심을 내보이던 윤재는 진주가 왜 그러는지 가늠하기 어려웠다.

"사귀는 1일 기념으로 내가 키스해 볼래요."

"……!"

윤재의 심장에 폭탄이 떨어진 것 같았다. 윤재의 심장은 정상인지 의문이 들 만큼 거세고 미친 듯이 뛰어 댔다.

'배진주, 오늘 왜 이러지?'

굳게 다물었던 윤재의 입은 할 말이 없다는 듯 벌어지고 눈동자는 놀람을 숨기지 못하고 떨리고 있었다.

"그……."

놀라움에 말도 다 잇지 못하던 윤재는 아랫입술을 잘게 깨물었다. 의도를 알아보려 유심히 들여다본 그녀의 눈동자는 무언가를 각오한 듯 반짝이기만 했다.

"……!"

그녀가 윤재에게서 시선을 떼지 않고 갑자기 테이블에서 일어났다. 윤재는 진주가 말하는 키스가 자신이 생각하는 키스가 과연 맞을지 의문이 들었으나 애써 생각을 누르고 있었다.

"잠깐! 왜 일어나죠?"

'설마, 진짜로?'

윤재는 손바닥을 내보이며 진주를 막았다. 그런 순진한 얼굴로 키스를 하겠다고 다가오면 어쩌란 말이야.

윤재는 곤란한 얼굴을 하고 이마를 조금 찡그렸다. 하지만 행동과 다르게 알 수 없는 기대로 그의 심장은 다시 비정상적으로 뛰기 시작했다.

"내가 키스할 거니, 감독님께 내가 가야죠."

"하아."

탄식 같은 신음이 그의 입술에서 흘러나왔다. 입속은 버석하게 말라가고 있었다.

진주는 윤재의 제지에도 아랑곳하지 않고 어느새 윤재의 옆으로 왔다.

"배진주. 너, 정말……."

하지만 윤재는 그녀 앞에서 속수무책이었다. 떨리기만 했으니까.

"……!"

진주는 의자에 앉은 윤재 앞에 바싹 다가서더니 조심스럽게 그의 어깨에 한 손을 올렸다. 그는 숨을 멈추었다. 눈썹이 꿈틀거렸다.

어깨에 손 올린 거, 그게 뭐라고…….

윤재는 아무것도 아니라고 마음속으로 다짐을 하며 침착하려고 애썼다. 좋아하는 여자가 사귀는 기념으로 키스를 해 주겠다고 다가오고 있는데, 사귀는 사이엔 흔하디흔한 일이라고 애써 자신을 다독였다. 하지만 그의 정수리에서 목까지 전기가 찌르르 흐르기 시작했다. 그것은 이것이 흔한 일이 아니라는 신호였다.

진주는 그와 얼굴 높이를 맞추려 허리를 숙였다.

'아, 안 돼!'

그러곤 그의 어깨에 올렸던 진주의 가느다란 손가락이 목을 타고 천천히 훑어 올라가며 자리를 옮겼다. 이번엔 전율이 척추를 타고 흘렀다. 그의 온몸은 안팎으로 부들부들 떨리고 있었다.

당황스럽게도, 윤재는 솔직하고 순진하면서도 과감한 진주가 좋았다. 화끈한 사랑을 하고 싶다더니 그녀가 생각하는 화끈함이란 이렇게 바닥이 안 보이는 투명한 솔직함이 아닐까 하는 생각도 들었다.

주춤하는 듯 보이지만 결정적인 순간에 그녀는 생각지도 못한 용기까지 낼 줄 아는 여자였다.

이혼은 안 된다며 쇼윈도를 제안하던 진주의 모습이 스쳐 갔다. 어떤 상황에서든 행복해지고 말 거란 그녀의 강단도 윤재의 마음을 흔들었다.

창극단에서도 마찬가지였다. 무수한 지적을 받고 서운한 표정을 하다가도 언제 그랬냐는 듯 자기 자리로 가서 아무렇지 않게 다시 연습하는 배진주가 윤재는 멋있게 보였다.

'하아아아.'

윤재는 자신이 배진주에게 미쳐도 보통 미친 게 아니란 생각이 들었다. 겨우 키스하겠단 말에 혼이 나간 듯 낯선 기대로 떨어 대는 자신이 우습기도 했다. 윤재의 목 위로 굵은 핏줄이 도드라져 나왔고 진주의 손끝이 그 붉은 힘줄 위로 아찔하게 닿았다.

그 순간 윤재에게 진주 손끝의 잔 떨림이 고스란히 전해졌다. 윤재는 더 자세히 진주의 얼굴을 살폈다. 상기된 붉은 얼굴과 떨고 있는 그녀의 눈동자와 손끝.

저렇게 떨면서 무얼 하겠다고.

오늘부터 사귀는 사이가 된 기념이라, 진주가 용기를 낸 것이니 칭찬해 주고 싶었다.

'하지만 이건 연습하거나 노력한다고 되는 게 아니거든.'

윤재는 '후우' 하고 길게 숨을 뱉어 내며 호흡을 조절했다. 아쉽지만, 그는 우선 애써 무리하는 진주를 진정시켜야겠다 생각했다.

"애써 그럴 건 없어. 키스란 게 하겠다고 그렇게 쉽게⋯⋯!"

진주가 애써 노력하고 있다는 윤재의 생각과는 달리, 진주는 그대로 윤재의 얼굴을 바싹 당기더니 자신의 입술을 조금 벌려 그의 윗입술을 감싸듯 머금었다.

그는 저도 모르게 눈을 감았다. 촉, 하는 소리가 나면서 질척한 찰나의 느낌도 꽂혔다.

"⋯⋯!"

그런데, 왜⋯⋯. 기다려도 키스가 이어지지 않을까.

윤재가 눈을 뜨자 그녀의 얼굴은 윤재의 얼굴에서 제법 멀어져 있었다. 진주는 해맑게 만족스럽다는 듯 웃고 있었다.

윤재의 떨림은 이제 시작되었는데, 설마 이게 끝인 건가?

뭔가 싶어 눈을 몇 번 깜빡이던 윤재는 '후' 하고 한 번 더 숨을 뱉어내고 두 손으로 얼굴을 한 번 훑어 내리며 마른세수를 했다.

"이게, 진짜 키스 끝인가?"

진주는 고개를 저었다.

"또 있어요."

아, 그럼 그렇지.

그가 이번엔 숨을 길게 들이마셨다. 윤재의 가슴이 한껏 위로 올라갔다 내려왔다.

"나도 감독님 좋아해요."

이번엔 윤재의 가슴이 통증과 함께 쑤욱 내려앉았다.

"어제 감독님이 고백하고 안아 봤던 것처럼, 나도 누군가와 사귀게 되면 고백하고 키스해 보고 싶었어요."

— 나를 좋아해 줬으면 좋겠어.

지난 새벽에 내려앉은 윤재의 목소리가 내내 진주의 귓가에 맴돌았다. 윤재의 고백에 진주도 좋아한다고 말하고 싶었으나 그땐 정신이 없어 용기를 내어 말할 타이밍을 놓치고 말았다. 그랬기에 하루 종일 바쁜 일정에도 진주는 어떻게 윤재에게 좋아한단 말을 해야 할지 고민하고 또 고민했고, 마침내 고백할 타이밍이 온 것이다.

진주는 입술을 조금 내밀고 눈웃음을 지었다. 윤재는 예쁘게 웃는 진주를 보며 할 말을 잃은 채 그녀만을 응시했다.

진주를 바라보는 윤재의 눈동자는 의지와 상관없이 또 탁해졌다. 이상한 낌새를 눈치챈 진주는 흠흠, 하며 헛기침을 했다.

"저는 인제 그만 2층으로 올라갈…… 앗!"

식탁 의자에 앉아 있던 윤재는 진주의 몸을 당겨 그의 다리 사이에 완전히 들어오도록 했다.

"어딜!"

자신의 품 안에서 눈을 맞추지 못하는 진주를 바라보며 윤재는 커다란 두 손바닥으로 그녀의 얼굴을 감쌌다. 윤재는 조금 손에 힘을 주어 진주의 볼을 눌렀다. 볼이 찌그러지자 그녀의 코와 입술이 귀엽게 튀어나왔다.

"읍. 왜 이러세요?"

윤재는 고개를 한쪽으로 조금 기울이며 한쪽 눈꼬리를 찡그렸다.

"거나하게 사귀는 첫날 이벤트 키스를 하겠다고 선전 포고를 하더니, 겨우 쪽? 그러곤 이 상태로 그냥 내빼겠다?"

뭉개진 진주의 얼굴이 홍당무가 되었다.

"나는 그게 키스거든요!"

훗. 윤재는 속으로 웃음을 삼켰다. 진주가 아플 것 같아 손바닥 힘을 풀었지만 두 볼에 올린 손을 내리진 않았다. 윤재는 요즘 혼란의 연속이었다. 자신은 감정에 휩쓸리는 사람이 아니었다. 평소 감정적인 행동으로 일을 그르치는 사람들을 이해할 수 없었던 그였다. 하지만 진주 앞에서는 자꾸 조급해졌다. 뒷일은 생각 없이 마음 가는 대로 움직이고 싶었다. 지금도 무작정 그러고 싶은 마음에 휩싸였기에 심란했다.

'이대로 안고 키스를 하고, 그녀와 침대로……'

몰아치는 말도 안 되는 상상이 몸집을 키우자 윤재는 눈을 한 번 감았다 떴다.

"이왕 이렇게 된 김에, 할 말이 더 있어요."

진주가 느끼기에 윤재는 아무래도 그걸 키스로 받아들일 수 없다는 표정인 것 같았다. 그는 여전히 짙은 눈빛이었다.

"또?"

진주는 사실, 조금 더 과감하게 키스를 하고 싶었으나 실행이 불가능했다. 촉촉한 그의 입술과 자신의 입술이 부딪히는 순간, 모든 사고는 마비되었으니까.

키스에 대해 아는 거라곤, 그가 어제 가르쳐 준 그 입맞춤과 느낌이 다였다. 먼저 키스하겠다고 큰소리치고 실행해 본 게 그래도 스스로에게 대견하던 참이었는데.

진주의 시선에 그의 목울대가 올라갔다 내려가는 게 보였다. 무언가 위험한 신호 같아 보였기에 눈을 굴리던 진주는 일부러 윤재의 눈을 더 똑바로 바라보며 다부지게 말했다.

"난, 감독님이 부자거나 감독이라 좋아하는 게 아니에요."

여전히 진주의 두 볼을 잡고 내려다보던 윤재는 그녀의 말에 당황했다.

"알아."

처음부터 진주가 자신이 가진 것에는 아무런 관심이 없단 걸 윤재도 잘 알았다.

"솔직히, 정말 감독님이 잘생겼다고 생각했어요. 오디션에서 봤을 때부터."

"오늘 고해 성사하는 날인가. 그것도 알아."

"하지만 잘생겨서 좋아하는 것도 아니에요."

쏟아지는 진주의 고백에 윤재의 눈빛이 깊이를 알 수 없게 가라앉았다.

"완벽하고 빈틈없는 감독님이 날 좋아할 거라는 생각은 못했어요."

"나, 빈틈 많다니까."

"……."

윤재에게도 확인하고 싶은 마음이 생겼다.

배진주가 그런 것 때문에 내가 좋아진 게 아니라면 도대체 무엇 때문일까. 나와 같은 마음, 같은 이유일까?

진주는 시선을 내려 아랫입술을 살짝 깨물었다. 한마디로 그를 좋아하는 이유를 표현하기엔 이 마음이 아직은 너무 엉성하고 여러 갈래였다. 게다가 아직은 성급한 것 같아 말을 아끼고 싶었다.

하지만 이유 없이 좋은 건 아니었다. 게다가 그를 보니 자신의 대답을 기다리는 것 같아 진주는 마음 하나를 힘겹게 꺼냈다.

"보기만 해도…… 심장이 뛰어서요."

일단, 그랬으니까. 어떨 땐 멀리서 그의 모습이 보이기만 해도 심장이 먼저 반응했으니까.

알 수 없는 정적이 감돌았다. 잠시 숨소리 하나 없었다.

윤재는 단숨에 그녀의 붉은 입술을 가볍게 머금었다. 긴장으로 움츠러든 진주가 넘어질까 그의 한 손은 그녀의 허리를 단단히 붙잡았다.

윤재는 고개를 비스듬히 꺾어 입술을 완벽히 맞물리더니 여린 그녀의 입술 사이를 두드리다 결국 비집고 들어갔다. 그녀는 키스를 하는 도중에 숨을 쉬는 방법을 몰랐다. 주체할 수 없이 빠르게 그녀의 연약한 입술을 헤집던 윤재는 진주의 가슴이 너무 빠르게 들썩거리는 것을 보고 움직임을 멈췄다. 그는 입술을 떼고 잇새로 진주에게 숨을 불어넣었다.

"배진주, 이제 숨 쉬어도 돼."

그녀의 숨결이 그에게로 뿌려져 입술을 간지럽혔다.

"키스는 이렇게 하는 거야."

윤재는 그녀에게 알려 줄 게 많아질 거란 생각이 들었다. 그는 그녀의 가쁜 숨소리가 그녀의 노랫소리만큼 듣기 좋단 생각이 들었다.

아직도 정신을 차리지 못하고 숨을 몰아쉬는 그녀의 눈가가 여리하게 붉었다. 윤재는 그녀를 품에 안고 그녀의 뒤통수를 몇 번이고 쓰다듬어 내렸다. 손가락 사이에 걸리는 볼의 감촉과 얼굴의 굴곡들, 손끝에 스치는 머리카락 하나하나까지 윤재에게는 다 사랑스러웠다.

휙.

갑자기 진주의 몸이 높이 들려 올라갔다.

"뭐예요?"

진주는 화들짝 놀랐다.

"가는 길이 험난할 테니 꽉 안아."

"왜 갑자기 안냐고요!"

동그랗게 반짝이는 그녀의 까만 눈동자를 보면 어김없이 윤재는 장난이 치고 싶었다.

"으챠."

"아앗!"

윤재는 아이를 어르듯 안고 있던 진주의 몸을 조금 공중으

190

로 띄워 올렸다. 진주는 떨어질까 놀란 나머지 윤재의 목을 꽉 휘어 감았다.

"뭐냐니까요!"

"그러니까 꽉 잡으랬잖아."

진주는 하는 수 없이 그의 가슴에 얼굴을 묻었다. 그가 입은 스웨터에서 좋은 냄새가 났다. 진하지 않은 그의 향은 무언지 알 수 없지만 늘 아늑했었다. 진주는 꽃향기라도 맡은 듯 기분이 좋아졌다.

'이렇게 매일 안고 있을 순 없나.'

안을 때마다 느껴지는 그녀의 따뜻한 숨결에 윤재는 애가 탔다. 그는 고개를 내려 말없이 진주의 얼굴을 보고 또 보았다. 진주를 혼자 침실로 올려 보내려니 윤재는 멀어져 가는 진주의 뒷모습을 볼 자신이 없었다. 진주를 안고 걸어가던 윤재의 머릿속은 질문으로 가득 찼다.

'이렇게 걷잡을 수 없이 좋아하는 마음은 도대체 어떻게 해야 할까?'

윤재는 2층으로 가는 계단을 올랐다. 곧 내려 줄 거라 생각한 진주는 윤재가 자신을 안은 채 2층 계단을 오르자 눈이 커다래졌다.

"지금 어디 가는 거예요?"

"침실."

"침실은 왜요?"

그의 얼굴은 평온했다.

"사귄 지 1일된 기념으로 여자 친구에게 키스를 받았으니 보답으로 침실까지 데려다주려고."

"네에?"

"배진주에게 과분한 극찬을 많이 들어서 가만히 있을 수가 있어야지."

침실로 들어간 윤재는 진주를 침대에 내려 주었다. 그러곤 이불을 덮어 주고 그녀에게 잘 자라는 인사를 했다. 그녀를 무사히 침실에 누이고 인사도 했으니 이제 아무렇지 않게 돌아 나가면 되었다. 계획처럼 아무렇지 않게 일어나야 하는데. 그의 얼굴은 굳어졌다.

젠장. 윤재는 그녀가 있는 공간에서 나가는 것이 싫었다. 그는 애써 침실을 나와 문을 닫았다.

하지만 방문 앞을 지나 1층으로 내려가기가 힘겨웠다.

진주에게도 윤재에게도 너무나 긴 하루가 지나고 있었다.

chapter 7

죽어도 천천히는 안 돼

"흐아암!"

다음 날, 잠에서 깬 진주는 정신을 차리려 기지개를 켰다. 비몽사몽간에 슬리퍼를 신고 욕실로 가려는데 멀리 보이는 인영에 소스라치게 놀라고 말았다.

"안녕."

드레스 룸 문에 기대어 윤재가 그녀를 지켜보고 서 있었다.

"이 시간에 왜 여기에⋯⋯?"

"옷 갈아입으려고 올라왔다가 일어나는 소리가 들리기에."

진주가 방에 걸린 시계를 쳐다보았다. 다섯 시.

새벽부터 운동하러 가는구나.

진주도 윤재가 운동하는 모습을 몇 번 본 적이 있었지만 이렇게 새벽부터 하는 건 처음 알게 됐다.

"새벽 다섯 시는 운동하기엔 정말 **빠른** 시간이네요."

"그러게. 배진주도 일어나는 시간이 정말 한결같이 다섯 시군."

윤재는 진주가 항상 같은 시간에 일어난단 걸 신혼여행을 통해 알게 됐다. 술에 많이 취했던 그날도, 키스했던 그다음 날도 같았다.

"며칠 동안 못 잤을 텐데 오늘은 일어나지 말고 더 자는 게 어때?"

"아니에요. 이미 깼어요."

"침대로 다시 가서 누워 이불을 덮은 다음, 눈 감으면 잠이 올 거야."

진주는 이 남자가 왜 이러나 싶어 불만 어린 표정을 했다.

"왜 계속 자라고 해요?"

윤재의 얼굴이 조금 굳더니 걱정스러운 눈빛으로 변했다.

"배진주는 늦잠 자는 법을 모르는 것 같아서."

진주는 황당한 얼굴을 했다. 그런 것도 연습이 필요하냐고.

"오늘만이라도 늦잠을 자 보는 건?"

"새벽에 일어나는 건 제 평생의 루틴이거든요! 게다가 이미 깨서 더 잠이 안 와요."

진주도 고집을 부렸다. 그냥 누워 있다고 잠이 오는 것도 아닐뿐더러 진주는 평소에 하던 대로 하는 것이 마음 편했다. 신혼여행 동안 연습을 소홀히 한 것도 걸렸다.

"그럼, 오늘만이라도 몇 시간 더 자."

윤재도 고집을 꺾을 생각이 없어 보이자, 진주는 실랑이를 하느니 자는 척하다 윤재가 침실을 나가면 일어나는 게 낫겠다 싶었다.

"알았어요. 더 잘 테니 감독님은 어서 운동하러 가세요."

"오늘은 출근하지 않으니 밥 먹고 잠이 오면 늘어져서 낮잠 자는 것도 해 봐. 자유롭다고 느낄 테니."

"정말 이럴 거예요?"

진주는 참고 있다 화가 나서 그냥 일어나야겠다고 생각했다.

'계속 감독님이 시시콜콜 간섭하도록 놔둘 수 없어. 왜 잠자는 걸로 그러지?'

진주는 이불을 젖혔다.

자르륵.

그때 들리지 말아야 할 소리가 나는 것 같아 진주는 윤재를 보았다. 진주의 두 눈이 더 커지기 힘들 만큼 커졌다.

윤재가 입고 있던 트레이닝 상의 지퍼를 내려 벗고 있었다.

"옷을, 왜 벗어요?"

윤재는 윗옷을 마저 벗고는 대충 던졌다.

"잠드는 방법을 모르는 것 같아서. 내가 재워 주려고."

"재, 재워 준다고요?"

윤재가 처음부터 진주를 재워 줄 생각으로 침실로 들어간 건 아니었다.

윤재는 첫날 낯선 공간에서 혼자 잠을 자게 된 진주가 걱정된 탓에 새벽에 자연스럽게 눈이 떠졌다. 다시 잠을 청하려 눈을 감았으나 줄곧 진주 생각에 잠들 수 없었다. 어제 제 품에 있었던 그녀와 부딪히던 느낌까지 고스란히 떠올라 그의 몸이 또 곤란한 상태로 들끓었기 때문이다.

'운동이라도 하는 게 낫겠군.'

윤재는 2층 드레스 룸으로 들어가 트레이닝 복으로 갈아입었다. 드레스 룸은 침실과 연결된 동시에 다른 문으로 복도와도 연결되어 있었기에 옷을 입고 조용히 나오면 된다 싶었다. 그런데 마침 진주가 일어나 기지개를 켜는 소리가 난 것이다.

신혼여행에서도 진주는 늘 같은 시간에 일어났다. 애순의 집에서도 마찬가지였고. 아침 일정이 있는 것도 아닌데 잠을 설치며 일어나는 진주가 마음에 걸렸다.

배진주는 왜 이렇게 열심히 사는 건지. 새벽에 일어나 소리 연습을 매일 하지 않아도 그녀는 타고난 목소리에 나이답지 않은 실력까지 갖추고 있는데.

하지만 한편으로는 진주의 마음이 이해됐다.

국악 신동으로 태어나 아무것도 모르던 어린 시절부터 명창 아버지 아래 새벽부터 일어나 소리 연습을 했을 소리꾼 배진주. 스승의 눈치를 보며 새벽에 일어나 소리 연습을 하고 그렇게 학교에 다녔을 것이다. 그렇게 쌓인 습관은 쉽게 고쳐지는 것이 아니겠지.

하지만 지난 며칠간 진주가 푹 자지 못했다는 걸 윤재는 잘 알았다. 새집에서의 첫 밤도 역시 편하진 않았겠지. 그는 진주가 이곳에서 마음을 놓고 그녀가 말했던 것처럼 자유롭고 편안하게 지내길 바랐다.

하지만 아무리 설득해도 더 잘 생각은 없어 보였기에 윤재는 충동적으로 재킷을 벗어 던진 거였다.

진주는 황당한 듯 조금 큰 소리로 말했다.

"말도 안 돼."

하지만 진주를 더 당황스럽게 한 건 그에게 안겨 있던 몇몇 순간들과 그와 한 이불 속에서 잠들었던 기억이 떠오르는 것이었다. 모두 너무 좋았던 기억이라 그런 건가? 당황한 와중에도 정말 그의 품에서 한 번 더 잠들고 싶다는 엉뚱한 생각이 불쑥 튀어나와 진주는 애써 외면했다.

'아직 사귄 지 하루밖에 안 됐는데, 진도가 너무 빨라.'

"왜 그래요?"

진주는 평소답지 않게 윤재의 행동이 억지스러운 이유를 알고 싶었다.

"배진주의 자유로운 결혼 생활을 도와주고 싶어서."

진주는 생각지 못한 답에 입술을 조금 내밀었다.

"그게 도와주는 거예요? 전 오히려 내 생활이 방해받게 될 것 같다는 생각이 드는 중인데."

"새벽에 일어나는 건 도대체 언제부터 해 왔던 거야?"

"그건……."

진주도 기억나지 않았다. 너무 어릴 때부터 해 왔던 소리 연습이라 언제부터 했는지 생각나지 않았다. 아빠가 새벽에 일어나 소리 연습을 하면 그 소리에 깨어 아빠 옆에 앉아 같이 소리 연습을 했으니.

"정말 원해서 이렇게 일찍 일어나는 건가?"

그녀의 눈에 반짝 이채가 드리웠다.

"처음엔 아빠나 스승님을 따라한 것이 맞지만."

고민이 스쳤던 그녀의 눈동자는 곧 단정하게 빛났다.

"지금은 나 자신을 위한 거예요."

진주의 말을 듣던 윤재는 잠시 고민하다 자신의 생각을 조심스럽게 말했다.

"난 배진주가 여기서는 모든 걸 마음대로 하면 좋겠거든. 이 결혼으로 자유를 느껴 보고 싶다더니 자신에겐 틈을 주지 않고 너무 반듯하게 사는 거 같아 보였어. 방해로 느껴졌다면 미안하군."

진주는 눈을 깜박이며 그의 얼굴을 올려다봤다. 그의 말이 틀렸다고 반박할 수 없었다. 지금까지의 삶은 소리만을 위해 날마다 단련하며 달려왔지만, 그것은 가끔 진주를 옥죄는 듯했고 그래서 자유를 갈망한 것도 사실이었으니까.

몇 초쯤 그녀는 고민했다. 그리고 다시 침대로 들어가 누워 이불을 목 위까지 올려 덮었다. 그의 말처럼 같은 시간에 일어나지 않고 늦잠을 자 보는 건 어떤 기분일까 궁금하기도 했다. 생각해 보니 연습을 해야 한단 생각이 언제나 머릿속에 차 있어서 그 시간에 일어나지 않으면 불안했었다.

그래, 그건 자유가 아니지.

"알았어요. 저는 좀 더 잘 테니 감독님은 이제 운동하러 가세요."

얼굴을 감싸는 적당히 부드러운 베개도, 이불의 감촉도 좋았다. 진주는 다시 잘 수 있을 것 같은 생각이 들어 눈을 지그시 감았다.

"나 없어도 정말 잘 수 있어?"

낮은 그의 목소리가 진주의 얼굴에 천천히 쏟아지는 듯 들렸다. 진주의 심장 어딘가에 구멍이 나서 무언가를 벌컥 토하는 느낌에 잠시 오던 노곤함마저 사라졌다. 정신없이 두근두근 울려 대는 심장에 진주는 호흡을 가다듬었다.

"그, 그럼요!"

진주는 당황스러웠다.

"그럼 오늘은 한 시간만 더 자고 일어나 볼게요."

윤재는 침대 모서리에 걸터앉았다.

"그런 것도 필요 없어. 더 자고 싶은 만큼 충분히 자고 일어나면 되지."

눈을 감고 조곤조곤 속삭이는 그의 목소리에 진주는 아이가 된 것 같으면서도 기분이 괜찮았다. 잠시 고요가 흘렀다. 윤재는 그만 나갈 생각인지 벗어 둔 트레이닝 재킷을 집으려 손을 뻗었다.

"감독님."

"응?"

눈을 감은 채 진주가 윤재를 불렀고 그는 대답했다.

"정말 재워 주실 수 있어요?"

윤재는 재킷을 주워 들고는 진주를 내려봤다.

"내가 재워 주길 바라나?"

진주의 감은 눈꺼풀이 바르르 떨렸다. 생각을 삼키는 것이 익숙했지만 윤재에게는 솔직하게 말하고 싶었다.

"이런 말……. 사귀는 사이면 가능한 거겠죠?"

진주는 눈을 떠 새까만 눈동자를 반짝이며 윤재에게 말했다. 하지만 이내 몰려드는 부끄러움에 무안한 표정으로 시선을 내렸다.

"당연하지."

윤재는 조금의 주저함도 없이 그녀의 침대로 들어와 누웠다. 침대는 무척이나 넓었고 베개도 많았다. 윤재가 편하게 눕도록 진주는 몸을 조금 비키며 움직였다.

"팔베개 해 줄까?"

"팔베개요?"

진주는 빛의 속도로 고민을 했다.

어쩌지? 아기 때 빼곤 아빠도 팔베개를 해 주진 않았는데. 아빠가 해 주는 거랑은 분명히 다를 텐데.

'우린 키스를 두 번이나 한 사인데, 이렇게 재워 주고 팔베개를 해 주는 것도 괜찮은 것 아닐까.'

무엇보다 이윤재의 품에서 팔을 베는 느낌은 어떤 건지 궁금했다. 진주는 고개를 끄덕였다. 윤재는 진주의 고민을 눈치챘는지 아무렇지 않게 괜찮다며 대답하는 동시에 진주의 목 아래로 그의 긴 팔을 쓰윽 집어넣었다. 침구 사이로 사라락 소리가 났다.

"불편하지 않으세요?"

진주는 자신의 머리와 목 때문에 윤재의 팔이 불편할까 염

려되어 조금씩 움직이며 그의 근육에 목을 잘 맞춰 보려 꼼지
락거렸다. 긴 머리카락도 그에게 거슬릴 것 같아 염려됐다.

"그러면 간지러운데."

"앗."

이미 그의 온몸은 진주가 주는 자극으로 들뜨기 시작했다.

"이렇게 하면요?"

진주의 풀썩거림에 윤재의 팔뚝에는 소름이 오소소 돋아나
고 있었다. 깨끗한 비누 냄새와 향긋한 향이 후끈한 열기와 섞
여 이불 속에서 윤재에게 전해졌다.

"좀 전의 자세가 더 나은 것 같은데."

"그래요?"

진주가 또 움찔거리며 목과 어깨를 움직였다. 윤재는 간지러
움을 참다 결국 피식 웃었다.

'뭐든 열심히 하지, 하여튼.'

윤재는 몽글몽글 행복하단 느낌이 온몸을 꽉 메우는 걸 느
꼈다.

행복하다. 진주 때문에 벅차게 행복해.

"그냥 가만히 누워 있어 봐."

이번엔 윤재가 몸을 움직여 진주가 편하도록 팔뚝을 그녀의
목 아래로 단단히 고정했다. 그리고 그녀의 머리가 불편하지
않도록 베개를 대 주었다.

"괜찮아?"

진주는 그 상태로 누워 만족스러운지 고개를 끄덕였다. 진

주의 자디잘은 고갯짓에 윤재는 순간적인 찌릿함을 다시 느꼈다. 몸 깊숙한 곳에서 전율이 일어나 온몸으로 퍼지는 것 같았다.

윤재는 자신의 가슴 쪽으로 팔을 조금 감아 진주를 당겼다. 그런 윤재의 움직임에 천장을 바라보고 있던 진주는 이제 반쯤은 윤재 쪽을 보고 누운 모양이 되었다. 하지만 그편이 진주에게도 훨씬 안정감이 생겨 아늑하고 따뜻했다.

"이게 더 낫지?"

"네."

"이제 자면 되겠다."

그의 다른 손이 진주의 등을 감쌌다.

'좋다.'

하늘 위를 나는 기분이 있다면 지금과 같을 거란 생각이 들었다. 무대 위에서 사람들에게 박수를 받을 때보다, 잘 안 되던 소리 대목이 완성될 때보다 훨씬 기분이 좋았다. 터질 듯한 감격은 아니었으나 마음이 노릇노릇하게 익어 가는 것처럼 뭉근하고 따스하고 평화로웠다.

원래 누군가를 좋아하는 마음은 모두 다 이런 건지, 자기만 이렇게 느끼는 건지 알 수 없었다.

"빨리 자."

그의 손가락이 어느새 진주의 얼굴로 와서 진주의 헝클어진 머리카락을 올올이 정리해 넘겨 주었다. 진주는 그 손길이 따뜻해 윤재의 얼굴을 먹먹한 눈길로 올려보았다. 윤재는 그녀의 긴 속눈썹을 보며 짐짓 심각한 말투로 작게 말했다.

"이러다 못 자겠다. 배진주. 어서 눈 감아."

진주는 눈을 감았다.

'나도 감독님을 한번 안아 보면 어떨까.'

진주의 욕심은 점점 커졌다. 몸을 조금만 더 돌려서 두 팔을 올려 그의 목을 두르면 될 것 같았다. 그리고 저 넓고 단단한 가슴에 손을 올려보면 어떨까 하는 생각마저 들었다.

자야 하는데 상상만으로도 심장이 벌떡거렸다. 진주는 상상의 나래를 폈다. 그를 안고 그의 매끈한 근육에 손을 대어 보고 눈이 마주치면 길고도 진한 키스를 하는 상상.

그런 생각이 오가는 와중에 그의 품이 너무 따듯했는지 진주는 스르륵 잠들고 말았다.

진주는 정오가 다 되어서야 눈을 떴다. 윤재는 언제 일어났는지 씻고 운동까지 한 후에 진주를 깨웠다.

"늦잠도 자 봤으니 씻고 같이 밥 먹자. 배진주"

'같이 산다는 건 이런 거구나. 눈을 뜰 때마다 그가 있고 그의 목소리가 들려.'

그의 목소리만으로 진주는 잠결에도 설렜다.

윤재의 말을 듣고 씻고 내려온 진주가 식탁을 보니 웬 음식들이 한가득 차려져 있었다.

일하시는 분들이 준비만 해 두고 식사를 차려 주진 않으니 아침엔 각자 스케줄에 맞춰 알아서 해결하기로 정해져 있었다. 그러나 아직 결혼 휴가가 끝나지 않았으니 오늘 아침은 같이 먹자는 윤재의 제안에 진주도 그러자 한 것이다.

"이거 감독님이 차리신 거예요?"

"음식은 냉장고에 있으니 식탁 위에 올려 둔 것뿐이야."

진주는 미처 생각지 못한 아침 식사 준비를 한 그를 보며 미안함이 들었다.

"전 손님은 아니니까, 앞으로 같이 식사하게 되면 미리 불러 주세요. 같이 차려서 먹는 게 맞는 것 같아요."

"알았어. 음식들이 입에 맞는지 먹어 봐."

진주는 다 차려진 식탁 위에 올려진 수저를 들고 밥과 국 그리고 반찬 등을 먹어 봤다.

"음식 간은 적당한 것 같아요. 그런데 왜요?"

"음식하시는 분께 전해 줘야지. 한식은 어떤 종류를 좋아하지?"

진주는 나물과 갈비찜이 맛있어 보여 한 입씩 집어 먹었다.

"전 다 잘 먹어요. 이 갈비찜 맛있네."

"그래? 갈비찜이 맛있어?"

윤재는 먹을 생각이 없는지 진주가 먹는 걸 열심히 쳐다보며 질문하기에 바빴다.

"또 물어볼 게 있는데."

"밥 먹으면서 뭘 그렇게 많이 물어요?"

이렇게 말이 많았던 사람인가 싶을 만큼 윤재는 구체적으로 많은 질문을 했다.

"우리는 사귀는 사이잖아. 그러면, 우리 사이에 바뀌는 게 있나?"

"당연히 사귀는 사이가 되면 많이 바뀌죠."

"그게 뭐지?"

진주는 갈비찜이 정말 맛있는지 하나 더 집어 먹었다.

"사귀면…… 당연히 데이트를 하죠."

진주는 결혼을 먼저 해서 아쉽다는 표정을 지었다. 이럴 줄 알았으면 데이트를 제대로 몇 번 하다가 결혼할걸.

"그럼 밥 먹었으니, 이제 데이트할까?"

"정말요? 오늘?"

"내일부터는 둘 다 바쁠 테니까. 남들이 당연히 한다는 데이트란 거, 한번 해 보지 뭐."

"그럼 어딜 가요?"

"어딜 가고 싶은데?"

윤재는 진주가 가고 싶은 곳이 있는지 궁금했다.

"음."

생각해 보니 윤재와 같이 한 것이 생각보다 많았다. 놀이공원은 가 봤고, 바다도 가 봤고, 영화도 비행기에서 봤네. 단지 데이트라고 이름 붙이지 못했을 뿐.

"한강 데이트 어때요?"

"한강 데이트?"

윤재는 한강에 가서 뭘 하고 싶다는 건지 몰라 궁금하단 듯 어깨를 조금 으쓱했다.

"한강을 따라 주위도 한번 돌아보고 공원이 있으면 공원에 도 가 보고 싶어요."

"산책하고 싶은 건가?"

산책? 듣고 보니 비슷한 거 같았다.

감독님과 함께라면 어딜 가든 데이트가 될 건 틀림없었다.

"네!"

진주는 상상만으로도 기분이 좋아 발랄한 목소리로 대답했다.

"이게 더 예쁜가?"

잠시 후, 진주는 드레스 룸에 앉아 평소보다 길게 외출 준비를 하고 있었다. 공연이 있는 날에는 공연장 분장실이나 헤어 숍에서 화장을 하고 의상을 입기에 집에서 옷을 고르느라 긴 시간을 보내는 건 흔한 일이 아니었다.

하지만 진주는 파우더 룸 화장대에 앉아 정성껏 몇 번이나 화장을 고쳤다. 생머리에 웨이브도 정성껏 넣어 풍성하고 자연스러운 컬을 만들었다.

"옷은 뭐 입지?"

화사한 옷을 입을까? 아냐, 감독님은 어두운 계통을 입는 편이니 나도 브라운 톤으로 입을까?

바지보단 치마가 더 나으려나.

결국 진주는 화사한 베이지 계열의 니트 원피스를 선택했다. 가능하면 그에게는 예쁘게, 그의 옆에 서는 게 어울리는 사람처럼 보이고 싶었다.

똑똑.

"준비가 다 됐나?"

문밖에서 그의 목소리가 들렸다.

"네."

진주는 시간을 확인하고 마지막으로 전신 거울로 자신의 모습을 전체적으로 훑어보았다. 그리고 판초 스타일의 빨간색 프렌치 코트를 입고 작은 핸드백을 들었다. 마지막으로 얼굴을 꼼꼼히 더 살피고 호다닥 뛰어나갔다.

그녀는 진짜 데이트를 한다는 생각에 기분이 이상했다. 결혼 준비를 할 때와는 마음이 전혀 달랐다. 순간순간 떠올릴 때마다 괜히 두근거리고 설렜다.

'이런 감정 상태가 사귀는 연인의 바람직한 자세지.'

그녀는 이런 생각으로 마음껏 그 기분을 즐기기로 했다.

드레스 룸 문밖으로 나오니 윤재는 벽에 기대어 서 있었다.

"약속한 시각에 늦진 않았는데, 기다렸어요?"

"아……, 아니."

윤재는 딱 봐도 한껏 꾸민 진주의 색다른 모습에 놀랐다. 예쁘고 귀엽고 은근히 섹시해 보였다.

평소보다 강렬한 톤의 빨간 코트 색깔과 그녀의 입술 색. 그리고 앙증맞게 귀에 걸은 붉은 산호 모양의 귀걸이까지. 어찌해도 과하지 않았으나 평소의 진주와는 달랐기에 그 모습을 보는 것만으로도 그의 가슴에 뜨거운 기운이 스며들었다.

"저, 어때요?"

진주는 그의 반응을 확인하고 싶은 마음에 수줍게 물었다.

"예뻐."

그의 확언에 진주는 입술 끝을 올려 미소를 걸었다.

윤재도 흰색 캐주얼 셔츠와 검은 슬랙스에 캐시미어 진회색 롱코트를 입고 있었다.

"감독님도 멋있어요."

잠시 후, 윤재는 진주를 한 번 더 주의 깊게 보았다. 고민하는가 싶더니 드레스 룸으로 다시 들어가 흰색 목도리를 손에 들고 나왔다.

"이 목도리를 하면 더 예쁘겠다."

윤재는 그녀의 앞에 서서 마치 디자이너라도 된 듯 요리조리 보면서 진주의 목에 목도리를 두르기 시작했다. 진주는 쭈뼛거리며 가만히 서 있다가 뭔가 이상하단 낌새를 느꼈다.

"잠깐만요! 목도리가 너무 빡빡한 거 아니에요?"

한껏 꾸미고 왔는데 얼굴이며 헤어스타일도 상관없이 다 가려질 정도로 목도리를 둘둘 말고 있었다. 얼굴에서 눈과 이마만 내놓은 꼴이었다. 진주가 눈을 부릅떴으나 윤재의 관심은 여전히 심각하게 목도리를 두르는 데 있었다.

"이제 됐다."

하얀 목도리 사이로 그녀의 까맣고 맑은 눈동자만 보였다. 윤재는 또 그 모습이 너무 귀여웠다. 머리라도 쓰다듬어 주고 싶은데 갑자기 만지면 놀랄 것 같았다.

"여기가 들렸네……."

윤재는 슬쩍 목도리를 고치는 척 진주의 이마 위 머리카락만 소심하게 건드렸다.

"이건 너무한 거 아니에요?"

진주는 이게 뭔가 싶었다. 이렇게 다 가릴 거면 화장을 할 필요가 없는데?

"숨쉬기 곤란해요."

"밖은 상당히 추워."

진주가 눈썹을 찡그렸다.

"야외에서 데이트하다 감기 걸릴 순 없잖아."

치, 소리꾼에겐 목이 생명이기에 그의 말을 막 무시할 수도 없었다.

윤재의 시선이 조금 더 아래로 내려갔다.

"다리가 좀 춥진 않을까? 바지로 갈아입는 게 어때?"

"네에?"

윤재는 진주의 옷을 보니 추울 것 같았다. 추위도 많이 타면서 치마를 입고 산책을 하면 감기에 걸리지 않을까? 한강은 바람도 많이 불 텐데.

"아니요. 원피스는 괜찮아요. 벌써 땀 나고 있어요."

진주는 억지웃음을 지었다.

예쁘게 첫 데이트를 하고 싶었는데, 망했어.

데이트 과정은 시작부터 험난했다.

잠시 후, 두 사람은 한강에 도착했다.

진주는 한강을 따라 걸으며 아이처럼 좋아했다.

"강아가 몸이 날렵하거든요. 걔가 우리 동네에서 달리기가 가장 빨랐거든요? 다른 동네에 가서도 1등을 먹었어요. 하하."

친구 이야기를 하는 배진주.

"창극단 단장님요, 소리가 잘 나온다는 온갖 희귀한 음식은 다 먹어 보신 거 아세요?"

직장 동료들의 얘기를 하는 배진주. 윤재는 그녀의 또 다른 모습이 낯설지만 흐뭇했다. 늘 어른스럽고 조용히 자기 자리를 지키는 배진주만 보아 온 윤재는 문득 그녀가 전혀 다른 사람인 듯 느껴지기도 했다.

걸어가다 보니 길가에 수제 아이스크림 가게가 보였다.

"아이스크림 먹을래?"

"네. 저는 딸기 아이스크림이요."

기대가 피어오르는 진주의 말간 눈빛에 윤재의 입술에서 미소가 떠날 줄 몰랐다. 그는 가게로 가서 딸기 아이스크림 두 개를 사서 하나를 진주에게 건넸다.

"감사합니다."

진주는 아이스크림을 받자마자 혀를 날름거리며 맛있게 먹기 시작했다.

"맛있어요."

정말 딸기 아이스크림을 좋아하네.

윤재는 자신의 손에 든 아이스크림을 보았다. 한 개 사기가 이상해 두 개를 사긴 했으나 단 걸 싫어하는 그에게 딸기 아이스크림을 먹는 것은 꽤 곤혹스러운 일이었다.

"감독님은 안 먹어요?"

"어, 먹으려고."

윤재는 먹으려다 말고 진주만 계속 힐끔거렸다. 아이스크림 먹는 모습도 예뻤다. 붉은 입술로 분홍빛 아이스크림을 담뿍 베어 먹는 모습이 괜히 무언가 연상되어 심장이 저릿했다.

음음. 그는 괜히 헛기침을 했다. 진주는 윤재를 지켜보다 한쪽 눈을 반쯤 감은 채 의뭉스러운 표정으로 말했다.

"그러고 보니 감독님은 단 거 싫어하잖아요? 아이스크림 싫어하는데 나 때문에 두 개 산 거예요?"

"어? 아닌데."

윤재가 억지로 아이스크림을 입에 갖다 대려 했다.

"저 하나 더 먹고 싶어요."

"응? 돌아가서 한 개 더 사다 줄까?"

"아니요. 그거 나 주세요."

진주는 윤재의 손에 들린 아이스크림을 안타깝게 바라보고 있었다.

"조금 녹았는데."

"그런 상태가 가장 부드럽고 먹기 좋은 상태거든요."

진주는 그에게 아이스크림을 받아 다시 크게 한 입 물었다. 조금 녹아 흘러내리는 상태였기에 그녀는 재빨리 아이스크림에 혀를 대어 날름거리며 핥았다. 입술에 아이스크림이 조금씩 묻었으나 그마저도 진주는 혀를 내어 핥아 먹었다. 그러나 입술 가장자리에 묻은 곳까지 그 작게 나온 혀가 도착할 리 없었다.

진주를 뚫어지도록 바라보던 윤재는 입술에 아이스크림이 묻은 걸 알려 주려 그녀에게 눈을 맞추고 손가락으로 제 입술 끝을 가리켰다. 눈썹도 치켜 올라갔다.

"여기…… 묻었어."

"네?"

진주가 눈이 동그라니 뜨고 모르겠다는 듯 그의 의중을 다시 물었다.

"묻었어."

"어, 어디요?"

그는 한 번 더 제 입술 끝을 가리켰다. 하지만 진주가 잘 찾지 못하자 하는 수 없이 엄지손가락으로 입술 끝에 묻은 아이스크림을 쓰윽 닦아 냈다.

"됐다."

그는 여전히 진주의 입술에 시선을 고정한 채 저도 모르게 손가락 끝에 묻은 아이스크림을 제 입술로 가져가 먹었다. 그 모습을 보던 진주는 괜히 홧홧해져 얼굴이 딸기처럼 변했다. 반면 윤재는 아무렇지 않은 표정이었다. 단지, 그렇게나 싫어하는 아이스크림을 먹었는데 말도 못 하게 달콤하다고 생각하며 입맛을 다시고 있었다.

"으으."

한겨울의 한강변은 오래 걷기에는 생각보다 추웠다. 거기다 찬 아이스크림을 두 개나 먹었으니 진주는 찬 기운으로 오들오들 떨기 시작했다. 귀까지 빨개진 걸 본 윤재는 그녀의 목도리를 좀 더 위로 말아 귀 위까지 오도록 덮어 주었다.

"추운데 이제 집으로 갈까? 아니면 차로 가서……."

"전 괜찮아요."

진주는 춥긴 했지만, 이 데이트를 빨리 끝내고 싶지 않았다. 내일부터 창극단에 출근하면 어림잡아 여섯 달은 정신없이 바쁠 테고 윤재도 새 공연 준비로 얼마나 바쁠지 알 수 없었다.

그러니 그녀 생각에 둘이 시간을 내서 이렇게 데이트하는 건 당분간 무리였다. 그리고 찬 바람을 맞으며 그와 함께 걷고 말하는 모든 것이 좋았기에, 가능하면 이 시간을 늘리고 싶기도 했다.

그때 걸어가는 길 맞은편에서 두 사람이 나란히 뛰어오고 있었다. 조금 떨어져 나란히 걷던 윤재는 마주 오는 사람들과 진주가 부딪힐 것 같은 생각이 들었다. 그는 진주의 어깨에 손을 두르고 가슴팍으로 재빨리 당겼다.

"배진주, 조심해!"

"앗!"

작은 그녀의 몸은 너무도 쉽게 그의 팔 안으로 들어왔다. 진주는 걷다가 갑자기 그에게 안기게 되어 흠칫 놀랐다. 윤재는 그녀의 어깨가 손에 잡히자 천천히 손바닥으로 코트 위를 쓰다듬어 내렸다. 그러다 손을 내려 진주의 손을 쥐었다. 손이 찼다. 잠시 망설였으나 윤재는 계속 추위하던 진주의 손을 눈여겨보고 있었기에 그녀의 손을 잡은 그대로 자신의 코트 주머니에 집어넣었다.

'죽어도 천천히는 안 돼.'

그녀가 놀랄까 온 힘을 다해 조심하는데도 순간순간 빨리 그녀에게 닿고 싶은 마음은 참아지지 않았다. 이렇게 진주가 떨고 있으면 정상적인 판단이 더욱 불가능했다.

주머니에 들어간 진주의 손은 그의 손 안에서 온기로 데워졌다. 잠시 후 진주의 작은 손가락이 꼼지락거렸다. 그 때문인지 윤재는 그녀의 손가락 사이사이로 자신의 손가락을 끼워 넣어 깍지를 꼈다. 윤재의 움직임에 진주는 부끄러운지 고개를 푹 숙였다.

'안 되겠어.'

미친놈처럼 보여도 할 수 없었다.

"내가 따뜻하게 해 줄게."

윤재는 진주의 손을 꺼내 손바닥에 퍼붓듯이 입 맞추기 시작했다. 진주는 윤재의 눈동자 색이 조금 변했단 걸 알아챘다. 회갈색 동공 사이로 아주 미세하게 푸른빛이 비쳤다. 그리고 확실히 평소와 다르게 흐트러져 어지러운 눈동자.

아니나 다를까. 그의 손이 깍지 낀 채로 손을 들어 올렸다. 그는 사람들의 시선 따윈 상관없었다.

촉.

손가락에서 손등으로 타고 올라오며 쏟아지는 입맞춤은 그를 새기는 듯 느껴졌다. 그가 입 맞추고 떼 내는 순간마다 진주는 어딘가가 뜨거웠다. 그리고 벅찼다.

'확실히 느껴져. 그의 마음이 밀려와 두드리고 있단걸.'

그가 자신을 아끼고 사랑해 준다는 것도.

올려 본 그의 시선은 더욱 강렬하게 그녀에게 파고들었다.

초읍, 촉.

그러다 그의 입술이 진주의 이마에 닿았다. 붙었다 떨어지는 촉촉한 그의 입술과 살이 맞닿아 내는 소리가 그의 품에서 진동하며 울려 퍼졌다. 진주에게서 어느새 달콤하고 뜨거운 숨결이 흘러나오고 그의 시선과 입맞춤도 변함없이 이어졌다. 볼을 스치고, 코끝에도 입술이 닿았다.

'입술에도 키스하게 될까?'

그 생각을 하니 덜덜 떨렸다. 여긴 사람들이 다니는 길가인데, 지나가는 이들이 보면 수군거릴 테니 이러고 있으면 안 된다는 생각이 들면서도 진주는 싫지 않았다. 오히려 그의 촉촉하고 시원한 입맞춤이 더없이 설렜기에 영원히 끝나지 않았으면 하고 바랐다.

무언가가 부풀어 오르고 간질거려 몸을 가만히 있을 수 없었다. 진주는 저도 모르게 그의 허리에 손을 둘렀다. 동시에 두 사람의 눈빛이 만나 부딪혔다. 윤재는 어금니를 꽉 물었고 얼굴에 조금의 경련이 일었다. 진주의 눈동자는 어설픈 기대로 일렁이는 것처럼 보였다. 윤재는 무언가가 팽팽하던 줄이 탁 끊어지는 것을 느꼈다.

"키스……해도 돼?"

들릴 듯 말 듯 낮게 떨리는 그의 음성. 거칠어진 숨소리만큼이나 은밀하게 진주의 귓가에 들려왔다. 진주는 허리를 더 꼭 잡았다. 그러곤 눈을 감았다.

폭포처럼 그의 숨결이 진주의 얼굴로 터지더니 뜨거운 입술이 결국 야수처럼 밀려들었다. 그렇게 한겨울의 한강 데이트는 추위를 잊을 만큼 뜨겁게 서로를 데우며 마무리됐다.

다음 날부터 진주와 윤재는 직장으로 각각 복귀했다.

윤재는 창극단 '소리맥'으로 옮겨 최고 제작진의 만남이라 호평받는 '삼국지애'의 감독으로 합류해 바쁜 날들을 보냈다. 중국 전통극과 한국의 창극을 컬래버한 이 작품은 양국의 전통 의상과 빛을 절묘하게 조화시킨 연출로 입소문을 만들며 초대형 합작 전통극이라는 평가를 받고 있었다.

경성창극단은 9시 출근이었으나 진주는 새벽 5시에 일어나 준비를 하고 출근해 소리 연습을 했다. 그리고 저녁에도 개인 연습을 마치고 밤 10시가 넘어서야 집으로 돌아오는 날들이 이어졌다.

'배진주, 너무 무리하는 거 아닌가?'

서로의 커리어를 돕는 것이었던 결혼 본래의 의도와 너무나 잘 맞아떨어지는 일상이 흘러갔으나 윤재는 지나치게 빡빡한 진주의 일과를 지켜보며 걱정되기 시작했다.

게다가 서로 감정이 싹튼 걸 알게 된 이상 윤재에게 일이 전부일 순 없었다. 일보다는 진주가 먼저 보이기 시작했기에 그는 진주와 집에서 시간을 보내게 된 어느 날 조심스레 말을 꺼냈다.

"아직 공연 오르려면 시간이 남았으니까, 아침 식사도 하고 좀 쉬면서 준비해도 될 거 같은데."

하지만 진주의 대답은 퍽 진지한 표정으로 되돌아왔다.

"감독님, 저 이번 작품은 더 열심히 해야 해요."

윤재의 걱정을 진주도 모르진 않았다. 하지만 진주는 결혼을 하고 '춘향과 월매'의 주연으로 확정된 후, 극단 안에선 물론이고 주위 사람들의 이목과 언론의 평가도 더 신경 써야 했다.

"공개 오디션이 없었던 것도 아니고 심사위원들이 그렇게 허술하게 주연을 뽑지 않는단 걸 누구나 다 알아."

"물론 저도 알고 오디션 관계자분들도 그걸 아시겠죠. 하지만 사람들은 제 남편이 K 엔터 이지훈 회장님의 외아들인 것도 잘 알아요. 내색은 하지 않아도 제 경력에 남편이 영향을 끼칠 거라 생각해요."

윤재는 진주를 보았다. 말은 않고 혼자 그런 생각으로 매일 작은 연습실에서 쉼 없이 연습했을 거라 생각하니 마음 아팠다.

"그래서 전 제 능력만으로 주인공이 됐다는 걸 증명하기 위해서라도 더 열심히 해서, 반드시 성공적으로 무대를 이끄는 걸 꼭 보여 주고 인정받고 싶어요."

윤재는 그녀의 말에 더 토를 달 수 없었다. 그녀의 커리어에 도움을 주겠다며 약속한 결혼이고 그도 도움이 되고 싶었지만, 그런 것들이 진주에겐 더 부담으로 다가올 수 있겠단 생각에 마음이 무거워졌다. 그는 생각 끝에 진주에게 말을 꺼냈다.

"그럼, 내가 오전 출근이 없는 날은 창극단으로 데려다주고 간단한 도시락이라도 챙겨 줄게. 네가 더 열심히 연습할 수 있게 적극적으로 돕고 싶어."

윤재는 자기 일을 하는 와중에 진주의 스케줄을 더 챙겨 주고 그녀가 아무 염려 없이 공연 연습에 몰두할 수 있도록 뒤에서 도왔다.

진주는 공연 준비가 한창인 와중에 대학교 연습실에서 강아와 만났다. 강아는 얼마 전 졸업 공연에서 선보인 장돌뱅이 장구춤을 봄에 열리는 전통 축제에서 공연해 달라는 섭외를 받았다. 그래서 강아는 진주의 얼굴도 볼 겸, 같이 연습하며 고친 부분도 한번 봐 달라고 부탁했다.

"진주야, 이번에 막 올리는 '춘향과 월매'는 벌써부터 캐스팅이나 내용이 파격적이라고 소문이 자자하더라."

"응. 이 작품은 월매가 춘향이를 키우는 거나 춘향이가 위기에 대응하는 방식이 멋있어."

"나도 홍보 영상을 봤거든. 그것만 봐도 재미있긴 하겠더라. 여자 주인공 배진주, 남자 주인공도 백진수니 알 만한 사람들은 고개를 끄덕일 조합이긴 해."

"월매 역인 문지현 선생님도 엄청 재밌는 분이시고 많이 가르쳐 주셔서 좋아."

진주는 공연 얘기를 하다가 강아가 장구를 준비하는 모습을 지켜봤다.

"장돌뱅이 춤추면서 장구까지 칠 생각을 어떻게 했어?"

"처음엔 장돌뱅이 춤만 췄지만, 내가 장구에 자신 있으니 장구를 치면서 장단을 타면 더 재밌겠다 싶었는데 생각보다 반응이 좋았어."

"하지만 공연장으로 혼자서 짐 들고 다니려면 힘들겠다."

어린 시절부터 공연을 했기에 인지도가 있는 진주, 진수와는 달리 강아는 아직 사회에 나오지 못 한 무명이었기에 공연을 하려면 영업도 공연 준비도 모두 혼자 해야 했다. 그마저도 불러 주는 곳이 없으면 생계를 위해 아르바이트를 해야 했다.

늘 진수와 진주와 같이 연습하는 그녀였기에 그런 차이에 질투할 만도 했지만, 강아는 개의치 않고 자신만의 커리어를 쌓으려고 늘 노력했다.

"진주야, 난 이번 기회에 소리 말고 장돌뱅이 장구춤으로 한 번 밀어 볼 생각이야."

"그럼 소리는?"

강아 역시 판소리를 잘했지만 그녀는 평소에 자기만의 색깔이 확실한 걸 해야 한다고 생각하는 편이었다.

"소리보다는 장돌뱅이 춤이 더 반응이 좋을 것 같아. 열심히 준비해서 언젠가 나도 성공해야지."

진주는 고개를 끄덕였다. 누구보다 서로의 처지를 잘 알았기에 편한 친구였다. 진주는 무대를 오가는 강아의 자세를 봐 주며 조언해 줬고, 강아도 진주의 소리를 들어 주며 제 생각이나 고칠 점 등을 얘기해 줬다.

오랜 친구답게 둘은 연습만 하는 게 아니라 수다도 떨어 댔다.

"진주야, 우리 학교는 졸업식까지 한복에 꽹과리가 뭐니? 학교를 완전히 떠나는 이 마당에 우리 마지막 뒤풀이는 무조건 클럽으로 가자!"

"클럽? 안 돼. 그날은 감독님도 한국에 안 계신단 말이야."

강아는 진주의 눈치를 살피다 말을 이었다.

"그건 걱정하지 마. 사실은 나도 그것이 걱정돼서 미리 감독님께 부탁드렸더니 바로 허락해 주던데? 동시에 찬조도 받았 지롱?"

"찬조를?"

"클럽 VIP 룸까지 예약해 준다더라. 우린 가서 즐기기만 하면 된다고."

그러던 중 강아가 넌지시 진주에게 물어 왔다.

"진주야, 넌 신혼인데 어때?"

"뭐가?"

처음 맞선을 본 후 놀이공원에서 진주가 윤재를 떼어 내려 했던 일도 그렇고, 공연계에서 워낙 냉정한 사람이라고 알려 져 있기에 강아는 결혼 얘기를 들었을 때 걱정되기도 했다. 하 지만 진주 아버지의 유언이 깃든 결혼이란 말에 강아도 아무 말 할 수 없었다.

"결혼한 소감이 어떻냐고."

"그냥…… 좋아."

진주는 좋다는 말만으로도 부끄러워 더 말을 할 수 없었다. 하지만 강아의 얼굴은 좀 굳어졌다. 신혼이란 게 막 좋고 행복 하고 그래야 하는 건데, 너무 액션이 약하다 싶었다.

"이윤재 감독님이 혹시 너 어리다고 무시하고 그래?"

"아, 아니!"

"그런데 막 결혼한 새색시 반응이 왜 그렇게 미지근해?"

진주는 아무리 강아라도 이런 말을 하는 게 부끄러웠다. 하 지만 강아가 그를 오해하게 둘 순 없었다.

"정말로 좋아."

강아는 궁금증이 가득한 얼굴로 은근히 진주에게 물었다.

"어떻게 좋은데?"

진주는 얼마 전 그와 손잡고 키스했던 일들을 떠올렸다. 코 끝을 한 번 문지르고 괜히 볼에 손바닥을 갖다 댔다. 뜨거운 볼이 손바닥의 찬기로 식었다.

"감독님이 나한테 정말 잘해 주서. 세심하고 다정하게 챙겨 줘."

"그래?"

진주 말을 들으니 감독님이 생긴 것과 다르게 진주에겐 잘 하는 듯해 강아는 안심했다. 하지만 강아가 원하는 답은 따로 있었다.

"그건 어땠어?"

"뭐?"

진주는 강아의 말을 알아들을 수 없었다.

"키스."

진주의 눈이 커졌다.

"키스?"

강아 역시 대학을 다니는 동안 남자 친구를 만드는 꿈을 꾸 며 노력해 봤지만 웬일인지 다가오는 남자가 없었고 소개팅도 잘 성사되지 않았다. 그러니 강아도 모태 솔로였다.

"넌 이제 결혼하고 완전한 어른이 됐으니 알 거 아냐? 정말 그랬어?"

"뭐, 뭐가?"

"키스하면 막 종이 울려?"

진주는 입술을 말아 넣고 호기심 가득한 강아를 쳐다보며 고개만 끄덕였다. 정말 종소리가 들린 건 아니었지만 진주에게 첫 키스는 정신이 하나도 없고 환했다가 어두워졌다가 그녀를 몽롱하게 만든 건 맞았다. 종소리가 귀에 댕댕 울리는 것과 맞먹는 신비한 경험이긴 했으니까. 하지만 이런 이야기를 아무렇지 않게 말할 만큼 진주는 대담하지 않았다.

"그럼……."

점점 강아의 호기심이 짙어졌다. 강아는 둘밖에 없는 연습실을 괜히 한번 둘러보곤 진주의 귀에 바싹 입술을 갖다 대고 나직이 말했다.

"첫날밤은 어땠어?"

"……!"

공연 연습을 하다 말고 쉬는 시간에 나누는 대화치곤 점점 노골적이고 야해지고 있었다. 진주는 그런 걸 생각해 보지도 않았지만, 이런 자리에서 강아에게 그런 은밀한 말을 하는 것이 민망했다.

진주는 입술을 꼼지락거리며 손가락으로 눈꺼풀 위를 긁었다. 목이며 얼굴이 가려운 것 같았다.

중, 고등학교 시절 방학이 되면 소리꾼들은 산에 올라가 하루 종일 소리만 연습하는 산 공부를 했는데, 밤이 되면 진주와 강아는 같은 방에 누워 간혹 호기심 가득한 야한 얘기를 했다. 사춘기 소녀들의 상상력을 자극하는 얘기들에 진주는 놀라고 강아는 낄낄대며 웃곤 했었다. 어릴 때는 웃고 떠들며 농담처럼 던졌던 이야기일 뿐이었다. 하지만 진주는 윤재와 이미 키스도 한 사이로 발전했기에 아무것도 모르던 그때와 달랐다.

"……좋았어."

"진짜?"

강아의 목소리가 더 기어들어 가며 음침해졌다.

"너, 섹시하게 도발도 해 봤어?"

"뭐?!"

진주는 또 얼굴에 홧홧하게 열이 올랐다. 그런 걸 부끄러워서 어떻게 하지? 진주는 당황스러웠다. 강아는 진주의 눈치를 살피더니 아쉬운 표정을 지었다.

"캬아, 그건 안 해 봤구나? 있지, 여자가 먼저 적극적으로 도발하는 걸 남자들이 은근 좋아한대. 그러니까 너도 참지 말고 남편한테 과감하게 먼저 도발해 봐. 신혼부부가 못할 게 뭐 있냐?"

진주는 숨을 들이켰다.

"그러니까 너도 참지 말고 남편한테 과감하게 먼저 도발해 봐. 신혼부부가 못할 게 뭐 있냐?"

강아의 농담 같은 말이 진주의 마음에 꽂혔다.

'도발!'

도발까진 아니더라도 강아와 말을 나누다 보니 서로 바쁜 일정으로 그와 같이 있을 시간을 내기가 힘들다는 생각이 들었다. 윤재는 서재에서, 자신은 침실에서 지내니 서로 엇갈려 얼굴 한번 못 보고 지내는 날도 많은 것이 신경 쓰였다.

처음 사귀자고 했던 날 먼저 키스하고 싶다고 말했던 적은 있었는데…….

진주는 둘의 관계가 더 이상 진전이 없다는 생각에 어느덧 고민이 깊어졌다.

연습을 마친 진주는 집으로 돌아왔다. 그는 일을 하는지 거실에서 태블릿을 보고 있었다.

"오늘 일찍 들어오셨네요."

"응. 너도 잘 다녀왔어?"

"감독님도 별일 없으셨어요?"

"나야 뭐, 늘 그렇지."

진주는 뭔가 머쓱한 둘의 사이가 느껴졌다. 그리고 윤재의 얼굴을 주의 깊게 보았다. 그는 시간이 날 때마다 아침 일찍 자기를 데려다주고 시간이 나면 공연 연습도 도와주었다. 그러다 집에서는 밤늦게까지 서재에서 일을 하다가 소파에서 잤다. 그의 얼굴에 피곤함이 묻어났다.

"감독님."

강아의 말처럼 결혼한 부부는 당연히 같이 넘어야 할 단계가 있는데, 우리는 사귀고 있고 키스도 한 사이인데 정말 부부라면 이런 생활은 이상한 거 아닐까.

"소파에서 자는 거 피곤하지 않아요?"

윤재가 진주의 의도를 파악하려는지 의미심장하게 쳐다봤다. 반면 진주의 얼굴은 걱정으로 가득했다.

"난 괜찮은데? 왜 그러지?"

"소파에서 계속 주무시는 거 죄송해요."

"그거라면 걱정할 거 없는데. 난……."

"침실에서 주무셔도 돼요."

진주는 그가 이윤재이기에 믿을 수 있다고 생각했다.

'감독님과 계속 같이 있고 싶어.'

"뭐?"

"같이 자요."

난데없는 진주의 도발적인 말에 윤재는 그 자리에서 돌처럼 굳어 버렸다.

이 말이 어떤 의미인지 배진주는 알고 있을까? 아니면 정말 그냥 같이 침대에 누워 자자는 의미일까.

애순의 집에서처럼, 진주가 재워 달라던 그날처럼을 의미한다면 더 이상 그렇게 밤을 지새울 재간이 그에겐 없었다.

"너는……."

그의 눈동자가 진주를 혼탁하게 응시했다. 진주의 눈에는 그의 목울대가 거칠게 움직이는 것만 보였다.

"그게 뭔지 알긴 아는 건가?"

"알아요."

일순간 그에게 혼란이 왔다. 그의 짙은 눈매가 더욱 진해졌다.

"뭘, 안다는 말이지?"

"부부가 침대에서 같이 자는 게 뭔지."

윤재는 숨이 턱 막혔다. 진주의 저 한마디에 그동안 애써 눌러놓은 모든 감각이 원상 복귀라도 하는 듯 제멋대로 짐승처럼 들끓어 올랐다.

"나, 그렇게 어린애 아니에요."

그에게서 나오는 숨소리가 거세지고 커졌다. 어둠 속에서 울리는 진주의 맑으면서도 허스키한 목소리는 그를 더욱 동요하도록 들쑤셨다.

"혹시 진짜 부부처럼 되는 건 부담스러운 거예요?"

진주는 몇 번의 스킨십에서 그가 키스를 멈출 때마다 같은 생각을 했다. 우리 관계가 더 발전하기에 그에게 난 너무나 서툴고 모자란 걸까. 혹시 그에게 여자로서 매력이 없는 건 아닐까, 그에게 내가 여동생처럼 귀엽게만 보이는 거면 어쩌지.

"뭐라고?"

윤재는 진주의 답에 기가 막혔다.

어떻게 저런 말도 안 되는 생각을 할 수 있는 거지? 내가 가까이 가고 싶어하지 않는다니.

그의 눈빛은 침착했지만, 동공 한가운데의 무언가가 날카롭게 일렁거렸다. 천천히 진주에게 다가가자 그가 진주에게 완전히 드리워졌다.

"배진주."

바라보는 그녀의 눈동자마저 지나치게 맑았다.

"네."

"모든 남자가 그것부터 원하진 않아."

"……."

"차근차근 단계를 밟지 않으면 아무리 견고한 사랑도 오래 버티지 못해."

그의 손이 그녀의 턱과 볼을 감쌌다. 여전히 그녀는 떨고 있었다. 진주의 앞머리를 윤재가 마구 헝클었다. 인상을 쓰는 진주가 귀여워 품에 안고 두 다리로 그녀를 가두고 몸으로 그녀를 돌돌 감싸 안았다. 윤재는 그녀의 머리를 사랑스럽게 쓰다듬고 또 쓰다듬었다.

이대로 그녀를 안는 것은 서로에게 버거울 게 뻔했다. 하지만 그녀의 첫 번째 부탁은 들어줄 수 있었다.

"그래, 앞으론 같이 자자. 우리 침실에서."

힘든 밤이겠으나 윤재는 그것만으로도 좋았다.

Chapter 8

보고 싶어요

진주와 윤재는 함께 살아가는 결혼 생활에 제법 익숙해졌다.

"감독님, 몸을 좀 더 낮춰야겠어요."

진주는 그가 출근 전에 넥타이 매는 모습을 보더니 자신이 한번 매어 보고 싶다 했고, 윤재는 자세를 낮춰 목을 내 주었다. 그녀는 열심히 넥타이를 매고 있었다. 진주는 그동안 시간이 날 때마다 창극단으로 데리러 와 주고 도시락도 챙겨 주는 윤재의 배려가 고마웠기에 자신도 그를 챙기고 싶었다.

윤재는 불현듯 기분이 언짢아졌다. 아침 출근 전에 아내가 넥타이를 매 주는 광경은 누가 봐도 다정한 신혼부부인데, 딱하나, 감독님이란 호칭이 걸렸다.

"배진주, 언제까지 그렇게 부를 거지?"

진주는 윤재의 말이 들리지 않는 척 입술을 모으고 넥타이를 매는 데만 열중했다.

"난 이제 경성창극단 감독도 아닌데 이젠 내 이름 불러 줬으면 좋겠어."

윤재가 자신을 뚫어져라 내려다보는 걸 알고 있었지만 진주는 눈을 마주치지 않고 여전히 딴청이었다.

'배진주, 계속 고집을 부리겠다 이거지.'

"이젠 대답도 안 하네."

좀 미안한 마음이 들었는지 진주는 그의 눈치를 보며 천천히 입을 열었다.

"곧…… 호칭도 바꿀게요."

윤재는 바꿔 주겠다는 그녀의 대답에 좋은 마음을 애써 숨기며 일부러 근엄하게 물었다.

"뭐라고 부를 건데?"

진주는 윤재의 표정을 힐끗 봤다. 그를 다르게 부를 호칭이 아직은 생각나지 않았다. 그와의 나이 차도 있었지만 이름을 부르려니 무례하단 생각에 어떤 호칭도 어색했다.

"어떻게…… 불러요?"

윤재는 걸려들었다 싶었다.

"오빠……?"

"네에! 오, 오빠요오?"

웃음이 스몄던 윤재의 얼굴은 삽시간에 일그러졌다. 오빠란 말에 진주의 얼굴이 새하얗게 질리더니 곧 퍼렇게 변했기 때문이었다. 진주는 고개를 연신 내저었다. 감독님께 오빠라고 부르는 건 상상할 수 없었다.

"그게 그렇게 놀랄 일이야? 백진수에겐 잘도 오빠라고 부르면서."

"감독님 호칭 문제에 진수 오빠 얘기는 왜 나와요? 진수 오빠 어릴 때부터 쭈욱 오빠였거든요!"

진주가 발끈하니 윤재의 기분이 더 나빠졌다.

"그럼, 여보라고 불러."

"여보요……?"

진주의 얼굴이 이번에는 새빨개졌다. 윤재는 그것도 아니다 싶어 한숨을 내쉬었다.

"그럼 내 이름 불러 줘. 진주야, 응?"

"……."

죽어도 바로 부르진 못하겠는지 그녀의 입술만 톡 튀어나와 있었다.

시간이 흘러가면 진주가 자연스럽게 자신의 이름쯤은 불러 줄 거라 생각했으나 그런 낌새가 없어 보였기에 윤재는 진주에게 안달만 나고 있었다.

극단에 출근해 오전 일을 처리하던 윤재는 잠시 쉬는 시간을 가졌다. 그는 휴대폰 화면을 심각하게 들여다보고 있었다.

'뭐라고 보내지?'

"감독님, 무슨 안 좋은 일이 있으십니까?"

맞은편 책상에서 업무를 보던 홍보실장이 윤재가 인상을 쓰고 휴대폰을 노려보는 시간이 길어지자 걱정스레 물었다.

"아무것도 아닙니다."

"그럼 왜 그렇게 심각하게……."

윤재는 얼굴을 들었다.

"실장님, 결혼하셨죠?"

"아, 네."

"그럼, 실장님은 아내한테…… 뭐라고 문자를 보내십니까?"

"네?"

홍보실장은 무슨 말이냐는 듯 난감한 표정을 지었다.

"오늘 일을 빨리 마친다는 문자를 보내려는데 그걸 어떻게 보내야 할지……."

꼭 필요한 말 외엔 사적인 말을 하지 않는 윤재임을 알기에 그는 이해하겠다는 듯 고개를 끄덕였다.

"그냥 집에 빨리 들어간다고 쓰시면 되지 않습니까?"

"네. 그렇긴 하죠."

하지만 윤재는 여태껏 진주와 개인적인 문자를 주고받은 일이 없었다. 진주는 휴대폰을 거의 사용하지 않았다. 연습이라도 하게 되면 적어도 서너 시간은 방해받지 않으려 휴대폰 전원을 껐다. 창극단으로 출근하면 사적인 전화를 주고받지 않았고 긴급한 스케줄 조정은 소속사 매니저가 맡고 있으니 진주에게 휴대폰은 장식품만도 못했다. 게다가 요즘은 연습이 더 바빠져서 퇴근 전까지 연락을 전혀 못 하는 상황이었다.

윤재라고 휴대폰에 목을 매는 건 아니었다. 하지만 가끔 그녀의 얼굴이 보고 싶거나 목소리라도 듣고 싶을 땐 전화라도

232

붙잡고 싶어지는 것이다.

윤재는 휴식 시간에 단원들이나 직원들이 휴대폰을 들여다보고 가끔 대화를 주고받으며 웃는 모습을 보면 이제는 괜히 부러웠다.

"혹시 문자를 잘 주고받지 않으십니까?"

"네. 아내가 연습할 땐 휴대폰을 꺼 두거든요."

한 번도 아내에게 이런 개인적인 문자를 보낸 적이 없다는 말을 하기는 민망했다. 오늘은 일찍 퇴근해 진주를 데리러 창극단으로 갈 계획이었다. 그러니 자신이 데리러 간다는 걸 알려야 진주와 어긋나지 않을 것 같았다. 하지만 시간상 창극단 전체 연습 시간이니 전화를 받을 순 없을 테고, 문자를 보내 두려니 여태 이런 사소한 문자를 보낸 적이 없었던 거다.

"보통은 남편이 아내에게 '지금 집으로 가는 중'이라든가, '데리러 갈게.'라든가, '회사 앞으로 데리러 가는 중이야.' 그렇게 문자를 보냅니다."

"네. 그렇군요."

"문자는 그 정도 문구로만 보내시고 오랜만의 데이트이신 것 같은데 사모님 모시러 가시면서 선물을 하나 사시지요."

"선물이요?"

윤재는 서둘러 극단에서 나왔다. 경성창극단 부근에 주차하고 가까운 꽃 가게에 들렀다. 꽃 가게 주인은 창극에 관심이 많은 사람인지 윤재를 바로 알아봤다.

"어머! 이윤재 감독님, 안녕하세요? 배진주 씨와 결혼 소식은 들어 알고 있어요. 축하드려요."

"아, 네."

윤재는 멋쩍어하며 꽃다발을 둘러보았다.

"저건⋯⋯."

백장미에 눈이 간 그가 손가락으로 가리켰다. 옆에 서서 윤재의 시선을 따르던 주인은 윤재가 백장미를 고르려 하자 고개를 저었다.

"감독님, 저 백장미도 예쁘지만 배진주 씨는 수국을 특히 좋아하세요. 제가 광팬이어서 알아요."

"그렇습니까?"

괜히 무안했다. 아내가 좋아하는 꽃을 일면식도 없는 사람이 알려 준다는 것이.

"작년에 배진주 씨 팬클럽 분들이 수국 꽃다발로 이름이랑 하트를 새겨서 주문하신 적이 있었거든요. 그래서 제가 잘 알게 됐어요."

"네. 그랬군요."

꽃 가게 주인은 진함이 다른 푸른 수국들을 종류별로 넣어 백장미와 잎을 섞어 흰 포장지로 묶었다. 윤재는 그걸 지켜보며 첫 맞선에서 진주가 입고 나왔던 파란 꽃이 그려진 흰 한복을 떠올렸다.

진주가 파란색을 좋아하는 건가.

"진주야! 감독님이 데리러 오셨는데?"

"네?"

"정원 연못 정자에서 기다리신다고 전해 달래."

진주의 얼굴이 밝아졌다. 연습을 다 마치고 소지품을 챙겨 나가려던 길이었다. 무슨 일이 있어 그가 직접 온 건가 싶어 휴대폰을 열어 보니 이미 윤재에게서 문자가 와 있었다.

> 오늘 빨리 마쳤어. 데리러 갈게.

진주는 처음 윤재에게 받은 그 문자에 찌르르 떨리더니 설렜다.

"신혼이라 좋겠다. 창극단 계실 때는 편한 옷 입고 출근하시더니 오늘은 슈트까지 입고. 감독님 스타일이 장난 아니던데? 누구는 아침마다 밤마다 그 잘난 얼굴 보면 스트레스가 확 풀리겠네."

"미진 언니, 놀리지 마세요."

"알았어. 어서 나가 봐. 훗."

진주는 가방을 들고 본관을 나가 서둘러 정원 연못으로 향했다. 멀리 윤재의 뒷모습이 보였다.

두근.

매일 보는 남자인데도 심장이 조여 와 아팠다. 이렇게나 그의 모습에 설레는 이유를 모르겠다.

윤재는 버드나무 아래 연못을 보며 뒤돌아 서 있었다. 그녀가 오는 소리를 들었는지 윤재는 뒤돌아 그녀를 보며 한 손을 들고 웃었다. 그는 푸른색 수국을 들고 눈부시게 아름다운 모습으로 진주에게 다가왔다.

"감독님!"

"천천히. 넘어져."

다가선 진주에게 윤재는 꽃다발부터 내밀었다.

"수국을 좋아한다기에."

"어떻게 아셨어요?"

"그냥, 어쩌다가."

진주를 기다리며 정자에 앉아 인터넷 검색을 하다 보니 그녀에 관한 인터뷰가 생각보다 많았다. 윤재는 사람들이 다 아는 걸 자기만 몰랐단 생각이 들었다.

진주는 봄을 좋아하고 흰색을 좋아하고 딸기 아이스크림을 좋아하고, 그리고 수국을 좋아하는 건가.

"오늘은 외식하고 들어갈까? 아이스크림도 먹고."

"정말요?"

진주가 손에 든 수국 다발에 얼굴을 갖다 대고 향기를 흠뻑 들이마셨다.

"수국을 정말 좋아하는 건가?"

"수국을 싫어하는 여자가 있을까요?"

"그런가."

여자들의 화법은 때론 남자들을 더 혼란스럽게 한다. 그래서 수국을 좋아한단 걸까, 싫어한단 걸까.

"그럼 배진주가 가장 좋아하는 꽃이……."

"수국도 좋지만 더 좋아하는 건 봉숭아 꽃이요."

"봉숭아?"

진주는 고개를 끄덕였다. 골목 어귀마다 흔하게 피어 있던 봉숭아. 여름이 되면 꽃과 잎을 뜯어 손톱에 물을 들이느라 동네 아이들에게 흔적도 없이 뜯기곤 했던 키 큰 봉숭아.

진주는 봉숭아를 좋아했으나 사람들에게 봉숭아 꽃을 가장 좋아한다고 말할 순 없었다.

대중들의 사랑과 관심은 늘 감사하지만, 자신에 관해 물어오는 많은 물음에 대한 답 중에서 솔직하게 말하지 않은 것도 있었다.

그녀는 자신이 진짜 좋아하는 꽃은 세상에 몇 명만 알아 주면 좋겠다 생각했다. 그랬기에 그녀는 방송 인터뷰에서 좋아하는 꽃에 대해 물어 왔을 때 마침 눈에 보였던 수국을 좋아한다 했던 것이다.

"어릴 때 강아랑 진수 오빠랑 늦봄이 되면 봉숭아 꽃을 따서 손톱에 물들였어요."

또 백진수인가. 진주의 행복한 기억마다 등장하는 이름 때문에 윤재의 얼굴에 잠시 그늘이 졌지만 추억에 잠겨 꿈을 꾸

듯 행복해 보이는 진주의 얼굴을 보자 웃을 수밖에 없었다.

　진주의 졸업식 날.

　우리나라 최고의 소리꾼들이 모이는 K 대학교 국악 대학이었기에 한복을 입고 졸업식을 하는 전통이 있었고, 이날은 후배들이 졸업생들을 위해 캠퍼스 곳곳에서 축하 공연을 열어 이들의 앞날을 축복해 줬다.

　공교롭게도 해외 일정이 많은 윤재는 외부 출장도 많았고 갑작스럽게 잡힌 윤재의 중국 출장 때문에 윤재는 진주의 졸업식에 갈 수가 없어 미안해했다. 그래서 며칠 전 지훈과 함께 세 사람이 진주의 졸업을 축하하는 시간을 가졌다.

　진주는 졸업식에서 많은 사람들에게 축하를 받았지만 중요한 순간에 윤재가 없는 것이 아쉬웠다.

　졸업식을 마친 후, 진주는 늘 그랬던 것처럼 연습실에 들러 공연 연습을 했다. 연습을 마치고 집에 돌아오는 길에 윤재가 떠올랐다. 늦은 시간에도 윤재와 늘 같이 집에 가면서 차 안에서 공연 얘기를 하곤 했는데. 오랜만에 혼자 가려니 허전하고 외로웠다.

　'보고 싶다.'

　그러다 주머니에 든 휴대폰을 만지작거렸다.

　'전화해 볼까?'

― 언제든 전화해. 난 상관없어.

진주는 아무런 목적 없이 전화하는 것이 그렇게 익숙하지 않았다. 하지만 오늘 밤에는 그를 보고 싶었다. 멀리 떨어져 볼 수 없으니 그의 목소리라도 듣고 싶단 생각이 들었다.

집으로 들어가 불을 켜니 가뜩이나 큰 집이 더 적막하고 어두웠다. 씻고 잘 준비를 한 진주는 침대에 앉아 호흡을 가다듬었다.

통화를 하게 된다면 무슨 말부터 해야 할지 생각해 봤으나 도무지 떠오르지 않았다.

통화를 포기할까 생각해 보다가도 그저 그가 보고 싶단 마음이 차올라 깊숙한 곳부터 아려 왔기에 진주는 무엇에 홀린 듯 윤재에게 전화를 걸었다.

[여보세요?]

통화음이 몇 번 울리더니 바로 그의 목소리가 들렸다. 왠지 먹먹한 마음에 진주는 목소리가 잘 나오지 않았다.

[배진주.]

너무나 듣고 싶었던 목소리에 알 수 없이 울컥하더니 목이 메었다.

"감독님."

[정말 배진주가 전화했네? 감동이야.]

그의 목소리는 밝았고 가벼웠다. 진주는 이내 기분이 좋아졌다.

[졸업식은 잘 마쳤어?]

"네. 졸업식 마치고 창극단에서 연습하고 집으로 들어왔어요. 아직 안 주무셨어요?"

[이제 자려고. 진주도 잘 준비하고 있겠네.]

"네."

진주가 이어갈 말을 찾지 못해 대화가 툭툭 끊어지니 말수가 적은 윤재가 수다쟁이가 될 수밖에 없었다.

[오늘 안무 팀이랑 전체적으로 맞춰 본다더니 공연 연습은 어땠어?]

"다 프로분들이신데, 힘들었지만 멋있고 좋았어요."

[밥은 잘 챙겨 먹었고?]

"네."

좋아하는 사람이랑 떨어져 있는 건 이런 마음이구나.

"감독님."

[응?]

진주는 갑자기 벅차오르는 마음에 자기도 모르게 입을 열었다.

"보고 싶어요."

[……]

마음이 너무 아파서인지 가슴속이 가득히 시렸다. 도저히 불가능하단 걸 알면서도 보고 싶다고 조르는 자신이 우스웠다. 괜히 감정적이어서 감독님을 곤란하게 하는 건가 싶어 진주는 호흡을 가다듬었다.

윤재는 잠시 동안 아무 말이 없었다.

[진주야.]

"네?"

[우리, 영상 통화할까?]

"영상 통화요?"

[해 본 적 있어?]

"아니요."

진주는 누군가와 영상 통화를 한 적이 없었다.

[나도 이렇게 영상 통화한 적은 없는데 우리 그렇게라도 얼굴 보자. 내가 보고 싶어.]

진주는 잠시 주춤했으나 영상으로 그를 보면 이 무거운 마음이 좀 좋아질 것 같기도 했다.

"좋아요."

전화를 끊자마자 곧바로 영상 통화가 걸려 왔다.

둘은 정말로 연인처럼 카메라로 서로의 얼굴을 보며 시시콜콜한 말을 했다.

[졸업식 뒤풀이가 내일이지? 강아 씨 말로는 처음 클럽에 간다던데, 좋겠네?]

"피, 아니거든요."

처음 가는 클럽이라 강아랑 얘기할 땐 분명히 기대되고 좋았는데 왜 이렇게 신나지 않지? 진주는 그런 마음도 이상했다.

윤재의 얼굴이 작은 화면 안에 가득 들어 있었다. 사진이었다면 손대어 얼굴을 만졌을지도 몰랐다. 진주는 한 손으로 휴대폰을 들고 그에게 자신의 얼굴이 예쁘게 나오게 하기 위해 안간힘을 썼다.

[내가 같이 못 가 줘서 서운하지?]

"아니에요. VIP룸 예약해 주신 것도 정말 감사해요."

[가서 내 몫까지 신나게 놀아.]

"네."

진주는 그의 모습과 표정과 목소리를 눈동자에 가득 담았다. 전화를 끊은 후에도 부풀어 올라 몽글거리는 마음은 쉽게 사그라들지 않았다.

진주와 강아의 졸업식 대미를 장식할 마지막 뒤풀이는 강남의 한 클럽이었다. 지하 계단을 내려가니 클럽 스테이지와 무대가 춤추는 사람들의 열기로 뜨거웠다.

쿵쾅 대는 음악 소리가 터져 나오는 한밤의 클럽 실내.

진주는 처음 와 본 클럽이 생소해 긴장됐다.

강아와 진주는 예약해 둔 VIP룸으로 들어갔다. 얼떨결에 따라온 진수는 강아와 진주가 클럽에 간다기에 처음엔 반대하다 윤재가 룸을 예약해 줬다는 사실에 조금 안심하고 같이 오게 되었다. 하지만 표정은 썩 밝지 않았다.

"오예, 이거지! 이것이 젊음의 분위기지."

스테이지와 사람들, 뜨거운 분위기를 살피며 강아는 클럽에 들어서면서부터 몸을 흔들기 시작했다. 누가 뭐라든 셋은 천성적으로 광대였다.

"진주야, 춤추러 왔잖아? 춤추자, 어서."

"훗."

흥분한 강아의 모습에 진주도 덩달아 신났다. 아직 졸업 후의 진로가 확실히 정해지지 않아 강아의 고민이 많은 걸 알고 있었기에 강아가 클럽에서 기분을 전환할 수 있을 것 같아 다행이다 싶었다.

"강아야, 난 화장실 갔다 올게."

"알았어."

진주는 화장실을 찾아 들어갔다. 하지만 들어가는 길목에 술 취한 남자가 벽에 기대어 서 있었다.

"……!"

모자를 쓴 남자는 모자를 조금 올리더니 진주를 쳐다보며 히죽 웃었다. 진주는 무서웠다. 안 되겠다 싶어 돌아서 룸으로 가려는데 어느새 손목이 잡히고 말았다.

"저, 저기요. 이 손……."

공포가 몰려왔다. 이렇게 모르는 남자가 갑자기 손을 잡는 것도, 전혀 모르는 술 취한 남자를 만나는 것도 처음 겪는 일이라 어찌할 바를 몰랐다.

어쩌지? 소리를 질러야 할까. 그러다 일을 크게 만들면 어쩌지. 비릿한 술 냄새가 역겹게 진동했다. 진주는 어지럽고 다리가 떨렸으나 짐짓 단호하게 말했다.

"손, 놔 주세요."

"이 시간에 여긴 온 건 좋은 만남을 하겠다는 거 아니야?"

"아니요. 저는 그냥……."

남자는 비틀거리는 진주의 손목을 더 세게 잡으려 했다.

진주가 안 되겠다 싶어 손목을 빼며 소리를 지르려고 할 때였다.

"여보!"

"……!"

익숙한 목소리에 진주가 고개를 돌렸다.

윤재였다. 윤재가 서둘러 진주에게로 다가갔다.

윤재는 이마에 굵은 주름을 만들며 험악하게 진주의 손목을 잡은 그 남자의 팔뚝을 꽉 쥐고는 서둘러 떼어 내 진주를 한 팔로 안았다.

"내 아내란 말 못 들었나?"

그 남자는 윤재의 험악한 표정을 힐긋 보고는 겁에 질리는 것처럼 보였으나 술에 취한 상태로 히죽거렸다.

"아내는 무슨, 괜히 남 일에 상관 말고 가던 길 가시죠."

남자가 진주한테 다시 다가오려 하자 윤재는 남자의 어깨를 밀어 버렸고 남자는 넘어져 나뒹굴었다.

"미친 새끼."

그의 목소리는 싸늘했다. 바닥에 널브러진 남자를 보는 눈빛이 섬뜩할 정도였다. 윤재가 그 남자를 더 칠 것처럼 다가가기에 진주가 윤재를 다급히 불렀다.

"감독님!"

244

진주는 서둘러 흥분한 윤재의 옷깃을 잡았다. 말리지 않으면 윤재가 그 남자를 가만둘 것 같지 않았다.

"무서워요. 그냥 가요."

진주의 목소리에 정신을 차린 윤재가 진주를 뒤돌아봤다. 하아. 그제야 윤재가 숨을 들이켰다. 바닥에 누운 남자가 억울하단 듯 윤재를 보고 헉헉거렸다.

"내 아내 조금이라도 건드렸으면, 넌, 오늘 죽었어."

주위에선 몇몇의 사람들이 벌써 이 모습을 지켜보고 있었다. 윤재는 진주의 어깨를 안고는 그녀가 잡혔던 손목을 이리저리 살폈다.

"괜찮아?"

진주는 고개를 끄덕였다. 하지만 지켜보는 사람들이 부담스러웠다.

"이제 괜찮아. 가자."

윤재는 진주를 데리고 그 자리를 빠져나갔다. 그리고 잠시 누군가와 통화했다. 실랑이가 났으니 법적인 대처와 혹시라도 생길 수 있는 언론 쪽 문제를 처리해 달라는 내용이었다.

윤재가 겁에 질린 진주를 데리고 룸으로 들어가자 눈이 휘둥그레진 건 강아였다. 진수도 일어나 인사를 하다 진주의 모습이 이상한지 인상을 구겼다.

"진주야."

진주는 여전히 떨고 있었다. 윤재는 진주를 의자에 앉히고 옆에 앉아 진주와 얼굴 높이를 맞춰 그녀의 안색을 살피다가 아무 말 없이 흐트러진 머리카락을 정리해 넘겨 줬다. 걱정이 가득한 표정이었다.

"괜찮아?"

진주는 고개를 끄덕였다. 그녀는 그제야 중국에 있어야 할 윤재가 눈앞에 있는 것이 의아했다.

"네. 그런데 감독님은 어떻게 여기까지 온 거예요?"

"사실 어젯밤에 통화했을 때, 일정이 빨리 끝나 오늘 뒤풀이에 올 수 있다고 말하려다가 놀라게 해 주고 싶어서 시간에 맞춰서 여기 온 거야. 졸업식도 못 갔는데 뒤풀이는 참석하고 싶어서."

"감독님, 진주 왜 이러는 거예요?"

강아가 무슨 일이 일어난 걸 눈치채고 윤재에게 물었고 윤재는 조금 전 있었던 일을 둘에게 설명했다.

"헉! 진주야, 너 정말 괜찮아? 이런 클럽에 처음 온 건데 이상한 사람 만나서 많이 놀랐겠다."

"이제 괜찮아."

진주는 도리어 강아를 안심시켰다.

"감독님, 아무래도 진주를 집에 데려가 안정시키는 게 좋겠어요."

진수도 진주가 그런 상태로 클럽 룸에 있는 것은 무리라 여겼고 윤재도 같은 생각이었다.

윤재는 강아와 진수만 클럽에 남겨 두고 진주를 데리고 집으로 갔다.

집에 들어오니 새벽 한 시가 넘어 있었다.

진주와 윤재는 각자 욕실로 들어가 씻고 잠옷으로 갈아입었다. 윤재는 진주에게 따뜻한 허브차를 데워 주었다.

그는 진주가 침대에 눕는 것을 보고는 침실 커튼을 닫았다.

"오늘 많이 놀랐지? 배진주가 내일은 또 늦잠을 자겠네."

꼼꼼히 커튼을 닫은 걸 확인한 윤재는 진주의 침대 옆으로 의자를 당겨 와 앉았다. 이불을 덮어 주며 닿는 눈길에는 아직도 걱정이 가득했다.

그는 진주가 클럽에서 남자와 있었던 일 때문에 자신마저도 무서워하지 않을까 걱정됐다.

"오늘 힘들었을 테니까 쉬어. 혹시 혼자 있는 게 편하면 내가 나가서 잘게."

그렇게 윤재가 일어나 나가려 하는 순간 진주가 윤재의 손을 붙잡았다.

"같이 있고 싶어요."

진주는 그와 떨어지기 싫었다. 이젠 혼자 있는 게 편하지도 않았다. 클럽에서 벌어진 일로 무섭기도 했지만, 중국에 있어야 할 그의 목소리가 들려왔을 때 얼마나 안심이 되던지. 술취한 남자에게 손이 잡혀 있지 않았다면 그에게 달려가 안겼을지도 몰랐다.

"슈퍼맨처럼 나타나 줘서 고마워요."

"슈퍼맨?"

'슈퍼맨'이란 과분한 호칭에 윤재는 어떤 표정을 지어야 할지 몰라 웃는 것도 찡그린 것도 아닌 우스꽝스러운 표정을 지었다. 그러다 누워서 자신을 맑게 바라보는 진주의 칠흑 같은 눈동자와 부딪혔다.

"오늘 있었던 일로, 내가 무섭지는 않아?"

진주가 눈을 동그랗게 떴다.

"감독님이 왜 무서워요?"

"술 취한 남자에게 손을 그렇게 잡혔는데⋯⋯. 나도 무서울까 봐."

윤재는 진주가 처음 겪었을 클럽에서의 일로 남자와의 접촉에 거부감이 생기는 건 아닌가 걱정되었다. 윤재의 말을 듣던 진주는 입술을 조금 내밀었다.

"저도 그런 일은 처음이라 무서웠지만⋯⋯ 감독님이 무서워질 리가 없잖아요. 오늘은 놀라서 진정할 시간이 필요한 거니까, 괜찮아요."

"그런가. 다행이네."

윤재는 진주의 말에 도리어 안심이 됐다.

하지만 그런 말을 하면서도 진주는 이불 밖으로 여전히 그의 손가락 하나를 겁먹은 아이처럼 꽉 잡고 있었다. 윤재는 다시 의자에 앉아 제 손가락 하나를 부여잡은 작은 진주의 손을 보며 다른 손을 포개어 올렸다. 그러곤 톡톡 다정하게 두드리며 그녀를 보았다.

"그럼 오늘은 특별히 배진주가 완전히 잠들 때까지 슈퍼맨처럼 같이 있어 줄게. 안심하고 자."

마음 같아선 이불 속으로 들어가 마음껏 안아 재워 주고 싶었지만, 오늘 밤엔 진주의 옆을 가만히 지켜 주는 것이 낫겠다 생각했다.

진주는 가볍게 웃으며 그를 보았고 윤재는 그녀의 머리카락을 하염없이 쓰다듬어 주었다.

모처럼 공연도 없는 휴일이었다. 진주는 연습실에서 대본 연습을 하다 막히는 부분을 북장단에 맞춰 계속 반복하고 있었다.

똑똑.

윤재가 연습실 문을 두드렸다.

"네."

그의 얼굴이 열린 문틈으로 빼꼼히 보였다.

"커피 한잔 마시려는데, 가져다줄까?"

진주는 놀라 대본을 놓고 일어나려 했다.

"아니에요. 제가 직접 가져올게요."

윤재는 두 손으로 손사래를 쳤다.

"아니야. 넌 마저 연습해. 이미 주방에서 커피 내리고 있어서 컵에 따르기만 하면 되니까. 연하게 줄까?"

"네. 저는 연한 커피로 주세요."

"알았어."

윤재는 얼른 내려가 커피를 양손에 들고 다시 연습실로 돌아왔다.

"여기, 뜨거운데 잘 잡아."

윤재는 그동안 더 말이 많아졌다. 했던 말을 또 하는 버릇도 생겼다.

"뜨거운데 조심……."

말을 하다 말고 진주를 쳐다보는 습관도.

"고마워요."

진주가 한마디를 하면 수줍다는 듯이 얼굴에 홍조를 띄우는 것도 습관처럼 반복됐다. 기존의 습관과 다른 점이 있다면 철저히 배진주 앞에서만 생기는 습관이란 거.

윤재에겐 오늘이 특별했다. 진주가 쉬는 날에 맞춰 자신의 일정을 완전히 비운 하루였다.

"서로 바빠서, 이제야 같은 날 쉬게 됐네."

공연이 얼마 남지 않았기에 둘은 바쁜 일정을 소화하고 있었다. 휴일엔 진주의 외부 공연이 많아 시간을 내기 힘들었고 둘의 스케줄이 같지도 않았다.

진주는 커피를 들고 마당이 내려다보이는 창문으로 걸어갔고 윤재도 진주 곁으로 따라가서 섰다.

"대본 연습은 잘 돼가?"

"네."

윤재는 진주의 손에 들린 대본을 보았다. 전승되어 온 춘향전의 백 개가 넘는 이본 중 가장 사랑받았던 이야기를 현대적으로 각색한 '춘향과 월매.'

'춘향과 월매'는 남녀의 사랑을 넘어 그 시대 민중의 소망을 담은 주체적인 여자들의 이야기였다. 윤재는 다른 공연을 준비하고 있었지만, 경성창극단 소식을 모를 수 없었다.

"혼자 연습하는 거 힘들면 내가 조금 도와줄까?"

일부러 힘겹게 낸 휴일이건만 새벽부터 진주는 연습실에 틀어박혀 나올 생각이 없었다. 진주에게 다가가려 몇 번의 시뮬레이션 끝에 커피를 내려 두고 2층으로 올라간 윤재였다.

"정말요?"

윤재의 제안에 진주는 미안하기도 반갑기도 했다. 윤재가 같이 봐 준다면 좋겠지만 바쁜 일을 방해하는 건 아닌지 걱정이 되었다.

"오늘은 하루 종일 시간이 나. 부담 가질 것 없어."

"그럼…… 상대역 좀 해 주실래요?"

윤재의 얼굴이 금세 밝아졌다.

"좋아."

진주도 해맑게 웃었다.

둘은 사이좋게 연습실 바닥에 나란히 붙어 앉았다. 대본이 하나밖에 없으니 같이 보려면 어깨도, 얼굴도 당연히 붙어야 했다. 진주는 대본을 그의 쪽으로 밀어 줬다. 그녀는 대부분 외우고 있는 부분들이었다.

"그럼 이 부분부터 부탁드려요."

"여기?"

"네."

춘향이 몽룡을 만나 사랑을 나눈 후에 나누는 절절한 사랑 고백 신이었다.

"춘향아, 우리가 만약에 죽으면 다시 태어날 게 있구나."

"그게 뭔데요?"

부부의 연을 맺은 춘향에게 몽룡이 사랑에 겨워 죽어서도 사랑하자고 물어보는 장면이었다.

"너는 죽어 방아 구덩이가 되고 나는 죽어 방앗공이가 되어, 죽어서도 신나게 떨거덩떨거덩 찧으며 사랑해 보자."

으음. 하필이면……

이몽룡과 춘향은 실제로 사랑에 있어서 대담하고 솔직했다. 이 작품에서 재해석된 춘향은 더욱더 직설적이고.

"아니, 그건 싫어요."

진주가 거부했다. 윤재는 연기 연습임에도 불구하고 몽룡에게 감정을 이입했는지 진주의 대답에 코끝을 찡그렸다. 진주는 대본에 있는 대로 읽고 있을 뿐인데.

"이번 생에서도, 후생에서도 나는 왜 아래서만 살아야 해요? 재미없어서 그렇게는 못 살겠어요."

윤재는 진주를 쳐다보며 말했다.

"이 부분은 춘향이 더 당돌하게 말해야 해. 춘향이 남녀 간에 위아래가 아닌 대등한 관계를 맺자고 주장하는 곳이거든."

그 부분은 당시 여성들의 주체적이고 싶은 욕망을 드러낸 부분이기도 했다. 그러나 윤재는 진주에게 그 부분을 구체적으로 설명하긴 좀 머쓱했다.

"신분의 한계를 뛰어넘고 싶은 춘향은 자기가 왜 아래에 있는 하층 계급으로만 살아야 하느냐고 이몽룡에게 불만을 터트리고 있으니까."

"아."

진주는 고개를 끄덕이며 대본에 윤재가 지적해 준 부분을 메모했다. 이번 작품에서의 춘향은 전통 춘향전보다 훨씬 대사와 행동이 개성이 강해 생각해야 할 게 많았다.

둘의 대사 연습은 계속 이어졌다.

극은 절정을 향해 갔고 어느새 '부부의 밤' 장면까지 오게 되었다. '부부의 밤'은 '사랑가'가 흐르는 가운데 당돌한 춘향이 이몽룡의 옷을 하나하나 벗기는 장면으로, 둘이 밤새 사랑놀이를 하는 장면이었다.

"춘향아 그만 자자, 밤이 깊었구나."

"먼저, 불을 꺼 주세요."

"너의 고운 자태는 달빛과 촛불 아래서 가장 아름답단다. 꽃 같은 네 모습을 보지 않으면 무슨 재미가 있겠느냐. 자, 어서 옷을 벗자."

"몰라요. 부끄럽습니다."

"그럼 공평하게 너 하나 나 하나씩 벗는 것은 어떠냐?"

"······."

익숙한 장면에 다 아는 내용이었지만 윤재와 같이 이 장면을 주고받고 있으니 진주는 목 뒤로 식은땀이 조금 났다.

'진수 오빠랑 맞춰 볼 때에는 이렇게 기분이 이상하진 않았는데.'

평소엔 한 번도 이 장면이 부끄럽다고 생각한 적이 없는데, 윤재와 이런 대화를 주고받으니 정말로 그녀는 자신이 춘향이로 빙의한 것처럼 긴장되었다.

"풋."

윤재가 그런 진주의 마음을 알아챘는지 웃음을 터트렸다.

"오히려 내가 방해되는 것 같군. 나가 줄까?"

"아니에요."

진주가 도리질했다.

"그럼 연습은 좀 쉴까? 쉬는 시간 어때?"

"네. 좋아요!"

탁.

윤재는 바닥에 다리를 세우고 누웠다. 그런 윤재의 행동에 진주의 눈동자가 방황하듯 흔들렸다.

왜 누운 걸까?

그녀를 보는 윤재의 눈매가 가늘어지더니 이번엔 턱을 괴고 진주를 향해 몸을 돌려 누웠다.

"나, 여기서 좀 자도 돼?"

"피곤하세요?"

진주는 아차 싶었다.

밤낮없이 피곤하게 일하다 모처럼 쉬는 날인데 그가 쉬지도 못하게 연습을 부탁했던 생각이 들었다.

"좀 주무실래요?"

그는 진주를 보며 고개를 저었다.

"배진주 옆에 있고 싶어."

"음, 음음."

진주는 괜히 헛기침했다. 그의 이런 말이 새삼스러웠다.

"팔베개해 줄래?"

그녀의 심장이 뛰기도 전에 바닥에 내려앉는 느낌이 났다.

팔베개를 해 주겠단 것이 아니라 분명히 팔베개를 자신에게 해 달라고 윤재가 말했다. 놀라서 커진 눈동자로 진주가 윤재를 내려 봤다. 자신이 들은 게 맞는지 확인을 해 보려 그에게 눈을 맞추며 몇 번이나 깜박거렸다.

"춘향이는 남녀 간에 대등한 걸 좋아하잖아."

대본에서 춘향이 몽룡의 옷을 벗기는 걸 두고 하는 말이었다.

"지난번엔 내가 팔베개를 해 줬으니까……."

그도 다 말하기 민망한지 끝을 흐렸다.

"좋아요."

못할 건 없었다. 다만 갑자기 그의 옆에 누우려니 이상하긴 했다. 침대를 같이 쓰기로 했지만 정작 그의 옆에 의식적으로 누워 보는 건 오랜만이라 떨렸다.

진주는 숨을 크게 들이쉬고 아무렇지 않은 듯 그의 옆에 가서 누웠다.

'연기 연습이라고 생각하자.'

"팔 줘야지."

진주는 팔을 천천히 그가 누운 방향으로 펼쳤다. 손은 어찌해야 할지 몰라 주먹을 쥐고 있었다.

윤재는 다가와 능청스럽게 그녀의 팔을 베고 누웠다. 얇은 카디건을 입은 진주의 피부에 그의 얼굴과 목이 쓸렸다. 그의 목 아래 그녀의 팔이 놓인 것뿐인 팔베개였으나 함께 누웠단 사실 하나로 그는 마냥 좋았다.

"오랜만에 휴일이라……."

그의 향이 날아왔다.

"졸리네."

윤재는 눈을 감았다. 바쁜 일정을 소화하느라 잠깐잠깐 진주 얼굴을 보는 것 외에는 오래 마주할 일이 없어 좀 답답하던 차였다. 같이 이러고 있으니 정말로 노곤했다. 진주를 이렇게 가까이서 느끼는 것이 무엇보다 만족스러웠다.

진주는 그를 안은 듯 누워 계속 윤재의 얼굴을 내려 보았다.

한 달 만인가. 이렇게 가까이서 감독님을 보는 게.

진주의 예상처럼 지난번 첫 데이트 이후 다음 데이트를 잡는 건 불가능했다. 어찌 보면 지금이 데이트를 하는 것일지도 몰랐다. 이 시간이 지나면 언제 다시 볼지 모른다는 생각에 진주는 용기를 내어 불쑥 말했다.

"감독님, 얼굴 한 번 만져 봐도 돼요?"

그를 만져 보고 싶다고 생각한 건 이미 오래전이었다. 어떤 느낌일지 늘 궁금했다. 진주는 누운 그의 모습을 보자 다시금 그의 얼굴을 만져 보고 싶었다. 어쩌면 연습 중인 춘향의 당돌한 말과 행동이 그녀를 더 적극적으로 만들었을지도 모른다.

춘향이라면 그런 말을 하는 데 주저하지 않을 거야.

윤재는 말이 없었다. 눈꺼풀에 작은 경련이 일다 멈추었다. 윤재에게서 아무 답이 없자 진주는 한 번 더 말했다.

"내 얼굴도 만지게 해 줄게요. 공평하게."

"……!"

윤재는 더 이상 눈을 감고 있을 수 없어 눈을 떴다. 느른함은 순식간에 온데간데없었다.

'배진주가 또 이상하게 도발하네.'

그게 뭔지 알고 그러는 건지, 모르고 그러는 건지. 심란해진 윤재는 관자놀이를 천천히 긁었다.

진주는 당분간 이런 기회가 또 오기 힘들 거란 생각이 들었다. 우린 사귀는 사이고 키스도 여러 번 했고 한 침대도 쓰는데 바빠서 이렇게 낮에 얼굴 볼 일도 별로 없었으니까. 기회가 올 때 말하는 게 맞지.

"그게 혹시, 사귀면 하고 싶다는 그건가?"

"아…… 네!"

아니었다. 그의 얼굴이 너무 부드러워 보여 만지고 싶단 마음이 걷잡을 수 없이 커졌기 때문이었다. 하지만 진주는 그렇다고 말하면 그가 부탁을 더 잘 들어줄 것 같았다.

"개 키워 본 적 있어?"

"아니요. 친구가 키우는 강아지를 만져 본 적은 있어요."

"개들은 주인에게 복종의 의미로, 누워서 배를 보여 주거든."

그건 진주도 아는 얘기였다.

"모든 수컷에게는 나름대로 복종한단 의미를 가진 행동이 있는데."

무슨 말인지 아직은 모르겠기에 진주는 주의 깊게 들었다.

"수컷이 자기를 만지라고 몸을 내주는 건, '나는 네 거다'라는 의미야."

"......!"

"만지는 건 좋은데, 알아 두라고."

진주는 빤히 그를 보다 황급히 시선을 돌렸다. 금세 얼굴이 타올랐다.

그럼 지금 그의 얼굴을 만지게 되면 앞으로 감독님이 내 거라는 의미인가?

"그럼 만지는 거 허락한 거죠?"

그는 눈을 감더니 턱을 들어 진주 쪽으로 얼굴을 돌렸다. 진주는 신기한 물건이라도 보듯 윤재의 얼굴을 들여다보다가 그의 이마에 집게손가락을 슬며시 갖다 댔다. 그리고 그의 미간을 눌러 봤다. 간지러운지 그의 이마와 눈썹이 꿈틀거렸다.

"간지러워요?"

"아니. 아직은 참을 만해."

이어서 진주는 그의 짙고 굵은 눈썹을 천천히 긁어 보았다. 그의 눈이 커다랗게 떠졌다. 그와 시선이 마주치니 계속 만지기가 어려웠다. 진주는 시선을 다른 곳으로 옮겼다.

"눈 계속 뜨고 있을 거예요?"

"다시 감아 줘?"

햇살이 커다란 창을 통해 들어오고 있었다. 그가 눈을 다시 감으니 숱 많은 속눈썹이 풀썩 내려앉았다. '사락' 소리가 난 것도 같았다.

'안 되겠네.'

그는 조용하고 느릿한 그녀의 손놀림이 너무나 간질거려 더 참기가 힘들었다. 윤재는 진주의 손목을 잡고는 제 뺨에 풀썩 내려놓았다.

찰싹.

그의 손에 잡힌 진주의 손바닥이 윤재의 볼을 철퍼덕 때리는 소리가 났다.

"헉! 안 아파요?"

"내가 빈틈 많은 남자랬지? 막 아무렇게나 만지고 때려도 돼."

진주가 윤재의 얼굴을 만지며 소리 내어 웃었다.

"왜 웃지? 내 얼굴이 그렇게 우스운 얼굴은 아닐 텐데."

윤재는 그 정도면 되었다 싶어 다시 손을 떼 주었다. 진주는 다시 그의 얼굴을 만졌고 잘생기고 매끈한 이윤재의 코와 볼과 귓불을 만져 봤다.

'이상하게 감독님 입술만 보여.'

그리고 손가락을 말아 쥐었다. 그의 입술을 만질 용기는 도무지 나지 않았다.

"이제…… 눈 떠요."

그는 착한 아이처럼 눈을 떴다.

"이제 내 차롄가?"

"네?"

"난 얼굴 만지는 것 말고 딴 거 하고 싶은데."

윤재는 자세를 고쳐 그녀의 허벅지를 베고 진주를 올려다보며 누웠다.

"난 노래 불러 줘. 자장가."

"……"

"진주가 나를 위해서 불러 주는 노래를 듣고 싶었거든."

진주는 그를 보며 웃었다. 이제는 자연스럽게 그의 앞머리를 만지작거렸다.

"무슨 노래 듣고 싶어요?"

"배진주가 지금 가장 하고 싶은 노래."

진주가 노래 부를 준비를 하며 목을 가다듬자 그는 다시 눈을 감았다.

소복이 첫눈이 내리던 날 내 님이 그리워
수줍은 걸음걸음 문을 열고 나서니
어여쁜 달님 아래 내 님이 서 있었지.

담장 위에 눈꽃이 오롯이 피어나고
달빛은 포근하게 마당을 비추는데
내 님 맑은 얼굴이 달빛보다 어여뻐라.

그녀가 즐겨 부르는 드라마 OST였다. 진주의 노래는 끝이 났는데 윤재는 여전히 눈을 감고 있었다. 정말로 잠이 들었는지 평온해 보였다.

"내가 그렇게 어찌 봐도 예쁜가?"

느른하게 웃음을 머금은 그의 붉은 입술이 움직였다. 또 장난을 친다는 생각에 진주는 입술을 비죽거렸다.

"설마요. 감독님은 자기가 눈을 감고 있든, 뜨고 있든 세상에서 제일 잘생긴 줄 아나 본데, 아니거든요?"

"내가 세상에서 제일 잘생겼다고 말한 적은 없는데?"

생각해 보니 그랬다. 윤재는 제 입으로 자기가 잘생겼다고 말한 적이 없었다. 진주가 무슨 말로 받아칠까 고민하는 사이 윤재는 눈을 떴다.

"네 생각에 누가 세상에서 제일 잘생겼어?"

"그건……."

"아는 남자 중에."

이름만 대면 누구나 알 만한 할리우드 배우 이름을 대려던 진주는 할 말을 잊었다. 아는 남자 중에 가장 잘생긴 남자가 바로 자기 다리를 베고 누워 있었으니까.

"백……."

윤재는 진주의 입에서 한마디가 나오자마자 그녀의 입술을 손바닥으로 틀어막았다.

"설마 내가 아는 그 백 씨를 말할 거면 그만둬."

진주는 그의 손을 떼어 내며 웃었다.

"내가 누굴 말할 줄 알고 이래요? 난 가야금 병창이신 백성 현 선생님을 말하려 했거든요!"

"그래?"

윤재는 그러면 안심이라는 듯 다시 눈을 감고 두 손을 가지런히 배 위로 포개어 올렸다.

"그럼 난, 눈을 감았을 때가 잘생겼어? 눈을 떴을 때가 잘생겼어?"

이윤재가 유치한 질문을 얼굴색 하나 바꾸지 않고 진지한 목소리로 하고 있었다. 그에 진주도 잠시 어느 쪽이 더 나은지 생각했고.

"계속 농담할 거예요?"

화난 척 말했지만, 진주는 이런 그의 모습이 좋았다. 세상 누구도 알 수 없는 자기만 아는 이윤재의 모습, 설레게 하는 그의 농담.

"맞다. 다음 주에 진수 오빠랑 강아가 경주 축제에서 공연을 해요. 강아가 외부 공연에선 처음 무대에 서는 거라 저도 가 보려고요."

윤재는 골똘히 생각하는 표정을 지었다. 자신도 시간을 빼는 것이 가능할까 싶었기 때문이다.

"저녁 공연이지?"

"네."

"진주는 꼭 갈 거지?"

"그럼요. 가서 진수 오빠와 강아한테 힘이 되어 줘야죠."

윤재가 머릿속으로 다음 주 일정을 최대한 빨리 계산해 보니, 공연을 보진 못해도 진주를 데리러 갈 순 있을 것 같았다.

"난 공연은 다 못 보겠지만, 일 마치고 데리러 갈게."

"굳이 그럴 필요 없어요. 전 강아랑 진수 오빠 차 타고 같이 올라오면 돼요."

그가 화사하게 웃으며 말했다.

"지금 데이트 신청하는 건데."

"······!"

"그날 밤에, 우리 벚꽃 보자. 경주에서."

진주의 가슴이 쿵쾅거리며 뛰었다. 경주의 봄 축제는 벚꽃이 만개하는 시기에 열렸다. 진주도 가끔 참가하는 축제였기에 일정이 끝나면 벚꽃이 핀 경주를 돌아보곤 했는데, 그와 같이 걸어갈 벚꽃 길은 생각만으로도 설렜다.

"응? 어때?"

"······좋아요."

윤재는 다시 능청스러운 표정을 하고 시계를 보았다.

"쉬는 시간 끝나 간다. 한번 안아 줄까? 뽀뽀해 줄까?"

진주가 코끝에 주름을 만들었다.

"농담 좀 그만······!"

하지만 그 질문은 농담이 아니었던 모양인지 윤재는 진주를 당겨 제 품으로 안았다.

경주의 한 공원에서 열린 달빛 축제에서는 전통 공연이 한창이었다. 달빛 아래 우리 소리와 전통을 알리기 위한 이번 축제에서는 판소리와 민요는 물론 빛과 조명, 홀로그램이 융합된 루미나이트 국악을 선보였고, 공원 곳곳에서는 투호 던지기나 제기, 윷놀이 등의 다양한 체험 프로그램도 진행되었다.

진수는 퓨전 판소리 공연을 오프닝으로 선보였고 강아는 시장에 사람을 모아 흥정을 붙이는 장돌뱅이 장구춤을 선보였다. 이미 자신의 공연을 끝낸 진수는 객석으로 내려와 진주와 함께 강아의 공연을 보고 있었다.

강아는 전통 남자 한복 홑바지를 무릎 위까지 둘둘 말아 접어 올리고 저고리 아랫단도 둘둘 말아 질끈 묶은 모습이었다. 그러자 장구를 치고 춤을 출 때마다 언뜻언뜻 배꼽이 보였다. 공연을 보러 모여든 이들은 처음 보는 장돌뱅이 장구춤에 대한 기대가 가득했지만 오직 진수만 심기가 불편했다.

"강아는 의상이 왜 저래?"

진수는 괜히 못마땅해 옆에 앉은 진주에게 불퉁한 목소리로 말했다.

"뭐가? 강아가 이번 공연의 콘셉트는 조선 시대의 신세대 장돌뱅이래. 내 눈엔 귀엽고 발랄해 보이는데?"

"귀엽고 발랄은 무슨……."

진주가 한쪽 눈썹을 치켜올리며 진수를 째려봤다.

"오늘 강아한테 왜 그래? 강아가 이 무대를 위해서 얼마나 노력했는데!"

"공연이 문제가 아니고 좀 얌전하게 옷 입고 공연하면 좋잖아. 누가 그러라고 시키는 것도 아닌데."

"강아는 자기만 할 수 있는 특별한 공연을 하고 싶은 거라고. 그러니 잘나가는 백진수가 좀 도와줘라."

"쳇, 강아가 오빠 도움을 받는 캐릭터면 걱정도 안 해."

진주는 피식 웃었다. 가정 형편이 좋지 않아 몇 번이나 소리를 포기할 상황이었던 강아에게 무료로 소리를 가르친 건 스승 남애순이었고, 소리를 하지 않겠다고 집에 틀어박힌 걸 데리고 나온 사람은 진주와 진수였다.

강아도 소리를 계속하기 위해 애순의 호의를 일단 받아들였으나 그 이후로 유명한 동기들 도움에 얹혀 성공하니 소리를 집어치우겠다고 대놓고 말했다. 그런 강아였기에 진주와 진수는 직접적인 도움을 주는 것은 일절 하지 않았다.

"어? 진주야. 감독님 오셨다. 오늘 여기 오시는 거였어?"

진수는 놀라 일어나며 윤재에게 인사했다.

진주는 윤재가 데리러 오겠다 했지만, 혹시라도 일이 바빠져 못 올 수도 있어 진수나 강아에겐 말을 하지 않았었다.

"아, 시간 되시면 데리러 오신댔어."

"그래?"

윤재는 아는 관계자들과 인사를 하고 무대 옆으로 나와 진주가 앉은 자리로 찾아왔다.

"감독님, 여기 앉으세요."

"고마워."

윤재는 진주의 옆자리에 앉았다.

오면서 보니 백진수가 진주 옆에 붙어 앉아 귓속말을 하는 모습이 별로 마음에 들지 않았다.

'하필이면 이번 경성창극단 공연도 이몽룡에 백진수라니.'

윤재는 진주를 신경 쓰지 않을 수 없었다. 자신보다도 진주와 몇 배나 많은 시간을 같이 있으니까.

"공연 어땠어?"

윤재는 진주의 어깨에 쓰윽 팔을 둘렀다. 진주는 진수가 옆에 있는 데다가 몇몇 명창들도 있었기에 흠칫 놀라 고개를 숙였다.

'부부인데, 이 정도는 괜찮은가……'

"강아도…… 진수 오빠도 실수 없이 잘했어요."

"그렇지? 강아 씨 연습 공연 영상은 봤어. 재밌고 관객 반응이 좋더라."

"네."

목까지 붉어진 진주의 고개는 계속 숙여졌다. 윤재는 진주의 귓가에 입술을 바싹 붙였다.

"강아 씨에게 인사만 하고 우린 데이트하러 가자."

진주는 고개만 끄덕였다. 윤재는 웃으며 그런 진주의 얼굴만 바라봤고 진수는 여전히 못마땅한 표정으로 무대 뒤에서 걸어 나오는 강아만 쳐다보고 있었다.

"와아!"

공연장에서 얼마 걸어 나오지 않았는데도 어둠 위로 세상을 하얗게 채운 신비한 벚꽃이 끝없이 펼쳐졌다. 널따란 오솔길을 사이에 두고 커다란 벚꽃 나무가 흐드러져 하늘을 막고 터널을 만들고 있었다.

늦은 시간이었지만 사람들이 많았다. 차를 세워 사진을 찍거나 나들이 나온 가족들도 많이 보였다. 왠지 소풍 나온 기분에 진주의 얼굴이 환해졌다. 바람이 불어오자 벚꽃이 비가 되어 흩날렸다. 진주는 나무 아래로 가서 팔을 벌리고 눈처럼 쏟아지는 벚꽃 비를 맞았다.

'배진주, 오늘은 아이 같네.'

"벚꽃 예쁘네."

"네. 밤의 조명 아래에서 이렇게 많은 벚꽃을 보는 건 처음이에요."

윤재는 진주가 지난번 수국보다 벚꽃을 훨씬 더 좋아하는 것 같단 생각이 들었다.

그 모습을 보니 몇 시간을 달려 진주를 데리러 온 보람이 있었다. 단지 여유 없이 짧게 진주와 같이 있다가 또 서울로 올라가야 한다는 것이 안타까웠다.

"우리 사진 찍을까?"

"네. 제가 감독님 찍어 줄까요?"

윤재는 잠시 표정이 굳어졌지만, 진주를 당겨 와 품에 안고 휴대폰 셀프 카메라를 켰다.

"좋아하는 사람에겐, '사진 찍어 줄까요.'가 아니라 '사진 같이 찍어요.' 하고 말하는 거야."

윤재가 사진을 찍겠다고 품에 당겨 안으니 진주는 잠시 움찔했으나 어깨를 펴고 곧 포즈를 잡았다. 그와 같이 있을 때면 이유 없이 민망하고 다가올 때마다 놀라고 긴장되는 건 여전했지만, 그래도 어느 정도는 윤재의 스킨십에 친숙해진 상태였다.

하지만 익숙해졌다고 그녀의 반응이 잦아든 건 아니었다. 오히려 무언가 알 수 없는 기대로 더 크고 거세게 심장이 뛰고 설렜다. 얼굴은 부끄러워 내려가지만, 사실은 그를 더 자세히 보고 싶은 마음이 들었다.

"배진주, 나를 쳐다보면서 웃어야지."

진주는 그와 이렇게 데이트를 하면서 찍은 사진이 없다는 게 생각이 났다.

그와 결혼 준비를 하며 찍었던 사진이 있긴 했지만, 그걸 휴대폰에 저장해 평소에 볼 생각을 한 적은 없었다.

'이 사진은 앞으로 감독님을 보고 싶을 때 보면 되겠다.'

진주는 작은 카메라를 보고 화사하게 웃었다. 그는 그녀의 뒤에서 그녀를 커다랗게 감싸고 있었다.

찰칵.

쪽.

놀란 진주의 눈이 동그랗게 커졌다. 세상이 온통 새하얗게 부풀어 몸이 떠오르는 느낌이 났다. 윤재는 그녀의 한쪽 볼에 입술을 부딪쳤고 사진엔 그가 진주를 안은 채 그녀의 볼에 뽀뽀하는 모습이 담겼다.

잘 마른 나무 냄새 같은 그의 향기가 옆에서 풍겨 왔다. 그리고 벚꽃 잎이 바람에 날려 쉴 새 없이 떨어져 그들에게 내려앉았다. 왜인지 진주는 애순의 집 마루에서 그와 함께 눈을 보던 때가 기억났다.

진주는 여태껏 보아 온 모든 풍경이 변하고 있다고 생각했다. 오직 그 풍경 안에 이윤재가 들어가 있다는 것만 다른데도, 그를 포함한 세상은 이렇게나 아름답게 보였다.

'감독님이 아름다운 사람이라 그런 걸까?'

사진을 다 찍고 나서도 수줍게 입술과 볼을 꼼지락거리는 진주를 보며 윤재는 그녀의 손을 잡았다.

"저기 호수 쪽으로 가면 배진주가 더 예쁘게 찍히겠다."

여느 커플과 다름없이 둘은 한밤의 벚꽃 데이트를 즐겼다.

chapter 9

나, 가지 말까?

윤재는 공연 준비가 막바지에 이르자 정신없이 바쁜 일과를 보내고 있었다. 그러나 그 와중에도 진주 생각이 떠나지 않아 일이 손에 잡히지 않았다.

그는 일을 하다 말고 휴대폰을 내려다보았다.

뭐 해?

문자를 보낸 지 2시간은 지났는데 진주가 확인하지 않고 있었다. 답이 오면 이런저런 문자를 주고받고 싶었는데, 아니면 통화라도 해서 목소리를 듣고 싶었다.

진주는 오늘 오전 창극단 연습이 없었다. 그걸 알고 있으니 혼자 집에 있을 그녀가 더 신경 쓰였다. 개인 연습을 하고 있나. 나 없이 혼자서 심심하지 않을까. 온갖 상상으로 윤재의 머릿속은 가득 찼다.

"하아."

똑똑.

"네."

조금 전엔 홍보실장이 다녀갔는데 이번엔 단장이 손에 무언가를 가득 들고 들어왔다.

"감독님, 오늘 결정해야 할 내용들입니다."

"지금 당장 확인해야 합니까?"

"그렇진 않습니다. 오늘 저녁까지 처리해 주시면 됩니다."

공연을 올릴 막바지 시점이 되니 일이 끝도 없이 쌓여 갔다.

"혹시 공연 전에 하루만이라도 제 개인 휴가를 쓸 수 있습니까?"

"그게…… 곧 프랑스 출장이 잡힐 것 같습니다. 이번 공연이 워낙 해외에서 관심이 많아 벌써부터 초청이 쇄도하고 있습니다. 계약 전에 현지 공연장 상황도 확인해야 할 것 같고요."

"네. 그렇군요."

휴가는커녕 쉴 시간 따위 안 난다는 말이었고 진주 얼굴을 볼 일이 앞으로도 별로 없을 거란 말이었다.

"그럼, 이 서류는 잠시 후에 처리하겠습니다."

"무슨 일이라도 있으십니까?"

단장은 무슨 일인가 싶어 안경을 추어올렸다.

"생각해 보니 오후 업무에 필요한 것을 집에 놔두고 안 가져왔는데, 아내가 바쁜지 전화를 받지 않네요. 가지러 가야겠습니다."

"번거로우실 텐데, 직원을 시켜서 댁으로 보낼까요?"

윤재는 오늘따라 단장이 자신에게 관심을 가지는 것이 못마
땅했다.

"아닙니다. 집에 모르는 사람이 갑자기 방문하면 아내가 놀
랄 겁니다."

윤재는 급히 서류를 챙겨 일어섰다. 출발하기 전까지 진주
가 문자를 읽었는지 한 번 더 확인했지만 여전히 문자를 보지
않은 상태였다.

휴대폰을 이렇게 확인을 안 하면 어떡하나. 혹시라도 급한
일이 생기면 어쩌려고. 집에 가면 이 부분에 대해 말해 볼까
했지만 진주의 눈을 보면 그럴 수 없을 거란 생각에 윤재는 작
게 한숨을 쉬었다.

그는 서둘러 주차장으로 내려갔다. 진주를 보고 싶은 마음
에 생각만으로도 벅차올랐다.

집에 도착한 윤재는 진주를 부르며 집 안으로 들어섰다.

"배진주……!"

그녀는 TV를 보다 잠들었는지 거실 소파에 기대어 졸고 있
었다. 그 모습을 보고 윤재는 조용히 그녀에게 다가갔다.

'어제도 밤늦게 들어오더니 피곤했나 보네.'

윤재는 불편하게 접힌 그녀의 목을 바로 눕히고 방에 들어
가 얇은 이불을 하나 가져와 덮어 주었다. 그러곤 그녀의 옆에

앉았다. 그의 기척에도 그녀는 깨지 않고 깊이 잠들어 있었다. 턱을 괴고 그녀의 얼굴을 내려보았다. 이젠 윤재의 습관이 되어 버렸다, 그녀가 잠든 모습을 이렇게 보는 것은. 같은 얼굴인데 날마다 새롭고 달라 보였다.

'너는 왜 이렇게 작고 연약해 보일까.'

윤재는 요즘 온갖 사랑을 혼자 다 하는 느낌이 들었다. 이 사랑은 절절하다가도 짝사랑 같았고, 과감하게 다가가면 그녀가 너무 수줍어하기에 조심스러웠다. 그는 혼잣말도 늘었다.

언젠간 마음속에 쌓아 둔 말들을 너에게 들려줄 수 있을까? 조심스럽게 그녀의 머리카락만 만지작거리다 넘겨 주었다.

"으음."

"아, 미안. 깨웠네."

"감독님?"

윤재는 자고 일어나 나지막한 그녀의 목소리가 좋았다. 은근슬쩍 입꼬리가 말려 올라갔다. 하지만 이 목소리로 언제쯤 자신의 이름을 편하게 불러 줄지, 아쉬움도 밀려왔다.

진주는 윤재의 얼굴을 보자 놀라 일어났다.

"흐앗! 벌써 저녁이에요?"

"아냐. 집에 놔두고 온 게 있어서 다시 왔어."

거짓말도 많이 하니 늘었다. 하지만 완전한 거짓말은 아니었다. 이 집에 놔둔 것이 정말 있긴 있지. 배진주, 너.

그녀가 잠이 덜 깬 얼굴로 미안한 표정을 지었다.

"전화하시죠, 내가 가져다주면 되는데."

그의 이마에 주름이 졌다.

"문자를 전혀 보지 않던데?"

"그, 그럴 리가요!"

진주는 그제야 휴대폰을 찾았다. 소파 주위나 테이블 위를 둘러봐도 휴대폰은 보이지 않았다.

"어? 어디 갔지?"

진주는 소파에서 일어나 휴대폰을 찾으러 다녔다. 휴대폰은 주방 싱크대 위에서 발견됐다.

"아?"

"휴대폰을 도대체 언제부터 거기에 올려 둔 거야?"

"아까 설거지하고 그대로 여기에 뒀나 봐요."

그가 문자를 보내고 몇 시간이나 답장을 기다렸을지도 모른다고 생각하니 그에게 미안했다.

"미안해요."

"부탁이 있어."

언제 다가왔는지 윤재가 뒤에서 진주를 안았다. 윤재가 그녀의 목덜미에 얼굴을 묻자, 진주는 그의 코끝이 닿아 간지러워 어깨를 조금 올렸다.

"내가 보낸 문자 말이야…… 네가 확인해 주지 않으니, 불안했어."

어느새 둘은 몸을 돌려 서로를 마주 보았다. 그녀가 윤재를 올려다보자 그는 아릿하게 깊은 눈빛으로 알 수 없는 표정을 짓고 있었다.

"겨우 문자 하나인데, 기다리다 보니까 서운해지더라. 이상하지?"

문자 얘기를 하는 건데, 윤재의 마음이 쏟아져 내리는 것 같았다.

"요즘 말이야, 가끔은 배진주에게 남자가 아니라 아이 같아지네."

진주는 그의 말에 적잖게 놀랐다. 이것은 솔직한 그의 마음이야. 고백처럼 느껴지는 그의 말에 진주의 가슴이 떨렸다.

"그러니까 가능하면 문자 받아 달라고. 걱정하니까."

"네. 신경 쓸게요."

진주가 고개를 끄덕이니 윤재는 팔에 힘을 더 주며 진주를 제 온몸으로 칭칭 감듯 안았다. 그녀는 이 남자가 너무나 따뜻해 좋았다. 한 번도 이런 감정을 겪어 본 적이 없기에, 요즘 그녀는 순간순간 느껴지는 행복함에 당황스러웠다. 이제는 그가 무슨 행동을 해도, 무슨 말을 해도 도무지 싫지 않았다.

힘이 있었으면 이 상태로 그를 업어 줬을 거란 생각이 들었다. 그가 나를 안아 준 것처럼.

진주는 자신이 어떻게 표현해도 부족할 만큼 윤재를 사랑하고 있음을 느꼈다. 하지만 진주는 그에게 떠오르는 마음을 바로 소리 내어 말로 뱉어 내면 가벼워질 것 같아 망설였다.

누가 시샘을 내어 사라지면 어떡해.

"흐음, 우리 진주."

그의 코끝이 그녀의 목덜미를 간지럽혔다. 목과 볼 아래로 흘러드는 그의 뜨거운 숨결에 진주의 심장이 아래로 내려앉았다. 진주는 가지 말라고 그를 붙잡고 싶었다. 이내 그런 생각을 하는 스스로의 모습에 진주는 소스라치게 놀랐다.

감독님이 얼마나 이 일을 사랑하는지 잘 알면서, 지금이 얼마나 중요한 시점인지 모르지 않으면서 그런 생각을 하다니. 말도 안 되는 일이야. 감독님은 잠시 내가 걱정되어 들른 거고 일을 하러 가야 하는데.

하지만 그런 마음과는 다르게 진주는 자신을 감싸 안은 윤재의 팔을 놓지 못했다. 윤재의 얼굴을 계속 보고 싶었다.

"나가기 싫다."

진주는 그를 보았다. 그녀의 눈빛이 일렁거리고 있었다.

"지금…… 바로 가야 해요?"

"나, 가지 말까?"

윤재 역시 머릿속과 마음이 복잡한 건 마찬가지였다. 그는 진주를 조금 더 세게 안으며 숨을 내뱉었다. 진주보다 자신을 뒤흔드는 말을 꺼내 놓고 밀려드는 갈등으로 얼굴에 그늘이 졌다. 이를 악물고 손가락을 말아 쥐었다.

순간 부딪힌 그녀의 눈동자가 흔들리는 것이 꼭 가지 말라고 부탁하는 것처럼 보였다.

'그럴 리 없잖아.'

무엇보다 진주에게 무책임해 보일 것 같아 싫었다. 그렇게나 밤낮없이 쫓아다니며 겨우 성사시킨 중요한 일을 앞두고 아내 앞에서 이런 투정 따윌 부리고 있으니. 그녀가 일을 하지 말고 같이 있어 달라고 농담으로라도 말할 리가 없는데.

"농담이었어. ……너도 공연 시작이 코앞인데, 컨디션 조절해야지."

진주는 서울에서 첫 공연을 올리고 여름에 전국 투어가 예정되어 있었다. 공교롭게도 윤재의 한중 공연 역시 몇 주 차이로 개막하기에 공연의 막이 오르면 그와 같이 있기가 지금보다 더 힘들 거였다. 윤재는 그 일정 중간에 해외 출장이 많아 한국에 있는 날보다 해외에서 지내는 날이 더 많을 거라는 걸 진주도 짐작하고도 남았다.

윤재가 흔들리는 눈동자로 어깨를 들썩이며 크게 숨을 쉬었다. 큰맘을 먹고 마음을 고백한 아이 같았다. 그는 뒤돌아 집을 나가려 했지만, 발이 떨어지지 않았다.

"마지막으로 한 번만 더 안아 줄래?"

그는 팔을 벌렸다. 진주는 웃으며 그의 요구에 대답하듯 그에게 매달렸다. 그는 그녀를 안고 입술이 닿는 곳마다 애틋한 키스를 퍼부었다.

경성창극단 공연이 드디어 막을 올렸다.

'춘향과 월매'는 호화로운 캐스팅은 물론 무용과 영상, 의상이 현대적 감각으로 어우러져 시대의 한계를 극복하려는 춘향 모녀의 인생 역전을 극적으로 표현했단 찬사를 받으며 첫 무대를 마무리했다.

진주는 마지막 앙코르가 끝나 무대를 내려와서도 공연을 찾아와 준 지인들과 인사하고 언론사들과의 간단한 인터뷰까지 마무리하느라 정신없이 바빴다.

대기실로 찾아온 애순과 지훈까지 배웅하고 나니 대기실에 남은 건 말없이 옆에서 진주를 기다리던 윤재였다.

"오늘 일정은 마무리된 건가?"

"네. 옷 갈아입으면 돼요."

윤재는 무대가 끝난 후부터 그녀와 같이 다니며 남편으로서 진주를 찾은 모든 손님들에게 같이 인사했다. 무표정하게 사람들에게 인사하고 대화를 나눴지만, 진주 혼자만 남게 되거나 간혹 시선이 마주칠 때마다 진주를 보고 웃어 주는 걸 잊지 않았다.

'감독님은 왜 아무 말이 없으실까?'

진주는 사람들에게 인사를 하고 축하를 받으면서도 윤재가 무엇보다 신경 쓰였다.

그는 진주가 소리를 하다 창극을 하기 위해 섰던 가장 첫 오디션의 심사위원이었고 그녀에게 처음 창극을 가르쳐 준 사람이기도 했다.

창극에선 초보였던 그녀에게 이윤재 감독은 수많은 지적을 했었지만, 진주는 이 무대의 주인공으로 그의 앞에 선 지금이 너무나 뿌듯했다.

이제 올 사람이 없고 배우들도 마무리할 시간임을 알았기에 진주는 넌지시 윤재를 바라보았다. 진주는 긴장되고 무서운 한편, 그의 칭찬이 기대됐다. 진주는 조용한 대기실을 깨우듯 떨리는 목소리로 그에게 물었다.

"오늘 공연…… 어땠어요?"

조심스러웠기에, 진주는 입술을 조금 벌리고 호흡을 가다듬었다.

"음."

윤재가 미간을 찌푸리는 게 보였다. 진주도 덩달아 미간을 찡그렸다.

'무얼 고민하는 걸까? 내가 모르는 실수가 있었던 걸까?'

진주는 이번 공연을 준비하면서 자신의 대사나 노래는 물론 다른 이들의 대사까지도 완벽히 외웠다. 소리의 실수도 없었다. 실수가 있었다면 스승 남애순이 넌지시 틀린 곳을 말해 줬을 텐데, 그녀는 실수 없이 잘했다고 격려해 주었다.

진주가 걱정스러운 눈빛으로 묻는다는 걸 윤재도 알았다. 그녀의 무대를 처음부터 끝까지 관객과 감독의 입장에서 본 윤재의 눈에도 진주의 공연은 완벽했다. 그러나 훌륭한 무대였으며 앞으로 더 멋진 배우가 될 수 있을 거란 칭찬에 앞서 그는 깊은 고민에 싸였다. 공연을 보는 내내 규명할 수 없는 감정이 턱 아래까지 차올랐기 때문이었다.

윤재는 답을 기다리는 진주를 당겨 소파에 앉히고 자신도 그 옆에 나란히 앉았다. 그리고 그녀의 작은 손을 움켜쥐고 내려다보았다.

"내가 지금 솔직히 내 마음을 말하면……."

윤재는 천천히 말해야겠다 싶었다. 언제부턴가, 한계 없이 그녀가 욕심나는 자신의 상태가 그 역시 낯설고도 두려웠다.

"배진주가 고민이 많아질 것 같긴 한데."

나직한 그의 목소리에 귀를 기울이던 진주는 놀란 얼굴을 하며 표정이 금세 흐려졌다.

"그렇게나…… 형편없었어요?"

그는 곧바로 고개를 흔들었다.

"아니, 전혀 그렇지 않아."

"……."

"좀 전에 명창들이 몰려와 하나같이 배진주의 소리며 연기까지 훌륭하다고 칭찬한 걸 못 들었어? 그분들의 귀와 눈을 의심하는 건 좋지 않아."

"그럼……?"

그를 향한 동그랗고 맑은 눈이 말할 수 없이 예뻐 보여 윤재는 아득하게 웃었다.

"네 공연을 보는 내내 너무 욕심이 나서."

사람이 사람을 이렇게나 욕심을 내고 갖고 싶어하는 것이 맞는지.

윤재는 공연을 보는 내내 들끓는 마음을 추슬러야 했다. 그는 연인은 물론 배우로서도, 진주를 완전한 자신의 사람으로 만들고 싶다는 강한 열망까지 가지게 된 것이다.

"배진주를 내 배우로 만들어 무대에 세우지 않으면 '이윤재,

너는 창극단 감독도 아니다.' 그 생각을 했어."

"……!"

"그래서 배진주가, 다음번에는 내 작품의 주인공이 되어 주면 좋겠어."

진주는 그의 말에 벅차올라 눈물이 맺힐 것 같았다.

'내 배우, 내 작품의 주인공.'

진주는 그의 답을 기다리는 동안 마음이 수없이 떠올랐다 가라앉는 걸 반복하며 천국과 지옥을 오가는 중이었다.

진주는 나오려는 눈물을 참고 코를 훌쩍이며 웃었다. 하지만 여전히 코끝이 새빨개진 채였다.

그의 대답은 잘했다, 최고라는 찬사보다 더 확실히 그의 마음에 들었다는 표현임을 그녀도 알았기에 그동안의 부단한 노력에 대한 보상이라도 되는 듯 진주는 기분이 좋았다.

"농담 아니야. 지금 감독 입장에서 배진주에게 비즈니스 제안을 하는 거야. 이번 한중 합작 공연은 좀 더 길어질 것 같으니 다음 작품 일정을 확실히 못 박을 순 없지만, 나랑 같이 일하려면 경성창극단에서 맡게 될 다음 작품이랑 조율을 잘해야 할 거야."

진주는 두 볼을 부풀리고 설핏 웃으며 말했다.

"치, 감독님이 다시 경성 창극단으로 오면 되겠네요."

"그런가?"

진중하던 분위기는 어느덧 장난스럽게 바뀌었다. 하지만 그것도 잠시, 윤재가 웃으며 그녀에게 얼굴을 들이밀고 고개를 기울였다. 약속이라도 한 듯 둘은 뜨거운 시선으로 엉켜들었다. 진주는 알고 있었다. 그의 눈동자가 짙어지며 떨리는 건 그가 키스하기 전에 보내는 신호란 걸. 하지만 진주의 눈에 힘이 들어갔다.

'여긴 대기실이고 누구나 들어올 수 있는 곳인데.'

당연한 걱정이었으나 진주의 속마음은 달랐다.

'그래도 지금은 키스해 주면 좋겠어.'

문장 끝에 마침표가 항상 찍히는 것처럼 그녀는 그의 키스가 이 행복한 순간의 끝이 되면 좋겠다고 생각했다. 최고의 찬사를 감독님에게 받은 이 순간을 확인해 줄 도장처럼.

윤재도 잠시 고민을 하는지 짙은 눈썹이 위로 휘고 있었다. 진주의 입술에 힘이 들어가는 걸 그도 보았다. 윤재는 진주를 뚫어져라 보다 아랫입술을 조금 짓씹었다. 그리고 그녀의 귓가에 은밀하게 속삭였다.

"이제 대기실로…… 더 올 사람은 없는 거 아닌가?"

그 말이 무슨 말인지 알아차린 진주의 시선이 내려갔다. 진주가 아무런 답이 없는 건 그렇다는 말이었다. 찾아올 거라고 약속하고도 아직 오지 않은 손님이 있었다면 진주가 기다리고 있었을 테니까.

'하아.'

윤재의 고개가 슬며시 기울었다. 그가 밀려올 것을 예감한 진주는 어깨를 살짝 움츠리고 눈을 감았다. 손가락과 발가락 끝에 힘이 들어갔다.

사각.

그녀가 입고 있는 한복의 허리 부분에 그의 손 촉감이 느껴졌다. 윤재의 시선은 흐트러짐 없이 그녀의 눈과 코와 입술로 박혔다. 그는 한 손으로 그녀의 뺨을 감쌌다.

그가 얼굴이 맞닿을 듯 가까이 다가오며 뜨거운 입김을 그녀의 얼굴에 뿌리자 진주는 숨을 멈췄다. 그녀는 여전히 눈꺼풀을 바르르 떨었고 입술마저도 늘 처음인 듯 떨었다. 윤재가 그 모습이 너무 귀여워 죽겠다는 표정을 지으며 두 손으로 그녀의 볼을 붙들고 입술을 붙이려던 때였다.

탁.

갑자기 문이 벌컥 열렸다.

"배진주! 있지……!"

"웁!"

"헉!"

진주는 윤재에게 양 볼을 잡힌 채로 문 쪽으로 몸을 돌렸고 강아를 발견한 진주의 두 눈은 그 어느 때보다 더 크게 떠졌다. 강아와 진수도 놀라긴 마찬가지였다. 생각도 못 한 대기실의 달달한 분위기를 느낀 둘은 놀람과 황당함이 섞인 표정을 하고 삽시간에 '쿵' 소리를 내며 문을 닫았다.

"죄송해요! 하던 거, 마저 하세요오!"

강아의 목소리가 문밖에서 커다랗게 들려왔다. 하아. 진주의 몸에 힘이 모두 풀렸다. 공연이 끝나자마자 무대 뒤에서 가장 먼저 축하해 준 강아가 진수를 만나고 다시 대기실로 올

줄은 미처 생각 못 하고 있었다.

그런 민망한 순간을 들켜 버렸으니 진주는 앞으로 둘의 얼굴을 어떻게 봐야 할지 눈앞이 캄캄했다. 진주는 저도 모르게 입술이 말라 혀를 내어 침을 발랐다. 윤재는 그런 진주의 얼굴을 자세히 바라보았다.

"하던 거 마저 하라잖아."

정말 하던 걸 마저 할 마음인지 그가 다시 다가왔다.

"네에? 캑캑."

하지만 진주는 울상을 하고 침을 넘기다 이번엔 사레가 들어 캑캑거렸다.

그 모습에 놀라 윤재는 물을 가져다줬다.

"괜찮아?"

"네. 캑캑."

윤재는 결국 키스를 포기했다. 그녀가 놀라서 어쩔 줄 몰라 하는 모습이 귀엽기도, 안쓰럽기도 했다.

과감하고 화끈한 춘향이 같은 사랑 어쩌고 하던 건 배진주의 장래 희망이었나.

윤재는 아직도 그녀와 갈 길이 멀다고 생각했다. 윤재는 그녀를 진정시켜야겠다 싶어 진주의 어깨에 손을 올리고 톡톡 두드리며 다독였다.

"결혼한 걸 모르는 것도 아닌데, 키스가 어때서?"

"하지만……."

"무대 위에선 대담하게 잘 연기했잖아?"

관객들 앞에서 러브 신을 연기하는 건 진주에게 익숙한 일이었다.

"그건, 연기고, 이건 진짜잖아요!"

"아."

진주의 말에 윤재의 마음이 가벼워졌다. 둘의 모습을 강아와 진수에게 들킨 걸 과하게 부끄러워하는 것 같아 진주에게 서운해지려던 차였다. 하지만 무대 위는 가짜고 지금 자신과 같이 있는 건 진짜기에 그렇다는 진주의 말에 안심이 되고 기분이 좋은 건 또 뭔지. 그 말이 이윤재를 진짜 사랑한다는 말처럼 들려왔다.

윤재는 다정하게 진주 이마에 맺힌 땀방울을 닦아 주었다.

똑똑.

그때 노크 소리가 들려왔다. 진주와 윤재는 뭔가 싶어 문 쪽으로 동시에 고개를 돌렸다. 이번엔 문은 열리지 않고 우렁찬 강아의 목소리만 들려왔다.

"저, 죄송한데요. 오늘 첫 공연 기념 삼아 아주 간단히 뒤풀이라도 하고 싶은데요."

"하아, 이강아."

진주가 한숨을 푹 쉬었다.

"큭."

윤재는 강아와 진주의 행동이 너무 웃긴 나머지 큭큭거리며 소리 내 웃었다.

강아의 목소리는 또 이어졌다.

"신혼부부에게 방해가 됐으면, 정말 죄송한데요……."

진주는 얼이 나간 상태였으나 복도에서 큰 소리로 유난을 떠는 강아의 말을 듣다가 인상을 썼다. 강아를 그대로 두었다 간 무슨 말을 더할지 모르겠다는 생각이 들어 진주는 벌떡 일어났다. 그러곤 성큼성큼 걸어가 문을 열었다. 강아는 문 앞에, 진수는 멀리 서 있었다.

"이강아!"

"감독님과 하던 건 마저 잘 끝냈어?"

진주의 얼굴은 어느새 화르르 다시 새빨개졌다.

강아의 능청스러움에 진주는 "야아!" 하며 소리치고 싶었으나 윤재가 보고 있기에 속으로 삼켜야 했다. 다만 강아에게 얼굴을 움찔거리며 아무 말도 더 하지 말라고 조용히 고개를 작게 저었다.

"강아야, 네가 무슨 상상을 했는지 모르지만."

부끄러운 상황이긴 했지만 강아 성격을 아는 진주로선 상황 설명을 하지 않으면 강아가 오늘 일을 혼자 과대하게 부풀려 상상할 걸 알기에 설명을 할 수밖에 없었다.

"좀 전에 네가 본 그건, 감독님이 내 눈에 뭔가 들어가서 빼 주려는 거였거든?"

일단 거짓말이라도 하고 보자. 제발 속아 넘어가라고 진주는 강아와 진수의 눈은 보지 않고 코언저리만 보며 둘러말하고 있었다.

"그래? 눈에서 뭘 빼 주려는 자세 치곤, 두 손이 이렇게 진주 네 볼을 잡고 있던데?"

"……!"

강아가 손짓으로 흉내까지 내었다. 그걸 본 진주의 눈동자가 심하게 떨렸다. 강아가 생각보다 그 순간을 자세히 본 게 틀림없었다.

"아니거든!"

그 모습을 지켜보던 윤재는 진주를 도와줘야겠다는 생각에 강아를 불렀다.

"강아 씨, 오늘 진주 첫 공연 기념 파티를 간단하게라도 같이 하자는 거죠?"

윤재의 말에 강아의 얼굴에 화색이 돌았다.

"그럼요. 감독님, 오늘 저녁을 그냥 지나칠 순 없죠."

강아는 얼른 윤재에게 시선을 옮겼다. 진주가 결혼을 했으니 이전처럼 늦은 시간에 같이 술을 마시는 게 눈치가 보였다. 하지만 오늘은 평생 기억에 남을 진주의 첫 주연 공연이니 축하해 주고 뜻 깊은 시간을 가지고 싶었다.

"알았어요. 그럼 내가 지인들과 가끔 방문하는 펍이 있는데 거기로 갈까요?"

"좋아요!"

"그럼 주소 보낼 테니 거기에 가 있으면 우리도 진주가 준비되는 대로 바로 갈게요."

"감독님도 오늘은 끝까지 같이하실 거죠?"

"당연하죠. 내 아내의 축하 파티인데."

넷은 잠시 후 한 펍의 VIP룸에 다시 모였다.

 "오늘 사랑하는 내 친구 배진주가 주연으로 첫 공연의 막을 올린 날인데, 그냥 넘어갈 수 없잖아요. 첫 주연 공연을 축하하며! 자, 짠해요."

 강아는 500cc 생맥주잔을 들고 세 명의 잔에 부딪힌 후 시원하게 한 모금을 들이켰다.

 오랜만에 가진 자리였기에 넷은 공통의 관심사인 창극을 준비하던 일들이나 이런저런 소소한 일상 얘기를 나누었다. 윤재가 워낙 말이 없는 편이란 걸 알고 있었지만 너무 조용히 듣기만 했기에 강아가 윤재에게 먼저 물었다.

 "감독님, 아까 대기실에서 보니 두 분 금슬이 아주 좋아 보이시던데요."

 진주는 강아가 갑작스레 대기실 일을 꺼내자 눈썹을 찡그리며 눈치를 줬다. 테이블 아래로 진주가 강아 다리를 톡톡 찼지만 강아는 신경 쓰지 않았다.

 "혹시 임신, 출산 계획은 어떻게 되세요?"

 "임신이요?"

 강아의 당혹스러운 말에 진주의 얼굴이 붉어지고 윤재도 놀란 표정을 했다. 진수도 황당한 표정을 지었다.

 "부부 금슬도 좋겠다, 결혼해서 시간이 이 정도나 지났으니 당연히 2세 계획이 있는 거 아니에요?"

진주와 윤재가 강아 말에 불편해하는 것 같아 진수가 끼어 들었다.

"진주는 이제 막 주연으로 첫 공연을 했는데, 임신은 아직 이르지. 그렇지? 진주야?"

진주가 고개를 끄덕이자 강아는 괜히 자기가 실망한 표정을 지었다.

"둘 사이에 아기가 나오면 얼마나 예쁠까? 그러면 나 이모 되는데. 하긴, 진주 넌 할 일이 워낙 많으니 진수 오빠 말처럼 아직 아기 낳을 생각이 없을 수도 있겠다. 감독님 생각도 그런 거죠?"

윤재는 잠시 말없이 있더니 먼저 입을 열었다.

"난 진주만 원한다면."

윤재에게 셋의 이목이 집중됐다.

"안 되는 건, 없는데."

"……!"

놀란 진주의 시선이 윤재에게 닿았다.

'내가 바란다면 아기를 원한다는 걸까? 감독님도 나와의 평범한 가정을 생각해 봤을까.'

진주는 그와 진짜 부부가 되기로 했지만, 아기에 대한 생각은 한 번도 해 본 적이 없었다. 게다가 진주는 그가 자신의 일을 얼마나 중요하게 생각하는지 잘 알았다. 그랬기에 그와 함께하는 미래에 평범하게 아기를 키우는 일상이 포함되어 있을 거라고는 생각지 못했다.

"감독님, 진주는 어릴 때부터, 가족이 단출해서 좋은 사람 만나면 빨리 결혼해 아이를 많이 낳고 행복하게 살고 싶다고 말했어요. 진주야, 그렇지?"

매일 목이 찢어지는 아픔을 참으며 묵묵히 소리 연습을 했던 사춘기 시절이나, 아버지마저 잃고 힘든 시기에도 혼자서 자신과의 싸움을 했기에 진주는 늘 외롭고 고되었다. 그래서 강아가 제 가족들에 대해 말하며 투덜거릴 때면 진주는 오히려 부러워했다. 하지만 진주가 소리꾼으로 자리 잡게 되면서 꿈꾸던 평범한 일상은 멀어졌고 결혼 후 아이들이 뛰어다니는 시끌시끌한 가정을 만들고 싶단 생각은 잊게 되었다.

"이 얘긴 부부끼리 의논할 일이지, 이강아 네가 왜 얘기를 꺼내? 감독님도 진주도 입장 난처하게."

진수가 결국 강아에게 한마디를 했다.

"그런가? 난 신혼부부니 당연히 아기 계획이 있는 줄 알았지. 그래야 나도 언제 이모가 될지 준비를 할 거 아냐?"

"누가 보면 조카가 없는 줄 알겠네."

강아는 위로 결혼한 언니가 셋이나 있었기에 이미 조카도 여럿 있었다.

"오빠는 막 태어난 아기가 얼마나 예쁜 줄 알아?"

"신생아가 보고 싶으면 차라리 네가 결혼해서 아기를 낳는 게 빠르겠다."

넌지시 진수가 말하자 강아가 인상을 썼다.

"난 아직 남자도 없는데 언제 결혼해 아기를 낳아? 아무리

봐도 이모 먼저 되는 게 순서지."

진수와 강아의 티격태격과 함께 술자리는 무르익어 이런저런 다른 이야기로 자연히 넘어갔다. 진주와 진수가 공연 중에 있었던 소소한 비하인드와 연습 중 일어난 황당한 사고들 얘기에 깔깔대며 웃기도 했다. 강아는 열심히 듣고 있었고, 윤재는 진주와 진수 둘의 사이를 모르는 바 아니었지만 지나치게 친밀하게 오가는 대화가 슬슬 거슬리기 시작했다.

"백진수 씨는 정말 사귀는 사람이 없나?"

"저요?"

윤재의 질문에 모두의 시선은 진수에게로 쏠렸다. 평소 궁금해도 진주나 강아가 직접 물어보지 못했는데 윤재가 질문하니 눈동자가 모두 반짝거렸다.

"맞아. 진수 오빠 왜 여자 친구가 없어? 쫓아다니는 여자애들 많았잖아."

진주가 알기에 진수는 지금껏 여자 친구를 한 명도 사귄 적이 없었다. 진주의 말에 강아도 흥미롭다는 듯 받아쳤다.

"따라다니며 좋다는 여자는 한 트럭일걸?"

진수가 강아 말에 떨떠름한 표정을 지었다.

"내가 꼭 누굴 사귀어야 하는 거야? 너희들도 사귀는 사람은 없었으면서."

강아는 낮게 쫙 깔린 목소리로 말했다.

"난 사귀고 싶었는데 기회가 없었어. 나 좋다고 하는 남자가 없었거든."

"이강아, 네가 얼마나 예쁘고 성격까지 좋은데. 그건 아냐. 우리에겐 그것보다 더 중요한 이유가 있었잖아."

진주가 얼굴에 미소를 띠며 넌지시 말하자 남애순의 소리 제자인 동문 셋은 서로 '아, 그거.' 하는 눈빛을 교환했다. 그걸 눈치챈 윤재가 눈매를 가늘게 했다.

"뭔가 연애 못 한 이유가 정말 있었단 것처럼 들리는데?"

"감독님, 사실은요. 스승님이 몰래 연애하다 걸리면 소리 하지 말고 연애만 하라고 집에서 쫓아냈어요."

"정말? 남애순 선생이?"

"풋."

진주는 웃었고, 윤재는 황당하단 표정으로 진주를 보았다.

"소리꾼은 모름지기 명창이 되기 전에 인간부터 되어야 하는 것이여. 소리 한다면서 이놈 저놈 잡놈까지 다 만나고 다닐 생각이면 어차피 명창은 못 되니 지금부터 다 때려치워!"

진주가 애순의 목소리와 표정을 흉내 냈다. 셋은 진주의 흉내가 제법 그럴듯해 또 웃었다.

"쳇, 그렇지만! 진실은 다들 뒤에서 몰래 연애했어요. 하지만 진주와 진수 오빠는 스승님의 철두철미한 감시를 받으며 그 집에서 살았으니, 연애는 꿈도 못 꿀 일이었고 나는 몰래 하려고 해도……. 하! 남자가 없었던 거지."

강아의 얼굴에 불만과 아쉬움이 섞여 있었다.

"강아 씨, 그럼 창극단 식구들이랑 소개팅해 볼래요?"

윤재의 말에 강아가 놀라 눈이 커다래졌고 덩달아 진수 눈

끝엔 주름이 잡혔다.

"맞아! 그러면 되겠다."

진주도 맞받아쳤다.

"감독님, 정말요?"

"경성창극단 식구들도 있고 우리 창극단 사람들도 있으니 주선쯤은 가능할 거 같은데."

"와아!"

강아는 갑자기 소개팅하게 될 조짐이 보이자 침을 꿀꺽 넘겼다.

"강아 씨는 어떤 스타일 좋아해요?"

윤재의 적극적인 지지에 힘입어 강아는 곰곰이 생각하며 꿈을 꾸듯 입을 열었다.

"저라면 죽고 못 사는 남자요. 세상에 태어나서 절절한 사랑 한번 못 받아 보고 죽으면 억울할 것 같아요."

강아는 고개를 도리도리 흔들었다. 강아의 말을 심각하게 듣던 진수가 물었다.

"소개팅을 진짜 하려고?"

"당연히. 감독님이랑 진주가 다리를 놓는다는데 이런 기회를 날릴 순 없지. 이번 소개팅에서 좋은 인연을 만나게 될지 어떻게 알아?"

"좋은 인연?"

진수는 강아가 좋은 인연을 왜 멀리서만 찾나 하는 생각에 한숨이 나왔다.

"그런데요, 1 대 1은 부담스러워서요. 적어도 3 대 3 소개팅 정도는 돼야 부담이 덜하지 않을까요?"

강아는 소개팅 조건을 구체적으로 제시하기 시작했다.

"강아야, 그럼 여자 쪽은 내가 구해 볼게. 강아 너 빼고 두 명이면 승희나 미정이가 올 수도 있어."

진주도 적극적으로 여성 참가자 리스트를 입에 올리기 시작했다.

"좋아."

강아가 웃으며 좋아하니 진수가 손을 들었다.

"그럼 나도."

"응? 진수 오빠는 왜?"

진주는 무언가 할 말이 있어 진수가 손을 든 거라 생각했다.

"나도 그 소개팅에 나간다고. 감독님 저도 괜찮습니까?"

"당연하지. 백진수 정도면 보증 수표 아닌가?"

"와아, 정말 오빠가 소개팅을? 누구한테 마음이 있었어?"

강아는 진수의 마음을 전혀 모르는 게 틀림없었다. 이강아는 눈치를 어디다 밥 말아 먹었는지 허구한 날 눈치를 줘도 알아먹지를 못하니 진수는 애만 탔다.

집으로 가는 차 안에서 윤재는 진주에게 넌지시 물었다.

"좀 전에 아기 얘기 말이야. 혹시 기분 상하지 않았어?"

"그게 왜 기분이 나빠요?"

"아무런 의논도 없이 혼자 내 생각만 말한 것 같아서…….
미안해."

윤재는 돌이켜 생각해 보니 섣부른 말이다 싶었다. 그는 원
래 결혼이나 아이에 대한 생각은 해 본 적이 없었다. 하지만
얘기를 하다 보니 아이를 낳아 진주와 아이들과 함께 보내는
하루를 자기도 모르게 상상하고 있었다. 하지만 진주의 나이
나 커리어를 생각하면 이르지 않을까 생각했다.

"강아 말처럼 전 혼자 외롭게 자라서 만약 결혼하게 되면
아이가 많은 가정을 만들고 싶다고 생각했어요. 지금은 아니
지만요. 감독님 생각은 어땠어요?"

"나는 널 만나기 이전엔 한 번도 가정을 만들 생각을 해 본
적이 없어."

진주는 윤재를 보았다. 그나마 클 때까지 아버지의 사랑을
받았던 자신과 달리 그는 유년기에 외국으로 건너가 줄곧 혼
자였다는 게 생각이 났다. 윤재는 아버지와의 사이도 그렇게
살갑지 않으니, 그가 앞으로 만들고 싶은 가정은 어떤 모습인
지 진주는 궁금해졌다. 진주도 자신이 만들어 가고픈 가정에
관한 얘기를 진지하게 그와 한 적이 없었다.

"그러니 아기는 더 생각하지 못했어."

진주가 그를 조금 더 진지하게 쳐다봤다.

강아와 했던 얘기들이 혹시 감독님을 당황하게 했을까, 진
주는 그에게 미안했다.

"그건, 강아가 그냥 한 말이에요. 저 역시 아기를 반드시 가져야겠다는 건 아니에요."

"아이들이 뛰어다니는 화목하고 시끄러운 가정을 꿈꾸었다면서?"

"어릴 때 그랬다는 거고 지금은……."

"배진주는 행복하고 자유롭기 위해 이 결혼을 선택한 거라고 하지 않았나?"

"……?"

"나는 좀 전에 말한 것처럼 배진주가 원하는 건 다 들어주고 싶어."

진주의 눈이 놀라서 커다래졌다.

"난 진주가 소리꾼으로서 더 성공한 후에 아이를 갖고 싶을 거라고 생각했어. 게다가 그 전에 우리에겐 진짜 부부가 되기 위한 과정이 남아 있고. 아이 생각이 없다면 안 가져도 상관없어."

그의 생각을 알게 된 진주는 고개를 끄덕였다. 동시에 그를 닮은 아이가 세상에 태어난다면 얼마나 예쁠까 하는 생각이 들었다. 어느새 그와 아이들이 함께 뛰어노는 정원의 풍경이 그녀의 머릿속에 그려지고 있었다.

Chapter 10

너에게 더 붙고 싶거든

진주의 공연이 계속 이어지는 사이 윤재의 공연 '삼국지애'
도 막을 올렸다. 윤재의 한중 합작 팀은 한국에서 한 달간의
공연이 끝나면 중국 공연도 한 달간 예정되어 있었다.

그와 떨어져 있을 시간은 고작 한 달이었다. 그의 소식을 매
일 들을 것이고 가끔은 전화도 주고받을 거였다. 자신의 공연
도 계속되고 있으니 시간은 정신없이 흘러갈 텐데……. 하지
만 진주는 윤재가 중국 출장 준비를 하는 걸 돕다 보니 벌써
부터 허전하고 서운했다.

"감독님, 뭐 하시는 거예요?"

진주가 씻고 나와 보니 윤재가 주방에 서서 무언가를 열심
히 하고 있었다.

"다 씻은 건가?"

"네. 그런데 그건 뭐예요?"

윤재는 작은 절구통에 무언가를 넣어 빻고 있었다.

"이거 양을 얼마나 넣어야 하는지 아나?"

"……?"

식탁 위에는 봉숭아 꽃과 잎사귀들이 놓여 있었다. 아직 여름이 되지 않아 덜 자란 봉숭아를 그가 가득 꺾어 온 모양이었다. 진주는 놀라 물었다.

"이걸 어디서 따 오셨어요?"

"올봄이 따뜻해서 그런지 벌써 봉숭아 꽃이 피었던데? 이걸로 이렇게 으깨어 봉숭아 물을 들이면 되는 거지?"

"네. 맞아요. 이 정도 꽃 양이면 백반은 한 스푼 정도만 넣으면 되는데. 꽃을 뭘 이렇게 많이 넣으셨어요? 누구 손톱에 물들이려고요?"

그는 한 스푼의 백반을 절구통에 넣어 몇 번 더 부수고 으깨어 봉숭아 꽃물 들일 준비를 금세 끝냈다. 그리고 절구통에서 작은 접시로 꽃잎 으깬 걸 옮겨 담고는 진주를 바라봤다.

"내가 너에게 봉숭아 물을 들여 줄게."

'감독님이 봉숭아 물을?'

진주는 그가 지난번에 수국 꽃다발을 주면서 자신이 가장 좋아하는 꽃이 봉숭아였다고 말한 걸 기억하고 있었다는 생각이 들었다.

'그걸 기억해서 이렇게 해주는 것일까?'

"식탁에서 하면 되나? 아니면 거실로 갈까?"

"식탁이 나을 것 같아요."

어디서 알아봤는지 그는 랩과 핀셋, 테이프까지 준비해 두었다. 진주는 식탁에 앉아 으깨진 꽃잎을 만지작거리는 그를 보았다. 윤재를 볼 때마다 느끼는 거지만 그는 겉으로는 무심해 보이나 속은 누구보다 세심하고 다정한 사람이었다. 그의 이런 모습들이 불쑥 드러날 때마다 진주는 행복했으나 마음 한쪽에선 이상하게 마음이 깊어지는 것이 두려웠다.

"내가 출장 가 있는 동안 배진주가 혹시 너무 잘 지낼까 봐 걱정되거든."

그는 고개를 숙이고 아무렇지 않게 툭 던지며 말했다.

"손톱에 봉숭아 물이 들면, 보면서 내 생각을 해 줬으면 좋겠어."

진주는 그와 떨어져 있는 상황 자체가 서운했다. 그러니 그를 생각하지 않을 리 없었다.

"설마요. 날마다 생각할게요."

"공연하고 소리 연습할 땐 잊을 거면서."

"그, 그건……."

윤재가 고개를 들어 그녀를 보고 웃었다.

"식탁 위로 손 올려 봐."

진주는 식탁 위로 오른손을 조심스레 올렸다. 윤재는 주춤거리는 그녀의 손을 잡아 자기 쪽으로 당겼다. 그러고는 그녀의 검지 손톱 위에 핀셋으로 봉숭아 꽃잎을 수북이 쌓아 올려 눌렀다. 진주는 그의 꼼꼼하고 느린 움직임에도 앉아 있는 게 전혀 지루하지 않았다.

그때 윤재의 앞머리가 흘러내려 찰랑거렸다. 진주는 그가 불편하겠다고 생각했다. 계속 쳐다보던 진주는 결국 그의 머리칼에 손을 올려 넘겨 주었다.

"고마워."

머리카락을 정리해 주니 그의 매끈한 이마가 보였다. 집중하는 그의 속눈썹이나 오뚝한 콧날을 가까이 보니 진주는 그의 얼굴에 손대어 만져 보고픈 욕심이 생겼다. 진주는 손을 내어 저도 모르게 그의 눈썹과 코끝을 무언가에 홀린 듯 천천히 훑어 내렸다. 그녀의 손가락 끝은 비닐에 싸여 있었기에 만지는 소리가 기묘한 긴장을 불러일으켰다. 윤재는 참으려 했으나 어깨가 흠칫 떨리는 건 어쩔 수 없었다.

"이거, 배진주의 도발인가?"

"아니요! 도발이라뇨!'

놀라서 동그랗게 모인 눈이며 코와 입이 윤재 눈엔 못 견디게 귀여웠다.

손톱에 물을 들이려 처음 손을 잡았을 때부터 입 맞추고 싶은 걸 꾹 참고 집중하고 있는데 얼굴을 그렇게 바스락거리며 만져 대면 나더러 어쩌라는 건지.

봉숭아 물을 들이려 잡은 그녀의 손이 오늘따라 지나치게 작고 하얘 보였다. 당겨와 입 맞추고 싶지만 그러면 안 되겠지 싶어 윤재는 고개를 내저었다.

자신의 커다란 손바닥 위에 그녀의 손등을 올리고 보니 더욱 작아 보였다. 그 작은 손끝에 달린 연분홍 손톱도 여리고 예뻤다.

가까스로 끓어오르며 동요하는 마음을 누르고 분위기를 바꾸려던 윤재는 진주에게 도발하는 거냐고 장난을 쳤고, 진주는 부끄러워 어쩔 줄 몰라 했다. 그런 순진한 진주를 보면 윤재는 비집고 나오려는 본능을 잠재우고 몸도 마음도 식힐 수밖에 없었다.

"좀 더 올려야 하나?"

윤재는 정신을 가다듬으며 봉숭아 물들이기에 집중했다. 윤재의 깔끔하고 세심한 성격은 이런 사소한 곳에서도 드러났다. 신기하게도 손톱 위에만 예쁘게 꽃물 덩이가 진득하고 볼록하게 올라갔다.

"아니요. 이 정도면 돼요."

"그래?"

그의 눈은 진주의 손끝에서 떨어지지 않은 채 잘라 둔 랩을 둘둘 씌우고 끈으로 풀리지 않도록 매듭을 묶었다. 그러곤 마지막으로 테이프로 고정했다.

"좋아. 하나는 완성했어."

윤재가 비로소 고개를 다시 들어 올렸다. 진주의 눈에는 그의 얼굴이 환하게 빛나는 것 같은 착각이 들었다.

그는 다시 고개를 숙여 두 번째, 세 번째 손가락에도 핀셋으로 조심히 꽃물을 올렸다. 그는 세공사라도 되는 듯 고개를 푹 숙이고 작은 손가락 한 개에 무척 집중했다.

'이걸 뭘 이렇게 열심히 하는 걸까?'

"하아."

열 개의 손가락을 봉숭아 꽃물로 다 감싸자 그에게서 큰 한

숨 소리가 터져 나왔다. 꽤 긴장했는지 이제야 한숨 돌리겠단 소리였다.

진주는 열 손가락을 비닐로 꽁꽁 묶인 채로 식탁 위에 손을 올렸다. 자신의 모습이 우스꽝스러워 보일 것 같아 볼은 어느새 부끄러움으로 옅게 붉어져 있었다.

"가, 감사합……."

"많이 남았어. 발톱까지 물들여도 양은 충분하겠군."

진주는 흠칫 놀랐다. 발은 계속 내밀고 있기에 부끄러운데.

"네? 발톱은 괜찮아요."

"원래 발톱은 물들이지 않나?"

"아니요. 그렇지만……."

"이왕 준비한 김에 발톱도 해 주지. 여기선 발을 올리기 좀 그렇나?"

원래는 진주의 발톱까지 물을 들이려던 건 아니었다. 하지만 그녀의 손톱을 끝내고 보니 그녀의 발톱에도 봉숭아 물을 들여 주고 싶다는 생각이 들었다.

자신이 직접 그녀의 몸에 지워지지 않을 붉은 물을 들여 준다는 생각은 무척 그를 들뜨게 했다. 그는 봉숭아 물을 들이는 내내 그녀를 온통 자기가 물들이고 싶다는 생각까지 하기에 이르렀다.

이윤재가 붉게 물들인 배진주. 진한 영역 표시를 하고자 혈안이 된 수컷의 마음가짐과 다름이 없었다.

윤재는 식탁에서 일어나 작은 스툴을 가져와 그녀의 앞에 내려놓았다.

"여기에 발을 올리면 되겠다."

그러곤 물들일 재료들을 바닥으로 가져와 그녀의 발아래에 앉았다. 양반다리를 하고 그녀의 맨발을 그의 손바닥 위에 올렸다.

진주는 부끄러운지 발가락을 꼼지락거렸다. 그 모습에 그는 피식 웃었다.

'발가락마저 사랑스럽네.'

자그만 그녀의 발을 뚫어지게 내려다보며 그는 다시 꽃물을 발톱에 하나하나 올려 비닐로 감쌌다.

"다 됐군."

"감독님도 손톱에 물들이실래요?"

내려다보는 진주와 아래에서 올려다보는 윤재의 시선이 부딪쳤다.

진주의 제안에 그는 조금 인상을 썼다.

"난……."

그의 눈동자가 어지럽게 움직이는 걸 보며 진주는 입안으로 웃음을 삼켰다.

진주는 이럴 때 윤재를 움직일 방법을 조금 알게 되었다. 진주는 일부러 뾰로통한 표정을 지었다.

"진수 오빤, 늘 우리와 같이 손톱을 물들였어요."

윤재에게는 어렸을 적 북을 배우러 진주의 집에 갔을 때 여자아이들이랑 고무줄놀이와 공기놀이를 같이 하던 진수의 모습이 어렴풋이 기억에 남아 있었다.

'자식, 사내자식이 기생오라비같이 생겼다 했더니 별짓을 다 했군.'

"자."

윤재는 예상과 다르게 진주에게 바로 손을 내밀었다.

"대신 왼쪽 새끼손가락에만 부탁해."

그녀가 볼을 패며 웃었다.

"네."

진주도 그와 눈높이를 맞추기 위해 바닥으로 내려앉았다. 그녀는 비닐로 칭칭 감은 손가락과 발가락에서 꽃물이 흘러내리지 않게 조심하며 정성껏 그의 새끼손톱에 봉숭아 꽃잎 물을 올렸다.

"됐다!"

어눌한 손으로 비닐을 싸고 매듭까지 짓던 진주는 그의 새끼손가락을 보며 환하게 웃었다.

백반을 충분히 넣었으나 윤재가 공부한 바에 의하면 두 시간 이상은 가만히 있어야 봉숭아 물이 진하게 들여진다고 했다.

"여기서 더 진하게 들이려면 이러고 자야 해요."

"이 상태로 잔다고?"

304

"네. 하지만 아침에 일어나면 덮어 둔 비닐은 흔적도 없이 사라지고 없었죠."

"그럼, 비닐들은 어디로 갔단 거지?"

궁금해하는 윤재의 얼굴을 보고 진주가 웃었다. 그녀는 아무런 걱정 없이 행복하던 어린 시절 생각이 났다.

"일어나니 이마에 비닐이 붙어 있기도 하고 이불에 붙어 있기도 했어요. 물론 옷이며 이불을 벌겋게 물들여서 어른들께 혼나기도 했구요."

진주가 높은 억양으로 제법 많은 말을 했다. 킥킥거리기도 하고 얼굴을 다각도로 움직이기도 하면서. 그녀의 해사하고 사랑스러운 웃음에 윤재는 마음이 가벼워져 따라 웃었다. 그러나 한편으로는 이런 진주를 두고 떠나야 했기에 마음이 무거웠다.

그러다 진주의 맑은 눈동자에 시선이 닿았다. 그는 그녀의 눈동자에 빨려 들어가는 듯한 착각이 들었다. 신나게 조잘거리던 진주는 윤재가 한참 말이 없자 그를 빤히 응시했다. 그녀의 시선에 그의 눈동자가 일렁이며 다가오는 것처럼 보였다. 진주는 긴장감에 숨이 턱 막혔다. 마주 보던 윤재의 시선이 갑자기 진해졌단 걸 알아챘기 때문이었다.

"미안. 참으려고 했는데, 안 되겠어."

그의 얼굴은 재빨리 그녀에게 다가왔다.

"놀라지 않을 거지?"

"……!"

진주의 입술로 그의 입술이 맞물렸다가 떨어졌다. 그는 알 수 없는 장난스러운 미소를 입술 끝에 짓고 있었다.

"배진주는 오늘 손가락이 모두 그 모양이니 고개는 내가 돌리도록 하지."

다시 다가온 윤재가 얼마나 정신없이 키스를 쏟아 내는지 진주의 온 피부가 얼얼했고, 축축하게 젖어 온몸이 녹아내릴 것 같았다.

그는 그녀의 은은한 향을 더욱 느끼고 싶어 깊숙이 파고들었다. 비닐이 버석거리는 소리가 음악처럼 들려 더욱 그를 자극하고 있었다. 윤재는 걷잡을 수 없이 그녀에게 더욱 파고들고픈 욕망에 사로잡혔다.

진주는 떨려서 흔들리는 몸을 지탱하기 위해서라도 그를 안고 싶은데, 그에게 혹여나 꽃물이 묻을까 걱정되어 안을 수 없었다.

"안아 줄래?"

'하지만 손가락이⋯⋯.'

"봉숭아 물이 감독님 옷에 묻을지도 몰라요."

윤재는 진지한 표정을 지으며 짙은 눈동자로 말했다.

"내 키스가 그렇게 별로였나?"

"네?"

"지금 배진주에게 그걸 신경 쓸 정신이 있으면 안 되는데."

마주 본 진주의 눈동자가 어지럽게 겹겹이 흔들렸고 윤재는 더욱더 농밀하게 키스를 이어 갔다. 몰아치는 숨을 고르던 윤재는 그녀의 앞머리를 가만히 넘겨 주었다.

"난 지금 생각보다 더 고통스러워."

그녀의 눈에 깎은 듯 날카로운 윤재의 턱이 경직되는 것이 보였다.

그의 몸이 점점 그녀에게 접근하고 있었다. 진주는 몸이 뜨거워지고 터질 듯한 열감에 휩싸였다.

윤재는 반짝이는 진주의 눈동자에서 한순간도 시선을 떼지 않았다. 그래서인지 궁금한 걸 묻지 못하는 그녀의 마음을 윤재는 읽어 낼 수 있었다.

"이상하리만치 너에게 더 붙고 싶거든."

"......"

그의 욕망엔 한계가 없었다. 그는 보이지 않는 몸의 곳곳이 곤두서는 것 같았다. 아니, 이미 오래전부터 그랬다. 몸속을 뜨겁게 도는 피는 물론이고 털 하나까지도 감정이 있는 듯 그녀와 같이 있으면 날이 서고 부피를 키웠다.

"피가 말린다는 게 이런 기분이었어."

그는 진주가 알아들을 수 없는 말을 계속했다.

"감독님......"

대답하려는데 말은 나오지 않고 왜 숨 쉬는 소리가 크게 새어 나오는 것일까.

"이젠 내 이름 불러 줬으면 좋겠어."

"......"

"난 더 이상 감독님으로 불리는 게 싫거든."

진주는 입이 떨어지지 않았다. 감독님으로 만났던 윤재였기에 그의 이름을 부르는 것은 쉬운 일이 아니었다.

그의 입술이 진주의 머리카락에 입 맞추고 떨어졌다. 그의 시선이 더 집요하게 파고들다 맺혔다.

"윤재 씨."

"……!"

그가 자기 이름을 나직이 읊조렸다. 그녀에게 이름을 불러 달라는 게 틀림없었다. 그의 입으로 직접 듣는 그의 이름은 지독히도 낯설었다.

"그렇게 불러 줘."

하지만 진주의 입술은 쉽사리 열리지 않았다.

'배진주, 계속 고집을 부리겠다 이거지.'

윤재는 서운했지만, 곧 의미심장한 미소를 지었다. 그는 휴대폰을 찾아 누군가에게 전화했다. 진주는 급한 일이 생겼나 싶어 가만히 있는데 그녀의 휴대폰이 울렸다.

이윤재 감독님

윤재는 진주의 휴대폰에 반짝이는 자신의 이름을 보고 미간을 찌푸렸다.

"겨우, 이윤재 감독님?"

실망하는 그의 표정에 미안한 마음이 들었던 것도 잠시, 뭐라고 저장해 두어야 하는지 진주는 갑자기 궁금해졌다.

"그럼 뭐라고 저장해요?"

"직접 부르는 건 좀 부끄럽다고 해도 휴대폰에 저장은 다르게 할 수 있잖아."

"예를 들면요?"

"……여보라든가."

진주의 입술이 조금 벌어졌다.

"음. 그럼 감독님은 내 이름을 뭐라고 저장했는데요? 보여주세요."

진주는 슬쩍 윤재의 휴대폰을 달라고 손을 내밀었다. 하지만 윤재는 휴대폰을 넘길 생각이 없는지 고개를 돌렸다.

"응? 왜 나에겐 안 보여 줘요?"

진주가 이마에 주름을 만들고 입술을 조금 내밀었다. 그 모습에 윤재는 진주의 눈치를 보기 시작했다.

"난……."

진주는 그가 주춤거리자 자신의 저장된 이름이 더 궁금해졌다. 삐진 척 입술을 비죽거리니 윤재가 더 눈치를 보았다. 진주는 그 순간 그의 휴대폰을 슬쩍 가져왔다.

그의 휴대폰을 열어 방금 전화 건 목록을 눌렀다.

"피이."

진주는 별게 없네, 하는 표정으로 윤재를 쳐다봤다. 그도 머쑥한지 어색하게 웃었다.

"그럼, 서로 휴대폰에 저장된 이름 바꿔 주기 해요."

윤재는 고개를 끄덕였다.

"좋아."

둘은 서로 휴대폰을 교환해 잠시 고민하다 서로가 바라는 이름으로 저장을 했다.

"난 앞으로 배진주에게 '내 남편 윤재 씨'야."

윤재는 자신의 이름을 그렇게 저장해 진주에게 건넸다. 그에게 돌아온 진주의 이름은 '내 진주♡'였다.

윤재는 진주 이름 옆에 덧붙여진 하트가 마음에 들었다. 진주를 뚫어져라 보던 윤재는 그녀의 볼에 붙은 머리카락을 떼 줘야겠다 싶어 손가락을 얼굴에 갖다 대었다.

진주는 눈을 살포시 감았다. 윤재는 인상을 찡그렸다. 심장이 남아나질 않을 정도로 그녀가 귀여워 두근대기 시작했다. 숨을 몰아쉬던 윤재는 진주의 붉은 입술에 가볍게 입 맞추며 그녀의 볼에 붙은 머리카락도 같이 떼어 냈다.

그는 손목에 찬 시계를 보았다.

"이제 두 시간이 됐군."

응? 두 시간?

윤재는 다가오더니 진주를 안고 일어섰다. 그의 키가 큰 탓에 몸이 공중으로 갑자기 높이 떠올라 무서웠다.

"……!"

"꽉 잡아야 할 거야."

"어, 어디로 가시는 거예요?"

"욕실."

"네에?"

그녀는 아무 말도 못 하고 손가락을 말아 쥐었다. 그를 안으려 진주가 팔에 힘을 주니 그의 매끈하고 탄탄한 가슴 근육이 진주의 비닐 감은 손끝에 자꾸 걸렸다. 왠지 손에 힘이 없어 쥐락펴락하자 그 움직임이 간지러운지 윤재의 가슴 근육이 잘게 움찔거렸다.

"욕실에 가기도 전에 또 도발하는 건가?"

이 남자는 무슨 얼토당토않은 말을 하고 있는 걸까. 진주의 얼굴은 잘 익은 사과처럼 새빨갛게 달아올랐다.

"아, 아니요!"

"얼굴도 이상한데? 나만큼 배진주도 기대되는 모양이지?"

"기대? 무슨 기대요?"

"완전히 자유로워질 기대."

"네?"

"배진주는 늘 자유로운 삶을 원한다 하지 않았나?"

그의 입에서 나온 예상을 벗어난 말에 진주는 깊숙이 떨려왔다.

'이 남자 왜 이러지?'

진주의 새빨갛던 얼굴이 점점 하얗게 변했다. 그 얼굴을 보는 윤재의 눈은 가늘어졌다.

"역시 계속 도발하더니, 배진주도 뭔가 기대되는 모양이군."

아무 말도 할 수 없는 진주는 그저 수줍게 도리질하며 그의 가슴에 얼굴을 묻을 뿐이었다.

문을 열고 들어선 욕실의 욕조는 네모난 정사각형으로 둘이 들어가 앉아도 남을 정도로 컸다. 욕조에 걸터앉아 발을 담글 수 있게 욕조 모서리의 공간도 넓었다.

윤재는 진주를 욕조 모서리에 가만히 앉혔다. 진주는 부끄러움에 얼굴을 들 수 없어 그의 발만 보고 있었다. 욕실의 조명이 조도가 높지 않아 그나마 다행이었다.

그가 진주에게 더욱 가까이 다가오더니 그 앞에 무릎을 꿇고 앉았다. 진주는 그를 바로 보기가 부끄러웠기에 고개를 숙이고 눈꺼풀만 조금 올렸다. 그랬더니 그녀의 시야에 하필이면 그의 바지와 허리가 보였다.

그녀는 놀라 눈을 질끈 감았다.

"손."

아?

"두 시간이면 물이 다 든다고 하지 않았나?"

"네? 네……."

진주는 그제야 그가 한 번씩 시계를 보던 이유를 알게 됐다. 봉숭아 꽃물이 드는 두 시간을 기다리고 있었던 건가. 헉! 그런데 시간이 벌써 그렇게나 많이 흘렀다고?

진주는 겨우 그와 휴대폰에 저장한 이름을 바꾸고 얘기한 것뿐인데 벌써 두 시간이나 흘렀다는 사실에 놀랐다. 윤재의 손바닥 위에는 벌써 그녀의 손 하나가 올라가 있었고 윤재는

312

랩과 테이프를 조심스럽게 뜯고 있었다.

'아…… 이걸 보고 그렇게 말한 거였구나.'

잠시 이상한 생각을 한 진주는 민망했다. 하지만 처음부터 감독님이 말을 구체적으로 해 줬으면 이상한 오해는 안 했을 텐데!

손가락의 비닐을 다 벗긴 윤재는 고개를 더 숙여 그녀의 발가락 열 개를 싼 비닐도 빠르게 풀어냈다. 진한 주홍의 봉숭아 물이 그녀의 손끝과 발끝에 예쁘게 물들어 있었다.

생각보다 더 예쁘네.

"내 비닐도 빨리 벗겨 줘."

그의 손이 진주에게 오는데 진주의 얼굴이 다시 빨개졌다. 욕실에서 그런 말을 들으니 기분이 야릇했다.

'그렇게 벗겨 달라는 말 좀 그만하지.'

간지럽고 어색한 느낌에 그저 마음속으로 윤재에게 말할 뿐이었다.

농담인지 진담인지, 원래 이런 말을 이렇게 하는 사람인지 이제는 도통 알 수가 없었다. 몇 번이나 들었지만, 익숙해지지 않고 그저 부끄러웠다.

그가 작게 웃는 사이 진주도 그의 새끼손가락의 랩을 벗겨 냈다.

"자, 그럼 이제 다 벗겼으니 같이 씻을까?"

"……!"

윤재는 느긋한 웃음을 계속 지었다. 장난기 어린 윤재의 미소를 본 진주는 그의 말장난에 넘어가지 않으려고 이번엔 눈을 깜박거리며 그와 시선을 정면으로 마주했다.

"이제 감독님 장난에 안 넘어가요!"

이제 보니 아주 고단수라는 듯 그녀는 눈에 힘을 주고 의심스러운 눈빛을 보냈다. 그녀를 바라보던 윤재는 잠시 멈칫하는가 싶더니 눈빛을 바꾸었다. 그러더니 갑자기 셔츠 단추를 위에서부터 하나씩 풀며 말했다.

"뭐, 뭐예요?"

"진짜 부부니 같이 씻는 것 정도는 예상했겠지? 당연히."

"네?"

정색한 그의 얼굴. 윤재는 더없이 진지해 보였다. 그 모습을 보니 더 이상 장난으로 보이지 않았다. 진주는 상황 판단을 하기 위해 입술을 말아 넣고 질근 씹었다.

정말 여기서 같이 씻는다는 건가?

흘깃 돌아본 욕실 내부와 욕조가 갑자기 너무 크고 음험하게 느껴졌다.

"그, 그건……."

그녀가 고민하며 말을 더듬는 동안 윤재는 세면대로 가더니 비누칠을 하고 손을 씻었다.

"난 부부 사이라면 못 하는 건 없다고 생각하는 사람이야. 유럽에서 공부하면서 아주 많은 걸 알게 됐지. 더구나 예술을 하는 사람들은 말이지 더……."

이 상황에서 어떻게 해야 할지 진주가 알 리가 없었다.

"배진주."

그의 목소리가 욕실에 메아리처럼 울렸다.

"네!"

진주는 긴장해 평소보다 놀라며 크게 대답했다. 그런 진주의 반응에 그는 이번 장난은 좀 심했나 생각했다. 윤재는 진주에게 장난을 친 것도 맞지만 매번 부끄러워하는 그녀가 이젠 자신의 스킨십에 적응했으면 하는 바람도 있었다.

"이윤재."

"네?"

"내 이름 불러 주면…… 오늘은 조용히 나가 주지. 이 욕실에서."

진주는 그를 커다란 눈으로 보았다. 욕실 입구를 막고 선, 키 큰 이윤재가 문을 막고 서서 그녀를 잡아먹을 듯 내려다보고 있었다.

"손해나는 장사가 아닐 텐데. 어서 불러 봐."

잠시 정적이 흘렀다. 진주는 비장하게 숨을 크게 내쉬었다들이마셨다.

'부끄럽지만 감독님이 저렇게 원하는데……'

그러다 눈을 뜨고 호흡을 가다듬은 후 그녀는 창극에서 다음 대사를 준비하듯 그의 이름을 부를 준비를 했다. 이윽고 그를 보며 느릿하게 입을 열었다.

"이……윤재 씨."

윤재는 이름 한번 불리기 어렵단 생각을 잠깐 했다. 하지만 진주의 입에서 기어코 제 이름이 나오자 웃음을 참으려 볼이 불룩해졌다. 기분이 날아오를 듯 좋았다.

"됐죠? 이제 나가시면……."

"한 번 더 불러 봐."

"알겠어요. 대신 욕실 문 여세요."

진주도 머리를 굴렸다. 윤재는 알겠다며 능청스러운 표정으로 욕실 문을 열었다. 그러곤 그녀를 본다.

자, 어서 다시 불러 줘.

"이윤재 씨. 됐죠? 빨리 씻고 나갈게요."

진주는 눈을 감고 빠르게 그의 이름을 불렀다. 그리고 그를 욕실 문밖으로 밀어내고 욕실 문을 닫았다.

후아압.

영화 속의 한 장면에 들어온 듯 긴장되는 순간이었다. 진주는 숨을 여러 번 내쉬었다.

'이 남자가? 이름 불리려고 처음부터 작정하고 놀린 거였어?'

욕실 문에 등을 댄 진주가 숨을 내뱉은 후 샤워기로 손과 발을 씻었다. 봉숭아 물은 생각보다 예쁘고 진하게 들어 있었다.

다음 날, 윤재는 중국 공연 일정을 위해 떠났다.

윤재가 출장을 가 있는 동안 두 사람은 문자를 주고받기도 하고, 그 전보다 전화하는 시간도 훨씬 길어졌다. 윤재는 진주의 쉬는 시간에 맞추어 하루에 한두 번 문자로 자신의 소식을 알려 왔다. 그의 문자가 도착했음을 알리는 알람이나 전화벨이 울리면 진주는 두근댔다.

윤재가 밥 먹는 사진이나 일하는 사소한 모습을 사진으로 찍어 보내자 진주도 자신의 모습을 찍어서 보내곤 했다. 통화 중에는 지극히 사소한 일상의 얘기가 오갔다. 하지만 통화가 끊어지면 진주는 헛헛했다. 각오는 했지만 어느새 그와 함께 있는 일상이 익숙해졌는지 그의 빈자리가 크게 다가왔다.

'감독님이 오려면 며칠이나 남았지?'

진주는 습관처럼 밤마다 그가 돌아올 날을 세고 있었다.

문자 왔어! 얼쑤!

문자 알람이 울렸다. 진주는 휴대폰을 열어 윤재에게 온 문자를 확인했다.

오늘은 일정이 새벽까지 이어져서
밤에 통화가 안 될 것 같아. 잘 자.

진주는 문자를 한참이나 보고 있었다. 현지 공연 상황에 문제가 생기면 밤을 새워 작업하는 건 당연한 일이었다. 그가 통화를 못 하는 게 이해는 되었지만 서운한 마음은 어쩔 수가 없었다. 진주는 먹먹한 표정으로 휴대폰을 아쉽다는 듯 조몰락거렸다. 그때 다시 문자가 도착했다.

"......!"

이번에 그가 보낸 사진은 붉게 물들인 새끼손가락 사진이었다.

― 손톱에 봉숭아 물이 들면, 보면서 내 생각을 해 줬으면
좋겠어.

진한 주황 빛깔로 물든 그의 봉숭아 물 색이 예뻐서 진주는
입술을 길게 늘어뜨리고 미소 지었다.

네, 윤재 씨도 잘 자요.

진주도 윤재처럼 봉숭아 물이 든 자신의 손가락 사진을 찍
어 함께 답장을 보냈다. 문자를 보낸 진주는 휴대폰 액정에 손
을 대어 그의 손가락을 만져 봤다.

보고 싶다.

금세 보고 싶은 마음이 가득 들어찼다. 사랑은 이런 건가.
그를 너무 사랑해 행복하고 보고 싶은 마음에 마음이 아픈 것
도 같았다.

이불을 덮고 잠자리에 들려다 무언가 아쉬움이 밀려와 진주
는 휴대폰에 저장된 그와 찍은 사진을 열었다. 벚꽃 아래에서
찍었던 같이 웃고 있는 사진과 웨딩 촬영 사진도 보였다.

신혼여행에서 사진을 더 찍어 둘걸.

당시엔 그와 그렇게 친해지지 않았기에 남겨 둔 추억이 별로
없어 아쉬웠다. 그가 옆에 없으니 진주는 여태껏 그에게 너무

받기만 했다는 생각에 미안한 생각이 들었다.

'윤재 씨를 만나면 내 마음을 제대로 고백해야지.'

진주는 시간이 어서 지나가길 바라며 눈을 감았다.

윤재는 중국과 한국을 오가며 정신없이 활동을 이어가고 있었다. 진주의 '춘향과 월매' 정기 공연도 무사히 마무리됐고 경성창극단은 전국 투어 공연을 남겨 두고 휴가를 가지게 되었다.

원래 계획대로라면 윤재는 중국 일정을 마치고 한국으로 가서 잠시라도 진주와 만날 계획을 가지고 있었으나 연이어 유럽 공연이 시작되었기에 프랑스로 바로 이동해야 했다. 유럽은 한국과 시차가 있으니 오히려 이전보다 진주와 연락하기가 더 힘든 상황이 됐다.

"서울 공연은 잘 마무리했나?"

윤재는 파리에서의 첫 공연을 앞두고 진주와 통화 중이었다.

[네. 마지막 공연에서 상대역 선배님이 무대로 소품을 안 들고 오셔서 제가 애드리브를 멋지게 쳤어요.]

"훗. 긴장했겠네."

[네. 다행히 아무 문제없이 그냥 넘어갔어요.]

"휴가 기간 동안 푹 쉬어. 전국 공연 준비도 잘하고."

[······네.]

진주의 짧은 침묵에 윤재는 이렇게 그녀를 집에 혼자 두고 만나지 못하는 것이 미안하고 가슴이 아팠다. 유럽에서 본격적인 여름 축제 시즌을 앞두고 '삼국지애'를 무대에 올리자는 요청이 여기저기서 끝없이 이어졌기에 예상보다 공연 일정은 더 빡빡해졌고 할 일이 많았다.

도대체 언제쯤 진주 얼굴을 마음 놓고 볼 수 있을까.

"미안해."

공연의 성공은 기뻤으나 진주와 이렇게 만나지 못하는 시간이 길어질 거란 생각을 못 하고 있었기에 윤재는 더 미안했다.

[공연이 이렇게 대성공인데 뭐가 미안해요? 늘 우리 판소리 공연을 해외 무대에 올리고 싶어 했잖아요. 저는 그걸 해낸 윤재 씨가 너무 자랑스러워요.]

중국 경극과 한국 창극의 조화. 그리고 빛과 디자인, 몸짓과 소리의 현대적 만남. 그의 공연은 영웅들의 이야기와 목숨 건 사랑을 진하게 담고 있었기에 한국에서도 중국에서도 극찬을 받으며 마무리될 수 있었다. 그 성공으로 해외에서 쇄도한 각종 러브콜 덕분에 세계 속에 한국의 전통극을 알릴 역사적인 공연이라며 언론에서도 앞다투어 보도하고 있었다.

휴대폰 너머로 진주가 어디론가 걸어가는 소리가 들려왔다. 속살거리는 그녀의 숨소리도 그냥 지나치기 아까워 윤재는 휴대폰을 더 귀에 바짝 붙였다.

[오늘 파리 공연은 정말 멋질 것 같아요. 최고의 공연 부탁

해요.]

"그럼. 최고의 공연이 될 거야."

진주의 걸음이 더 빨라지는지 숨소리가 더 크게 그에게 전해졌다.

"보고 싶네, 배진주."

전화를 끊으려니 윤재의 목소리에 아쉬움이 가득 묻어났다.

[내가 정말 그렇게 보고 싶어요?]

맑고 가벼운 목소리를 들으니 진주가 입술에 미소를 머금고 있을 거란 생각이 들었다. 눈앞에 그녀의 웃는 얼굴이 선하게 그려졌다.

"당연하지. 너무 보고 싶어서 헛것이 보일 정도야. 지금도 목소리 들으니 앞에 있는 것 같아."

풋. 진주의 웃음소리가 휴대폰 너머로 작게 들렸다.

정신없이 공연을 마친 후 대기실로 가던 윤재는 관객들의 이런저런 얘기와 웃음소리를 들으며 계단을 올랐다. 공연 전에 들던 진주의 목소리가 그 속에 섞여 들리는 것 같았다. 윤재는 몰려드는 그녀의 생각을 떨쳐 내려 공연 중 아쉬웠던 몇몇 부분들을 기억해 떠올리려 애썼다. 하지만 불가능했다.

"진주가 더 보고 싶네."

그는 대기실 손잡이를 잡고 돌렸다.

탁.

문을 벌컥 열고 대기실로 들어섰다.

"……!"

윤재는 순간 미간을 찌푸렸다.

'너무 진주가 보고 싶어 헛것이 보이는 게 틀림없어.'

하지만 너무나 뚜렷한 모습으로, 진주가 대기실 소파에 앉아 윤재를 바라보며 웃고 있었다.

진주가 파리로 오기 전날.

[미안해.]

연이은 유럽 공연 때문에 윤재를 당분간 볼 수 없단 소식에 진주도 서운했다. 더구나 그의 목소리가 애달프고 슬프게 들렸기에 마음이 끊어질 듯 아팠다. 그녀라고 윤재를 보고 싶은 마음이 다를 게 없었다. 하지만 곧 중요한 공연을 감독해야 할 그가 마음이 흔들릴까 염려되어 진주는 자신의 마음을 가라앉히며 마음을 전했다.

"나도 너무 보고 싶어요."

그렇게 전화를 끊은 진주는 휴가 기간 동안 그와 같이 지낼 거라 생각했기에 그가 없는 시간에 뭘 할까 고민했다. 그러다 불현듯 진주의 머릿속에 생각 하나가 스쳤다.

'윤재 씨가 오지 못한다면 내가 가면 되지!'

하지만 그 먼 곳까지 어떻게 가지, 혹시 그에게 방해되지 않을까 하는 생각들이 맴돌았으나 생각해 보니 그를 만나러 가는 것에는 아무런 문제도 없었다. 진주는 정말로 그가 보고 싶었기에 그를 만나러 가야 할 이유만 가득 떠올랐다.

'내가 몰래 가면 윤재 씨도 좋아하지 않을까?'

이렇게 보고 싶은데, 주저할 필요도 없어.

진주는 이런 생각을 하며 마치 자신의 해외 공연이라도 준비하는 것처럼 짐을 싸고 일정 체크를 하고 잠자리에 들었다. 그리고 다음 날 새벽에 일어나 소리 연습을 하고 공항으로 가서 오전 비행기에 몸을 실었다.

그렇게 그녀는 12시간을 날아 파리에 도착했고 공항에 내렸을 때는 늦은 오후였다.

'서둘러 공연장으로 가면 늦지 않게 첫 공연을 볼 수 있겠어.'

즉흥적으로 혼자 비행기를 타고 이렇게 유럽으로 온 건 진주에겐 처음이었고 이전엔 상상도 못 한 일이었다. 자신에게 이런 용기가 어디에서 나왔는지 의아했지만, 전혀 후회되거나 무섭지 않았다. 오히려 진주는 비행기를 타고 오는 동안이나, 낯선 파리의 거리에서도 그토록 자신이 바라던 자유로움을 느꼈다.

공항을 벗어난 진주는 택시를 타고 그가 공연 준비를 하고 있을 오페라 극장으로 찾아갔다.

지잉ㅡ.

택시에서 내려 극장을 찾아 걸어가는 중에 마침 윤재에게 전화가 왔다. 시간을 보니 아마도 공연 리허설에 들어가며 하는 전화일 거란 생각이 들었다.

"여보세요, 윤재 씨."

[어디? 밖인 것 같네?]

"네. 운동 삼아 산책 중이에요."

진주는 귀엽게 눈웃음을 지었다.

그를 만나면 기분이 어떨까? 얼마나 놀랄까. 자신이 그에게 유럽 공연을 축하해 줄 최고의 서프라이즈 선물이 되었으면 좋겠는데.

[서울 공연은 잘 마무리했나?]

"네."

그녀의 시야엔 에펠탑을 뒤로하고 고고하게 선 궁전을 닮은 오페라 극장이 모습을 드러내기 시작했다.

"오늘 파리 공연은 정말 멋질 것 같아요. 멋진 공연 부탁해요."

[그럼. 최고의 공연이 될 거야.]

그의 아쉬움 가득한 숨소리가 들려왔다.

[보고 싶네, 배진주.]

"내가 정말 그렇게 보고 싶어요?"

[당연하지. 너무 보고 싶어서 헛것이 보일 정도야. 지금도 목소리 들으니 앞에 있는 것 같아.]

진주는 웃었다. 정말로 당신에게 가고 싶어 이렇게 왔단 말을 속으로 삼켰다.

진주와 윤재의 통화가 오가는 사이, 그녀는 그가 있는 파리 최고의 오페라 극장 앞에 도착했다.

"브라보!"

휘이익. 짝짝짝.

공연을 끝까지 숨죽이며 지켜본 진주도 다른 관객들과 같이 자리에서 일어나 환호를 외치며 박수를 쳤다.

한국에서 이미 그의 '삼국지애' 공연을 봤지만, 파리의 유명한 오페라 극장에서 현지 사람들과 함께 관람하는 기분은 꽤나 색달랐다.

그들은 순간순간 무대 위의 소리들과 움직임을 보며 탄성을 지르며 놀랐고 한국, 중국의 전통극이 지닌 동양적인 액션과 의상, 서사 속에 빠져들었다. 중국의 기묘한 노래와 한국의 독특한 판소리가 섞여드는 장면에선 사람들은 음률 하나라도 놓치지 않을 듯이 숨죽였다.

진주는 그런 관객들과 같이 호흡하며 덩달아 몸을 움직이며 반응했다. 자신도 역시 언젠가 이 무대에서 판소리와 한국의 창극을 들려줄 날이 왔으면 좋겠다는 생각도 하면서.

막이 내리자 윤재가 배우들과 나와 무대 인사를 했다. 진주는 혹시라도 그와 눈이라도 마주칠까 염려되어 시선을 내렸다. 공연이 완전히 끝나자 진주는 서둘러 자리에서 일어나 감독 대기실을 찾았다.

그의 이름이 적힌 감독 대기실 앞에서 진주가 노크를 하려는데, 그 앞을 지나가던 창극단 '소리맥'의 총무간사와 마주치고 말았다. 그가 진주를 알아보고 놀라 인사했다.

"배진주 씨께서 어떻게 여길 오셨습니까? 감독님께 아무런 말을 듣지 못했는데요."

진주는 그에게 웃으며 가볍게 인사했다.

"남편도 제가 여기 온 걸 아직 몰라요. 파리 공연을 너무 보고 싶어서 몰래 왔거든요. 제가 먼저 대기실에 들어가 있고 싶은데 괜찮나요?"

"물론입니다. 지금 손님들과 인사하고 계시니 잠시 후 오실 겁니다."

진주는 멈칫거리다 은근한 표정을 하고 총무간사에게 입을 열었다.

"제가 여기 온 건 비밀로 해 주시겠어요?"

그는 알겠다는 듯 웃으며 고개를 끄덕였다.

"그럼요. 감독님이 정말 놀라실 것 같습니다."

진주는 허리 숙여 인사를 하고 그의 대기실로 들어갔다. 역사가 오래된 파리의 최고 오페라 극장답게 대기실의 전체적인 분위기는 중세 귀족의 응접실 같았다.

진주는 우선 소파에 앉아 거울을 꺼내 얼굴을 한번 훑어보고 가볍게 화장을 고쳤다.

후우. 그를 만날 생각에 이제야 진주는 긴장됐다.

숨을 가다듬어 잘게 내뱉어 보았다. 그를 곧 만날 수 있다는 생각에 이내 숨이 다시 차올랐다. 문밖으로 웅성거리는 사람 소리가 들려오다 '탁' 문이 열렸다.

윤재는 눈을 한 번 감았다 떴다.

전쟁 같았던 첫 공연을 마치고 대기실로 들어서자마자 난데 없이 단정하게 앉아 자신을 올려다보는 진주의 환영부터 보였 기 때문이다.

'어지간히 진주가 보고 싶어 상사병이라도 걸린 건가.'

그는 진주가 보이는 게 이상한 나머지 얼굴을 손으로 쓸어 내렸다. 그러나 여전히 그의 시야 끝에는 아직 진주의 환영이 사라지지 않고 어색한 표정을 하고 앉아 있었다.

순간 고민이 됐다. 환영이면 어때. 다가가서 미친 척 한번 안 아 볼까. 그런 생각까지 들자 윤재는 더 얼굴을 구겼다. 미쳐 도 보통 미친 게 아니라고.

그런 짓을 하다 누가 보기라도 하면 이상하게 생각할 게 뻔 했기에 긴 숨을 후 내쉬며 윤재는 자신의 의자에 털썩 앉았다. 그는 이마에 손을 얹고 마른세수를 두어 번 하며 천천히 얼굴 을 훑어 내렸다.

"이윤재, 앞으로 유럽 공연 일정이 까마득한데, 첫날부터 이 러면 어떡하냐."

그는 저도 모르게 중얼거렸다.

"윤재 씨……."

이번엔 진주가 어색하게 손을 들어 올리며 그의 이름을 불 렀다.

이봐……. 환영이 이젠 말까지 하네.

그의 고개는 다시 소파 쪽을 향했고 여전히 보이는 진주의 모습에 안타까운 표정을 하며 고개를 마구 저어 댔다. 윤재는 관자놀이에 손가락을 대고 꾹 눌렀다. 어제 너무 늦게 잠들고 오늘 정신없이 첫 공연을 치르느라 긴장한 탓이 틀림없다고 생각했다. 밤새 몰려드는 진주 생각에 피곤이 쌓여 그런 거라며 윤재는 얼굴에 힘을 주었다. 진주가 계속 눈에 보였으나 애써 무시했다. 그러다 윤재는 시계를 보더니 휴대폰을 켰다.

"오늘부터 휴가라고 했으니 지금쯤이면 연습 끝내고 나올 시간인가?"

그는 진주에게 문자를 보냈다.

> 진주야, 첫 공연 잘 끝냈어. 여기서도 반응이 좋았어.
> 보고 싶어.

문자 왔어! 얼쑤!

"……!"

그가 문자를 보내자마자 진주의 문자 알람이 울렸고, 윤재의 눈이 귀신을 본 듯 커졌다. 진주는 입술을 앙다물고 눈을 흘기며 말했다.

"정말 내가 귀신이라고 생각한 거예요?"

윤재를 지켜보던 진주는 자신을 환영이라고 착각하는 윤재의 행동을 연극을 관람하듯 웃음을 참으며 보고 있었다.

진주는 삐진 듯 입술을 내밀고 뽀로통한 목소리로 그에게 말했지만, 윤재는 그걸 생각할 겨를이 없었다. 동시에 윤재가 벌떡 일어나 진주에게 걸어왔다.

"진짜, 배진주?"

성큼 다가온 윤재는 아직도 믿기지 않는다는 표정으로 진주를 품에 안았다. 그녀의 몸, 그녀의 감촉, 그녀의 냄새.

진짜 진주가 자신의 앞에 있다는 사실에 놀란 그는 작은 신음을 뱉어냈다.

"왜 여기 온다고 말을 안 했어? 난 당연히 피곤해서 잘못 본 거라 생각했어. 배진주가 여기에 있을 리가 없잖아."

그녀가 어떻게 여기에 있는 건지, 여전히 윤재는 믿어지지 않는 표정이었다.

"휴가도 길게 받았는데 아침에 소리 연습을 끝내니 심심해서 윤재 씨가 보고 싶잖아요? 그래서 내가 보러 왔어요."

상큼하게 그녀가 웃었고, 그는 그녀를 보고 있단 기쁨으로 어쩔 줄 몰라 입술을 크게 열고 활짝 웃었다. 그는 진주를 꼭 붙들더니 그녀를 공중으로 안아 올렸다.

"배진주. 정말……!"

윤재에겐 기적 같은 일이었다.

Chapter 11

너무 좋아서 미치겠어

공연을 마무리하고 밖으로 나오니 시간이 늦어 윤재는 진주와 어딜 들르지 못하고 바로 호텔부터 정해야 했다. 진주와 그가 들어간 호텔은 그녀가 알고 있는 창극단원들의 숙소가 아니었다. 그가 묵고 있던 호텔은 극장과의 동선을 고려한 작은 호텔이었기에 윤재는 그 호텔로 진주를 데려가 지내게 할 순 없었다.

진주가 며칠 동안 지낼 호텔을 고민해 결정한 그는 직원들에게 자신도 아내와 같이 지내겠다고 양해를 구하고 자신의 짐도 그 호텔로 가져다줄 것을 요청했다.

잠시 후, 두 사람이 도착한 호텔은 영국의 왕족들과 할리우드 배우들이 묵고 간다는 파리 최고의 호텔이었다. 중세 유럽의 왕궁과 소품들을 그대로 재현해 더욱 유명한 호텔이었다.

진주는 그가 체크인하는 동안 호텔 로비를 잠시 둘러봤다. 로비를 장악하는 듯한 고급스러운 샹들리에와 대리석 위로 깔린 양탄자의 문양이 정말로 왕궁에 들어온 것 같았다.

"체크인했어. 이제 가자."

윤재는 그녀를 데리고 가장 고층의 스위트룸으로 올라갔다. 문을 열고 들어선 방 내부의 모든 문양과 소품들은 코랄 블루와 골드로 장식되어 있어 바라보기만 해도 고혹적이었다. 진주가 룸을 둘러보는 동안 윤재는 약간 황당한 표정으로 그녀를 보고 있었다.

"정말 배진주가 즉흥적으로, 이 짐만 챙겨서 파리로 무작정 왔다고?"

"네."

'프랑스 파리에 이렇게 옆 동네 소풍 가듯 오다니.'

그녀는 배낭여행을 하는 여대생처럼 청바지에 티셔츠를 입고 있었다. 그녀가 가지고 온 작은 가방을 호텔 옷장에 넣으며 윤재는 또 웃었다.

꼬르륵.

진주의 배에서 커다란 소리가 울렸다. 윤재는 그 소리를 듣고 정신이 번쩍 들었다. 진주도 마찬가지로 배에서 울리는 소리에 놀랐다. 비행기에서 내린 후부터 아무것도 먹은 게 없단 게 이제야 생각이 났다.

"기내식을 많이 못 먹어서 그런가 봐요."

"식당에 가기엔 너무 늦었는데, 룸서비스를 시키자. 그래도 괜찮아?"

"네."

"뭐 먹고 싶어?"

"전, 피자요."

"알았어."

윤재는 능숙한 프랑스어로 음식을 주문했고 둘은 곧 식사를 하기 시작했다.

피자와 과일로 든든히 배를 채운 진주는 그가 따라 주는 와인을 천천히 마셨다. 진주는 한눈에 다 들어오지 않을 정도로 커다란 이 스위트룸의 객실 내부가 궁금해졌다.

"여기 구조가 궁금한데 둘러봐도 돼요? 소화도 시킬 겸."

"당연하지. 나도 처음이라 궁금했는데 같이 보자."

진주는 일어나 먼저 침실로 들어섰다. 왕비의 침실이라도 보는 듯 내부가 화려하고 아름다웠다.

"프랑스의 왕들이 쓰던 소품이나 가구들을 거의 그대로 재현했다고 들었어."

그의 말에 진주는 고개를 끄덕였다.

침실에는 양옆으로 화장실이 두 개나 연결되어 있었고 욕조와 황금 수전이 특히 눈길을 끌었다. 물을 트니 우아한 황금 백조가 물을 뱉어 내는 모습이 마치 동화 속 같았다. 침실을 자세히 둘러보던 진주는 야외로 연결된 테라스가 있는 걸 보고 문을 열고 나갔다. 멀리서 에펠탑이 반짝이고 있었다.

"에펠탑이 보이네요."

뒤따라온 윤재는 에펠탑에 마음을 뺏긴 듯 한참을 응시하는 진주의 뒷모습을 잠시 흐뭇하게 지켜봤다.

"이제 구경 그만하고 나도 좀 봐 줘."

윤재는 뒤에서 그녀를 살포시 안고는 새하얀 그녀의 목덜미에 입술을 내리고 간지럽히기 시작했다.

"나 좀 봐 줘."

윤재의 코끝과 입술이 갑작스레 파고들었기에 진주는 놀랐으나 오랜만에 느끼는 그의 체취와 닿는 느낌이 좋았다. 그녀도 고개를 돌려 그의 얼굴에 볼을 조금 비볐다. 뜨거운 그의 숨결이 목덜미에 닿자 진주는 숨을 멈추고 눈을 감았다. 이제 진주도 그를 더욱 가까이서 깊이 느끼고픈 열망이 가득했다. 그를 만난 후 내내 머릿속에는 온통 그에게 하고픈 말이 터질 듯이 쌓이고 있었다.

"보고 싶은 마음을 참을 수 없었어요."

진주는 그가 그리워 잠들지 못하던 밤을 떠올렸다. 짙어진 마음을 이제는 그에게 말해야겠다고 다짐했었기에, 그녀는 다시 고개를 돌려 에펠탑에 시선을 고정한 채 담담히 말했다.

"마음이 이렇게 흘러넘치면 어떻게 해야 할지 몰라서……."

그와 떨어져 있으니 죽을 것처럼 아팠다. 그 고통은 여태 그녀가 알던 고통과는 전혀 다른 차원이었다.

"이렇게라도 윤재 씨를 보지 않으면, 살 수 없을 것 같았어요."

사랑이었다. 사랑이 아니면 어떻게도 이 감정을 설명할 수 없었다.

"그래서 내가 당신에게 왔어요."

가만히 그녀의 말을 듣고 있던 윤재는 진주의 고백에 몸을 떨었다. 그의 손끝의 떨림이 진주에게도 전해졌다.

"배진주."

언제나 마음을 드러내지 못해 수줍어하던 진주가 자신을 보고 싶은 마음이 흘러넘쳐 보러 왔다고 고백하다니.

윤재는 몸을 돌려 진주의 앞으로 가서 섰다. 그녀가 열심히 쳐다보던 에펠탑이 가려지고 그녀의 시야는 온통 윤재로 가득 찼다.

"어딜 봐? 그렇게 보고 싶어 하던 나를 봐야지."

"……!"

진주의 고혹적인 검은 눈동자가 떨렸다. 그녀는 윤재의 볼에 손을 올렸다. 그리고 그의 매끄러운 볼과 눈꺼풀, 그리고 코와 입술을 차례로 훑었다. 그녀는 붉어진 얼굴로 유혹하듯 윤재를 바라보았다. 솔직하고 꾸밈없는 진주의 눈동자에 그가 가득 담겼다.

윤재는 이를 꽉 깨물고 미간을 찡그렸다.

그녀를 처음 본 순간부터 그녀에게 쏟아 내고 싶은 걸 안간힘을 쓰며 참는 중이었다. 이 마음으로 그녀를 안고 키스하면, 그녀가 부서질 것 같았다. 그녀를 사랑하면 할수록 그에겐 더 강한 인내가 필요했다.

그의 얼굴이 미묘하게 꿈틀거리는 걸 알아차린 진주는 아무것도 모르는 것처럼 물었다.

"허락 없이 만져도 되는 거 맞죠?"

그는 그녀에게서 시선을 떼지 않고 천천히 고개를 끄덕였다.

"물론. 내 주인은 배진주니까."

그의 목소리가 낮게 잠겨 갈라져 나왔다.

"나 지금 하고 싶은 거 있는데, 부탁 들어줄 수 있어요?"

"뭐든지."

윤재의 지금 마음으로는 저 커다란 에펠탑을 가져다 달래도 가능할 것 같았다.

그의 심장은 더 이상 뛰지 못할 정도로 거세게 요동쳤다. 진주 역시 그의 심장 소리를 들었을지도 몰랐다. 하지만 상관없었다. 그의 들뜬 몸과 마음을 진주가 알아주길 바랐다.

햇살이 흐린 하늘을 가르며 들어와 환하게 하듯이, 진주의 맑고 깨끗한 시선이 그의 영혼을 가르고 쪼개듯 들어왔다.

"그럼, 키스해 줄래요?"

시끄럽게 뛰던 그의 심장이 멈추었다. 윤재는 그녀의 입술을 그대로 집어삼켰다. 그녀의 양 볼을 붙잡고 고개를 깊이 기울인 그가 파도치듯 청량하게 밀려들고 나가기를 반복했다. 진주는 입술 사이로 새어 나오는 뜨거운 숨 사이에서 느껴지는 그를 닮은 달콤한 향이 몸서리치게 좋았다.

그녀는 가슴 깊숙하게 울려오는 곳부터 떨고 또 떨었다.

길고 긴 키스 후에 주춤거리는 그의 몸짓에서 진주는 자신에게 정중히 동의를 구하는 남자의 절제를 느꼈다. 그러나 동시에 터질 듯 꿈틀대는 남자의 욕망도 예감했다.

'이 남자를 깊이 사랑해.'

그녀는 그가 사랑스러워 껴안고 싶다고 생각했다. 그는 저돌

적이고 차갑고 이성적인 사람이지만 그녀 앞에서는 조심스럽고 따뜻하고 솔직한 사람이었다.

그리고······.

'갖고 싶어.'

소리의 경지에 이르러 명창이 되는 것 외에는 여태껏 무언가를 가져 보고 싶은 것이 없었던 진주였다. 그런 그녀가 지금 이 남자를 간절하게 갖고 싶었다. 그의 눈길, 관심, 존재만으로도, 같은 공간에 있기만 해도 설레니까. 자신의 몸과 마음, 생각까지도 변하게 하는 사람이니까.

윤재는 그녀를 당겨 더 짙은 키스를 퍼부었다. 기꺼워서 주체할 수 없는 입맞춤이었다.

그 순간, 진주는 그녀가 그토록 고민하던 말을 그에게 해야 할 때라는 생각이 들었다. 윤재가 숨을 쉬려 입술을 닿을 듯 말 듯 떨어뜨렸다. 달큼한 그의 숨결이 그와 그녀를 야릇하게 휘감았다. 진주는 그에게 나직이 속삭였다.

"오늘 밤."

숨소리가 점점 커졌다.

"진짜 아내가 되고 싶어요."

윤재는 돌처럼 굳고 말았다.

진주는 그의 얼굴이 화르르 붉어지는 걸 보고 말았다. 이내 귀와 목덜미도 덩달아 달아오르는 것이 보였다. 그녀가 그런 말을 할 거란 생각은 미처 못 했는지 당황하는 그의 반응에 진주는 오히려 말초 신경의 끝까지 뜨거워지는 걸 느꼈다.

"배진주, 너……."

그는 말을 잇지 못했다. 나긋이 자신을 도발하는 진주를 향해 그가 보낸 눈빛은 짐짓 야속하단 투였다. 얼마나 힘들게 참고 있는데 갑자기 이런 말을 하면 어쩌냐는 원망도 보였다.

하지만 천천히 서로에게 물들어 가자며 타이르던 그의 말과 다르게, 남자의 짙은 눈빛을 하고 자신을 보고 있다는 걸 그도 알까.

진주의 눈동자는 평소와 다르게 진지하고 비장했다.

"배진주, 아직 우리는…… 준비가……."

"제가 원해요."

"……!"

"당신도 원한다는 걸 알아요."

그의 얼굴은 더욱 구겨졌다. 그녀는 이제 그의 마음을 잘 알았다. 첫날밤은 서로에게 아직 이르다고 생각한 그는 아마도 스스로를 타이르며 더 기다려야 한다고 밤마다 주문을 걸었겠지. 진한 키스 한번에도 놀라 바스락거리는 자신이 조심스러워 아래로 내리려던 손길을 거두던 그를 진주는 몇 번이나 본 적이 있었다.

"진주야."

그녀는 오늘 밤엔 평소처럼 그의 배려를 받아들일 생각이 없었다. 그에게 쏟아 내고 싶은 마음을 숨김없이 모두 보여 주고 싶었다.

"너무 사랑하게 돼서."

밤마다 그가 그리울 때면 그가 안아 주고 만져 주던 느낌이 오롯이 떠올랐다. 그를 정말 사랑한다면 아무것도 주저하고 망설일 필요가 없단 생각이 들었다. 그래서 진주는 이 순간 그에게 진실하기로 결심했다.

"참는 게 싫어졌어요."

용기를 내도 그의 앞에 서면 부끄럽고 떨리는 건 변함이 없었다.

'하지만 분명히 말해야 해.'

"사랑해요."

그가 더는 물러서지 않게, 내 사랑을 의심하지 않게. 그를 주춤거리게 했던 건 자신이었단 걸 진주도 잘 알기에.

"아주 많이, 헤아릴 수 없을 만큼이요."

왜 기쁨이 차오르는 이 순간에 눈물이 날까.

"그래서 이윤재가 너무 필요해."

윤재는 촉촉해진 진주의 눈가에 입술을 대었다. 윤재는 그녀의 볼과 이마에 키스하며 생각했다.

'진주가 저렇게 원하는데……'

윤재는 이제 둘의 처음을 주저하는 것은 그녀에게 오히려 상처가 되리라 생각했다. 진주의 고백과 용기로 윤재가 그녀와 함께하는 밤에 아무런 문제는 없었다. 하지만 걸리는 게 하나 있었다.

"오는 비행기에서 얼마나 잤지?"

지금 파리의 시간 밤 11시.

"잠이요? 잠이 오지 않아서 자진 않았어요."

윤재는 작게 한숨을 내뱉었다. 평소 규칙적으로 생활하는 진주이기에 잠이 쏟아질 텐데도 버티고 있는 게 틀림없었다. 윤재는 배고프다며 피자를 먹던 때부터 피곤한 듯 평소보다 자주 깜박거리는 그녀의 눈을 유심히 바라보았다. 시차 적응을 한 경험이 없는 진주였기에 그때만 해도 윤재는 빨리 저녁을 먹이고 그녀를 재워야겠다 생각했다.

그런데 예상 밖의 돌발 상황이 일어난 것이다. 테라스에 나가 에펠탑을 바라보던 진주가 고백을 쏟아 내더니 신호도 없이 도발을 하며 속수무책인 상황을 만들어 버린 것이다. 하지만 자신을 올려다보는 진주의 눈동자 주위가 충혈되어 있는 걸 본 윤재는 진주가 제대로 쉬지도 못한 채 피곤을 참고 있는 걸 알아챘다.

윤재가 진주의 눈가를 어루만지며 걱정스럽게 말했다.

"하지만 지금은 진주가 너무 피곤해 보여."

윤재는 진주를 안은 채 그녀의 머리카락을 천천히 쓰다듬어 내렸다.

"난 준비가 다 됐어요."

피곤으로 눈이 감기는 건 사실이었으나 윤재가 이 중요한 순간을 또 미루려 하니 진주는 괜히 속상했다.

"널 안고 싶은 마음은 내가 천만 배쯤 클걸."

진주의 마음은 첫날밤을 맞을 준비가 된 것 같지만 그녀에겐 잠이 더 필요해 보였다.

"일단 오늘은 진주가 피곤하니까 쉬는 게 낫겠어."

진주가 고개를 끄덕이자 그는 진주를 먼저 욕실로 들여보냈다. 그녀가 나오자 그도 씻으러 들어갔다.

윤재가 욕실에서 나오자 진주가 침대에 앉은 채 피곤을 참으며 눈을 부릅뜨는 것이 여실히 보였다.

윤재는 침대로 들어가 그녀 옆으로 가서 나란히 누웠다. 그녀를 당겨 팔베개를 하고 이불을 덮어 주었다. 제 몸에 맞춘 것도 아닌데 그녀는 윤재의 품에 폭 들어왔다. 윤재는 그녀의 이마에 입술을 맞추었다.

"사실 비행기에서 윤재 씨를 볼 생각에 설레서 못 잔 건데……."

윤재는 토라진 진주를 달래려고 품에 더 당겨 안았다.

"그랬군. 결국 비행기 안에서도 내 생각을 하느라 못 잤단 거지?"

진주는 여전히 퍼붓는 잠을 물리치려 눈을 찡그렸다. 윤재는 그런 진주를 보고는 정말 재워야겠다는 생각에 그녀를 재울 방법을 생각했다.

"오늘은 배진주를 위해 노래를 불러 주고 싶은데."

"노래요?"

"뭐든 오프닝이 중요하지. 게다가 나도 노래 잘 불러."

"피이."

"눈 감아 봐."

그의 팔은 더 그녀를 단단히 안았다. 그의 손끝이 그녀의 어깨를 어르며 그는 그녀의 귓가에 노래를 부르기 시작했다.

소복이 첫눈이 내리던 날 내 님이 그리워
수줍은 걸음걸음 문을 열고 나서니…….

'이건…….'

진주가 연습실에서 처음 그의 얼굴을 만져 봤던 날, 그를 위해 불러 준 노래였다. 감미로운 그의 노래가 듣기 좋아 진주는 눈을 감았다. 그리고 그의 노래가 채 1절도 끝나기 전에 깊은 잠으로 빠져들고 말았다.

다음 날 아침, 진주는 자신의 입술에 말랑하고 촉촉한 무언가가 닿았다 떨어지는 느낌에 잠에서 깨었다.

초읍―.

'윤재 씨가 너무 보고 싶어서 그와 키스하는 꿈을 꾸는 건가.'

아늑하고 따듯했다.

"으음, 윤재 씨……."

진주는 꿈과 꿈 사이의 몽롱한 경계에 있다고 생각했다. 무엇보다 잠결에라도 그를 보는 것이 좋아 두 팔을 뻗어 앞에 있는 무언가를 안았다. 눈을 감은 채 진주는 입술을 커다랗게 벌리고 웃었다.

헉!

하지만 그녀의 입술 사이로 그의 입술이 밀려들어 오는 감촉이 너무나 생생했기에 그녀는 순간 멈칫하며 눈을 떴다. 진주는 잠을 깨려 눈을 깜박였다. 윤재의 얼굴이 바로 눈앞에 가득 보였다.

"잘 잤나?"

그의 뜨거운 숨이 그녀의 얼굴에 흩뿌려졌다.

"유, 윤재 씨?"

"난 정말 한숨도 못 잤어."

"……!"

잠에서 완전히 깬 진주는 동그란 눈으로 윤재를 올려다보았다. 눈을 굴리는 모양이 어젯밤에 노래를 듣다 말고 잠들었던 것도 기억났는지 당황스러움이 눈동자에 스쳤다.

"지, 지금 몇 시예요?"

"몇 시면?"

"아침이에요?"

그의 눈매가 갸름해졌다.

"지금이 아침이면 어젯밤에 있었던 도발은 사라지는 건가?"

"아……니요."

"내가 뜬눈으로 밤을 지샜단 걸 알아줬으면 좋겠어."

부끄러운지 그녀의 고개가 옆으로 돌아갔다.

"진주야, 날 봐."

그녀는 그를 보았다. 짓궂게 장난치던 표정이라곤 조금도 찾아볼 수 없었다. 잠에서 깬 그녀가 시야에 들어온 순간부터, 정수리에서 목을 관통하는 열감이 회오리처럼 윤재의 머리를 휘감았다.

"이젠……."

진주의 맑고 깨끗한 눈동자가 자신을 바라보고 있었다. 그녀의 가는 실루엣에 윤재는 숨쉬기 힘든 상태였다. 예쁘게 휜 눈꼬리와 그 위를 덮은 긴 속눈썹, 그리고 수줍은 입술과 흰 가운 사이로 보이는 움푹 팬 쇄골과 목선.

그런 그녀 앞에서 몸과 마음이 조급해지지 않고 배길 수 있을까. 확실한 건 지금은 진주가 눈앞에 있다는 것만으로도 그의 이성을 뒤흔든다는 거였다. 윤재는 갈증이 더 심해지는 걸 느꼈다.

"정말로……."

윤재는 천천히 손을 내밀었다.

"너를 안아도 되겠지?"

진주는 주저하지 않고 그 손을 잡더니 깍지를 꼈다. 그는 커다란 그의 손 위에 올려진 작고 하얀 그녀의 손을 내려다보았다. 붉게 봉숭아 물이 든 앙증맞은 그녀의 손가락이 그의 새끼손가락과 하나인 듯 얽히어 있었다. 그는 엄지손가락으로 나붓하고도 은근하게 그녀의 손을 몇 번이나 문지르고 만지작거렸다. 윤재는 그가 바랐던 대로 진주의 손가락도, 마음도 자신이 물들인 것 같아 뿌듯했다. 밤새 마음의 준비를 한 건 그도 마찬가지였다.

"나는 그런 상상을 수천 번도 더 했어."

참고 또 참았으니 이제 참지 않아도 되냐고 그는 애절한 눈빛을 그녀에게 보냈다. 거절하지 마. 너를 갖고 싶어. 키스하던 모든 순간의 끝에는 온통 그녀를 안고 싶은 생각뿐이었다. 짐 승 같은 놈이라고 스스로를 꾸짖으며 참았다.

하지만 이젠 억누르려 해도 격렬하게 요동하는 몸의 신호를 더 외면할 수도, 그러기도 싫었다. 이 먼 곳으로 자신을 찾아오느라 피곤함에 지쳐 잠들었을 진주를 위한 인내는 지난밤이 마지막이라 생각했다.

"배진주."

그는 그렇게 여러 차례 눈빛과 몸짓으로 동의를 구했고 그걸 알아차린 진주는 설레는 마음을 가다듬으며 그를 올려다보았다. 진주는 정신이 아득해져 눈을 감았다 떴다.

"당신도 나를 사랑해요?"

낮게 깔리면서도 맑은 진주의 목소리에 그는 마른침을 삼켰다. 윤재는 그녀의 물음에 심장이 뛰어 명치를 치는 것처럼 쿡 찌르는 통증을 느꼈다. 사랑하지 않는데 이런 마음이 가능할 순 없어.

"사랑해."

진주의 입술 끝에 만족스러운 미소가 걸려 올라갔다.

"아직도 내가 예뻐요?"

잠에서 깨어 장난치듯 남자의 마음을 확인하는 배진주.

그는 조금 긴장이 풀려 후, 하고 숨을 뱉으며 웃음을 지었다. 그런 그녀가 귀여워 보여 당장이라도 그녀의 목덜미에 흠씬 코를 대고 입 맞추고 싶다는 생각이 들었다.

"당연해."

그는 대답과 함께 그녀의 손등에 입술을 댔다. 은근하게 바라보는 그의 진득한 시선에 어느샌가 공기의 흐름이 뜨끈해진 걸 진주는 느꼈다.

"예뻐서, 견딜 수 없어."

윤재의 얼굴이 그녀의 얼굴에 붙을 정도로 다가왔기에 진주는 입술을 붙인 채로 작게 웃었다. 말을 하려고 입술을 움직일 때마다 그녀와 그의 입술이 붙었다 떨어지며 서로를 간지럽혔다. 그랬기에 그 둘의 대화 중 어떤 소리는 진주의 입속으로, 어떤 소리는 그녀의 양 볼을 스치고 흩어졌다. 감질나게 꼬물거리는 그의 입술이 느껴진 진주는 어깨를 움찔거렸다.

"지금도 너무 좋아서 미치겠어."

"풋."

그의 달콤한 말과 도톰한 입술이 그녀의 입술로 정신없이 흘러들어 왔다. 진주는 심장이 지나치게 빨리 뛴다 싶더니 몸에서 힘이 스르르 빠져나가는 느낌이 들었다. 시야마저 조금씩 흐려졌다.

"이제 눈 감을래?"

윤재는 그녀의 허리를 잡아 자신에게로 붙여 몸을 고정했다. 그녀가 눈을 감자 윤재는 그녀의 눈꺼풀에 입 맞추며 길고 긴 키스를 또 이어 갔다. 그의 손가락이 그녀의 머리카락 사이로 얽혀 들었다.

"……!"

그의 몸이 점점 그녀에게 접근했다. 진주의 몸이 뜨거워지고 터질 듯 열감에 휩싸였다. 윤재의 시선이 하염없이 흔들리며 잘게 흩어졌다. 그는 진주의 귓가로 가서 나직이 속삭였다.

"만져 봐."

그는 그녀의 손을 들어 그의 가슴에 가만히 대어 주었다. 그녀가 그의 얼굴을 만져 줬던 것처럼 그의 가슴과 목을 만지고 입 맞춘다면 어떨까.

"난 네 거니까."

이 시간이 지나면 이윤재의 심장도 마음도 온전히 배진주의 것이 될 거니까.

"이제 배진주 마음대로 해도 돼."

어찌해야 할지 모르겠는데 그는 계속 마음대로 하라고 말했다. 진주는 그저 검지로 그의 가슴을 눌러보았다. 그의 근육은 상상했던 것처럼 매끈하고 단단했다.

잠에서 완전히 깨어 지난밤을 떠올린 진주는 이제 그의 앞에서 도망치거나 멈칫거리지 말아야겠다고 생각했다. 그가 그녀를 위해 참고 배려해 준다는 것을 너무나 잘 알았기에 그녀 역시 그를 위해 이 시간을 보내리라 다짐했다. 그리고 한편으론 기대도 되었다.

그와 하나가 된다는 건 무슨 느낌일까?

윤재가 그녀의 위로 완전히 올라와 몸을 아래로 내려 진주에게 더욱 붙여 왔다. 그녀의 옷 안으로 그의 손가락이 천천히 파고들었다.

"……!"

아무리 놀라지 않으려 다짐해도 옷을 벗기는 그의 손길에 떨지 않기란 불가능했다. 그러고 싶지 않은데 저도 모르게 진주가 그의 팔을 무의식적으로 잡았다. 그러자 윤재는 그 손을 제 손으로 가져가 깍지를 끼고 진정시키듯 조심스레 진주에게 다시 입술을 맞추었다.

"괜찮아. 괜찮아, 진주야."

그는 조용히 그녀를 안심시키며 얼굴에서 목으로 키스를 이어 갔다. 그와 그녀의 얼굴만을 겨우 비추는 작은 불빛 하나가 미묘하게 흔들리는 것처럼 느껴졌다. 진주는 그의 얼굴이 희미하게라도 보여서 다행이란 생각이 들었다.

진주의 옷이 벗겨지고 그녀의 여린 몸에 윤재의 입술이 내려앉았다. 그녀의 목과 어깨로 키스는 끝없이 이어졌다. 처음 닿는 곳으로 그가 손과 입술을 내릴 때마다 진주가 흠칫 떨어 댔고 그때마다 그는 적절히 숨을 고르며 정성스레 처음처럼 키스했다.

"싫으면 말해 줘. 멈출 수 있어."

하지만 그의 목소리는 낮은 쇳소리처럼 버석거렸다. 너무나 절실한 몸짓으로 참을 수 있다고 말하는 그의 목소리를 들으면서 진주는 그와 나눌 모든 낯설고 뜨거운 경험이 무서우면서도, 한편으로는 기대로 차올랐다.

진주는 신혼 여행지에서 리웨딩하던 외국인 부부가 같은 천을 두르고 돌길을 맨발로 걸어가던 모습이 생각났다. 우리가 만드는 이 첫 순간은 맨발로 돌길을 걸어가는 그런 아픔일까, 얼마나 아플까? 하지만 그가 자신을 아프도록 내버려 두진 않을 거란 걸 믿었다.

그녀는 자신의 마음을 말해 줘야 할 것 같아 용기를 냈다.

"나도 원해요."

진주는 두 팔을 올려 그를 감싸 안았고, 어디서 시작되었는지 모르게 몸 안 가득 퍼져 오는 날카로운 자극에 눈을 찡그렸다.

그 순간부터였다.

세심하고 다정하고 느릿하던 윤재가 짐승이 되고 만 것은.

"네가 얼마나 사랑스러운지, 증명해 줄게."

그는 그녀의 움직임 하나 놓치지 않고 민감하게 반응했다.

"딴생각은 안 돼."

뜨거워진 호흡과 맺혀 흐르는 땀으로 정신이 혼미해지는 와중에도 윤재는 진주의 흐트러지는 시선까지 집요하게 보았다. 그는 매 순간 진주가 자신을 봐 주길 요구했다.

"날 봐 줘."

그러다 어느 순간부터 자제력을 잃은 윤재가 붉어진 눈동자를 하고 잇새로 소리를 냈다. 그녀를 사랑스럽다는 눈빛으로 내려다보던 윤재는 진주를 연신 쓰다듬으며 입술을 내렸다.

"이젠, 멈출 수 없어. 미안하다."

평소엔 반듯하기 그지없는 이윤재. 서늘하고 차갑게 내리깔리는 그의 무거운 눈동자가 그렇게나 흐트러져 엉망이 될 거라고 누가 상상이나 했을까. 무표정하게 입을 굳게 닫고 존재만으로도 숨 막히게 했던 그는 그녀를 향한 욕망을 한순간도 숨기지 않고 거침없었다. 그는 끝이 없었고 집요했다. 그러면서도 아이처럼 파고들며 안아 달라 졸라 댔기에 진주는 힘겨우면서도 웃음이 났다.

성역이 사라진 둘의 시간과 공간에서 부드럽고 아름다운 진주에게 윤재는 황홀함을 거듭 맛보았다. 닿으면 닿을수록 예쁘고 몸서리치게 좋은 감각의 향연들로 녹아내릴 것 같았다.

"하아……."

윤재는 그녀에게 홀린 것이 틀림없다고 생각했다. 간간이 수줍게 그의 등이며 목에 닿는 그녀의 감촉이 걷잡을 수 없는 흥분으로 그를 이끌었다.

어느새 정오가 지나고 있었다. 그는 아이를 어르듯 진주를 껴안고 그녀의 등을 토닥여 줬다. 눈을 감은 진주는 그에게서 풍겨 오는 체취를 흠뻑 들이마셨다.

"윤재 씨, 어떤 브랜드 향수 써요?"

진주는 늘 궁금하던 걸 물었다. 익숙하면서도 조금은 다른 그에게서 나는 향. 이름을 알고 싶어 찾아봐도 파우더 룸이나 드레스 룸에서 향수를 본 적은 없었다.

"향수? 무슨 향수?"

"매일 뿌리는 향수요. 윤재 씨에게 좋은 냄새가 나거든요."

그는 피식 웃었다.

"난 향수 안 써."

"아닌데."

진주는 한 번 더 그의 가슴과 목 주변에 코를 갖다 대고 그의 체취를 들이마셨다. 마른 나무에서 나는 냄새 같기도 하고 바위에 앉으면 나는 냄새 같기도 한 익숙하고 독특한 향기.

"분명히 내가 좋아하는 향이 나는데."

윤재는 진주의 흘러내린 머리카락을 이마에서 귀 뒤로 올려 주었다.

"배진주가 쓰는 샴푸랑 바디로션 냄새일걸."

"내가 아니고 윤재 씨에게 나는 향이요."

"맞아. 네가 쓰는 샴푸와 바디로션으로 바꿔서 쓰고 있어."

"네?"

윤재는 그녀의 맑고 깨끗한 냄새가 좋았다. 그래서 진주에게 봉숭아 물을 들여 주던 그날, 자신에게서 그녀의 냄새가 나는 게 좋아 샴푸도, 바디로션도 진주의 것으로 모두 바꿔 버렸다.

"제 걸 왜요?"

"좋은 향기가 나거든. 그걸 쓰니 나에게 네 향기가 나는 것 같아서 기분 좋았어."

거기에 그녀의 체향이 섞여 늘 알싸한 그녀만의 향기가 만들어졌기에 윤재는 그 은근한 향이 좋았다.

고개를 내리던 진주의 눈에 그의 손톱이 걸렸다. 그의 손톱은 밖으로 튀어나온 손톱이라곤 하나도 없을 정도로 지나치게 짧았다. 깔끔하게 정리한 듯 보였다. 하지만 너무 짧아 잘못하면 아플 텐데.

"손톱을 왜 이렇게 짧게 깎은 거예요? 아프겠다."

"널 만지다가 혹시라도 내 손톱 때문에 상처가 나면 안 되니까."

전혀 생각하지 못한 이유였는지 진주는 짧게 깎은 윤재의 손톱을 말없이 내려다보았다.

그 모습을 보던 윤재는 걱정해 주는 그녀의 마음이 아릿해 그녀의 머리를 쓰다듬다가 헝클었다.

사실 윤재는 진주를 꼭 안거나, 키스할 때마다 생각보다 연약하고 부드러운 진주의 몸을 알게 되었고 그녀가 자신의 거친 몸짓에 상처가 날 수 있겠단 생각이 들었다. 그래서 손톱과 발톱을 짧게 자르고 세심하게 손질하는 버릇이 생겼다. 봉숭아 물이 붉게 든 짧은 새끼 손톱을 보며 이게 무슨 짓이냐고 네가 이렇게 유난을 떠는 게 우습지 않냐고 스스로를 놀리기도 했다.

하지만 오늘 아침 이후 그런 생각은 싹 사라지고 말았다. 그녀는 녹아 없어질 듯 부드러웠고 그는 억제하려 애써도 마냥 거칠어졌기 때문이다.

"진주야, 혹시 아픈 데는 없어?"

윤재는 그동안 욱여넣어 둔 감정을 봇물 터지듯 터트렸기에
진주가 걱정되어 조심스럽게 물었다.

"괜찮아요."

다행히 진주는 평소와 다름없어 보였고 지난밤의 피곤함도
어느덧 사라진 것 같았다. 진주는 윤재의 짧은 손톱을 다시
보더니 윤재의 손가락 몇 개를 그러쥐고는 그를 보며 말했다.

"이번 유럽 공연 마치고 우리 집에 가면, 윤재 씨 손톱은 내
가 깎아 줄게요."

"정말?"

맑은 눈동자가 흔들리며 그를 보며 웃었다. 윤재는 그녀를
안고 눈을 감았다.

몇 시간 후, 까무룩 잠들었던 진주가 다시 눈을 떴다. 커튼
을 모두 치고 조명 하나 외엔 어떤 빛도 없었기에 시간이 멈춘
듯 방 안은 어둡고 고요했다.

"잘 잤어? 몸은 좀 어때?"

눈을 뜨니 그가 먼저 인사했다. 그의 말을 듣고 보니 확실히
몸이 무겁고 뻐근했다. 하지만 일어나야겠단 생각이 들었다.
밥도 먹고 파리까지 왔는데 관광도 해야지.

진주가 잠시 생각하느라 답을 하지 않자, 윤재는 대답이 없는 진주가 걱정되었다.

"오늘은 무리하지 말고 푹 쉬자."

"아니에요, 괜찮아요. 너무 많이 누워 있었단 말이에요."

진주는 가만히 있으면 그와 하루 종일 침대에 있을 것 같았기에 일부러 또렷한 목소리로 말했다.

"배도 고프고 가 보고 싶은 곳도 있어요."

진주의 말을 들으니 윤재는 해외여행인데 침대에만 있는 것도 진주에게는 안 좋을 것 같다는 생각이 들었다.

"그랬어?"

진주는 말을 하다 보니 오늘이 윤재의 휴일이 아니란 생각이 갑자기 들었다.

"헙, 윤재 씨 출근!"

어제 공연을 올렸으니 다음 날 공연은 없겠으나 다른 일로도 바쁜 그가 출근하지 않을 리는 없었다. 그러기에 그가 일어나 출근 준비를 하지 않은 것에 놀란 진주는 서둘러 시간을 확인했다.

"지금 두 시가 다 되어 가는데, 혹시 시간이 이렇게 지난 걸 모르고 잔 거예요?"

사실 아까 진주가 잠들었을 때, 윤재는 오늘 꼭 해야 할 일들을 미리 처리하고 직원들에게 전할 지시 사항을 메일과 문자로 보냈다.

"오늘 회의가 있었는데 그건 나 없이도 가능한 회의야. 내가 할 일은 새벽에 메일로 이미 처리했어.”

“그럼 출근을 아직 안 한 거예요? 괜히 저 때문에 그런 거면 안 그러셔도 돼요.”

그의 일을 방해하려고 그를 만나러 온 건 아닌데. 그녀를 향해 몸을 돌리고 누워 턱을 괸 윤재는 그녀의 말에 탐탁지 않다는 표정을 지었다.

“신혼 중에 아내가 남편을 만나겠다고 이 먼 곳으로 찾아왔는데 어떻게 출근하지? 이 상황에 출근하면 직원들이 오히려 이상하게 생각하지 않을까.”

그뿐인가. 우리는 첫날밤을 이제 막 맞이한 신혼부부가 됐는데.

“우리는 사귄 지 1일, 결혼 1일, 이런 개념이 남들과는 달랐잖아. 그래서 말인데 오늘을 기념일로 하는 건 어때?”

“무슨 기념일요?”

“진짜 우리의 1일.”

진주는 황당한 기념일에 입술을 조금 벌렸다.

하지만 듣고 보니 그의 말이 맞는 것 같기도 했다. 생각해 보면 결혼식 자체가 쇼윈도였던 둘에게 결혼기념일은 큰 의미가 될 것 같지 않았다. 어쩌면 그의 말대로 진짜 부부가 된 오늘이 가장 중요한 날인 것 같았다.

“좋아요.”

진주가 수줍게 웃으면서 대답했고, 그 모습을 본 윤재는 갑자기 미안하다는 표정을 지으며 말했다.

"진주가 여기 있는 동안 며칠이라도 휴가를 내고 싶었는데 그건 안 됐어."

윤재는 밤새워 일하다가 한 주의 일정을 붙들고 이틀이라도 휴가를 내려 애써 보았으나 변경할 수 없는 중요한 일정이 있었기에 그것은 불가능했다.

"하지만 오늘은 괜찮아. 오늘은 어차피 회의 빼곤 바쁜 일정도 없었어."

진주는 그의 설명에 그제야 마음에 안심이 되었다. 오늘만이라도 그와 오래 같이 있을 수 있단 생각에 기뻤다.

"그럼 오늘 윤재 씨와 같이 다녀도 되는 거예요?"

"응. 맛있는 거 먹고, 멋진 곳에 가고, 쇼핑도 하자."

"와."

진주는 멋진 파리의 거리를 그와 걸어 보고 싶었다. 공항에서 극장으로 오는 택시 안에서 바라본 파리의 거리와 공원들은 그녀가 줄곧 상상하던 것보다 더 아름다웠기에 루브르 박물관도 가보고 노천 카페에서 커피를 마시고 그와 거리를 거닐며 아이스크림을 먹어 보고도 싶었다.

"이제 정말 일어날래요."

시계를 보니 어느새 아까운 시간은 더 후루룩 지나 있었다.

"세상에! 너무 늦었어요."

진주는 침대에서 몸을 일으키려 했다.

"……!"

그 순간 이불을 살짝 들추다가 놀라운 사실 하나를 깨닫고 충격에 빠졌다.

'헉. 이게 뭐야.'

그건 자신의 몸 상태에 대한 자각이었다.

'지금 나…… 아무것도 안 입고 있잖아……!'

그 일 이후로 진주는 계속 이불 속에 있었기에 몰랐던 거였다. 그 사실을 깨달은 진주는 그걸 알게 됨과 동시에 눈뜨기가 힘들 정도의 부끄러움에 사로잡혀서 얼굴이 새빨갛게 달아올랐다.

'어쩌지? 이 상태로 어떻게 침대를 빠져나가지?'

일어나 앉을 수도 없는 상황이었다. 표시 나지 않게 이불을 자신의 몸쪽으로 끌어모을 뿐.

"윤재 씨가 먼저 일어나 씻어요."

진주는 그가 먼저 일어나 욕실로 가면 그 사이에 자기가 일어나면 되겠다고 생각했다. 그런데 이 남자는 이불 속에서 일어날 생각이 없어 보였다.

사실, 윤재는 아까부터 그의 목 아래서 간지럽게 흔들리는 그녀의 머리카락과 이마에 또 자극을 받고 있었다. 이미 다 보이고도 부끄러워하는 진주의 모습마저 사랑스럽고 귀여웠기에 그녀의 작은 움직임에 부딪히기만 해도 윤재의 마음속에 뜨거운 김이 순식간에 차오르는 느낌이 났다. 솔직한 마음으로는 밖으로 나가지 않고 호텔에서만 그녀와의 시간을 보내고 싶었다. 그러나 진주가 가고 싶은 곳이 있다는데 챙겨서 나가야 할 것 같았다.

'지금은 참자.'

진주가 한 번 더 말했다.

"빨리 일어나요……."

"……."

윤재는 움찔거리는 진주의 목과 어깨 사이에 자신의 얼굴을 비벼 댔다. 그러다 그의 입술이 그녀의 입술을 찾더니 쪽하고 뽀뽀했다.

"그 전에 딱 한 번만 더 안아 줘."

그의 목소리가 진주의 귓가를 어지럽혔다. 진주는 그에게 팔을 뻗어 매달리듯 안아 주었다. 그러자 윤재의 팔도 그녀를 감싸 안았다. 진주는 그에게 이렇게 안길 때면 좋아하는 마음도 계단처럼 높이가 있는 것 같았다. 그러면 마음의 고도가 더 높아지고 애틋해졌다.

"이제 일어나서 밥도 먹고 구경하러 가야 하니 먼저 일어나 주시겠어요?"

"알았어."

그는 홱 이불을 걷고 일어났다.

"허업!"

바지만 입고 있는 윤재의 모습에 놀란 진주는 허겁지겁 눈을 감고 이불 속으로 얼굴을 묻었다. 그 모습을 본 윤재는 아무렇지 않다는 듯 무감하게 말했다.

"뭘 그렇게 놀라? 좀 전에 다 봤을 텐데."

"안, 봤거든요!"

윤재가 피식 웃으며 방을 나갔다. 그가 나가는 걸 본 진주도 욕실로 들어가려 몸을 일으켰다.

"으윽!"

저도 모르게 앓는 소리가 삐져나왔다.

'이거 왜 이러지?'

계속 누워 있을 때는 몰랐는데 몸을 움직이니 온몸이 성한 데 없이 욱신거렸다. 그렇게 진주에게 신혼의 스펙터클한 일상이 시작되고 있었다.

chapter 12

밖에서 하는 키스, 안에서 하는 키스

잠시 후, 나갈 준비를 마친 두 사람은 파리의 푸른 거리로 나와 데이트를 시작했다. 우선 유명한 프렌치 레스토랑을 찾아 세계적으로 유명한 셰프가 접시 하나하나를 도화지 삼아 그린 것 같은 아름답고 맛있는 점심을 먹었다.

그리고 진주는 인터넷에서 미리 찾아본 아이스크림 가게에 들어가 딸기 아이스크림을 포장해 들고 그와 걸었다. 둘은 한 성당 옆의 커다란 공원으로 들어가 중앙 분수 앞으로 갔다.

"공원이나 거리, 건물들이 하나같이 전시 작품처럼 예뻐요."

"파리는 예술의 도시니까."

"우리 저기 앉아요."

둥근 분수를 둘러싸고 벤치가 놓여 있었다. 둘은 벤치에 앉았고, 윤재는 포장해 온 아이스크림을 열어 진주에게 건넸다. 그는 벤치에 앉은 상태로 분수대 펜스에 두 발을 올렸다.

"너도 이렇게 해 봐. 여긴 이렇게, 발을 올리고 앉아서 분수를 보는 거야.”

“그래요?”

진주는 그와 똑같은 자세로 펜스에 다리를 올렸다. 그와 그
녀의 네 발이 나란히 올려졌다. 진주의 눈에 두 쌍의 발이 다
정해 보였다.

‘발이 나랑 닮았네. 크기도 다르고 모양도 다른데, 잘 어울
리는 것 같아.’

“아이스크림 먹어요.”

진주가 아이스크림 컵을 윤재 앞으로 가져갔다.

“난 사실 아이스크림 싫어해.”

그의 답을 듣고는 진주가 고개를 돌려 그를 보았다.

이미 그가 단 걸 잘 먹지 않는다는 걸 진주도 알고 있었지
만, 먼저 그가 자신에 대해 말해 주니 고맙기도 했다.

“하지만 이제 좋아해 보려고.”

“……?”

진주의 눈길이 윤재에게 꽂히자 그는 은근히 입꼬리를 올리
고 웃었다.

“배진주가 먹여 주면 얼마든지 먹지.”

진주가 저 분수 물을 먹인다 해도 윤재는 다 먹을 자신이
있었다. 진주는 그 말에 의미심장한 얼굴을 했다.

“정말 먹을 수 있어요?”

“당연하지.”

진주는 장난스레 숟가락으로 아이스크림을 가득 떴다. 그리

고 그의 눈앞에 가져갔다.

"이렇게 많이도 먹을 수 있어요?"

그는 고개를 끄덕였고 입을 벌렸다.

"정말 이걸 다 넣어요?"

"아."

그의 입이 더 크게 벌어지자 진주는 그의 입속에 아이스크림을 넣어 줬다. 담뿍 아이스크림을 받아먹은 윤재는 단맛을 느끼고 조금 몸서리치며 떨었고, 진주는 그 모습을 웃으며 쳐다보았다. 진주는 자신도 아이스크림을 먹으려 고개를 숙였다. 그런데 그의 한 손이 예고도 없이 진주의 목덜미로 파고들었다.

"너무 달아. 나눠 먹자."

다디단 아이스크림을 먹던 윤재의 입술이 진주의 입술로 단단히 맞물려 왔다. 달콤한 아이스크림의 맛과 향이 어느덧 그녀의 입속으로 전해 들어왔다. 하지만 아이스크림이 달콤한건지, 그가 달콤한 건지 구별하기란 어려웠다.

잠시 입술을 뗀 윤재는 그녀의 턱을 한 손으로 감싸 쥐더니그녀의 입술에 묻은 아이스크림 조각을 엄지손가락으로 훑으며 닦아 냈다. 그러다 어느새 다시 그녀의 입술을 머금었다.

'이렇게 키스를 하다니⋯⋯!'

진주는 머리끝에서 발끝까지 찌릿하게 전해지는 아찔한 느낌에 저도 모르게 그의 무릎을 움켜잡고 말았다. 그러나 그는 쉬지 않고 계속 입술을 부딪쳐 왔고 어느새 진주의 몸과 그의 몸은 빈틈없이 붙어 있었다.

잠시 후 그는 이마를 살짝 맞댄 채 진주에게 물었다.

"아직도 그렇게 부끄러워?"

입술을 뗀 윤재는 애교스럽게 눈꼬리를 휘며 그녀에게 물었다.

그의 질문에 진주는 의아했다. 부끄럽지 않은 게 이상한 거 아닐까? 사람들이 다 보는 공원 벤치에서 아이스크림을 먹다가 갑자기 키스를 하는데…….

"이제 큰일 났네."

"……?"

"앞으론 아이스크림보다 내 입술이 더 맛있다고 생각할 테니."

"네에?"

"배진주는 딸기 아이스크림을 먹을 때마다 내가 생각날 거거든."

"아, 아니거든요!"

답은 그렇게 했지만, 윤재의 말이 맞을 것 같았다. 앞으로 아이스크림을 먹을 때마다 이 파리 정원의 분수가 생각나고 그의 달콤한 키스가 생각날 것 같았다.

윤재는 장난스러운 표정을 짓더니 진주의 손에 든 아이스크림을 받아 들었다.

"남은 아이스크림은 내가 먹어 줄까?"

"아니요!"

조금 전 윤재의 행동을 떠올리던 진주는 놀란 얼굴을 했다.

"입술로 말고 그냥 떠먹여 줄게."

윤재는 정말로 떠먹여 주고 싶은 생각이었지만 진주는 믿지 않는 듯 보였다.

"됐어요."

진주는 귀까지 새빨개진 채로 그에게서 남은 아이스크림을 가져와 급히 먹었고, 윤재는 그 모습을 아쉽게 쳐다보았다.

하늘은 푸르렀고 분수에서 떨어지는 물소리가 음악 소리 같았다.

윤재는 어느덧 그녀의 손을 가져와 만지작거리고 있었다. 아이스크림을 먹느라 손이 차가워졌다는 말도 안 되는 핑계를 대면서.

진주는 그런 그가 좋아서 자신도 윤재의 손을 꽉 움켜쥐고는 눈앞에 보이는 아름다운 풍경을 눈에 가득 담았다.

분수대 앞에서 이런저런 이야기를 나누고 있는데 갑자기 윤재가 진주에게 물었다.

"혹시 진주는 어렸을 때 날 만난 기억이 나?"

"네. 열 살 때쯤 윤재 씨가 아버지에게 인사하러 왔던 기억은 있어요."

그가 마지막으로 진주의 아버지에게 북을 배우러 온 날을 진주는 기억하고 있었다. 그가 유학을 떠나기 전날이었기에 아버지를 찾아와 인사를 했던 기억이 났다. 어릴 때도 아주 큰 키에 잘생긴 이윤재를 강아와 몰래 보고 설레어 호들갑을 떨며 감탄했던 기억이 있었다. 하지만 서로 대화를 나눠 본 적이 없었다. 그랬기에 윤재는 진주의 기억 속에서 잊혔었다.

창극단 오디션에서 그렇게 만나기 전까지는.

"스승님은…… 아니지, 이제 아버님이시지. 아버님은 북을 가르치면서 나에게 배진주 얘기를 많이 하셨어."

진주는 처음 듣는 얘기였기에 윤재에게로 고개를 돌렸다.

"아빠가 윤재 씨에게 내 얘기를요?"

그에게 듣는 아버지에 관한 얘기는 진주에겐 퍽 낯설었다.

"한번은 강아 씨와 놀다가 고집 한 번 부리지 못하고 또 지고 들어왔다고 하소연도 하셨어. 애가 저렇게 물러서 앞으로 이 힘든 세상 어떻게 살겠냐고."

진주의 눈은 동그랗게 커졌다.

"정말 아빠가 그렇게 말했다고요?"

진주는 믿어지지 않았다. 기주는 진주에게 강아의 형편이 좋지 않으니 소리를 포기하지 않게 잘 도와주라고 했고 가능하면 양보하라고 늘 말했기 때문이다. 게다가 아빠가 속에 있는 진짜 마음을 어린 윤재에게 말했다는 것도 놀라웠다.

"믿어지지 않아요."

"내가 다시 말할 수 있도록 이끌어 주신 분이니 내 아버지에겐 아들을 고쳐 준 은인이시지."

그의 말을 듣다 보니 진주는 그가 더 궁금해졌다. 그는 유럽에서 어떤 유년 시절을 보냈을까. 그러고 보니 윤재에 대해 아는 것이 얼마 없다는 생각이 들었다.

"윤재 씨는 어렸을 때 어땠어요?"

분수를 보며 말하던 그는 팔짱을 끼고 호기심이 가득해진 진주의 눈동자를 보았다.

톡.

윤재는 진주의 발을 자신의 발로 톡톡 치면서 장난스럽게 말했다.

"그건 다음에. 한 번에 다 파악될 만큼 내가 그렇게 쉬운 남자가 아니거든."

"치이."

그의 장난을 알아차린 진주도 똑같이 그의 발을 건드렸다.

톡톡톡.

아무것도 아닌 순간의 발 장난이었으나 진주는 설렜다.

이게 뭐라고.

살짝 붉어진 진주의 얼굴을 보던 윤재는 그녀에게 얼굴을 바짝 당겨 말했다.

"지금 키스해도 돼?"

그가 자신의 동의를 구한다. 이제 키스는 그냥 해도 될 것 같은데. 이렇게 물어 오면 진주는 그렇다고 말하기가 더 민망했다.

"조금 전에도 키스⋯⋯했잖아요."

진주의 시선이 아래로 내려갔다.

"그건 키스가 아니고 그냥 아이스크림을 먹여 준 건데?"

진주는 입술을 조금 벌린 채 고개를 들어 윤재를 보았다. 그게 어떻게 아이스크림을 먹여 준 거지? 이상한 남자야. 하지만 한편으로는 이런 야한 말을 능청스럽게 하는 그가 오히려 귀엽게 보이기도 했다.

'그래⋯⋯. 여긴 파리니까.'

파리의 거리를 걸으며 노천카페에 앉은 커플들이 아무렇지 않게 안고서 깊은 키스를 나누는 모습을 많이 본 진주는 어느새 자기 합리화를 하고 있었다. 뿐만 아니었다. 자신들의 옆자리에 앉은 나이가 많은 한 노인 부부도 서로 웃으며 이야기하더니 자연스럽게 마주치는 눈빛 끝에 키스를 하고 있었다.

그가 가끔 하던 말처럼 진주가 보기에도 유럽 사람들은 서로를 만지고 키스하는 것에 주저함이 없었다. 쭈뼛거리는 자신이 오히려 이곳에선 이방인처럼 느껴졌다.

진주는 그가 그녀의 발을 톡톡 두드렸을 때 이미 알고 있었다. 그가 그녀를 열기 위해 두드리고 있단 걸, 그리고 자신도 그를 두드리고 있다는 걸.

"윤재 씨는 정말 다른 사람이 신경 쓰이지 않아요?"

그녀는 불쑥 물었다.

"신경 쓰이지 않아. 나에겐 배진주만 중요하니까. 단지 진주네 생각만 신경 쓰여."

윤재는 당당한 자신의 대답에 시선을 떨어뜨리는 진주에게 속삭이듯 말했다.

"키스가 무슨 의미인 줄 알아?"

키스에도 의미가 있을까?

"밖에서 하는 키스에는 이 예쁜 여자가 내 거니 딴 놈들은 쳐다보지 말란 의미가 담겨 있지."

진주는 피식 웃음이 나왔다.

"안에서 하는 키스는요?"

"오직 나만 봐 달라는 수컷들의 구걸?"

"구걸이요?"

그와 전혀 어울리지 않는 단어였다. 구걸이라니, 유혹이면 모를까. 그것도 아주 매력적이라 떨칠 수가 없는 유혹.

"이제 서론이 끝났으니 본론으로 들어가도 될까?"

진주는 눈을 천천히 감았다. 파르르 감기며 떠는 진주의 속눈썹을 보며 벅차오르는 감정을 느낀 윤재는 단숨에 감미롭고 깊은 키스를 그녀에게 퍼부었다.

해가 질 무렵 호텔 로비로 들어온 윤재는 진주의 손을 잡고 룸으로 올라가는 방향이 아닌 다른 곳으로 그녀를 이끌었다.

"어디로 가는 거예요?"

"주고 싶은 게 있어."

호텔 프런트에서 다른 통로로 이어진 로비로 가자, 그곳에는 이 호텔의 계열사 매장들이 있었다. 주얼리와 의류, 향수 등의 프랑스 명품 브랜드 매장들 중 윤재가 들어간 곳은 블랙과 화이트 디자인으로 유명한 주얼리 숍이었다.

윤재는 진주에게 줄 출장 선물을 사 가려고 미리 이 브랜드의 주얼리를 알아본 적이 있었다. 그런데 마침 이 호텔에 그 매장이 있기에 진주와 같이 들어온 것이다.

생각해 보니 윤재는 진주에게 무엇 하나 직접 사 준 선물이 없었다. 여자의 액세서리를 직접 골라 보는 건 처음이었으나 여기의 보석이 진주에게 잘 어울릴 거란 생각을 했었다.

"여긴 왜요?"

"진주가 나에게 큰 선물을 줬으니 나도 작게나마 선물을 하고 싶어서."

"전 선물을 준 적이 없는데요."

"여기에 네가 와 준 게 가장 큰 선물이지."

"……."

"그리고 의미 있는 선물을 주고 싶기도 했어."

윤재는 결혼반지를 같이 고르지 못했던 것도 마음에 걸렸다. 이 정도로 진주를 사랑하게 될 줄 알았더라면 계약 결혼이니 쇼윈도니 하는 얘기는 입 밖으로 꺼내지도 않았을 텐데.

그녀에게 가장 아름다워야 할 연애와 결혼에 대한 추억을 망쳐 버린 것 같았다.

"이거 어때?"

윤재는 한 목걸이를 눈여겨보더니 직원에게 꺼내 달라고 말했다. 매니저가 그의 말을 듣더니 보석 상자를 꺼내 주었다. 검은색 상자 안에는 라운드 모양으로 다이아몬드가 촘촘히 박힌 심플한 목걸이가 보였다.

"한복이나 원피스에 받쳐 입으면 우아해 보일 거 같은데."

그의 안목은 늘 탁월했다. 그가 고른 목걸이의 디자인이 과하지 않고 은은해 보였기에 진주 역시 마음에 들었다. 그는 그 목걸이로 선택한 후 진주의 목에 목걸이를 걸어 주었다.

"결혼반지를 같이 고르러 가지 못해서 마음에 걸렸어. 그래서 너에게 제대로 된 선물을 주고 싶었어."

진주는 감동받은 얼굴로 목걸이를 만지작거렸다.

"고마워요."

목걸이를 사고 나온 윤재는 주얼리 숍에서 나와 바로 옆 의류 매장으로 들어갔다.

"여긴 또 왜 들어가요?"

"파리에서 옷이며 필요한 걸 사 가려고 배낭 하나만 가져온 거 아닌가?"

"그건 맞긴 한데……."

"여기서 진주 옷이랑 가방도 하나 사지."

"가방이요?"

"짐이 늘었으니 서울로 갈 땐 작은 배낭으론 안 될 것 같은데."

그의 말이 맞았기에 진주는 의류 가게로 들어가 옷도 같이 둘러봤다. 그와 자신의 취향이 적절히 섞인 원피스 한 벌과 편한 옷을 두 벌 샀고 캐리어도 하나 샀다. 하지만 진주는 그의 선물이 마음에 걸렸다. 너무 받기만 하는데. 그러다 옆 잠옷 매장이 눈에 들어왔다.

"윤재 씨, 저기 들어가요."

"잠옷 가게를?"

"잠옷은 내가 선물할게요."

진주는 커플 잠옷이 있는 곳으로 갔다.

그에게 어울리는 무난한 디자인으로 선택하려 했으나 윤재는 그녀가 마음에 들어 하는 잠옷을 눈치채고는 그것도 괜찮다고 말했다.

"난 좋아하지만 이런 디자인은 윤재 씨 취향 아니잖아요."

"잠옷을 다른 사람들에게 보여 줄 것도 아니고. 배진주에게만 이런 모습 보여 주면 기억에 남을 것 같아서."

"……"

"게다가 커플 잠옷이잖아."

"하긴, 이런 잠옷도 윤재 씨랑 잘 어울릴 것 같아요."

"그렇지? 내가 소화 못 하는 옷은 세상에 별로 없어. 우주복을 입어도 멋질 거야."

"참. 그런 농담은 어디서 배운 거예요?"

진주는 평소엔 다른 이들과 거의 말을 안 하는 윤재가 자신과 있을 땐 말이 많아지고 농담도 많이 한단 사실이 신기했다. 자신이 그에게 특별한 사람이 된 것 같아서.

"농담도 사실 아버님께 배웠어. 배진주가 세상에서 제일 예쁘다더군."

"하아."

진담인지 농담인지 구분할 수 없는 그의 농담. 진주는 그런 그를 보고 있으니 황당하면서도 가슴속이 뭔가 간질거렸다.

"눈에 넣어도 안 아픈 예쁜 딸이라 어떤 잘난 놈이 와도 안 준다고 하셨거든."

"피이."

진주는 딸 바보였던 아빠를 잠시 떠올렸다.

"이제 호텔에 가서 쉬자. 오늘 좀 많이 다녔지?"

그가 그녀를 한 팔 안에 가두어 안았고 둘은 스위트룸으로 가는 엘리베이터에 올랐다.

방으로 올라온 진주와 윤재는 호텔 셰프의 추천 메뉴로 저녁 식사를 마친 후, 그가 직접 주문한 부드러운 화이트 와인을 마시며 소파에 앉아 잠시 여유를 부리고 있었다.

"오늘 좀 많이 걸었지?"

"평소보다 많이 걸은 것도 아닌걸요."

"내일 일정은 정했어?"

"루브르 박물관에 가려고요."

"호텔에서 쉬다가 미팅 끝내면 나랑 같이 가."

윤재의 얼굴에 안타까운 표정이 스쳤다. 진주는 그의 마음이 충분히 이해가 갔다. 하지만 그가 호텔에서 기다리는 자신 때문에 일에 제대로 집중할 것 같지 않았다.

"루브르 박물관은 제대로 보려면 3일은 꼼꼼히 봐야 한대요. 먼저 가서 알차게 구경하고 있을 테니 일 다 마치고 시간 되면 와요. 해설도 일일이 챙겨 듣고 있을게요."

"알겠어."

진주의 야무진 대답에 윤재가 기특하다는 듯 머리를 쓰다듬었다.

"그럼 내일 일정이 있으니까 얼른 자자."

그가 씻으러 일어나는 걸 보던 진주가 뜸을 들이다가 멋쩍어하며 말했다.

"오늘 산 윤재 씨 잠옷, 꼭 입고 나올 거죠?"

"당연하지."

잠시 후, 먼저 잠옷을 갈아입고 나온 진주가 윤재를 기다리다 그의 인기척을 느껴 돌아봤다. 윤재는 욕실에서 쭈뼛거리며 어색한 표정을 지으며 나왔다.

"푸훗!"

진주는 윤재의 모습을 보고 웃음을 참으려 안간힘을 썼다. 하지만 불가능했다.

"와하하!"

커다란 곰돌이가 박힌 귀여운 잠옷을 갈아입고 욕실에서 주춤거리며 나오는 그를 보면서 진주는 참지 못하고 소리 내 웃고 말았다. 이윤재가 귀여운 잠옷을 입고 부끄러운 얼굴로 나오다니. 평소 그의 모습을 생각한다면 그 누구도 상상 못 할 그의 모습에 진주의 마음이 완전히 풀어졌다. 그 소속감이 너무나 안심되고 좋아서.

나만 아는 이윤재. 내 남자, 내 남편.

"정말 잘 어울려요."

무엇이든 잘 어울린다는 그의 말대로 귀여운 잠옷마저 그의 밝은 얼굴색에 잘 어울렸다. 눈물이 나도록 웃고 있는 진주를 보며 느른한 표정을 짓던 윤재는 어느새 그녀에게 바짝 다가왔다.

그와 시선이 순간적으로 엉켜 들자 그녀는 그만 후욱 심장이 내려앉아 버렸다. 그녀는 마음을 가다듬으려 몇 번 눈을 깜박였고 어느새 윤재는 진주에게 다가왔다.

"오늘이 파리에서 보내는 두 번째 밤인가?"

진주는 놀라서 눈이 번쩍 떠졌다. 그의 말에 틀린 건 하나도 없는데, 다른 의미가 있는 건가 확대해 생각하는 습관이 생긴 것 같았다.

방금까지 큰 소리로 웃고 있었는데 그의 한마디로 갑자기 분위기가 바뀌었기에 진주는 긴장이 되었다.

"이제 자야지."

그의 말에 그녀의 심장은 시동을 거는 것처럼 저절로 속도를 올리며 빠르게 질주하기 시작했다.

윤재는 그녀를 거뜬히 안고 침대로 갔다. 진주를 먼저 침대에 눕힌 그는 그 옆에 누워 그녀를 제 곁으로 당겨 안았다. 그의 행동은 하나같이 너무나 자연스러웠기에 진주에게 잠시 스쳤던 어색함은 흔적도 없이 사라졌다. 떨림만이 오롯이 더 진하게 남아 있을 뿐이었다.

그는 세심하게 진주에게 이불을 덮어 주었다.

천장을 보고 누운 진주와 다르게 윤재는 그녀를 바라볼 수 있게 몸을 옆으로 세우고 턱을 괸 채로 그녀를 보았다. 그의 시선이 떨어지지 않으니 진주의 눈동자가 자리를 못 잡고 흔들렸다.

'계속 이렇게 쳐다볼 건가.'

뜨거운 시선이 계속 느껴져 진주도 고개를 돌려 그의 얼굴을 보았다. 가까이에서 보이는 그의 피부가 맑고 깨끗했다.

'아기 같네.'

윤재에게는 어울리지 않는 단어였지만, 그녀의 옆에 누워 알 수 없는 눈빛을 보내는 그가 아기처럼 귀여워 보였다. 안아 주고 싶을 정도로.

진주는 그의 이마에 흘러내린 머리카락을 정리해 올려 주었다. 그의 눈빛이 조금 동요했으나 진주는 그 미세한 차이를 알아차릴 수 없었다. 어느새 진주의 시선은 이마에서 눈으로 내려가고 있었다. 굵고 짙은 눈썹, 그리고 오뚝한 콧날. 그리고 그의 눈꺼풀 위에 떨어진 속눈썹도 보였다.

"속눈썹이 여기 붙어 있어요."

진주가 손가락으로 그의 눈꺼풀에 손을 올려 붙은 것을 떼 주려고 하자 윤재는 지그시 눈을 감았다. 속눈썹을 뗀 후에도 가만히 있는 윤재를 보던 진주는 생각했다.

'키스하고 싶어.'

그의 눈은 여전히 감겨 있었다. 자신의 키스를 기다리는 것처럼.

후읍, 숨을 몰래 들이켠 진주는 잘게 떨고 있는 두 손을 가져가 그의 볼을 잡았다. 그리고 그의 입술에 자신의 입술을 꾸욱 붙였다. 고개를 조금 더 돌려 이번엔 더욱 깊숙이 그에게 키스했다. 하지만 윤재는 그녀의 허리를 단단히 잡고 그녀를 쓰다듬을 뿐 어떤 몸짓도 없이 가만히 있었다. 마치 그녀에게 모든 걸 맡기려는 것처럼.

진주는 팔을 뻗어 그를 힘을 주어 끌어안았다. 심장은 이미 터져도 상관없단 듯 거세게 뛰고 있었다. 작은 물결로 시작해 점점 크게 출렁이듯 심장의 울림도 묵직해졌다. 뜨거운 그의 숨결이 그녀에게 메아리처럼 퍼져서 내려앉자 진주는 그의 목을 더욱 세게 안았다.

잠시 후, 윤재가 드디어 눈을 떴다. 진주는 자신을 꿰뚫을 듯 형형하게 빛나는 그의 눈동자가 따뜻하게 느껴졌다.

"배진주, 이걸로는 모자라."

진주는 여우 같은 이 남자를 얇은 눈매로 게슴츠레하게 보았다. 머릿속은 아직도 윙윙거리며 정신이 없었다.

그녀는 그가 자신에게 해 줬던 키스를 떠올리며 다시 그에게 다가가 그의 윗입술을 슬며시 그녀의 입술로 감쌌다. 뜨거운 입김이 새어 나와 그녀의 입속으로 들어오는 것이 느껴졌다. 그는 그 자극만은 어찌해도 참지 못하겠는지 전율하며 바르르 떨었고 동시에 침대 매트리스가 그녀와 같이 한 번 출렁거렸다.

야수처럼 진주의 위로 올라온 윤재는 진주를 내려다보고 있었다. 그의 시선은 이미 터질 듯 뜨거웠고, 엉망으로 흐트러져 짙게 일렁거리는 눈동자는 그녀도 마찬가지였다. 그의 엄지손가락이 그녀의 입술을 야릇하게 훑어내렸다. 참을 수 없는 간질거림에 그녀가 두 손을 들어 그의 목에 걸고 안자 그는 맹렬하게 달려들어 그녀를 집어삼키기 시작했다.

몇 시간 후, 먼저 잠에서 깬 윤재는 지쳐서 잠든 진주의 모습을 보고선 뒤늦게 후회하는 중이었다. 어젯밤 그녀의 키스에 안달이 나 정신 못 차리고 그녀에게 달려든 것은 자신의 의지와 이성 밖의 일이었다.

'짐승 같은 놈.'

조금 더 세심하게 배려할 수 있었는데.

천천히 조심스럽게 그녀에게 다가가려 그렇게 애썼지만 이미 그녀의 키스로 온몸은 녹아 흐물거리고 있었고, 그녀에게서 나는 향기를 들이마시고 숨겨졌던 뽀얀 살결을 보는 순간 윤재의 머릿속은 그대로 암전이었다. 겨우 남은 이성 끄트머리의 한 줌을 끌어와 아무리 '천천히'를 다짐해도 제 안의 짐승은 사정없이 튀어나와 울부짖었다. 다른 표현이 아무것도 필요 없었다. 그는 딱 미친 짐승이었다.

진주는 여전히 눈을 감고 잠들어 있었다. 윤재는 땀에 젖어 이마에 붙은 그녀의 머리카락을 정리해 넘겨 주었다. 작은 숨을 내쉬며 그는 그녀를 당겨 안았다. 그리고 다시 잠을 청하려 할 때였다. 자는 줄 알았던 진주가 눈을 천천히 떴다.

"으음, 몇 시에요?"

"아직 조금 더 자도 돼."

윤재의 말에 더 자려던 진주는 문득 윤재에게 묻고 싶은 게 생각났다. 어제 분수대 앞에서 그의 어린 시절 얘기를 조금 듣게 된 이후 그의 생각과 사소한 취향들도 궁금해졌고, 그도 좋아하는 사람이 있지 않았을까 하는 호기심이 생긴 것이다.

"궁금한 거 있어요."

"뭐가 궁금한데?"

"……윤재 씨가 바라는 이상형은 어땠어요?"

진주는 괜히 긴장이 되었다. 그가 좋아하는 스타일과 내가 비슷해 좋아하게 된 걸까. 그랬으면 좋겠는데.

"이상형? 그런 건 없는데."

"살면서 한 번이라도, 눈길 줘 본 사람도 없었어요?"

잠시 생각하던 그는 문득 예전에 눈에 들어왔던 한 사람을 기억해 냈다.

"딱 한 명 있긴 했네."

"정말요? 어떤 사람이었어요?"

진주는 자신이 물어봐 놓고도 막상 윤재에게 눈에 담아 둔 여자가 있었다고 하니 어느새 서운한 감정이 올라왔다.

"잘 웃고 잘 뛰어다녔어."

이 남자는 적극적이고 활동적인 여자를 좋아했구나.

"자기 분야에선 최고였고."

"……."

그가 말을 이어 갈수록 진주는 자신감이 떨어졌다.

"무엇보다 가진 실력이 이미 뛰어난데도 성실하게 매일 노력하는 모습에 감동했던 것 같아."

"감동이요?"

그는 칭찬을 잘 하지 않는 사람이었다. 하지만 한때 마음에 두었다는 누군가에게 쏟아지는 그의 칭찬에 진주의 마음이 쓰라렸다.

"그래서…… 반했어요? 고백도 했어요?"

조금 전까지도 나른하던 그녀는 잠에서 완전히 깨 버렸다. 말도 빨라졌고 얼굴은 어느새 입술을 내민 채 시무룩했다. 그런 그녀의 얼굴을 보고 윤재가 헛웃음을 웃었다.

'배진주가 진짜 질투를 하네.'

윤재는 신혼여행에서 술 취한 진주가 그에게 왜 빈틈이 없냐고 따지던 일이 기억났다. 그는 점점 이렇게 자신을 궁금해하고 질투해 주는 진주가 마음에 들었다.

"고백? 고백은커녕 얼굴 보고 대화도 한 번 못 해 봤어. 그 사람은 예쁘기도 했지만, 너무 대단해 보였거든."

진주의 눈이 동그래졌다.

도대체 어떤 사람이길래 이윤재가 말도 한번 못 해 보고 뒤돌아서게 했을까. 그런 사람이라면 혹시 자기도 아는 사람이 아닐까 하는 생각이 들었다. 혹시 공연계에서 왕성하게 활동 중인 유명한 배우일지도 모른다는 생각이 들었다.

진주가 고개를 돌렸다.

"나 다시 잘래요."

"왜 더 안 물어봐?"

"이제 안 궁금해요."

그녀는 자기가 질문을 해 놓고 삐진 게 틀림없었다. 윤재는 토라져 돌아눕는 진주의 행동도, 그녀의 질투도 좋았기에 은근히 진주를 더 자극하고 싶어졌다.

"누군지 말해 줘? 이름도 정확히 말해 줄 수 있는데."

진주는 고개를 흔들며 이불을 뒤집어썼다.

"괜찮아요, 알고 싶지 않아요."

정말 자신이 아는 사람 중에 있다면, 앞으로 그 사람을 보거나 생각할 때마다 미울 것 같았다.

차라리 이건 모르는 게 나아. 괜히 물어봤네.

"배진주."

"됐다니까요."

"내가 좋아했던 여자 말야."

"안 듣고 싶어요!"

진주는 귀를 막는 시늉을 했다.

"아버님께 북을 배우러 다녔을 때 그 집에 딸이 있었어."

"……?"

"눈동자가 새까맣고 볼이 통통했는데 웃는 게 너무 예뻐서 한 번씩 몰래 나무 뒤에 숨어서 노는 걸 훔쳐봤었지."

"……네?"

진주는 처음엔 그의 말을 잘못 들었다고 생각했다.

"내가 유일하게 관심을 갖게 된 여자가 배진주, 너라고."

"말도 안 돼."

진주의 가슴이 지진이라도 난 듯 떨려 왔다.

"정말 나였다고요?"

"그럼 주위에 그렇게 멋진 여자가 어디 있어? 배진주가 내가 만난 여자 중에 가장 멋진 여자야."

믿어지지 않았다. 어릴 적 멀리서 진주가 가끔 보던 윤재는 아무런 말 없이 아빠에게 북을 배우러 왔었고 진주가 말을 걸어도 늘 대답이 없었다.

"하지만 우린 한 번도 서로 말해 본 적이 없잖아요?"

혹시 내가 기억하지 못하는 그에 대한 기억이 있는 걸까? 윤재를 마지막으로 보았던 때도 진주는 어렸기에 어쩌면 그와의 일을 기억하지 못할 수도 있겠단 생각이 들었다.

"정말 그렇게 생각해?"

어머니의 죽음 이후 누구와도 어울리지 않고, 말도 하지 않았던 윤재가 걱정되었던 윤재의 아버지 지훈은 윤재를 소리를 배우러 오는 또래 친구들이 많은 기주의 집으로 종종 보내곤 했었다.

　처음 윤재가 그곳에 갔을 땐 무표정하게 그저 묵묵히 앉아 있었지만, 기주의 북장단에 맞춰 깨끗한 목소리로 행복하게 노래하는 진주의 얼굴이 기억에 남아 괜히 진주를 쳐다보곤 했다.

　그렇게 자기도 모르게 진주를 신경을 쓰고 있던 어느 날, 진주가 멀리서 윤재의 북소리를 듣다가 대뜸 다가와 환하게 웃으며 말했다.

　— 와아! 오빠, 배운 지 얼마 안 되었는데 북을 정말 잘 치네.

　— ……

　진주는 동그란 눈을 하고 손짓까지 더해 가며 칭찬을 하는데도 윤재가 아무런 반응이나 대답이 없자 얼굴을 굳혔다. 그러다 한 번 더 용기를 내었다.

　— 같이 놀자. 오빠.

　— ……

　하지만 기다려도 윤재가 아무 말이 없자 진주는 하는 수 없이 그냥 가려고 뒤돌았다. 어깨를 늘어뜨리고 힘없이 걸어가던 진주는 그만 돌부리에 발끝이 걸려 넘어지고 말았다.

　윤재의 얘기를 듣던 진주는 그제야 그 순간이 기억났는지 놀라서 두 손으로 입을 막았다.

　"아! 그날 밖으로 나가다 넘어졌는데 무릎이 깨져서 피가 났어요."

"맞아."

윤재는 그 순간을 떠올리며 입술을 늘어뜨리고 웃었다.

— 아얏!

늘 다니던 마당 입구일 텐데 무엇 때문인지 진주는 그만 튀어나온 돌부리를 보지 못하고 제법 심하게 넘어지고 말았다. 넘어지며 바닥을 제대로 짚지 못한 탓에 짧은 바지를 입은 진주의 무릎은 깨져서 피가 새빨갛게 맺히고 말았다. 무릎에 흐르는 피를 보고 놀란 진주는 그대로 앉아 훌쩍이기 시작했다. 그 모습을 보고 있던 윤재는 어느새 진주에게 뛰어가 무릎을 유심히 살펴보더니 말했다.

— 괜……찮아……?

그건 윤재가 몇 년 만에 처음 말을 하게 된 순간이기도 했다. 그리고 나서 윤재는 점점 상태가 좋아지기 시작했고 이후 유럽의 예술 고등학교로 유학을 가게 되었다.

시간이 지나 윤재가 한국에 돌아와 경성창극단에서 작품을 하기로 결정하고 난 후 지훈으로부터 맞선을 보란 제안을 들었을 때 말도 안 되는 소리라며 지훈과 언성을 높였지만, 어린 시절에 몰래 마음에 숨겨 두었던 아이가 어떻게 변했는지 궁금하기도 했었다.

그리고 오디션에서 배진주를 다시 만났을 때.

윤재는 그 부딪힘이 운명일지도 모른다고 생각했다. 상상과 기대보다 더욱 멋진 사람이 되어 제 앞에 나타난 배진주를 보고 윤재는 하릴없이, 속수무책으로 빠져들고 말았으니까.

"배진주, 사랑해."

윤재의 고백에 진주의 눈가가 붉어졌다. 자신이 기억하지도 못하던 시간부터 윤재가 자신을 보고 있었다는 사실이 신기하고 놀라웠다. 그 인연이 이렇게 이어진 것도, 자신이 그 남자와 사랑하는 사이가 된 것도 믿어지지 않을 정도로 감동적이고 놀라웠다.

"나도 사랑해요."

둘은 가볍게 짧은 입맞춤을 나눈 후 다시 서로를 애틋하게 품에 안았다.

다음 날 윤재는 출근했고 진주는 루브르 박물관과 그녀가 가고 싶었던 몇 곳을 다니며 관광을 즐겼다.

벌써 파리에서의 마지막 밤이었다. 둘은 테라스에 나가 바람을 쐬며 파리의 야경을 보고 있었다.

진주는 짧았으나 그래서 더욱 소중했던 파리의 밤과 그 가운데서 반짝이는 에펠탑을 오래 바라보았다.

"시간이 정말 빨리 흘러갔어요."

"……."

진주를 응시하던 윤재는 잠시 말이 없었다.

'다시 떨어지는 건 싫은데.'

윤재는 아쉬움이 가득한 표정이었지만 진주에게 그런 마음을 보이기 싫었기에 잠시 시선을 떨어뜨렸다.

'어떻게 진주를 보내지?'

윤재가 애틋함과 아쉬움이 뒤섞인 한숨을 뱉어 내니 진주가 고개를 돌려 그를 바라봤다. 진주도 이 한숨의 의미를 모르진 않았다.

"내일 오전 비행기로 가는 거지?"

윤재가 먼저 말을 꺼냈다. 그녀가 내일 비행기에 오를 것이란 걸 모를 리 없는데 굳이 다시 물어 확인을 했다. 진주는 그의 말끝이 흐려졌음을 눈치챘다. 그 비행기를 타지 말았으면 하는 그의 마음이 느껴졌다.

그녀도 가고 싶지 않았다. 짧은 여정이었으나 진주는 이곳에서 너무나 많은 그와의 추억을 가지게 되었다. 무엇보다 여기에 여전히 그가 있는데, 도무지 발길이 떨어질 것 같지 않았다. 하지만 그것은 자신의 감정일 뿐 그러면 안 되는 거였다.

그래서 진주는 일부러 짧고 단호한 목소리로 대답했다.

"네."

"하루만 더 있으라고 부탁하면 별론가?"

주춤거리며 작게 울리는 그의 목소리. 진주의 심장이 찌르르 지진이 난 듯 울리더니 아파져 왔다.

별로라니.

그와 너무 어울리지 않는 표현이기에 진주는 일부러 과장된 미소를 짓고 눈엔 슬픔이 담긴 어색한 얼굴로 그를 보았다.

'당신과 계속 같이 있고 싶어요.'

마음은 늘 그랬다. 그와 한시도 떨어지고 싶지 않았다. 하지만……

진주는 오락가락 갈피를 잡지 못하던 어색한 표정을 풀고 살포시 웃었다.

"네. 별로예요."

솔직한 마음으로는 휴가 마지막 날까지 윤재 옆에 있고 싶었으나, 진주 역시 서울로 가서 '춘향과 월매'의 전국 투어 준비를 시작해야 했다. 무엇보다 지금은 자신이 윤재에게 방해가 될 것 같았다.

"배진주, 냉정하네."

단호한 그녀의 답에 윤재는 실망한 아이처럼 코를 찡긋하며 주름을 지었다. 진주는 몸을 돌려 다정하고 깊은 눈동자로 그를 올려다봤다.

"곧 서울에서 만날 거니까. 나도 내 일 열심히 준비하면서 우리 집에서 기다릴 테니 윤재 씨도 마지막까지 유럽에서 멋진 우리 공연 보여 주고 한국에 돌아와요, 자랑스럽게."

진주가 자그만 손으로 그의 커다란 손을 꼭 쥐었다.

윤재는 떼를 부리지도 못 하게 바른말만 골라 하는 그녀 때문에 더 매달리지도 못하겠다 싶어 아쉬웠다.

하지만 내가 이러니 배진주를 좋아하지.

"미안해."

그녀가 떠나는 날은 아침부터 일정이 있어 진주가 공항까지 가는 걸 배웅할 수 없었다. 그러니 오늘 밤이 지나면 새벽에 혼자 진주를 남겨 두고 일하러 나가야 했다. 진주가 혼자 일어나 가방을 챙겨 공항으로 가야 하는 상황이 윤재는 못내 마음 아팠다.

"왜 자꾸 미안하다고 그래요? 내일 공항에 혼자 가는 것도 괜찮아요."

그는 공과 사를 구별하는 것에 철저한 사람이었다. 중요한 일을 앞두고 아내를 배웅하지 못하는 것에 이렇게 미안해하는 것을 보고 진주는 오히려 자신이 더 미안했다.

"총무간사님이 나 대신 공항에 데려다주신다고 했어."

"알았어요. 난 잘 갈 테니 윤재 씨도 걱정 말아요. 도착하면 바로 메시지 보낼게요."

"알겠어."

"이번 유럽 일정이 마무리되면 언제쯤 서울로 오시는 거예요?"

"2주 정도면 유럽 일정은 일단 마무리될 거야."

진주의 휴가가 끝나는 다음 주부터 경성창극단 전국 투어가 시작될 예정이었다. 그러니 그가 서울로 온다 해도 매일 같이 있는 건 어렵겠지만, 그건 지역을 옮겨 다니며 소리판을 벌리는 소리꾼의 숙명이라 생각했기에 진주는 받아들였다.

'그리고 2주 후엔 몇 시간이면 차로 갈 수 있는 거리에 그가 있으니까.'

그것만으로도 진주는 위안이 됐다.

둘은 온기로 가득한 파리에서의 마지막 밤을 보내고 다음 날 각자가 있어야 할 곳으로 돌아갔다.

　진주가 한국으로 돌아간 후 윤재는 바쁜 와중에도 여전히
시간이 날 때마다 전화와 메시지를 통해 유럽 공연 소식을 전
했고 잠옷을 입은 모습을 보여 주거나 공연장의 재미있는 해
프닝을 말해 주었다.

　진주도 이전보다 더 자주 그와 연락하려고 애썼다. 그래서
인지 혼자 있는 일상을 보내다가도 자꾸 파리에서의 며칠이
떠올랐다.

　일어나 눈을 뜨거나, 밥을 먹거나, 소리 연습을 하다 쉬는
시간에도 그곳에서의 기억들이 떠올라 그녀를 웃음 짓게 했
다. 물론 한없이 뜨거웠던 그와의 첫날밤도, 두근거리던 그와
의 키스도 기억나 진주는 혼자서 얼굴을 붉히곤 했다.

　'가길 잘했어.'

　그를 만나기 위해 갑자기 시작된 여행이었지만 그녀가 혼자
서 한 첫 해외여행이었고, 오롯이 혼자만의 결정으로 시작되었
기에 그녀에겐 의미가 남달랐다. 게다가 그곳에서 그와의 잊
지 못할 소중한 추억을 만들게 되었고 마지막 일정으로 루브
르 박물관을 찾아가 관람하면서 그녀는 많은 걸 생각하고 마
음에 담게 됐다.

　훌륭한 예술가들이 가진 작품을 향한 열정과 노력. 그걸 본

그녀 역시 역사에 남을 '소리꾼'으로서 자신의 소리를 더욱 아름답게 만들기 위해 노력해야겠단 다짐을 하게 됐다.

그리고 오늘은 강아와 애순이 진주를 찾아오기로 한 날이었다. 서울에 일이 있어 올라온 애순은 진주에게 연락을 했고 진주의 부탁으로 강아도 함께 온 것이었다. 강아 역시 진주의 파리 여행 얘기를 뒤늦게 듣고 진주에게 궁금한 것이 많았다.

"스승님, 도라지 차 드세요."

"오냐. 너도 앉아."

"네."

진주는 같이 앉아서 파리에 다녀온 일들을 얘기했다. 강아는 미리 진주와 통화한 후라 알고 있었지만 애순은 처음 알게 되었다.

"진주 네가 파리에 갔단 말을 듣고 내가 얼마나 놀랐는지 알아?"

"남편이 공연한다고 거기 있는디 갈 수도 있는 일이제."

애순의 한마디에 진주와 강아는 놀라서 애순을 쳐다봤다. 애순은 당연히 여자 혼자 겁도 없이 남편에게 연락도 않고 거길 찾아갔다고 나무랄 줄 알았기 때문이다.

"그럼요. 그럴 수 있는데요. 진주가 갑자기 파리를 갔다니 그러죠."

진주도 아무것도 아닌 일인 것처럼 강아에게 말했다.

"윤재 씨가 공연하는 걸 알고 있었으니 놀라게 해 주려고 찾아간 거야."

388

"그러니까, 배진주가 서프라이즈를 하겠다고 거기에 간 것도 놀라워."

진주는 싱긋 웃었다. 강아도, 스승님도 이번 여행은 평소 자신의 모습을 벗어난 돌발 행동이라 여겼을 테지만 자신의 색다른 행동에 놀라는 것마저 진주는 기분이 좋았다.

"스승님, 이거요. 이건, 강아 네 선물."

진주는 애순과 강아에게 파리에서 마련한 선물을 건넸다. 윤재는 호텔 주얼리 숍에서 부담스럽지 않은 디자인으로 애순의 목걸이도 같이 사 진주 편으로 보냈다. 그리고 진주는 강아에게 어울릴 만한 잠옷을 사서 여행 선물로 가져왔다.

"어머? 진주야 고마워. 나까지 챙겨 주고."

프랑스산 명품이라며 호들갑을 떠는 강아를 지켜보며 애순은 마시던 찻잔을 내려놓고 넌지시 말을 꺼냈다.

"진주야, 윤재가 한국에 오면 얼마 지나서 아버지 기일인 거 알제?"

"네."

그러고 보니 결혼 후 처음 맞이하는 기일이었다.

"네가 결혼을 했으니 올해부터는 이 집에서 제사를 지내야제. 그리고 결혼하고 첫 제사니, 윤재하고 아버지 산소에 가서 인사하고 오는 건 어떠냐?"

작년까지는 애순의 집에서 아버지의 제사를 지냈지만, 결혼을 한 이상 애순의 집에서 제사를 지낼 까닭이 없었다. 진주도 애순이 집으로 찾아와 할 말이 있다고 했을 때 다가오는 아버지의 제사 얘기를 할 것이라 짐작하고 있었다.

"네. 스승님. 저도 말씀드리려고 생각하고 있었어요. 윤재 씨도 그렇게 생각하고 있고요."

"그러면 제사 음식은 어쩔 것이냐? 이번엔 내가 올라와 좀 도와주랴?"

"아니요. 그건 제가 할 수 있어요."

"그래. 알것어."

진주는 늘 아버지 제사 음식을 하나부터 끝까지 제 손으로 직접 준비했었다. 그 얘기를 옆에서 듣던 강아가 마음에 안 든 단 표정으로 입꼬리 한쪽을 올리고 샐쭉하게 말했다.

"진주 요것이 요령이 없어서 그래요. 나도 있고 스승님도 있으니 제사 음식도 좀 같이 만들면 되지. 이번은 결혼하고 첫 제사라 음식도 더 신경 쓰일 텐데."

강아의 말에도 고집스럽게 아무 말도 하지 않는 진주를 보던 애순이 강아를 불렀다.

"강아야, 진주가 그러고 싶다는 것이니 된 거여."

후, 강아가 한숨을 쉬었다.

"괜히 그날만 되면 마음고생에 몸 고생까지 하니 속상해서 그러죠."

강아는 진주가 아버지를 잃고 혼자 힘들어하는 모습을 가까이서 가장 많이 본 친구였기에 아버지의 기일이 되면 혼자 제사 준비를 하는 모습이 이젠 보기 싫었다.

'결혼도 했는데 맘속에 묵혀 둔 것도 풀고 좀 편하게 살지.'

그게 강아의 마음이었다.

"진주야, 정 그러면 윤재 씨하고 제사 준비를 같이 하면 어때? 배진주가 파리까지 날아가서 얼굴 보고 올 정도로 죽고 못 사는 남편인데. 이번 제사는 윤재 씨랑 준비해 지내고 같이 아버지한테 인사하러 갔다 오면 전처럼 처량하진 않겠다."

"내가 언제 처량했다고. 아니거든!"

강아는 동그란 눈을 끔벅이며 직접적으로 말했다.

"맞거든. 다른 날은 몰라도 여태 아버지 기일만큼은 처량했어."

진주는 아버지를 보내고 힘들었지만 늘 의연하게 자신에게 주어진 몫을 받아들이며 살려고 노력했다. 그러나 이상하게도 참고 참았던 아픈 마음은 아버지 기일이 되면 기어코 터지곤 했다.

"진주야, 이번엔 윤재가 같이 있으니 다행이여."

아직 아무에게도 맡기지 못했던 제사 음식 준비였지만, 윤재와 같이 하는 건 진주도 괜찮을 것 같았다.

"네, 걱정하지 마세요. 그렇게 할게요."

Chapter 13

숨 쉬는 모든 순간마다

드디어 그가 돌아오는 날이었다. 진주는 공항으로 그를 마중 나갔다.

[난 방금 비행기에서 내렸어. 진주는 어디지?]

비행기에서 내린 윤재는 진주에게 전화했다.

"지금 게이트 3번 앞 벤치에서 기다리고 있어요."

[괜히 서서 기다리지 말고 벤치에 앉아 있어.]

"알았어요."

잠시 진주가 휴대폰을 보는 사이 윤재는 벌써 그녀의 앞에 와 있었다.

"윤재 씨?"

진주는 그를 부르며 일어났다. 2주 만에 만난 것이었기에 너무 반가워 윤재의 얼굴만 넋을 놓고 보고 말았다.

가만히 서서 자신을 응시하는 진주를 보던 그의 눈가에 미세한 주름이 잡혔다. 그가 두 팔을 벌렸다.

"우리 한번 격하게 안아 봐도 되는 거 아닌가?"

그의 말이 끝나기도 전에 진주가 그의 허리를 덥석 안았다. 그를 가득 안은 진주는 그의 가슴에 얼굴을 비볐다.

그런 진주의 모습에 심장은 고장 난 기계가 다시 작동하듯 거칠게 뛰었다. 그리고 얇은 그의 셔츠를 잡은 그녀의 손끝이 느껴지니 몸은 뜨거워졌다. 그렇게도 그리워하던 그녀의 향기가 그를 감쌌다.

"배진주."

윤재는 그녀의 적극적인 포옹에 놀랐지만 이내 그녀의 몸을 더욱 당겨 안았다. 자신 혼자만 애타게 진주를 그리워한 것은 아니란 생각에 윤재는 기쁨과 애틋함을 동시에 느꼈다. 그의 입술은 자연스럽게 진주의 입술을 찾아 두드렸다. 그러다 곧 깊숙이 서로 얽혀 들었다.

진주는 그를 본 후 끓어오르는 마음에 키스했으나 곧 여기가 공항이라는 것을 깨닫자 서둘러 고개를 숙였다. 어쩌면 그의 극단 사람들도 볼지도 모르는데.

윤재가 그런 그녀의 모습에 머리카락을 애틋하게 쓰다듬어주자 진주는 윤재의 얼굴을 올려 보았다.

"보고 싶었어요."

깨끗한 진주의 눈동자가 눈부시게 떨리고 있었다.

"나도 보고 싶어서 미치는 줄 알았어."

진주가 윤재의 얼굴을 자세히 보았다. 떨어져 지냈던 2주 사이에 그가 좀 야윈 것 같아 미간을 조금 찡그렸다. 진주는 손을 들어 그의 뺨을 쓰다듬어 내렸다.

"윤재 씨, 많이 피곤했어요? 얼굴이……."

진주는 거칠어진 그의 얼굴이 눈에 걸려 속상한 나머지 저도 모르게 입술이 조금 튀어나왔다.

"얼른 집에 가요."

어서 가서 그를 쉬게 해야겠단 생각에 진주가 몸을 틀었으나, 윤재가 진주의 손을 잡으며 말했다.

"오랜만인데 우리 데이트하고 집에 가자. 어디 가고 싶은 곳 없어?"

"가고 싶은 데요?"

윤재는 그녀가 하고 싶은 것은 다 해 주고 싶었다. 떨어져 있을 때 가끔 영상통화를 하긴 했으나 그것은 순간의 그리움만 해결할 뿐, 늘 끊고 나면 더욱 보고픔에 목말라졌다.

진주는 눈을 굴리며 무언가를 고민하다 결정을 내린 듯 말했다.

"지금은…… 우리 집으로 가요."

"우리 집으로?"

진주는 그와 가장 가고 싶은 곳이 집이란 생각이 들었다. 무엇보다 그녀에게 간절했던 건 데이트가 아니었다.

"집에서 단둘이 같이 있고 싶어요."

진주는 다만 그와 함께하고 싶었다.

둘은 공항을 나와 회사에서 보내 준 차를 타고 집으로 갔다. 윤재는 가는 내내 회사에 공항으로 차를 보내 달라고 요청한 걸 후회했다. 운전사의 눈치를 보며 가만히 고갤 돌려 창밖을 보는 진주 때문에 한 번 더 안아 보는 게 불가능했기 때문이다.

아쉬운 마음에 윤재는 진주의 손가락만 잡고 만지작거렸다. 그는 넌지시 진주의 작은 어깨에 가만히 기댔다. 진주와 그의 앉은키가 꽤 차이 나서 윤재는 진주에게 거의 반은 눕다시피 한 모양이 되었다.

진주가 어깨를 조금 들썩거리며 그의 귓가에 아주 작은 소리로 말했다.

"기사님이 운전하시는 데 방해되어요."

"그 정도는 충분히 이해하셔. 신혼부부가 오랜만에 만났는데 너무 가만히 있는 게 오히려 이상한 거야."

윤재는 그녀의 볼에 붙을 듯 가까운 거리에서 속삭이며 말했다. 진주는 목과 볼로 흩어지는 그의 입김이 간지러운지 어깨를 조금 움츠렸다.

'그런가.'

진주는 그의 머리 쪽으로 고개를 돌렸다. 그녀가 좋아하는 그의 냄새가 났다. 편안하고 아늑한 그의 향기. 자신이 좋아하는 샴푸 향에 그의 체취가 녹아든 이윤재의 냄새.

이윽고 차는 집 앞에 섰고 둘은 대문을 열고 들어갔다.

철컹.

커다란 대문이 열리고 그들이 들어가 다시 문이 닫히니 진주가 먼저 윤재의 손을 잡았다.

"……!"

진주가 그의 손가락 사이로 깍지를 꼈다. 잔디 위에 놓인 디딤돌을 하나씩 밟으며 현관이 보일 때까지 걸으면서 그녀와 맞닿은 손의 느낌이 좋아 윤재는 숨을 쉬기가 곤란했다. 차 안에서는 부끄러워하더니 집 안에 들어서자마자 갑자기 바뀐 그녀의 모습에 윤재의 심장은 깊은 바닥 아래로 추락하는 것 같았다.

탁.

현관문이 열렸다. 집에 들어선 진주가 현관에서 신을 벗지 않은 채 뒤돌아 윤재를 올려봤다. 그녀의 새까만 눈동자엔 어느새 열기가 가득했다.

"이제 우리 키스해요."

진주의 한마디에 윤재는 심장이 터져 흔적도 없이 사라지는 것 같았다. 그의 입술이 그녀에게 닿기도 전에 진주의 눈이 감겼다. 그런 진주의 얼굴을 보며 어떤 말도 필요 없어진 윤재는 진주에게 다가가 자신의 입술을 빈틈없이 포개었다.

진주는 목덜미와 척추를 타고 간질거리는 느낌에 그의 팔을 잡은 손끝에 힘을 줘 말아 쥐었다. 그는 그런 진주의 행동에 더욱더 강하게 그녀에게 파고들었다.

얼마간 숨결이 끝없이 오고 갔고, 입술을 다 떼지도 못하고 입술 가장자리만 조금 열어 숨을 쉬던 윤재는 진주에게 말했다.

"내가 널 얼마나 그리워했는지 모르지?"

윤재는 입술을 떼고 숨을 길게 내뱉으며 말했다.

"숨 쉬는 모든 순간마다 네가 말할 수 없이 그리웠어."

"……나도 그랬어요."

윤재는 진주가 예뻐 죽겠다는 표정을 지으며 입술이 아닌 그녀의 얼굴 곳곳에 색칠이라도 하듯 다시 입을 맞추기 시작했다.

"말해 봐. 내가 언제 제일 보고 싶었어?"

진주가 눈을 굴리며 생각했다. 윤재는 또 그 모습이 너무나 사랑스러워 그녀를 안았다. 진주는 답을 하기 위해 그의 품 안에서 빼꼼히 얼굴을 내밀었다.

"음, 밥 먹을 때, 연습할 준비할 때, 잠자기 전에……."

"항상 그렇단 얘기네."

나처럼, 빈틈없이.

그의 키스는 애정이 담뿍 담긴 채로 더욱 느릿하고 세심하게 다시 이어졌다.

현관에서의 입맞춤이 끝나고 진주는 씻고 나온 윤재가 욕실에서 나오지 못하도록 그를 막아섰다. 그러더니 두 손을 올려 윤재의 눈을 가리려고 했다.

"왜 그래?"

"눈 가리려고 했는데……."

하지만 진주의 키는 윤재와 너무 차이가 났기에 까치발을 들어야 겨우 그의 눈을 가릴 수 있었다.

진주는 그녀의 의도대로 그의 두 눈을 가리고 그를 데려가 기란 무리다 싶었는지 아쉬운 표정을 지으며 체념한 듯 돌아 섰다.

"눈을 가리고 어딜 가려고?"

"선물이 있어요."

"서프라이즈 환영 선물이야?"

그녀는 고개를 끄덕였다. 하지만 서프라이즈로 보여 주는 건 실패한 것 같았기에 잘게 숨을 내쉬었다.

"그럼 업혀."

"응?"

그는 그녀의 앞에 앉더니 몸을 돌려 등을 내어 주었다.

"왜요?"

"배진주 키로는 그렇게 내 눈을 가리는 건 무리야. 네가 나에게 업히면 두 손으로 내 눈을 가릴 수 있지."

"아."

하지만 선뜻 그에게 업히기가 이상해 진주가 콧등을 만지며 망설이자 윤재는 앉은 채 그녀를 뒤돌아봤다.

"업히라니까."

그의 커다란 등이 보였다.

"네. 그럼 저기 앞까지만……."

"알았어. 빨리 업혀."

그가 재촉하자 진주는 천천히 몸을 숙여 그의 목을 두 팔로 감고 업혔다. 그는 진주의 두 다리를 안전하게 잡고는 금방 일어섰다. 진주는 여전히 부끄러웠다. 벌써 그가 안아 준 것도 여러 번인데.

"눈 가린다며?"

"네? 네."

진주는 그의 두 눈을 손으로 가렸다. 손바닥에 그의 기다란 속눈썹과 코, 피부가 만져졌다.

"어디로 가?"

"식탁으로."

"몇 발 가야 해?"

"앞으로 네 발? 아니 다섯 발?"

"좋아."

윤재는 눈을 가린 채로 성큼성큼 그녀를 업고 걸었다. 제법 높은 위치에서 두 눈을 가린 그를 식탁까지 안내하는 건 생각보다 위태로웠다.

"어! 한 발 앞에 서요!"

"알았어."

그렇게 윤재와 진주는 업고 놀며 길 찾기 놀이를 했다.

제법 긴 시간이 지나 두 사람은 식탁에 도착했다. 윤재의 눈을 가렸던 손을 풀고 진주가 그의 등에서 내렸을 때, 윤재의 눈앞에는 정갈하게 차려진 밥상이 보였다.

"좀 식었겠다. 어서 앉아요."

윤재는 그녀가 차려 준 밥상을 물끄러미 내려다보았다. 진주의 환영 선물은 그녀가 직접 만들고 준비한 식사였다.

"이걸 다 진주가 직접 준비했어?"

진주도 지방 공연 일정이 있었기에 일주일에 3일은 지방에서 지내며 서울을 오가는 중이었다.

윤재는 그렇게 바쁜 와중에 자신을 위해 음식을 만들어 줄 생각을 한 진주가 고마웠다.

"네. 대단한 건 아니지만 윤재 씨를 위한 환영 선물이에요."

진주는 다시 만나는 윤재에게 선물을 하고 싶었다. 이런저런 선물을 고민하다 재벌 집 아들인 그에게 부족한 물건이 있을 리 없다고 생각했다. 그래서 그녀는 자신의 정성을 선물하기로 마음먹고 그를 위한 첫 식사를 만든 것이었다.

"정말 이걸 진주가 다?"

그녀는 고개를 끄덕였다.

오늘 새벽에 소리 연습을 마친 진주는 직접 장을 봐 온 후, 먼저 그가 좋아하는 국을 끓였다. 그리고 직접 손질한 나물로 몇 가지 반찬을 만들었다. 결혼 후에 그가 나물을 좋아한다는 걸 알게 됐기에 진주는 어렵지 않게 음식을 준비할 수 있었다. 시원한 쇠고기뭇국과 고소한 나물들, 잡채, 조기 구이.

윤재는 식탁을 바라보며 가만히 자리에 앉았다.

"고마워. 생각지도 못한 환영 선물이야. 잘 먹을게."

윤재는 수저를 들고 먼저 쇠고기뭇국부터 떠먹었다. 뜨거운 국물을 입에 넣으니 그의 눈썹이 위로 조금 치켜 올라갔고, 진주는 그 모습을 긴장하며 쳐다보았다. 그녀는 자신이 만든 음식이 과연 윤재의 입맛에 맞을지 궁금했다.

"어때요?"

윤재는 밥을 먹으며 자신의 집에서 가족이 직접 해 준 밥을 먹었던 적이 있었던가 생각했다. 아버지는 바빴고 어머니는 직접 요리를 하지 않으셨다.

그마저도 고등학교 이후엔 유학을 가면서 외국에서 생활했으니 가족이 자신을 위해 직접 식사를 차려 준 적은 거의 없었다. 아니, 처음이려나.

"맛있어."

윤재가 쇠고기뭇국과 나물을 좋아하는 것은 어릴 적 기주의 집이나 애순의 집에서 먹었던 음식들이 어린 윤재의 입에 맛있었기 때문이다.

진주가 이렇게 직접 반찬을 만들어 식사 준비를 해 줄 거라곤 생각해 본 적이 없었기에 이 식탁은 그에게는 무척이나 특별했다.

"요리를 잘하는 줄 몰랐어."

"아빠랑 둘이서 살 때 아빠와 날마다 교대로 식사 당번이었어요."

"난 아버지도 어머니도 바빠서, 이렇게 가족이 나만을 위해 차려 준 식사는…… 처음이야."

진주는 놀란 눈동자를 하고 윤재를 보았다. 그 이유가 궁금했지만 진주는 그냥 묻지 않았다. 하지만 그도 그녀의 마음을 알았던 건지 식사 후 윤재는 어릴 적 자신의 이야기를 넌지시 꺼냈다.

"내가 왜 말을 못 하고 진주 집으로 가게 됐는지 궁금해?"

"……."

진주는 윤재를 그윽이 바라봤다. 궁금한 것은 맞았지만, 그에게 아픈 기억이라면 굳이 듣고 싶지 않았다.

"힘든 말이면 하지 않아도 돼요."

"힘들지 않아."

그의 표정은 다행히 평온해 보였다.

"내가 초등학교를 들어갈 즈음 아버지 회사가 많이 힘들어졌다고 들었어. 그래서 아버지는 거의 집에 못 들어올 정도로 바쁘셨지. 그러다 어머니께서 아프셨어."

"어머님이요?"

"외가댁도 상황이 안 좋아졌고 아버지도 도움을 줄 수 없는 상황이 되어 버려서……. 어머니가 힘들어하셨대."

윤재가 담담하게 말하는 그의 어린 시절은 그렇게 밝지 않았다. 한창 사랑받아야 할 어린 윤재가 회사를 살리기 위해 바쁜 아버지와 아팠던 어머니 사이에서 혼자 힘들었겠단 생각이 들었다.

"어머니는 그렇게 아프시다가 결국 돌아가셨어. 당시엔 난 너무 어렸거든. 그래서 유일하게 내 옆에 있어 주던 어머니가 돌아가시고 나니 말을 하고 싶지 않았던 것 같아."

회사를 살려야 했던 지훈은 아픈 그의 아내조차 돌볼 겨를이 없었고 윤재는 그런 아버지에 대한 원망이 깊었다.

402

진주는 그의 말을 들으며 자신이 차린 평범한 식사에 감동하는 윤재의 모습이 안쓰러웠다. 진주의 눈에 윤재는 부족함과 빈틈이 하나도 없는 사람이었기에 더욱 그랬다.

그녀는 자주 정성스러운 밥을 준비해 같이 먹어야겠다고 생각했다.

"이리 와 봐요."

"응?"

진주는 식탁에서 일어나 그를 거실로 데려갔다. 그녀는 소파에 앉아서 윤재에게 자신의 옆자리에 앉으라는 듯 탁탁 손가락 끝으로 소파를 쳤다.

"여기 앉아 봐요."

윤재는 고개를 갸웃하며 앉았다. 진주의 손바닥이 그의 가슴께 높이로 올라왔다.

"손 주세요."

"손?"

윤재는 눈을 깜박이며 이 행동의 의도를 파악하려 애썼다. 손을 잡아 달란 건가? 아니면 그저 손바닥 위에 손을 올리라는 건가? 일단 윤재는 그녀의 손바닥 위에 살짝 손을 얹었다. 진주는 그의 손등을 턱 아래로 가져와 자세히 그의 손을 뜯어 봤다.

"손톱 많이 자랐네. 내가 잘라 줄게요."

윤재는 진주의 갑작스러운 말에 지난번 파리에서 첫날밤을 치르고 진주가 그의 손톱을 보며 했던 말을 떠올렸다.

― 이번 유럽 공연 마치고 우리 집으로 가면, 윤재 씨 손톱
　　　은 내가 깎아 줄게요.

　윤재는 지나가듯 했던 말을 잊지 않고 기억해 준 진주가 고
마웠다.

　"전에 봉숭아 물 들일 때도 봤지만 윤재 씨는 손톱도 되게
예뻐요."

　"예쁜 거 말고 잘생겼다고 해줘."

　"피."

　진주는 손톱깎이를 찾아와 그의 손톱을 깎아 주기 시작했
다. 고개를 숙이고 열심히 그의 손톱을 잘라 주는 진주의 머
리를 내려다보던 윤재는 그녀의 머리를 쓰다듬었다.

　"그렇게 자꾸 건드리면 손톱 자르다 피 나요."

　"피 좀 나면 어때."

　진주는 눈을 찡그리며 그를 흘겨봤다. 윤재는 그것마저 예
뻐 보이는지 장난스러운 표정을 지으며 또 그녀의 머리를 헝클
었다.

　"솔직히 말해 봐. 배진주는 내가 언제 제일 좋아?"

　"정말 솔직하게요?"

　그가 고개를 끄덕였다. 진주는 윤재가 좋은 순간들을 떠올
렸다.

　생각보다 그가 좋은 순간들이 너무 많아서 다 말해 주면 이
남자가 너무 기고만장해질 텐데. 그래도 말해 줄까 말까.

　아무리 좋지 않은 말을 떠올리려 해도 진주에게 떠오르는

말이라곤 그가 기분 좋아할 말뿐이었다.

"나를 보고 가득 웃어 줄 때."

그는 원래 잘 웃지 않는 사람이었다. 그랬기에 그의 웃음은 진주만의 것이었다. 그가 다정하게 자신을 바라보고 입술에 호선을 그리며 웃어 줄 땐 진주는 정말 그가 매력적이라고 생각했었다.

"또?"

그녀의 말에 윤재의 얼굴에는 이미 웃음이 가득했다.

"손잡아 줄 때. 그리고……."

"그렇게 많아?"

그는 이미 웃음을 참을 수 없단 표정을 지었다.

진주는 불리하게 처음부터 너무 솔직하게 다 말한 건가 싶어 얼굴을 짐짓 진지하게 고쳤다.

"그럼 윤재 씨에게 난 언제 가장 예뻐요?"

진주도 가끔은 궁금하던 질문이었다. 윤재는 생각할 시간도 필요 없는지 단번에 말했다.

"배진주가 내 눈을 쳐다봐 줄 때."

윤재는 꿀이 뚝뚝 떨어지는 눈빛을 하고 진주에게 잡히지 않은 다른 손을 들어 그녀의 볼을 쓰다듬었다,

"그러다 웃어 주면 넋이 나갈 정도야. 말도 못 하게 귀여운 배진주가 나만 계속 봐 줬으면 좋겠어."

"피."

"자, 또 언제가 좋아?"

뭘 계속 물어보는 건가 싶었지만 진주는 또 이유를 생각해
봤다.

"안아 줄 때도 좋고……."

진주가 말을 하다 말고 끝을 흐렸다. 윤재는 알 듯 말 듯 은
근한 미소를 지으며 진주를 놀렸다.

"왜 말을 못 해?"

진주는 뭘 생각하는지 얼굴이 금세 붉어졌다.

"뭔데?"

"몰라요."

윤재는 감길 듯 잔뜩 휘어진 눈웃음을 지었다.

"난, 알 것 같은데……."

그는 그녀의 입술에 입 맞추었다. 아마도 그녀가 가장 좋아
하는 것은 이런 키스일 거라고 확신하면서.

그러나 윤재의 키스는 오래가지 못했다.

"어? 손톱 아직 다 안 깎았는데? 잠시만요."

진주는 그의 입술을 요리조리 피해 손톱을 마저 깎겠다고
고개를 더 푹 숙였다. 하지만 윤재의 생각은 달랐다.

"아직 모르나 보네. 키스를 입술에만 하란 법은 없는데?"

이미 음험해진 윤재는 그녀의 목덜미에 입술을 내린 후였다.
그러곤 슬금슬금 입술을 움직여 그녀의 귓불을 찾아 입 맞췄
다.

진주는 놀라며 움찔거렸다. 그렇게 진주는 남은 손톱을 다
깎아 줄 수 없었다.

다음 날 아침.

윤재와 한 침대에서 같이 일어나 시작하는 아침은 오랜만이란 생각을 하며 진주는 눈을 떴다. 눈을 뜨자마자 보이는 윤재의 얼굴에 진주는 손톱을 잘라 주다 시작된 지난밤이 기억나 얼굴을 붉혔다.

언제쯤이면 그와 보내는 모든 시간이 자연스러워질까. 그런 순간이 오기나 할까.

그의 손길은 늘 그녀를 뜨겁게 만들고, 그의 흐트러진 눈동자는 어김없이 그녀마저 정신 못 차리게 했다. 이상하게도 그의 몸짓은 아찔하면서도 다정하고, 주춤거리는 듯하면서도 능숙했다. 머릿속이 하얗게 점멸하는 환희의 순간엔 온몸이 터져 버릴 것 같았다.

진주는 그가 깨지 않도록 조심하며 고개를 돌려 윤재를 보았다.

'이윤재다.'

그의 새근거리는 숨소리가 바로 귀 옆에서 들려왔다. 그의 크고 단단한 품속에서 눈을 뜨는 아침은 진주에게 특별했다. 그가 옆에 있으니까. 그의 몸이 그녀의 몸을 감싸고 있었기에 진주는 따끈한 그의 온기 속에 갇힌 채였다. 이렇게 안겨 있는 것이 좋았지만 진주는 소리 연습을 할 시간이 되어 그만 일어나야겠다고 생각했다.

진주가 일어나려 몸을 꼼지락거리자 눈을 뜨지 않은 윤재가 그녀를 안은 팔을 더욱더 조였다. 잠이 깬 건지, 무의식적인 행동인지 그의 행동은 자연스러웠다.

"저…… 일어날래요."

"으음."

그가 낮은 신음을 흘렸다.

윤재는 입술에 눈이라도 달린 듯 진주의 턱에 입술을 붙이더니 아래로 미끄러져 그녀의 목덜미를 찾았다. 그러다 가볍게 입술을 대고 뗐다가 다시 또 입술을 붙이기를 반복했다.

"간지러워요."

윤재가 그제야 눈을 느른하게 떴다.

"벌써 연습하러 가려고?"

"시간이 지난 것 같아요."

"배진주, 우리 이제 진짜 신혼이야."

진주는 무슨 말인지 모르겠다는 표정으로 윤재를 보았다. 새벽 소리 연습과 신혼이 무슨 상관이 있는 걸까.

"그것도 첫날밤 지나고 이제 겨우 며칠 지난 신혼부부."

진주는 전혀 이해가 안 간단 표정을 하고 눈을 깜박였다. 윤재는 진주의 말똥한 눈동자를 보며 다시 한숨을 내쉬었다. 그의 눈엔 알 수 없는 억울함마저 가득했다.

"우린 이제 겨우 파리에서 첫날밤을 지내고 막 시작한 신혼부부와 다름없단 거지."

진주는 미리 준비라도 한 것처럼 유창하게 말하는 윤재의 말솜씨가 어이가 없었다.

"변태."

"뭐?"

진주의 말에 윤재의 눈이 커다래졌다. 잠은 온데간데없이 달아나고 회갈색 동공이 잘게 떨리는 것이 다 보일 정도였다. 전혀 생각 못 한 진주의 '변태'란 호칭에 윤재의 입술이 조금 벌어졌다.

"벼, 변태라니? 내가?"

진주와 한 침대를 쓰면서도 지켜 주겠다고 얼마나 참고 참고 또 참았는지 백 분의 일이라도 안다면 배진주가 저런 말을 할 수가 없는데. 게다가 진주를 위해 짐승같이 꿈틀거리는 본능을 억누르고 참은 자신이 대견하다고 여기던 윤재였다. 그랬기에 윤재는 진주의 '변태' 발언이 더없이 황당했다.

"결혼이나 신혼의 기준을 첫날밤으로 생각하는 게 그렇잖아요? 첫날밤이 없으면 부부가 아닌 거예요? 부부에게 사정이 있으면 첫날밤 없이 손잡고도 잘 수 있잖아요."

"하아."

그가 한숨을 푹 쉬었다. 진주는 할 말이 많은지 더 말을 이어 갔다.

"그 후로 벌써 3주 가까이 지났고 그동안 서로 일 때문에 떨어져 있었지만, 연락을 열심히 주고받으면서 좋아했는데…… 흐앗!"

진주는 말을 하다 말고 윤재의 두 팔에 갇히고 말았다. 그는 더욱 진주를 부둥켜안았다.

"그런 건 없어."

"네?"

"막 첫날밤을 보낸 부부들은 이렇게 시간을 허비하지 않아."

"그럼 어떻게 보내는데요?"

윤재가 진주의 얼굴을 가만히 바라봤다. 윤재는 지금 진주의 얼굴이 너무나 순수해 보여 원망스러웠다.

"배진주가 생각하는 변태처럼 되지. 그것도 밤낮으로."

"……!"

"내가 전에 말하지 않았나? 난 '낮이밤이'라고."

'낮이밤이?'

진주는 지금 이 순간에 그가 그 말을 하는 것이 의아했다.

"신혼엔 '낮이밤이'가 정석이거든."

"잠깐만요. 그게 무슨 말이에요?"

윤재는 진주의 반응을 보니 아마도 그녀가 '낮이밤이'의 뜻을 잘 모르고 있는 거란 생각이 들었다.

"내 입으로 그걸 말했다간 '변태' 소릴 달고 있어야 할걸? 좀 이따 찾아봐."

"뭐예요? 그게 다른 뜻이 있었단 말이에요?"

진주는 휴대폰을 찾아 얼른 검색해 봤다. 이런저런 자료들을 읽으며 진주의 얼굴은 실시간으로 노랗게 변했다. 자신을 쳐다보는 윤재의 시선이 느껴지자 진주는 그의 품에 얼굴을 문고는 이불까지 뒤집어쓰고 숨어 버렸다.

"이제 알았나 보네. 신혼부부는 '낮이밤이'가 정석이야. 하지만 난 배진주가 '낮이밤이'가 되어 보는 것도 좋다고⋯⋯."

"꺄아악!"

이불 속에서 고함이 들리더니 진주의 손이 튀어나와 윤재의 입을 틀어막았다.

윤재의 얼굴엔 다시금 미소가 들어찼다.

"그러니 배진주, 변태가 돼도 좋으니 오늘 새벽 연습은 쉬자. 응?"

윤재는 그녀가 숨어든 이불 속으로 파고들었다. 신혼부부의 '낮이밤이' 사랑은 그렇게 또 시작되었다.

윤재가 연출했던 '삼국지애'의 성공적인 유럽 진출로 인해 수많은 해외의 극장에서 차기 공연 감독 제안을 했으나, 윤재는 다음 작품은 한국에서 정통 창극을 하기로 결정하고 작품을 고르는 중이었다.

진주 역시 전국 투어 일정이 거의 마무리된 상태였다. 그렇게 진주가 지방 공연을 오가는 동안 진주 아버지의 기일이 다가왔다.

제사를 준비하고 음식을 만드는 동안 진주의 표정은 평소와 다르게 잔뜩 굳어 있었다.

"혹시 어디 아파? 너무 무리하는 거 아니야?"

"아니에요. 걱정 마세요."

윤재는 진주가 며칠간 제사 준비로 장을 보고 음식 장만을 하는 동안 틈틈이 진주를 도왔다. 바쁜 일정이지만 진주는 늘 그렇듯 제사 준비를 혼자 하고 싶다고 말했고, 윤재는 진주의 고집에 알겠다고 했지만 걱정이 되어 조금이라도 자신이 옆에서 할 수 있는 걸 해 주고 싶었다.

'진주 얼굴색이 너무 안 좋은데⋯⋯.'

윤재는 전날 저녁부터 진주의 얼굴에 그늘이 지는 걸 눈치채고 있었다.

제삿날 당일엔 일어나서부터 얼굴이 딱딱하게 경직된 걸 알고 그녀의 눈치만 보고 있었다.

제사 시간이 되자 애순과 지훈, 진수가 왔다. 애순과 지훈은 술을 놓으며 기주의 사진에 말을 걸었다.

"기주 오라버니, 우리 진주가 윤재랑 혼인을 했당게. 깜짝 놀랐제?"

"기주야, 인자는 너랑 나랑 사돈이다. 살아서도 우리 윤재 예뻐했으니 앞으로도 사위로 잘 봐 줘."

지훈은 처음 제사에 참여하는 윤재에게 말했다.

"윤재야, 너도 장인어른께 한마디 해야지."

윤재로선 유학 이후 오랜만에 기주의 얼굴을 보는 것이었다. 기주는 윤재에게 북과 소리뿐만 아니라 수많은 세상의 얘기를 해 주고 그가 창극단 감독이 될 수 있도록 꿈을 심어 준 스승이었다.

"스승님, 진주는 훌륭한 소리꾼으로 잘 컸습니다. 제가 걱정하지 않으시도록 진주와 행복하게 잘 살겠습니다."

그는 기주의 술잔에 술을 따랐다.

손님을 치른 진주는 인사 후 조용히 주방에서 남은 설거지와 제기들을 정리했다. 진주는 여전히 말이 없었고 윤재는 그녀의 뒤에서 조용히 정리를 돕고 있었다,

손에 남은 물기를 타월에 닦은 그녀는 인기척을 느끼고 몸을 돌려 윤재를 보았다.

"윤재 씨, 오늘은 먼저 주무시겠어요?"

제사상 앞에서라도 눈물을 보였다면 차라리 덜 힘들었을 텐데, 저렇게 마음속에 앙금을 꼭꼭 가두고 삼키는 그녀가 윤재는 아프고 쓰라렸다.

그는 조심히 그녀의 한쪽 뺨을 만졌다.

'차라리 힘들다고 말을 하지.'

윤재는 밤새 진주의 노랠 들으며 옆에 앉아 너에게 위로가되고 싶다고 말하고 싶었다. 그러나 자신이 옆에 있으면 이 여자가 맘껏 울 수도 없단 걸 알았다.

윤재는 주먹을 말아 쥐고는 진주에게 그러라고 조용히 고개를 끄덕였다.

문이 닫히는 순간, 그 큰 집에 적막이 감돌았다. 윤재는 후회가 됐다. 그녀 혼자 들어가 있는 것이 이렇게 외롭게 느껴지는 줄 알았으면 방음을 좀 덜 할걸. 그의 마음은 한없이 가라앉았다.

진주는 윤재가 내내 자신의 기색을 살피며 안절부절못하며 눈치만 본다는 걸 알고 있었다. 하지만 아버지의 장례 이후 이날 밤만큼은 오로지 혼자 아버지를 기억하며 밤새 노래를 부르고 싶었다.

창문으로 들어오는 달빛 아래 앉아 진주는 북채만 작은 손에 쥐고 있었다. 연습실에 불을 켜지 않았으나 달빛만으로도 충분했다.

북을 앞에 세워 두고 허리를 펴 앉은 그녀의 실루엣은 고고해 보였으나 처량했다.

탁, 타그르르.

진주의 슬픈 노래는 조용히 시작됐다.

가시리 가시리잇고.

진주는 아버지 기일이 되면 맘껏 아버지를 떠올리며 혼자 울었다. 이날만큼은 늘 조심하던 애순의 집에서도 울음을 터트리곤 했다.

나를 버리고 가시리잇고.

노래는 그녀가 아버지에게 하고픈 말이었다. 노래는 울음이 되었고, 어느새 아버지와 함께했던 마지막 시간들로 그녀를 데려갔다.

청천벽력처럼 알게 된 갑작스러운 병마에 병원에서도 손을 쓸 수 없다고 했다. 그래서 기주는 병원이 아닌 자신의 집에서 진주와 지내고 있었다.

기주의 병색이 깊어지던 어느 밤, 그는 평소와 다른 또렷한 눈빛을 하고 정정한 목소리로 진주에게 말했다.

— 네가 내 딸로 온 것은 나 평생에 가장 큰 선물이여. 알제?

인명은 재천이고 죽는 것도 사는 과정이여.

죽음을 예감한 아버지의 말에 교복을 입은 진주는 기주의 손을 잡고 눈물을 흘렸다. 기주가 힘없이 손을 들어 진주의 얼굴을 쓰다듬었다.

— 미안허다. 아가. 아버지가 좋은 것만 주고 싶었는디, 우리 진주에게 내가 한이 되든 어쩔 거나. 너는 오래오래 행복 해야 헌다. 알것제?

진주는 기주의 손을 꼭 잡았다. 그러곤 약속했다.

─ 꼭 행복해질게. 그리고 아버지 소원처럼 훌륭한 명창이
　되어서 아버지도 못한 소리 대목들까지 다 완창해 들려
　줄게.

─ 그라제. 우리 딸은 반드시 그렇게 될 거여.

진주는 그날을 떠올리며 마음이 무너지려는 걸 애써 삼키
며 노래를 이어 갔다.

"날 더러는 어찌 살라 하고……, 버리고 가시리잇고…… 흐
윽."

'아버지는 거기서 엄마 만나 행복해? 왜 나만 두고 가 버린
거야. 얼마나 보고 싶은지…… 아버지는 모르지?'

진주의 흐느낌은 죄책감으로 이어졌다.

"아버지, 미안해……."

그렇게 흐느끼던 진주는 까무룩 의식을 잃고 쓰러졌다.

걱정이 되었지만 차마 방문을 열지 못하고 연습실 문 앞에
서 그대로 잠이 든 윤재는 젖혀진 고개가 떨구어지는 바람에
눈을 떴다. 닫힌 문 앞에 자신이 계속 앉아 있었으니 진주가
나온 건 아닌 것 같았다.

'이제 괜찮은 건가.'

윤재는 이제 진주를 데리고 나와야겠다 싶어 노크했다.

똑똑.

귀를 기울여보니 아무 소리도 들리지 않았다. 윤재는 벌떡 일어나 손잡이를 잡고 문을 열었다.

그런데 문이 열리지 않았다. 이상한 예감이 든 윤재는 문을 두드리다 다시 아무런 반응이 없자 서재로 들어가 연습실 비상 열쇠를 찾아 문을 열었다.

탁.

"배진주!"

윤재는 문을 열고 들어가자마자 진주가 쓰러진 것을 보고 서둘러 주치의에게 연락한 후, 그녀를 안아 들고 연습실에서 나와 침대에 눕혔다. 진주의 모습에 너무도 놀란 윤재는 식은 땀으로 온몸이 젖어 있었다.

'억지로라도 쉬게 했어야 했는데.'

주치의 강 박사는 진주의 진료를 마친 후 윤재에게 말했다.

"과로에 의한 탈진입니다. 그것 때문에 일시적으로 쇼크를 일으킨 겁니다."

강 박사는 진주에게 링거를 놔 주었고 당분간 쉴 것을 권했다. 윤재는 강 박사를 보낸 후 진주의 옆에서 한참을 앉아 잠든 그녀를 내려다보았다.

윤재는 진주를 더 살피지 못한 자신의 행동이 후회되었다. 애순은 기주의 기일이 다가오자 윤재를 불러 그는 알지 못했던 기주의 장례식 얘기를 해 주었다.

당시 진주에게 큰 공연이 들어왔고, 공연 당일 기주의 몸 상태가 그날따라 좋아져서 진주는 안심하고 무대에 올라갔다. 하지만 공연을 마친 그녀가 무대에서 내려오자마자 들었던 건 아버지가 돌아가셨단 소식이었다.

윤재는 애순의 말에 겨우 열일곱이었던 진주가 겪었을 힘든 일들이 짐작되어 가슴속이 찢어질 듯한 고통을 느꼈다.

— 그러니 아버지 제사가 되면 진주가 아버지 옆을 못 지킨 것이 한이 되어서 그라는 것이여. 자네가 오늘 내일만큼 은 이해하고 우리 진주 좀 따뜻하게 보듬어 주시게.

윤재는 애순과 그런 이야기를 나누고 집으로 돌아오면서 어릴 적 자신에게 먼저 다가와 말을 걸어 주고 환하게 웃어 주던 진주가 생각났다. 이어서 자신에게 벽을 세우던 첫 맞선이 생각났다. 그리고 그녀가 자유롭게 살고 싶다며 쇼윈도 결혼을 제안하던 모습도, 행복해지고 말 거라며 신혼여행에서 했던 말도 떠올랐다.

"아……버지."

진주는 아버지의 꿈을 꾸는 듯했다. 잠꼬대를 하며 아버지를 부르는 모습에 윤재는 얼굴을 구겼다. 진주의 손을 잡고는 윤재는 하염없이 그녀의 얼굴을 쳐다보았다.

"으음……."

"진주야, 괜찮……."

몇 시간 후에야 의식을 차린 진주는 아주 얇게 실눈을 뜨더니 옆에 앉은 윤재를 보고 입술 끝을 올려 웃었다.

그녀는 힘없이 눈을 감은 채로 윤재의 손을 더듬거리며 찾더니 자기 배 위로 가져와 올렸다.

"아버지……. 나 배 아파."

윤재는 진주의 행동에 잠깐 멈칫했지만 결혼 전 함이 들어
오던 날 술자리에서 진주가 피곤하면 배앓이를 한다고 했던
진수의 말을 떠올렸다.

윤재는 두 손을 비비더니 '호' 하고 입김을 불어 넣어 손바닥
을 데웠고, 온기가 가시기 전에 가만히 진주의 배 위에 손을
올렸다. 그녀의 작은 배는 커다란 그의 손 두 개로 가려졌다.

"하아아."

진주의 내뱉는 한숨 소리가 짙었다. 그의 손 위에 그녀의 작
은 손 두 개가 포개졌다.

그중에 손가락 하나를 진주가 그러쥐었다. 그게 편안한 모
양인지 찡그렸던 그녀의 표정이 누그러졌다.

"좋네, 우리 아버지 손. 이번엔 왜 이렇게 오랜만에 왔어? 내
가 얼마나 보고 싶었는데."

진주는 아직 꿈속인 듯했다. 하지만 그녀는 다행히 아버지
와 만나고 있는 모양이었다. 윤재는 그녀의 하얀 손을 다시 그
의 커다란 손으로 포개어 덮었다. 진주는 다시 잠들었다.

"으음……."

진주는 따끈하고 부드러운 느낌에 살포시 눈썹을 들어 올렸

다. 윤재는 그녀의 옆에 앉아 따뜻한 물에 적신 타월로 그녀의 얼굴을 닦아 주고 있었다.

"윤재 씨?"

"이제 괜찮은 건가?"

그녀가 침대에서 일어나려 하자 윤재는 그녀의 몸을 큰 팔로 지그시 눌렀다.

"더 누워 있는 게 좋겠어. 강 박사님 다녀가셨어. 며칠은 집에서 쉬어야 한대."

'내가 또 쓰러졌구나.'

진주에겐 슬픔을 가슴 깊숙이 넣어 두는 것이 익숙했다. 그래서 이전에는 기일마다 힘들어 쓰러져도 아무 일도 없었던 것처럼 혼자 추스르곤 했었다. 아버지의 임종을 지키지 못하고 온전히 아버지를 보내는 장례를 치르지 못했다는 죄책감은 항상 진주를 눌렀기에, 그녀는 이런 고통을 혼자 감당하는 것이 당연하다고 받아들였다.

진주는 그에게 그런 모습을 보인 것이 미안했다.

"……죄송해요."

윤재는 진주의 이불을 덮어 주며 빙긋 웃었다.

"몸이 좀 나으면 다음 휴일에 아버지 산소에 같이 찾아갈까? 어제 제사 지내며 생각해 봤는데 아직 어머니도 찾아뵙고 인사하질 못했잖아."

그녀가 눈을 들어 윤재를 보았다. 걱정을 끼쳐 미안했는데 아무렇지 않은 척 진주의 마음까지 알아주는 그가 고마웠다.

진주는 고개를 끄덕였다.

"아버지 어머니께 가는 길엔 소풍 가는 것 같겠네? 가는 길
엔 휴게소에 들러서 맛있는 것도 사 먹자. 뭐 먹을지 그것도
미리 생각해 놔."

그는 너스레를 떨며 웃어 주었다. 그 얼굴에 진주도 다시 미
소를 지었다.

"고마워요."

그녀는 아직 몸이 완전히 낫지 않은 탓에 그에게 한 마디만
던지고 다시 눈을 감았다. 진주는 링거를 꽂고도 꼬박 하루
동안 잠을 잤고, 윤재는 잠든 그녀의 손을 따뜻한 타월로 정
성껏 닦아 주었다. 윤재의 걱정 어린 시선이 진주를 향해 아득
하게 내려앉았다.

Chapter 14

지금, 질투하는 거예요?

다행히 잘 회복한 진주는 주말 공연을 마무리하고, 윤재와 함께 약속대로 부모님의 산소로 향했다.

제법 외진 산 중턱에 덩그러니 산소가 있는 터라 찾아가는 길이 험했다. 윤재는 찾아가면서 왜 산소를 이곳으로 정한 것인지 의문스러웠다.

"혼자 여길 찾아오기 힘들었겠는데?"

"혼자서는 잘 찾아오질 못했어요."

진주도 그의 생각을 짐작했는지 부모님의 산소 앞에 돗자리를 깔고 앉으며 말했다.

"먼저 어머니 산소를 여기에 정해서 아버지도 여기에 같이 계시길 원하셨어요."

"그랬군."

"소리꾼은 검소해야 한다고 생각하셔서 더 좋은 곳으로 옮기는 걸 원하지 않으셨구요."

배기주 명창과 남애순 선생은 자신들의 수익을 소리꾼 제자들을 키우는 데 기부하며 힘을 쏟았고 넉넉한 생활을 하지 않았다. 지훈 역시 소리꾼을 키우는 학교를 만드는 일을 돕고 있었다.

윤재는 그녀의 아버지와 어머니께 인사하고 산소 앞에 나란히 앉아 시원한 차를 꺼내 마셨다.

"배진주도 소리꾼을 키우는 일을 하고 싶은 건가?"

"아버지께 약속했어요. 훌륭한 명창이 되겠다고. 언젠간 무형문화재가 되어서 아버지도 다 하지 못한 남은 소리를 완성해 아버지께 들려드리겠다고."

윤재는 고개를 돌려 그녀의 얼굴을 가만히 보았다.

어렵고도 힘든 득음의 길. 그 어려운 길을 저 작은 여자가 꿈꾸고 있었다.

"배진주, 예상은 했지만 역시 멋져. 그럼 나는 무형문화재의 남편이 되겠네."

"언젠간 그러고 싶어요."

진주는 아버지 앞에서 다 들려주지 못한 노래가 있었다. 늘 부르다가 막히는 대목도 여전히 많았다. 사람들은 진주에게 소리가 완벽하다 칭찬했지만, 그녀만은 자신이 부족하고 잘하지 못하는 부분이 어디인지 알았고 늘 그것을 뛰어넘기 위해 날마다 노력하고 또 노력해 왔다.

"언젠가 내 소리가 만족스러워지면 여길 와서 아버지께 꼭 들려줄 거예요."

진주는 윤재를 보며 멋쩍어했다.

"아버지께 들려드리고 나면 나에게도 부탁해. 완성된 첫 번째 소리를 듣는 건 욕심이겠지만 두 번째 소릴 듣는 남자는 되고 싶거든."

훗, 진주는 웃었다. 윤재가 진주의 어깨를 안았고 그녀에게 나직이 속삭였다.

"배진주, 이제부터는 힘든 일이 생기면 나에게 먼저 말해 주면 좋겠어. 당신이 혼자 아파하는 거 못 보겠어."

"……."

"배진주의 노래, 그리고 기쁨뿐만 아니라 슬픔과 아픔마저도 같이하는 사람이 되고 싶어."

그러고는 그는 손바닥을 펼쳐 보였다. 그의 손바닥엔 세 잎 클로버가 자그맣게 놓여 있었다.

"좀 전에 돌아다니더니 그걸 땄어요?"

아까 윤재는 진주가 부모님과 인사하는 사이 잠시 자리를 피해 주변을 돌아다녔는데 그때 세 잎 클로버를 딴 것 같았다.

"세 잎 클로버에도 꽃말이 있거든."

"꽃말이요?"

"행복. 그건 이 클로버처럼 흔하게 주위에 있고 그저 바라만 봐도 싱싱하고 즐거운 거란 의미."

진주는 그의 손바닥에서 세 잎 클로버를 가져갔다. 그의 말이 모두 정확한 사실인지 모르겠지만 세 잎 클로버의 꽃말이 행복이라니 의아했다. 하지만 정말 행복은 주위에서 흔하게 찾을 수 있는 이 세 잎 클로버 같단 생각도 들었다.

"보여 줄 게 또 있어."

윤재는 주머니에서 지갑을 꺼내 펼치더니 그 사이에 끼워 둔 또 하나의 클로버 잎사귀를 꺼냈다.

"이거 어디서 찾았어요?"

그가 보여 준 건 네 잎 클로버였다.

"세 잎 클로버 옆에 네 잎 클로버가 보이길래 쉽게 찾았어."

"거짓말."

진주도 네 잎 클로버를 찾으려 노력해 봤지만 언제나 잘 찾아지지 않았다.

"이 네 잎 클로버를 자세히 봐, 이건 사실 진짜 네 잎 클로버가 아냐. 잎 하나가 상처가 나서 찢어진 후 자라면서 세 잎이 네 잎이 된 거야."

진주도 자세히 보니 완전히 같은 크기의 네 잎이 아니었다. 하트 모양의 잎 하나가 다른 잎보다 크기가 작았고 상처도 있었다.

"행복은 주위에 흔하게 있고, 행운은 상처가 아물면서 찾아오기도 해."

"……."

"내 행복, 내 행운은, 이미 배진주야. 그리고 이젠 당신에게 내가 행복한 이름이었으면 좋겠어. 그리고 내가 당신의 행운이 되어 주고 싶어."

그의 말이 진주의 마음에 벅차오르도록 쏟아져 내렸다.

"그러니 이제 더는 혼자 울지 마."

그의 다정한 한마디에 진주는 기어코 눈물을 흘리고 말았다. 붉어진 눈시울에 이슬 같은 눈물이 맺히는 걸 보던 윤재는 진주의 얼굴을 당겨 그의 가슴에 품었다. 윤재의 손은 그녀의 마음을 어루만지려는 듯 그녀의 뒤통수를 쓰다듬어 내렸다,

"울라고 한 말은 아닌데."

진주는 눈물을 애써 삼키려 했으나 저도 모르게 눈물이 계속 흘러나왔다. 그녀는 여태껏 사람들 앞에서 눈물을 흘린 적이 없었기에 주체할 수 없이 흐르는 눈물이 난감했다. 그러나 마음 한구석에선 알 수 없는 후련함이 피어올랐다.

"난…… 잘 울지 못했어요."

윤재는 말없이 그녀의 눈물을 손으로 닦아 주었다. 진주는 떨리는 목소리로 말했다.

"눈물을 참아야 할 것 같았어요. 사람들이 나를 불쌍하게 보는 게 너무 힘들어서……. 늘 바른 모습을 보여 주고 아무렇지 않은 척 그렇게 참으며 살았어요."

"배진주."

윤재는 그녀의 이름을 부르며 두 팔로 그녀를 감싸 안았다.

자신을 감싸 안는 윤재의 품에서 진주는 이 남자라면 자신의 어떤 모습을 보여 줘도 될 것이란 신뢰가 마음 깊숙한 곳에서 전해져 왔다. 그렇게 아닌 척 숨겨 왔던 그녀의 견고한 마음이 터져 내렸다.

"사실은, 너무…… 힘들었어요."

누구에게도 할 수 없었던 말.

사람들이 자신의 처지를 불쌍히 여기며 눈치껏 모른 척한다는 걸 알았다. 그래서 진주에겐 아무렇지 않게 잘 살고 있는 듯 보이기 위해 자신을 꼭꼭 싸맨 껍데기가 여러 겹 있었다. 하지만 결국 그 껍데기는 그의 앞에서 무너져 내렸다.

"그래, 그랬겠다."

윤재는 아무렇지 않단 듯이 다정한 음성으로 진주를 다독이며 그녀의 머리를 쓰다듬어 내렸다.

감당할 수 없는 아픔을 견디고 버텨야 했을 그녀의 고된 지난날을 생각하는 것만으로도 마음 아팠다. 그녀의 말을 듣는 내내 마음이 무언가로 꾹 쑤시듯 아려 왔다.

"혼자가 된다는 게 무서웠어요."

다정하게 노래를 가르치고 불러 주던 아버지가 아파서 방에 누워 있는 모습을 보면서 진주는 늘 아픔과 두려움을 같이 느꼈다.

그녀의 유일한 보호자이자 그녀의 세상이었던 아버지가 갑자기 사라질 수 있단 공포에 늘 시달려야 했지만 그런 내색은 결코 누구에게도 할 수 없었다.

"그렇게 마음이 힘든데…… 매일 소리 연습을 하고 웃으며 무대 위에 올라가야 하는 일도 너무 버거웠어요."

"그때 넌 겨우 열일곱이었는데 당연히 힘들었을 거야. 그렇지만 잘 버텼어. 대견해."

"아버지가 돌아가셨단 소식을 듣고는 집으로 가는 내내 차라리 눈을 감고 다시 뜨고 싶지 않았어요. 아버지의 죽음을 직면하는 순간, 나도 모르게 쓰러졌어요. 잠에서 깨어나 보니 아버지는 이미 영영 내 곁을 떠난 뒤였고요."

진주를 통해 듣는 당시의 상황에 마음이 끊어질 듯 아픈 건 윤재도 마찬가지였다. 어느샌가 그녀는 울먹임이 줄어들고 제법 감정을 뺀 듯 담담해지고 있었다.

"네가 쓰러져 장례를 치르지 못한 건 네 잘못이 아니야. 그러니 자책하며 자신을 지나치게 나무라지 마."

진주는 빤히 윤재의 얼굴을 보았다. 그렇게 말해 주는 윤재가 고맙고 든든했다.

"배진주는 당시에 열일곱 살 아이였는데 버티고 버티다 쓰러진 아이에게 무슨 잘못이 있어? 그건 아버님도 이해하시고 주위의 모든 어른도 네가 잘못했다 생각하지 않을 거야."

다시 진주의 눈동자가 흐려졌다.

"알겠지?"

진주는 호흡을 가다듬으며 숨을 들이쉬고 손등으로 눈물을 닦았다. 윤재는 더 그녀를 품에 당겼다.

잠시 후 고개를 내려 본 진주는 코끝이 빨간 채 훌쩍거리고 있었다. 그녀를 흘깃 보던 윤재는 웃었다.

"이제 다 울었어?"

그녀는 고개를 끄덕이며 윤재를 올려다보았다.

"울기도 잘 우네. 이제."

"······."

"나한테는 다 말하고 투정 부려도 돼. 내가 뭐든 받아 줄 거니까."

진주의 촉촉하고 맑은 눈망울이 윤재에게 닿았다.

"그리고 배진주는 소리꾼이니까 같은 감정을 느끼는 사람들이 공감하고 상처를 치료할 수 있게 네가 노래로 불러 주면 되지 않을까?"

진주는 그의 말에 놀랐다. 동시에 스승 애순이 했던 말도 떠올랐다.

— 네 마음에 스며드는 온갖 감정을 관객들도 공유하고 터트릴 수 있도록 소리하는 것이 네 사명이다. 진주야, 우리 소리로 사람들의 온갖 마음을 끌어안을 수 있는 것이여.

진주는 이제야 그 말의 의미를 확실히 알 것 같았다. 수많은 감정으로 자신을 괴롭히는 게 아니라 소리를 통해 흘려보내는 소리꾼이 되는 것, 그것이 자신을 소리꾼으로 키워 주신 아버지에게 부끄럽지 않은 모습이란 생각이 들었다.

그녀는 자리에서 일어났다. 어쩐지 마음이 한결 가벼워지는 걸 느꼈다.

진주는 그를 보며 미소 지으며 말했다.

"윤재 씨, 고마워요. 앞으론 더 열심히 노력해서 최고의 소리꾼이 될 거예요."

"네가 최고의 소리꾼이 된다면 나도 최고의 창극단 감독이 되어야겠네."

그것은 윤재의 꿈이었다. 훌륭한 한국의 소리꾼들이 설 무대를 더욱 많이 만들어 주고 우리 전통의 아름다움을 알리는 것. 윤재 역시 그 꿈을 생각하고 한 발짝씩 내디디며 열심히 살고 있었다.

"윤재 씨는 이미 사람들이 인정해 주는 감독이시잖아요."

"난, 사람들의 평가보다 이젠 배진주의 인정이 무엇보다 중요해. 그리고 나 자신이 만족할 무대를 아직 만들지 못했어. 살면서 가능할지는 모르겠지만 노력 중이야."

진주는 윤재의 얼굴을 물끄러미 바라봤다.

'윤재 씨도 나와 같은 마음을 가지고 있었구나. 하긴, 소리와 예술의 세계는 화려해 보이나 스스로를 만족시키는 건 힘든 일이니까.'

"그러니 배진주가 도와줘."

진주는 자신이 어떻게 그를 도와줄 수 있다는 건지 의아해 그를 보았다.

"작품 선택을 거의 끝냈어. 이번엔 조금 더 획기적인 무대를 만들고 싶은데 진주도 이 오디션에 참가해 주겠어?"

진주 역시 기회가 된다면 그의 다음 작품에 참가하는 걸 염두에 두고 있었다. 부부가 감독과 배우로 같은 작품을 하는 건 많은 고민을 하게 만들었지만, 진주에겐 윤재의 일에 도움이 되고 싶다는 확고한 의지가 있었다.

'무엇보다 사람들이 윤재 씨의 실력과 안목을 의심하지 않게 내 실력부터 더 쌓아야 해.'

"네. 참가하고 싶어요. 하지만 실력부터 더 쌓아서 오디션을 볼게요."

"좋아, 하지만 너무 무리하는 건 안 돼."

둘은 소리와 공연에 대한 더욱 진지한 이야기를 나누며 부모님의 산소에서 내려왔다.

"진주야, 아버지 기일은 잘 지냈니?"

"네, 잘 지냈습니다. 감사합니다."

극단에 출근한 진주는 아버지를 아는 여러 선배와 선생님들로부터 기일을 잘 보냈냐는 안부 인사를 들었다. 늘 아버지 기일이 지날 때마다 반복되는 일이었고 진주는 그때마다 불편하고 어색한 마음으로 대답했지만 이번엔 달랐다.

"진주야, 네 아버지가 호빵을 그렇게 좋아하셨는디. 제사상에 올려 드렸냐?"

아버지에게도 선배이신 명창 한 분이 아버지 제사상을 걱정하며 말을 건넸다.

"그럼요. 호빵을 가득 쌓아 올렸어요."

"그랬냐? 잘 했다."

"감사합니다. 걱정해 주신 덕분에 제사는 잘 지냈어요."

그분의 장난스러운 얼굴을 보며 진주가 조금 웃었고 스스로의 모습이 변했음에 놀랐다. 이제야 진주는 주위 사람들이 자신에게 던지는 수많은 걱정의 말들이 정말 자신을 생각하고 아버지를 기억하길 원해서 하는 위로의 말이란 걸 알게 됐다.

윤재가 했던 말처럼 아무도 아버지의 죽음을 두고 자신을 책망하지 않음에도 자신의 마음에서 나온 죄책감이 그녀의 마음을 일그러뜨렸던 것이다. 이제야 비로소 사람들의 말을 똑바로 들을 수 있게 된 것 같았다.

"배진주 씨. 이번에 보성 소리 대축제에서 메인 공연을 한다며? 대단하다."

"민수아 선배님과 같이 하는 공연인걸요."

경성창극단은 전국 투어 공연을 마치고 하반기 대형 퓨전 전통극 공연을 준비하기 시작했다. 그와 동시에 소리꾼들은 지역 축제 초청 무대와 방송, 그리고 개인 무대를 틈틈이 선보이며 바쁜 일정에 들어갔다. 진주는 풍물 퓨전 밴드로 유명한 '얼씨구 밴드'의 대형 축제 공연이 예정되어 있어 그 준비도 같이 하고 있었다.

"민수아 씨는 워낙 베테랑이고 퓨전 밴드로 유명하니 진주 네가 우리 경성창극단 대표다 생각하고 좋은 공연을 보여 줘야 해."

"노력하겠습니다."

진주의 대축제 공연 일정이 나오자 창극단 내에서는 저마다 진주를 응원해 줬다.

진주 역시 국내보다 해외에서 더 유명한 '얼씨구 밴드'와 만나 같이 연습하고 공연하는 걸 기대하고 있었다. 진주는 단원들의 격려와 윤재와의 약속을 생각하며 공연과 오디션을 더 열심히 준비해야겠다고 다짐했다.

그날 저녁, 집에 돌아와 침대에 누워 잘 준비를 하는데 강아에게서 전화가 왔다. 늦은 시간에 연락을 해 왔기에 진주는 짐짓 놀라며 전화를 받았다.

"강아야, 무슨 일이야?"

[후우…….]

강아의 한숨 소리가 길었다. 진주는 강아에게 무슨 일이 생긴 것 같아 눈썹을 치켜올리며 강아에게 물었다.

"왜 그래?"

강아의 목소리가 심상치 않았기에 진주의 얼굴에도 근심이 서렸다.

[그…… 지난번 소개팅…….]

"소개팅?"

윤재와 진주가 주선해 주겠다고 약속했던 강아와 창극단 선배들의 소개팅은 서로의 공연 일정이 엇갈려 시간 맞추는 게 어려워 미뤄지다 결국 얼마 전에야 성사가 됐다. 강아는 그 자리에서 만난 파트너와 금세 친해져 자주 연락을 주고받는다고 들었기에 소개팅이 잘 마무리된 줄 알고 있었다.

"무슨 일이 있었어?"

[그게…… 진수 오빠가 내가 좋대.]

"뭐어?"

그때 씻고 나온 윤재가 방으로 들어와 통화 중인 진주에게 입 모양으로 누구냐고 물었다.

"강아요."

침대에 올라와 옆에 앉은 윤재에게 진주가 속삭이자 고개를 끄덕이던 그는 진주에게 팔을 둘렀다. 진주의 통화는 한참 동안 심각하게 이어졌다.

"그래서? 사귀기로 한 거야?"

[아니. 그냥 그러고 집에 왔는데 이 일을 어떻게 해결해야 할지 모르겠어. 잠이 안 와. 후우.]

강아의 한숨 소리가 들려왔다.

"그럼 강아 넌 진수 오빠가 별로야?"

[이게 별로다, 아니다 할 일이냐? 다른 건 다 제쳐 놓고 백진수 오빠 어머니가 무섭기로 소문난 남애순 선생님인데. 나랑 진수 오빠랑 사귄다는 소문이 스승님 귀에라도 들어가 봐. 에휴, 난 죽어도 싫어.]

진주도 그런 상황을 모르는 바 아니니 강아의 입장이 이해가 되었다. 하지만 강아가 평소대로 명확하게 결정하지 않고 고민하는 건 뭔가 다른 이유가 있을 거란 생각이 들었다.

"네 진짜 마음은 어떤데?"

강아는 머뭇거렸다.

[내가 백진수와 어떻게 사귀어? 온 창극단 사람들과 전국 소리꾼들에게 소문이 다 날 텐데.]

"그런 이유 말고 진짜 네 마음이 가장 중요해. 네가 오빠를 좋아하면 그것쯤은 문제가 되지 않을 것 같아."

진주는 윤재와 사랑하며 너무나 좋았기에 자신이 가장 아끼는 강아와 진수 오빠도 예쁘게 사랑하면 좋겠다고 생각했다. 강아는 시간이 많이 늦었으니 내일 다시 얘기하자며 전화를 끊었고 진주는 침대에 팔을 베고 누워 그녀를 따갑게 처다보는 윤재와 눈빛을 마주쳤다.

"하루 종일 연습만 하다 밤에 잠들기 전에 겨우 나랑 같이 있는데, 누가 내 여자를 이렇게 오래 뺏어 간 거야?"

윤재가 일부러 삐진 시늉을 하며 입술을 내밀었다.

"지금 전화 오래 한다고 강아에게 질투하는 거예요?"

"강아든 누구든, 나랑 같이 있는 시간엔 나만 봐 줬으면 좋겠어."

윤재의 뜨거운 숨결이 진주의 입술에 가득 흩뿌려졌다. 한참이나 키스를 이어 가던 그는 진주를 품에 안고 팔베개를 해 주며 그제야 강아 얘기를 물었다.

"강아 씨와 전화할 때 심각하던데. 무슨 일 생겼어?"

강아의 얘기라 말해도 될지 잠시 고민하던 진주는 소개팅도 같이 만든 자리였고 통화 내용을 이미 눈치챈 것 같았기에 윤재에게 말하고 도움을 구하는 것이 나을 것 같았다.

"지난번 소개팅에서요."

"그건 잘 마무리됐잖아? 강아 씨도 파트너를 마음에 들어 했고."

"그랬는데…… 진수 오빠가 소개팅을 끝내고 강아한테 고백했대요."

"아."

윤재가 놀라지 않자 진주는 의아한 눈으로 그의 얼굴을 보았다.

"뭐야. 알고 있었어요?"

"둘이 같이 있을 때 보니 백진수 눈빛이 좀 그랬어."

진주는 곰곰이 생각하며 눈을 깜박였다.

"강아 씨는 그래서 고백을 받아들인 건가?"

윤재는 당연히 사귀겠지 하며 대수롭지 않단 듯 툭 물었다.

"그게…… 여러 상황 때문에 강아는 진수 오빠랑 사귀는 게 고민인가 봐요."

진주는 걱정이 가득한 얼굴로 조금 전 강아와의 통화 내용을 다시 떠올려봤다.

— 그래서? 오빠를 차려고?

강아는 잠시 말이 없었다. 진주는 잠깐의 정적이 의미하는 게 무엇일지 고민하며 강아와 진수가 둘 다 걱정되기 시작했다. 여태 한 번도 여자 친구를 사귄 적이 없었던 진수가 강아에게 고백했을 땐 이미 마음을 정한 게 틀림없다고 생각했다. 게다가 강아는 진수를 완전히 거부하는 것도 아닌 듯했다.

— 그런데, 진주야…….

— 응?

— 내가 오빠 싫다 하면…… 계속 이렇게 얼굴 보는 게 가능

할까? 나, 다음 경성창극단 입단 오디션도 볼 건데. 만약 붙기라도 하면 진수 오빠 매일 봐야 하는데 어떡해?

진로를 고민하던 강아는 개인 공연과 아르바이트를 병행하며 경성창극단 오디션 준비를 하고 있었다. 진주에게 강아의 상황을 모두 전해 들은 윤재도 사건의 심각성이 느껴졌는지 진지한 표정이 되었다.

"백진수가 좋아한다고 고백한 이상 예전으로 돌아가는 건 무리이지 않을까?"

진주는 고개를 끄덕였다. 자칫하면 이 일로 평생 사이가 좋았던 동기 셋의 관계도 틀어질까 염려됐다.

"그걸 아니까, 강아가 걱정이 많나 봐요."

"강아 씨는 왜 거절하지?"

진주는 한 사람만 건너면 다 아는 소리꾼 바닥에서 그들의 연애가 단순히 사귀는 것을 뛰어넘는단 걸 잘 알았다. 그리고 강아는 소리를 하던 언니들이 결혼 후에 소리를 그만두고 힘들게 사는 걸 봐 왔기에 결혼을 빨리할 생각이 전혀 없었다.

"강아는 비혼주의자거든요."

"그래도 연애는 하고 싶다고 말했던 것 같은데. 그래서 소개팅도 한 것 아닌가?"

"네. 결혼 생각은 없고 연애만 해 보고 싶단 거였죠. 그런데 진수 오빠는 한번 연애해 보는 걸로 끝나지 않을 테니까."

강아의 연애 철학을 듣던 윤재는 의미심장한 표정으로 진주를 보았다.

"왜 그렇게 봐요?"

"배진주랑 이강아가 왜 그렇게 단짝인가 했더니 나름 비슷한 부분이 있었네."

"뭐가요?"

"배진주는 연애 한번 안 해 봤으면서 남자에게 과감하고 화끈한 사랑을 하겠다고 큰소리치더니 이강아는 연애만 하는 비혼?"

진주의 얼굴이 화르륵 붉어졌다. 지금 생각해 보면 이전의 자신이 꿈꾸던 과감하고 화끈한 사랑은 실제의 사랑과 많이 달랐다.

"그건, 그냥 소원이 그렇단 거죠. 로망 같은 거요."

윤재는 씨익 웃었다.

"이강아 씨의 비혼은 내가 해결해 줄 수 있는 문제가 아닌 것 같으니 그건 백진수에게 맡기고, 일단 오늘 밤엔 배진주의 과감하고 화끈한 사랑을 실현시켜 주도록 노력해 볼게."

"윤재 씨!"

진주의 얼굴이 새빨갛게 익었다. 음흉한 윤재가 진주를 품에 당겨 안고 길고 긴 키스를 퍼붓기 시작했다.

다음 날 진주는 눈을 뜨자마자 강아가 걱정되었다. 연습을 하고 창극단에 출근해서도 머릿속에서 강아가 떠나지 않아 어떻게든 도와주고 싶다는 생각이 들었다.

진주와 강아, 진수, 세 사람은 어릴 때부터 동네 친구에 같은 스승 아래 동기였기에 이 관계가 어색해지는 건 상상조차 어려웠다. 윤재 역시 걱정이 되었는지 오전 시간에 진주에게 문자를 보냈다.

진주가 결혼이 얼마나 좋은지 말해 주면
강아 씨도 결혼 생각이 생기지 않을까?

일단 만나야 할 것 같아요.

누굴?

진수 오빠와 강아.

그냥은 안 만나려 할 텐데.

강아와 진수 오빠를 불러내는 건
내가 할 테니 윤재 씨도 같이 와 줄 수 있어요?

나도?

더블데이트 어때요?

윤재와 이마를 맞대고 고민하던 진주는 강아에게 연락했다.

며칠 뒤, 햇볕은 아직 따가웠으나 하늘은 맑고 푸르렀다.

진주와 윤재는 주차장에 차를 세우고 익숙한 장소를 둘러 보고는 미묘한 웃음을 지었다.

진주는 고민하는 강아의 기분을 풀어 주겠다며 만나자고 약속하는 것에 성공했다. 강아에게 어디서 만날지 물었더니 오랜만에 놀이공원에 가서 고함이라도 치고 스트레스를 풀고 오자고 해서 진주는 놀이공원을 선택했다. 그리고 진주는 진 수에게도 오랜만에 얼굴을 보자고 연락해 같은 시간에 그를 불러냈다.

강아는 놀이공원에 들어서자 들뜬 마음에 신이 났다. 하지 만 약속 장소를 찾다가 멀리 진주와 함께 나타난 진수와 윤재 를 발견하고는 귀신을 본 듯 놀랐다. 그래서 못 본 척 바로 뒤 돌아 뛰어가려 할 때였다.

"이강아! 여기야."

진주가 강아를 발견해 불렀고 어쩔 수 없이 강아는 일행에 합류해 어느 식당 안으로 들어가게 됐다.

진수는 강아와 자신을 같이 불러낸 진주의 의도를 눈치챘기 에 의자에 앉아서도 별 감정의 동요가 없어 보였다. 하지만 감 정이 숨겨지지 않는 강아의 얼굴은 구운 오징어처럼 찌그러져 있었다.

진주가 분위기를 살피며 먼저 말을 꺼냈다.

"이렇게 갑자기 부른 이유는 강아와 진수 오빠 둘 사이를 나도 알게 돼서. 서로 잘해 보잔 의미로 모였는데……."

"사이? 오빠랑 나랑 아직 아무 사이도 아냐."

강아가 인상을 쓰며 선을 그었다. 그런 강아를 힐끗 보던 진수는 여전히 무던한 표정으로 툭 던지듯 말했다.

"아무 사이도 아니긴, 우린 사랑을 고백한 사이지."

"사, 사랑?"

진수의 말에 강아의 눈은 튀어나올 듯 커다래졌다.

둘의 전투적이면서도 기묘한 분위기를 바라보던 진주는 더 심각한 표정을 짓더니 날카로운 표정으로 진수에게 말했다.

"괜히 강아 도발하지 마. 만약 강아가 오빠가 싫다면 아무렇지 않게 예전처럼 좋은 오빠 동생 사이로 돌아갈 수 있어?"

"난 당연히 가능해."

진수가 입을 열기도 전에 강아가 먼저 선수를 쳤다. 진주가 갑자기 기분 전환이라도 하자며 불러내길래 반신반의하며 나오긴 했는데 강아도 오히려 이렇게 진수와의 사이를 정리할 수 있으면 다행이다 싶었다.

"난 그럴 생각 전혀 없어. 만약 강아가 아니라고 하면 두 번 다시…… 이강아는 안 봐. 강아 너 알지? 난 일편단심형이야. 널 좋아한 지도 오래됐고 사내가 한번 마음 주고 고백했으면 끝을 봐야지."

"와아, 진수 오빠! 이 좁은 소리꾼 필드에서 같이 다니자마자 이런저런 소문나는 건 어쩔 거야? 오빠 팬들도 요즘 많이 생기고 있고 무엇보다 스승님이 그걸 알아봐!"

강아는 제가 말하다가도 그건 아니다 싶은지 고개를 도리도리 격렬하게 저었다.

"강아 네가 그런 걸 왜 걱정해? 난 그런 거 눈곱만큼도 상관 없어. 어릴 때부터 이강아만 좋아했고 난 죽어도 너야."

강아는 진수의 고백에 아무 말도 할 수 없었다. 진수는 세상에 다른 존재는 없는 듯 강아만 빤히 보고 있었다.

"이강아, 내가 남자로 별로야?"

진수가 너무 저돌적으로 훅 들어오니 강아의 심장이 일순간 멈췄다.

"내가 언제 오빠가 별로랬어⋯⋯. 사귀는 걸 생각해 본 적 없단 얘기였어."

"그러니 서로 남자 여자로 알아가는 시간을 정해 알아보는 건 어때? 지금 섣불리 결정하지 말고."

강아는 숨을 들이쉬고 내쉬기를 몇 번 하며 고민했다. 잠시 후, 마음을 먹은 듯 강아는 진수에게 말했다.

"진주도 있고 감독님도 있으니 오빠도 확실히 해. 만약 서로 아니라는 판단이 들면 깔끔히 정리하고 다시 예전처럼 돌아가는 거야. 인연 끊겠단 얘기는 하지 마. 이십 년이나 서로 가족처럼 지냈는데 어떻게 안 보고 지내냐?"

"⋯⋯알았어."

진수는 자신이 있었기에 순순히 대답했다.

이 흥미진진한 연애 구도를 관람하던 윤재는 이제 시간이 됐다 싶었는지 진주의 어깨를 안고는 슬며시 일어났다.

"난 데이트하러 왔는데 이제 심각한 얘긴 그만하고 정말 데이트를 하는 건 어때?"

아까 놀이공원에 도착한 후 진수는 윤재에게 강아를 오래전부터 좋아했다는 자신의 마음을 설명하고 이번 놀이공원에서 강아와 잘 되도록 도와달라고 부탁했다. 만약 강아와 잘 되면 이 은혜는 죽을 때까지 잊지 않겠노라며 간절함도 보였다. 윤재는 적당한 시간이 되면 둘만 있을 수 있도록 진주와 자신은 빠져 주겠단 약속도 했다. 윤재 역시 넷이 다니는 성가신 일을 할 생각은 처음부터 없었으니까.

그렇게 둘을 남겨 두고 윤재는 진주의 손을 잡고 식당 문을 나갔다. 음악 소리와 아이들의 고함을 들으니 활력이 넘쳤다. 눈앞에는 익숙한 놀이 기구들도 보였다.

두 사람은 첫 데이트였던 놀이공원 데이트를 동시에 떠올렸다. 그때 그 놀이공원에서 강아와 진수가 썸을 타는 모습을 지켜보니 서로를 전혀 모르고 계약 결혼 얘기를 하던 과거가 자연스럽게 기억났다.

"저거 우리도 탈까?"

윤재는 진주와의 첫 번째 만남에서 진주가 타고 싶다고 해 같이 탔던 기구를 가리켰다.

"아…… 아니요."

"저 기구 좋아한댔잖아."

진주는 고개를 저었다.

"사실은…… 놀이 기구를 좋아하지 않아요."

이제야 솔직하게 말하는 진주의 모습을 보고 윤재는 웃음 지었다.

"알고 있었어."

"어떻게요?"

"진주는 그날 전혀 좋아하는 표정이 아니었으니까."

"그때는 결혼 안 하려고…… 강아가 싫은 사람을 떨어뜨리려면 놀이공원에 가서 이상한 모습을 보여 줘야 한다고 말해서…… 미안해요."

진주가 그때를 기억하는지 머쓱한 얼굴을 했다.

"처음에 내가 그렇게 싫었어?"

"아니요!"

윤재의 눈동자엔 여전히 의심이 가득해 보였다. 진주는 어쩌지 싶어 고민하다 입을 열었다.

"오디션에서 처음 봤을 때 세상에서 제일 멋있게 생겼다고 생각했어요. 맞선에서 다시 만났을 땐 목소리도 근사하다고 생각했었고 막 머리 뒤에서 아우라가……."

"일부러 눈동자 굴리면서 과장하는 거 다 티가 나고 있어."

"진짜 다 맞는 말인데……."

"하지만 그 덕분에 더 진주를 자세히 쳐다보게 됐어. 그러다 좋아하게 된 거고."

진주를 줄곧 바라보며 말하던 윤재는 무슨 생각인지 진주에게로 바짝 얼굴을 당겼다.

"우리 여기서 만났을 때 기억나?"

다짜고짜 윤재를 안았던 부끄러운 기억인데.

"정식으로 한 번 더 해 볼까?"

"……!"

"배진주는 재회를 유럽식으로 원하나 보군."

진주도 그 만남이 유난히 생생히 떠올랐다. 그는 생글거리는 얼굴로 작은 소리로 속삭였다.

"부드러운 키스와 격정적인 키스가 있는데, 난 뭐든지 잘하는 거 알지? 자, 어떤 걸 원하지?"

윤재는 장난을 치는 게 분명했다. 얼굴은 화끈거렸지만, 진주는 작게 웃음을 터트렸다.

"여긴 관람객이 너무 많으니 은근히 격정적인 전체 이용가 키스로 부탁해요."

진주의 부탁에 윤재가 너무 어려운 주문 아니냐는 표정을 지으며 어깨를 조금 들어 올렸다.

"오늘 내가 은근히 격정적인 전체 이용가 키스 창시자가 되는 건가?"

진주의 볼 옆에 있던 그의 입술이 정말로 은근하고도 격정적으로 겹쳐졌다. 높다란 콧날을 부딪치며 입술을 맞추는 내내 윤재는 진주가 예뻐 못 견디겠다는 듯 감미롭고 애틋하게 입술을 베어 물다 감싸기를 반복했다.

"하아, 큰일이네."

낮은 그의 목소리와 뜨거운 입김이 진주의 입술을 다시 간지럽혔다. 윤재는 차마 떨어지기 싫은 입술을 떼어 내고 진주와 눈높이를 맞추어 그녀의 깨끗한 눈동자를 들여다보더니 아쉬운 듯 한숨을 쉬었다.

"뭐가요?"

"배진주가 너무 예뻐서."

다정한 그의 손길은 끝없이 그녀의 볼을 어루만졌다. 그의 일렁이는 눈동자는 늘 수많은 이야기를 내포한 우물처럼 깊어 보였다. 진주는 그 짙은 빛깔의 이야기를 알아내려는 듯 더 깊숙이 그에게 시선을 꽂으며 올려다보았다.

"내가 아무 말 없이 키스할 때 그건 사랑한단 말 대신이야. 말하지 않아도 알아줘."

진주는 너무나 떨렸다. 온몸이 후들거릴 정도로.

"그런 말…… 너무 심장 떨리는데."

이런 말을 아무렇지 않게 하는 이 남자는 매 순간 말할 수 없이 달콤했다.

두 사람이 앉은 벤치는 초록 잎들이 넓게 드리워 그늘을 만들고 있었다. 다정한 눈빛을 하고 손을 잡고 서로를 바라보는 둘의 모습은 그림처럼 아름다워 보였다.

"이렇게 손을 잡는 건, 좋아서 심장이 떨리니 잡아 달란 말이고."

진주는 이번엔 얼굴에 홍조를 띤 채 미간을 조금 찡그렸다.

"나랑 정말 처음 연애한 거 맞아요?"

"뭐?"

"처음인데 뭐 이렇게 애정 표현이 능숙하고 하는 말마다 달달해요?"

동그랗게 반짝이는 눈망울로 물어보는 진주를 보며 윤재는 당연하단 표정을 했다.

"난 뭐든지 잘하니까."

자리에서 일어나 시끌시끌한 놀이공원을 걷던 둘은 다정하게 손을 잡고 천천히 산책을 즐겼다. 머리 위로 지나가는 요란한 롤러코스터와 여기저기서 들려오는 고함 소리가 데이트의 재미를 더해 주고 있었다.

윤재와 진주는 아이스크림을 사 먹고 서로 귓가에 우스운 얘기를 주고받으며 가끔은 낄낄 웃어 댔다.

"요즘 윤재 씨가 준비하는 다음 작품은 어때요? 다음 작품 인터뷰를 인터넷에서 봤어요."

"그랬어?"

윤재는 전작의 흥행으로 인해 여러 매체에서의 인터뷰 요청과 시상식 등의 초대를 받고 있었다. 그래서 이전 작품들보다 판소리에 기반한 색다르고 획기적인 공연을 기획하기 위해 수많은 전시회와 공연을 보러 다니며 자료들을 찾고 더욱 열심히 공연을 준비하고 있었다.

"이번 작품 제목은 '명량대첩'으로 정해졌어. 아마 곧 오디션 공고가 갈 거야. 가능하면 더 대중적인 작품으로 만들고 싶어서 대중문화 쪽 전문가들과 협업도 진행 중이야."

"기대돼요. 판소리나 창극은 대중적이지 못하단 평가 때문에 늘 고민하잖아요."

"그렇지. 하지만 찾아보면 대중에게 가까이 가려는 많은 시도가 있고 실력 있는 숨은 친구들도 많잖아? 진주처럼."

"전 운이 좋았어요. 소리를 하시는 부모님들 사이에서 좋은 목소리를 갖고 태어났으니까."

"나도 그렇게 생각해. 하지만 그런 환경에서 모두가 그런 실력을 갖추게 되는 건 아니니 더 자신감을 가져."

진주는 고개를 끄덕였다. 괜히 그가 인정해 주는 것 같아 민망하기도 했다.

"이번 '얼씨구 밴드'와의 공연 준비는 잘 되고 있어?"

"네. 내일 첫 미팅과 연습이 있어요. 민수아 선배님은 어릴 때 몇 번 만났던 기억이 있지만, 같이 공연하는 건 이번이 처음이에요."

"국악을 베이스로 대중성을 가진 팀이라 합동 공연이 진주에게도 좋은 경험이 될 거야. 리더 민수아 씨나 밴드 연주 실력이 굉장하거든."

"네. 저도 많이 배울 것 같아요."

진주는 공연 준비에 대한 기대를 숨기지 않았고, 상기된 진주의 얼굴을 보던 윤재는 방긋 웃었다.

다음 날 진주는 기다리던 '얼씨구 밴드'와 만나게 됐다. '얼씨구 밴드'의 연습실에 들어서니 다른 국악 밴드 팀과는 사뭇 분위기가 달랐다. 이들은 흑과 백으로 콘셉트 잡은 의상을 입고 각각 다른 형광 색깔 펌 머리카락을 하고 연주할 악기 앞에 앉아 악기를 손질하고 있었다.

만나기 전에 이미 '얼씨구 밴드'의 관련 영상은 모두 찾아 들었던 터라 그리 놀라진 않았으나 퍼포먼스가 강렬한 퓨전 국악 밴드와 만나는 건 진주에게 꽤나 색다른 일이었다.

"안녕하세요? 선배님. 배진주입니다."

"오랜만이네요. 배진주 씨. 우리 어릴 땐 몇 번 만났죠?"

깍듯하게 인사한 진주는 리더인 민수아를 따라 작은 사무실로 들어가 의자에 앉았다.

민수아는 검은 머리에 검은 롱 원피스를 입고 클레오파트라 같은 강렬한 붉은 입술이 포인트인 진한 화장을 했다. 연습을 위해 평범하게 셔츠와 바지를 입고 나온 진주와 다르게 민수아는 시선을 끌기에 충분했다.

"오늘 우리 밴드를 배진주 씨에게 소개하기 위해 평소 무대 의상을 입고 모이기로 했어요. 혹시 우리 공연을 본 적 있나요?"

"그럼요. 실제 공연장을 찾을 기회는 없었지만 공연 영상을 다 봤어요. 모두 개성 있게 국악의 영역을 넓히기 위해 활동하시는 모습이 멋지세요."

진주보다 나이가 많은 민수아는 어릴 적 국악 대회에서 종종 만나 인사만 하던 사이였다. 그러다 그녀는 어느 시기부터 한국 국악계에서 나타나지 않았고 한참 후가 되어서야 국악 퓨전 록 밴드 '얼씨구 밴드'의 리더가 되어 SNS를 통해 활동하기 시작해 유명해졌다.

민수아는 자리에 앉자마자 악보를 바로 내밀었다.

"이번 공연 콘티는 제가 맞추기 쉽게 진주 씨 오기 전에 편곡해 두었어요."

민수아는 테이블 위에 올린 악보를 손가락으로 가리키며 설명을 이어 갔다.

"배진주 씨의 판소리가 메인이니 이 부분부터 연습하는 건 어때요?"

카랑카랑하게 울리는 그녀의 목소리와 자신만만함에 진주는 조금 주눅이 들기도 했으나 내색하지 않았다. 정신을 똑바로 차리고 그녀가 설명하는 곡의 편곡 부분을 눈으로 따라 내려가며 이해하려 노력했다.

진주의 눈에도 훌륭한 악보였지만 좀 더 보완하고 싶은 곳이 보였다.

"이 부분은 좋지만, 태평소 독주보다는 장구를 치면서 절정으로 가는 건 어때요? 이 곡은 휘몰아치는 부분이 관객들의 몰입을 최고로 이끌어야 하는 곡이라 태평소의 선율보다는 장구가 속도를 올리며 말을 달리는 느낌으로 이끄는 게 나을 것 같아요."

진주의 말을 들으며 수아도 고개를 끄덕였고 진지하게 악보를 내려다보았다. 그러다 악보에 메모를 집어넣었다.

"이건 배진주 씨 말이 더 나을 것 같아요. 우리 밴드에 장구를 잘 치는 멤버가 있으니 그것도 좋을 것 같아요."

"네. 해외에서 유명하신 풍물 밴드와 함께하는 무대니, 관객

분들께 우리 소리와 풍물의 흥거움을 더 잘 보여 줬으면 좋겠어요. 제가 메인 보컬이긴 하지만 연주자분에게도 파트 때마다 확실히 포커스를 맞춰서 악기 연주 부분도 돋보였으면 합니다. 연습은 어떻게 하면 되나요?"

"바로 시작해야죠. 멤버들은 이미 준비하고 있어요."

둘은 수정된 악보를 참고해 곧바로 편곡 작업에 들어갔고 이어 연습이 시작했다.

'음음……. 왜 이러지?'

같이 연습하던 진주는 연습하다 고개를 갸웃거렸다. 평소와 다르게 목이 많이 잠겨 시간이 지나도 진주가 원하는 만큼 시원한 소리가 매끄럽게 나오지 않았다.

"여기 물."

수아는 진주에게 따뜻한 물을 데워 가져다주었다.

"아, 감사합니다."

"프로라 그런가? 100프로 좋은 컨디션으로 노래 부르는 건 안 보여 주네?"

"……!"

진주는 미묘한 음정 차이를 민수아가 들었단 생각에 순간 몸이 경직되었다.

"아니에요. 목이 조금 잠겨서 그래요. 물 감사합니다."

진주는 미지근한 물을 천천히 마셨다.

목감기라도 오려는 걸까? 목구멍에 이물감이 느껴졌다. 아직 날씨는 따뜻했고 감기 증상이 있는 것도 아니었기에 진주는 대수롭지 않게 생각하고 다음 연습을 이어 갔다.

'얼씨구 밴드'와의 공연 준비를 너무 신경 써서 그런가.

다행히 그 뒤로 연습은 무리 없이 끝났고, 진주는 집으로 돌아오면서 자신의 컨디션 조절에 더 신경 써야겠다고 다짐했다. 창극단 일정과 오디션 준비, 그리고 축제 공연까지 잡히는 통에 너무 빠듯한 연습과 일과를 진행했기에 목에 신호가 온 것이라 짐작했다.

하지만 그런 결심을 한 것도 잠시, 오후가 되니 윤재 작품의 1차 오디션 날짜 공고가 떴다.

주연 배우 선발 오디션은 전체 지원자들을 대상으로 한 1차 오디션 후 2차 심층 오디션까지 진행될 예정이었다.

명량대첩

진주는 작품 이름을 바라보자마자 심장이 심하게 두근거렸다.

이 작품은 이순신의 이야기와 전쟁의 승리, 그리고 성 안에서 나라를 지키고자 했던 여인들의 사투를 그린 이야기였다.

'꼭 하고 싶어.'

휴대폰 알람을 켜 둔 탓에 계속 반짝이는 오디션 소식에 진주는 주먹을 꽉 쥐었다. 목이 조금 이상한 건 어느새 잊은 채였다.

다시 연습실에 들어가 조금 못마땅했던 소리 부분을 불렀더니 이번엔 아무 문제없이 평소의 목소리로 노래가 흘러나왔다.

'민수아 선배님과 연습하고 맞추며 지나치게 긴장했었나 봐. 더 열심히 해야지.'

진주는 민수아와 '얼씨구 밴드'에 더 멋진 모습을 보여 주고 싶었다. 무엇보다 공연이 성공하길 바랐고 이 공연으로 자신도 '얼씨구 밴드'도 더 발전하는 계기가 될 거란 걸 알았다.

윤재는 본격적인 공연 준비 일정이 나오니 제작진 미팅이 많아져 다시 바빠졌다.

그리고 오디션 당일, 아침 일찍 출근하는 길에 윤재는 진주에게 오디션을 잘 보라는 응원을 잊지 않았다.

"주연 오디션 심사위원에 내가 들어가진 않을 거야."

윤재는 자신의 공연에 가장 잘 어울리는 건 배진주라 생각했지만, 모든 공식적 일정에서 아내인 진주와 부딪히는 건 피하기로 했다. 그래서 공연에 대해서도 일부러 진주에게 말하지 않았다. 진주의 성격상 조금이라도 자신에게 특혜가 있다고 판단되면 이 오디션에 합격했다 해도 마음이 힘들 거라 생각했기 때문이다.

진주는 당연하단 듯 고개를 끄덕였다. 진주도 그가 오디션 심사위원석에 앉아 있지 않은 것이 다행이라 여겨졌다.

"전 오히려 부담 없이 오디션에 임할 수 있어 좋아요. 밴드시 제 실력으로 합격할게요."

진주는 자신 있단 얼굴로 후후 웃었다. 윤재는 그 미소에 뒤돌아서 나가기가 싫었다.

"배진주가 잘하리란 걸 알지만 한 번 더 합격 기원 포옹."

그렇게 윤재는 현관 밖으로 배웅 나온 진주를 안았다.

"지금 긴 키스는 안 되겠지?"

진주가 고개를 저었다. 긴 키스를 하다간 그의 오전 미팅 시간에 늦을 게 틀림없었다. 아쉬운 마음을 접으며 윤재는 그저 그녀의 입술 한가운데에 살짝 입 맞추었다.

"오늘 잘해."

꼼지락거리며 그녀의 입술을 간지럽히는 그의 입술에 진주 역시 가볍게 입술을 부딪쳤다.

Chapter 15

찰나의 긴장이 영원처럼

'이렇게 지원자가 많다니…….'

1차 오디션장에 들어선 진주는 수많은 참가자의 줄을 보며 놀라고 말았다. 이번 '명량대첩'의 작품 스케일이 크고 세계적인 주목을 받게 될 작품이란 소식 때문인지 소리 실력뿐만 아니라 대중적 감각을 가진 소리꾼들이 모두 지원한 것 같았다.

그중엔 아는 얼굴도 보였기에 진주도 인사했다. 대기자 번호표를 받고 대기실에 앉아 있던 진주는 문을 열고 들어오는 낯익은 한 사람을 보고 눈을 키웠다.

민수아였다.

"선배님?"

진주는 반갑게 일어나 인사했다. 강렬한 모습이던 연습 때와 다르게 머리를 묶고 평범한 정장 차림으로 오디션에 참석한 그녀가 진주의 눈엔 또 다르게 보였다.

"배진주 씨도 이 오디션에 참석하는 거예요?"

"네. 저도 지원했어요."

순서를 기다리며 의자에 나란히 앉은 둘 사이엔 잠시 정적
이 흘렀다. 수아가 먼저 친한 척 말을 꺼냈다.

"윤재는 잘 지내죠?"

"네?"

이윤재 감독도 아니고 윤재?

그녀의 입에서 윤재의 이름이 다정하게 나오자 진주는 너무
놀라 그만 입술을 벌리고 말았다.

선배님은 어떻게 윤재 씨를 아는 거지?

놀란 눈을 한 진주를 본 수아는 진주가 당황한 것을 눈치챘
는지 웃으며 진주에게 가까이 다가가 소곤거렸다.

"연습실에선 굳이 말할 필요가 없어서 하지 않았는데 윤재
와 난 오랜 친구예요. 윤재가 내 얘긴 하지 않았나 봐요?"

그러고 보니 그녀의 나이가 윤재와 비슷하겠단 생각이 들었
다. 진주는 무안하기도 했고 미안하기도 했다. 내가 그의 아내
란 걸 아는데 그의 유학 생활이나 친구에 대해서 아는 게 없
는 아내로 비치는 건 싫었다. 하지만 진주는 그의 과거에 대해
그렇게 많이 듣지 못했기에 아는 척 답할 수도 없었다.

"윤재와는 유럽에서 같은 대학교에 다녔고 윤재가 제대하고
한국에서 국악대학원 다닐 때도 잠시 같이 다녔어요."

유럽에서 같이 공부하고 국악도 같이 공부했구나.

"네…… 그럼 선배님도 전공이……?"

"아니요. 난 작곡 전공이었고 윤재는 영화, 연극이었어요.
유럽에는 한국인 학생들이 많지 않으니 자연스럽게 서로 알게

됐고 같이 듣는 수업도 많았어요."

"아, 그랬군요."

그걸 들으니 진주의 마음이 이상했다. 윤재 씨는 이번에 선배님과 같이 공연한다고 말했을 때 왜 선배님과 알고 있는 사이란 걸 말하지 않은 걸까? 문득 이전에 윤재가 '얼씨구 밴드'의 실력이 굉장하다고 말하던 게 떠올랐다. 민수아 씨와 '얼씨구 밴드'를 이미 알고 있어서 그렇게 말했던 거였어.

"난 이윤재 감독이랑 같이 일해 보고 싶어서 이 오디션에 참가했어요. 윤재가 어떤 대중적 코드를 생각하고 이 공연을 만드는지 전 알거든요. 윤재와 같이 사는 진주 씨도 당연히⋯⋯ 그렇겠죠?"

"네. 알아요."

"전 이 오디션에 최선을 다할 생각이에요. 우리 선의의 경쟁을 해 봐요."

그녀는 이미 오디션에 붙기라도 한 것처럼 자신감 넘치는 표정을 했다.

진주는 막연히 그의 지난 시절을 아는 사람들로부터 그의 유년 시절과 대학 시절 등의 이야기를 들으면 좋겠다고 생각한 적이 있었다. 하지만 민수아에게서 그의 개인적인 얘기를 계속 듣는 건 왠지 기분이 좋지 않았다. 진주의 불편한 표정에도 민수아는 말을 계속 이어 갔다.

"윤재가 한국에 들어가 공연 준비를 한다더니 얼마 안 돼 결혼한다는 얘길 듣고 얼마나 놀랐는지 몰라요. 갑작스러워서 축하하러 올 경황이 안 되었거든요."

진주는 마음속으로 또 놀랐다. 결혼식에 참석할 정도로 친한 친구였던 걸까?

수아가 진주의 얼굴을 빤히 바라봤다. 진주가 불편하단 기색을 드러내도 수아는 상관하지 않았다.

"결혼 축하해요. 이윤재가 능력 있고 잘생긴 건 워낙 유명한 사실이고, 소리꾼과 결혼한 건 정말 의외였어요."

"……."

그녀는 묻지 않았는데도 그와 같이 보낸 대학 생활 얘기를 자랑스럽게 늘어놓았다. 가만히 듣고 있는 진주에게 수아는 더 비밀스러운 얘기를 한단 듯 가까이 와 속삭였다.

"내가 오래 지켜봐서 아는데, 이윤재가 좀 냉정하고 말이 없죠? 대학에서도 잘생긴 냉혈 철벽남으로 유명했어요. 하지만 은근히 속은 깊어요. 저도 몇 년이 지나서야 알게 된 모습이거든요."

'하아.'

진주가 도저히 참을 수 없어 한마디를 해야겠다 싶어 수아에게 얼굴을 돌리려던 때였다.

"123번 배진주 님!"

"아, 네!"

마침 진주의 오디션 차례가 되어 이름이 불렸고 진주는 자리에서 일어나 오디션장으로 들어갔다. 괜히 오가게 된 달갑지 않은 대화로 기분이 상했지만, 진주는 마음을 가다듬고 오직 오디션에 최선을 다해 임했다.

　윤재는 늦게 퇴근해 씻은 후 침대에 걸터앉아 괜히 진주의
눈치를 보고 있었다.

　진주도 씻고 나와 잠옷으로 갈아입고 거울 앞에 앉아 천천
히 머리카락을 말리고 있었다. 그 모습을 본 윤재는 침대에서
일어나 진주에게 다가왔다.

　"내일은 공연인데 오늘은 빨리 쉬자. 오늘……."

　진주는 말없이 그의 얼굴을 살폈다. 오디션이 어땠는지 물
어보고 싶었던 게 틀림없었다. 하지만 진주는 일부러 모르는
척 아무런 말도 하지 않고 거울을 통해 비친 윤재의 얼굴만 보
았다.

　"내가 머리카락 말려 줄게."

　윤재는 진주에게서 드라이어를 가져와 머리카락을 말려 주
기 시작했다. 평소 같았으면 그러지 말라고 말했을 테지만, 진
주는 그의 손길이 머리카락을 만지는 걸 그저 잠자코 느끼고
있었다.

　"다 말랐다."

　그의 길고 굵은 손가락이 그녀의 머리카락을 정리해 주었
다. 능숙해진 솜씨로 진주의 긴 머리카락을 한 갈래로 묶어
주었다.

"고마워요."

"오늘 축제 공연 리허설에 오디션도 있어서 피곤할 텐데, 빨리 쉬자."

둘은 침대에 누웠고 진주는 그의 팔을 베고 안겼다.

"오디션은 잘 봤어요."

"그랬어? 그럴 줄 알았어."

그의 팔이 그녀의 어깨를 쓰다듬었다.

"민수아 선배님도 오디션에서 만났어요."

"그랬어?"

진주는 그에게 궁금한 걸 물어보는 게 낫다는 생각이 들었다. 민수아와 윤재 씨는 정말 친한 친구였는지. 그녀의 말처럼 둘은 가까운 사이였는지.

"선배님도 오디션에 지원한 거 정말 몰랐어요?"

윤재의 이마에 주름이 지어졌다.

"난 이번 오디션에 일절 관여하지 않기로 했어. 오늘 오디션에서 있었던 일이나 결과도 아직은 몰라."

"그럼, 선배님과 윤재 씨가 친한 친구인 건요?"

윤재의 눈빛이 조금 어색해졌다. 진주는 그걸 보며 순간 철렁 마음이 가라앉았다. 하지만 윤재는 곧 다시 무표정으로 돌아왔다.

"민수아가 그랬어? 자기가 내 친구라고?"

"네."

"민수아는 유학 생활하면서 잠시 같이 공부했어. 그냥 같이 수업 듣는 정도였는데. 혹시 신경 쓰였어?"

윤재의 눈동자엔 알 수 없는 여러 표정이 뒤섞인 듯했다. 진주는 그의 말을 듣고 신경 쓰였다고 말해야 할지, 말아야 할지 잠시 고민됐다. 하지만 그에겐 솔직하고 싶었다.

"아내인 내가 윤재 씨와 친한 친구가 누군지 모르고 있었단 사실이 좀 무안했어요."

"친한 친구? 민수아는 그렇게 친한 관계가 아니었어. 진주와 합동 공연을 하게 됐다기에 별것 아닌 일로 더 신경 쓰이게 하고 싶지 않아서 말하지 않은 것뿐이야."

진주는 고개를 끄덕였다.

공연 연습을 하며 진주가 지켜본 민수아는 실력만큼이나 자기주장이 강하고 어떤 면에선 다른 사람들의 입장을 생각하지 않는 느낌이 강했다. 그녀는 카리스마 넘치는 리더였지만 같이 호흡을 맞추는 멤버들을 이해하고 배려하는 스타일이 아니란 걸 진주도 금방 느낄 수 있었다.

"선배님은 실수를 용납하지 않는 성격인 것 같아요."

"완벽주의에 가깝다고 해야 할걸. 그래도 일의 완성도는 뛰어나서 일은 계속 들어오는 편이야."

"네."

진주의 오해가 풀렸는지 확인하기 위해 윤재는 진주의 얼굴을 자세히 쳐다봤다.

"그러니 넌 일로만 민수아를 대하면 돼."

하지만 선배님은 왜 그렇게 윤재 씨와 가깝게 지냈다고 말했던 걸까. 진주는 헷갈렸다.

"정말 친하진 않았어요?"

"응. 전혀. 믿어 줘."

윤재의 얼굴에 은근한 미소가 서서히 번졌다.

"이거, 질투 맞지?"

"……."

진주는 아니라고 잡아떼기 힘들었다. 자신이 계속 질투하고 있단 걸 스스로도 알고 있었으니까. 아닌 척 그를 속이고 싶지도 않았다.

"질투라면요?"

진주가 부인하지도 않으니 그의 입술 선이 호선을 그리며 더 늘어났다.

"그러면 난 더 좋지. 배진주가 질투를 한단 건 내가 그만큼 좋단 말이니까."

"난 늘 윤재 씨가 좋아요."

어느새 기분이 풀어졌는지 진주의 맑아진 얼굴을 보던 윤재가 눈을 깜박이다 몸을 그녀에게 붙여 왔다.

"오늘은 안 되겠다."

"뭐가요?"

그가 더 진주를 꼭 안고 팔을 조였다.

"공연 때문에 피곤할 것 같아서 오늘 밤은 참으려고 했는데, 도저히 안 되겠어."

무슨 의미인지 알아챈 진주가 부끄러움에 눈꺼풀을 잠시 아래로 내리는 동안 짓궂은 윤재의 손은 그녀의 허락을 이미 받은 것처럼 침범하고 있었다.

"대신 최대한 부드럽게……."

귓가에 울리는 그의 목소리를 눈을 감고 듣자 진주의 얼굴이 순간에 달아올랐다. 어쩔 줄 모른 채 진주는 그의 품으로 파고들었다.

"오늘 밤엔, 넌 가만히 있어."

"……!"

진주의 몸이 그의 손짓에 떨려 왔다.

"내가 모두 다 해 줄게."

야하디야한 짐승에게 진주는 어쩔 수 없이 자신을 맡겼다.

오디션을 본 다음 날 1차 결과는 발표되었고 진주는 당연히 합격자 명단에 있었다.

그리고 며칠 후 축제 공연이 시작됐다. 세대와 장르를 아우르는 최대 국악 축제였기에 관객 수가 많은 큰 공연이었다.

최종 리허설까지 마친 진주는 목이 완전히 돌아오지 않아 걱정이 되었다. 연습 때도 자꾸 이유 없이 한 번씩 목이 붓는 느낌에 진주는 요즘 때때로 곤혹을 치르는 중이었다. 하지만 그때마다 마음을 다독였다.

무대 준비까지는 긴장됐지만, 무대 위에선 그런 긴장을 할 필요가 없었다. 그리고 그녀는 한 번도 무대 위에서 실수한 적이 없었기에 연습에서 그랬던 건 목 상태가 예민해진 탓이라고 생각했다.

"자, 배진주 씨와 '얼씨구 밴드' 준비해 주세요."

무대에 오를 준비를 하고 진주는 호흡을 길게 들이마셨다. 어느새 가까워진 '얼씨구 밴드'와 민수아와도 눈짓으로 서로 파이팅을 외친 진주는 무대 위로 당당히 올라갔다.

사람들의 웅성거림이 들렸고 깜깜한 무대 위로 몇 개의 조명이 비추었다.

'배진주, 잘할 수 있어. 지금 이 정도 컨디션은 얼마든지 뛰어넘을 수 있어.'

진주는 마음을 가다듬고 정신력으로 무대를 치르려 자기암시를 했다.

요란한 태평소 소리가 고막을 찢을 듯 울리는 가운데 흥겨운 한국의 타악기들이 울리며 연주를 시작했다. 밴드 멤버들은 그냥 서 있지 않고 리듬에 몸을 맡기고 춤을 추었고 민수아가 먼저 노래를 시작했다.

바로 다음 진주의 파트가 이어졌다.

이놈! 거기 서지 못하겠느냐?

한 편의 뮤지컬 같은 둘의 노래는 쫓아가는 장수의 호령이 떨어지자 장구 솔로로 절정을 향해 달려갔다. 두 소리꾼의 판

464

소리가 긴급하게 사설과 노래를 섞어 주고받으며 공연을 이끌었고 관객들은 숨죽인 채 조용했다.

민수아의 허스키한 재즈풍의 목소리는 서늘하게 내려앉았고 짙고도 높은 배진주의 소리 대목이 악기들과 어울려 공연장 전체를 울려 댔다.

피리와 태평소, 북과 드럼, 피아노가 섞여 무대를 가득 메웠다. 관객들은 어느새 손뼉을 치며 어깨를 들썩였고 공연은 흥으로 가득했다.

사람들은 열광했고 진주는 마지막에 혼자 열어 가는 솔로 부분을 남겨 두고 있었다.

진주가 첫 마디를 부르려 하는 순간이었다.

"……!"

어쩌지? 소리가 안 나와…….

입술을 벌린 진주의 눈이 말도 못 할 만큼 커졌다. 그 상태에서 민수아와 눈이 마주쳤다. 진주가 불러야 할 그 대목이 소리로 나오지 않은 것이다.

찰나의 긴장이 영원처럼 흘렀다.

이 전쟁은 우리가 이겼어요! 얼씨구나. 좋다!

진주를 뚫어져라 쳐다보던 민수아는 진주가 불러야 할 부분을 대신 노래했다. 밴드 역시 아무런 동요 없이 진주의 실수가 드러나지 않게 연주는 마무리되었다.

무대를 내려오는 진주는 거의 넋이 나간 얼굴을 하고 있었다. 진주는 이 상황이 믿어지지 않았다. 무대 위에서 왜 전혀 목소리가 나오지 않았는지 자신도 이해되지 않았기에 아직 충격에 휩싸인 채였다.

무대에서 완전히 내려오자 진주는 멍한 얼굴을 고치고 밴드 팀에게 바로 머리 숙여 사과했다.

"죄송합니다. 목소리 컨트롤이 되지 않았나 봐요. 전혀 목소리가 나오지 않을 줄 몰랐습니다."

"목 상태가 좋지 않았고, 한 부분 실수는 다행히 관객들 모르게 넘어갔으니 됐어요. 우리 외엔 아무도 눈치채지 못했을 거예요."

"……죄송해요."

'얼씨구 밴드' 악기 팀은 관객들이 모르고 넘어갔으니 괜찮다며 당황한 표정을 숨기지 못하는 진주를 위로해 줬다. 하지만 민수아는 날카로운 눈빛을 하고 진주를 노려보았다.

"이게 겨우 죄송하다고 사과하고 끝날 일인가요?"

진주는 머리를 숙이는 것밖에 도리가 없었다.

"무대 위에서 소리가 안 나올 정도의 목 상태면 같이 무대에 오를 우리 팀에겐 적어도 그렇다고 말해야 하지 않나요? 만약 내가 미리 알아채고 그 파트를 커버하지 못했으면 어떻게 되는 거죠? 이 큰 무대에서, 배진주 씨 때문에 웃음거리가 될 뻔했어요."

"죄, 죄송합니다."

민수아는 싸늘한 표정으로 고개 숙인 진주를 계속해서 노려보았다.

"배진주 씨, 실력이 고작 이것밖에 안 된단 거겠지?"

"죄송해요. 변명의 여지가 없습니다."

진주는 그저 연거푸 머리를 숙여 사과할 뿐이었다. 그녀는 소리가 나오지 않아 이런 실수를 한 것이 자신도 처음이었기에 어찌할 바를 몰랐다.

"그 정도 실력으로 어떻게 우리나라 최고 소리꾼이란 말을 듣는 거죠?"

"……!"

진주의 머릿속은 온통 새하얗게 부서지는 것 같았다. 그녀는 판소리에서만큼은 실력이 없단 말을 들어본 적이 없었다. 경성창극단에서 연기를 잘하지 못한다는 지적을 받기는 했으나, 그건 아기 때부터 국악 신동으로 불리던 그녀의 소리에 대한 지적은 아니었다.

"후우……."

진주는 숨을 내쉬면서 천천히 눈을 깜박였다. 서슬 퍼렇게 화가 난 민수아의 눈빛을 감당하는 것도 쉬운 일은 아니었으나 진주는 혹시나 했던 자신의 목이 이상하단 걸 확실히 알게 된 것이 더욱 당혹스러웠다.

진주에겐 힘들고 엉망이었던 하루가 그렇게 저물고 있었다.

진주는 윤재가 공연장까지 보내 준 차를 타고 집에 도착했다. 집으로 오는 내내 흘러가는 창밖을 바라보며 멍하니 있던 진주는 익숙한 동네가 눈에 들어오자 후, 숨을 내쉬었다.

아무렇지 않은 척 윤재를 보기 위해 마음을 다잡으려 노력하며 허리를 세웠다. 그러나 수없이 연습하던 말은 어느새 사라지고 머릿속은 다시 텅텅 비어 버렸다.

대문 앞에 가까워져 창밖을 보니 윤재가 나와 진주를 기다리고 있었다. 진주는 차에서 내리며 애써 웃음을 보였으나 피곤해 보이는 진주의 얼굴을 본 윤재는 걱정이 되어 물었다.

"오늘 공연에서 무슨 일이 있었어? 평소보다 많이 피곤해 보이는데?"

그의 관찰력은 뛰어났다. 그걸 어떻게 알아챈 걸까. 진주는 그에게 오늘 있었던 일을 말할까 생각했지만 바쁜 그에게 괜한 걱정을 더하는 것 같아 말하지 않기로 했다.

"별일…… 없었어요. 워낙 실력 있는 밴드와 공연을 하다 보니 긴장이 풀려 그래요."

"그랬어?"

이번 축제 무대에서는 민수아와 자신이 편곡한 노래를 나눠 불렀기에 누구도 자신의 파트에서 진주가 노래를 부르지 않은 걸 눈치챌 순 없을 터였다.

진주는 그걸 다행이라 여겼다. 만약 혼자 하는 방송이었다면 큰 방송 사고로 이어졌을 테고 많은 사람들이 걱정할 게 뻔했기에.

'아직 확실히 어떤 문제가 있는지 모르니까.'

진주와 '얼씨구 밴드' 외엔 오늘의 실수에 대해선 알지 못하니 진주는 당분간 아무에게도 말하지 않기로 결심했다.

"늦은 공연에 피곤하겠다. 내가 데리러 갔어야 했는데."

"공연 준비로 나보다 훨씬 바쁘신 분이 어떻게 날 데리러 와요? 그런 생각은 앞으로도 말아요. 나 어린애 아니에요."

진주가 나무라듯 말하니 윤재는 수긍하는 표정을 지었다.

"알았어."

윤재와 진주는 집으로 들어갔다. 거실에 들어선 윤재는 계속 눈치를 보다 평소와 다른 진주의 분위기에 무슨 일이 있었나 싶어 결국 물었다.

"무슨 일 있었지?"

"아무 일 없었어요."

"그런데 왜 그래?"

진주가 고갤 돌려 그를 빤히 보았다. 이미 걱정이 가득한 얼굴로 무슨 일이 있었단 걸 눈치챈 윤재가 그저 넘어가길 기대하는 건 무리였다.

"오늘 공연 때문에 피곤한 건 사실이에요. 그리고……."

진주가 진지한 목소리로 제 얘기를 하려는 것 같기에 윤재의 고개가 진주에게 더욱 기울어졌다.

"세상엔……."

진주의 말은 꽤 거창하게 시작됐다.

"나보다 뛰어난 사람들이 많잖아요? 오늘 공연하면서 그런 걸 좀 느꼈어요."

가볍게 던지는 말치곤 진주의 나직한 어조에 그의 눈썹이 위로 치켜 올라갔다.

'배진주에게 무슨 일이 있긴 했네.'

하지만 진주가 더는 말하고 싶지 않은 것 같기에 윤재는 다른 이야기로 돌렸다.

"그걸 이제 깨달았어? 난 이미 오래전에 알았는데."

진주가 그를 올려다보았다.

"윤재 씨가 그런 걸 느꼈다고요?"

"사회 생활하면서 그런 걸 안 느끼는 사람이 있을까? 난 없을 것 같은데."

"윤재 씨는 못하는 게 없잖아요."

"정말 그렇게 생각해?"

진주는 자신만만한 그에겐 그런 경험이 없을 것이라고 생각했다.

이 남자도 그런 경험이 있었구나.

왠지 같은 경험이 있다는 게 진주에겐 위로가 됐다.

"윤재 씨는 누가 봐도 많은 걸 가지고 있고 공부도 잘했고, 빨리 성공했잖아요."

그는 이마를 손가락으로 조금 긁적이며 입술을 열었다.

"나도 처음에 혼자 유학을 갔을 땐 적응도 못 하고 엉망이었어. 겨우 환경에 적응해 갈 즈음엔, 주위엔 처음부터 잘하는 아이들이 많아서 좌절의 연속이었어."

처음 듣는 그의 얘기였다. 그의 빈틈. 그런데 진주에겐 그 말들이 반가웠다. 이상했다. 그의 힘듦이 지금 위안이 될 건 또 뭐람. 진주는 마음속에서 긴장으로 팽창하던 무언가가 느슨해지는 느낌이 들었다.

"어떻게 이겨 냈어요?"

"방법이 없잖아. 그냥 좋아하는 걸 조용히 계속했어. 우선 나 자신을 받아들였지. 그러니 주위의 친구들이 나보다 뭘 더 잘하는 건 별로 중요하지 않아지더군."

윤재는 더 가까이 진주에게 시선을 맞추며 답했다.

"그럼 뭐가 중요했어요?"

"내가 이 일을 좋아한단 사실이 가장 중요했어."

그의 말은 진주에게 마음 깊은 곳으로부터 위로가 되어 울려왔다.

"배진주처럼 다 갖고 태어나 성공한 사람이 그렇게 말하니 이상해."

진주는 그의 눈을 더 깊숙이 들여다보았다.

진주에게 무언가 허탈한 마음이 파도처럼 밀려왔다.

"난 하루라도 연습하지 않으면 금방 소리 감각을 잃어요. 모든 무대마다 시험당하는 느낌이 들고 때때로 무대 아래 사람들의 눈들이 무서워요."

한 번도 자신에게 닥칠 거라 상상해 본 적 없었던 오늘의 상황. 규정할 수 없는 공포가 밀려왔다. 윤재는 그녀의 마음이 이해됐는지 진주를 안았다. 그러곤 그녀의 작은 어깨를 톡톡 두드렸다.

"그건 나 역시 마찬가지야. 이번 공연에 지나치게 많은 사람들의 관심이 몰리기에 열심히 하지만, 망할 수도 있단 공포가 마음 한가운데 깊숙이 도사리고 있거든."

진주는 자신과 윤재가 하는 일이 모습은 다르지만 힘겨운 줄타기처럼 긴장과 두려움이 동반되는 일이란 생각이 들었다.

'오늘 있었던 일을 윤재 씨에게 말하면 어떻게 될까?'

진주는 누군가에게 털어놓고 도움을 받고 싶었지만, 자신의 목소리에 관한 건 가볍게 말할 수 있는 것이 아니었다. 강아에게 말을 하면 진수 오빠와 스승님께 전해질 것이고 그러면 윤재도 알게 될 것이 당연했다.

'섣부르게 말을 할 수 없어.'

무대에 오르는 이들이 겪는 무대 공포증일 수도 있고 목에 이상이 생긴 것일 수도 있었다. 진주는 이 수많은 생각과 가정들을 억눌러야 했다.

다행히 윤재와 대화하다 보니 공유되는 비슷한 감정에 그나마 위안이 되었다.

"딸기 아이스크림 먹을래?"

윤재는 냉장고로 가서 딸기 아이스크림을 꺼내 왔다. 진주는 식탁에 앉아 그가 꺼내 온 아이스크림을 먹기 시작했다. 그는 아이스크림을 떠먹는 진주의 모습을 조용히 보았다.

진주는 그 시선을 느꼈기에 그를 위해 애써 맛있다는 표정을 지었다. 하지만 몇 숟가락 먹다 더는 먹기 힘들어 숟가락을 내려놓았다.

"좋아하는 아이스크림을, 겨우 그거 먹고 끝?"

"내일 아침 연습이 있으니까요. 이렇게 늦은 시간에 많이 먹으면 얼굴도 부어요."

"혹시 오디션이 부담스러운 건가?"

윤재는 진주에게 넌지시 물었다.

"부담이 안 되는 무대는 없어요."

"하지만 몸을 혹사하는 건 바라지 않아. 알지?"

"내가 너무 서고 싶은 무대에 오르는 것만으로도 행운이라고 생각해요. 윤재 씨가 그랬잖아요? 당신이 행운이 되었으면 좋겠다고. 네 잎 클로버 주면서."

"맞아."

진주는 오늘은 딸기 아이스크림과 이윤재로 지금의 힘듦은 잊기로 마음먹었다. 다시 내일부터 마음을 잡고 연습을 하면 괜찮아질 거란 생각을 하며 그녀는 자리에서 일어났다.

"이제 들어가 자요. 오늘은 내가 윤재 씨를 안아 줄게요."

진주가 평소와 다르게 윤재의 손을 먼저 잡았다.

"정말이지?"

윤재는 기대가 가득한 얼굴로 진주를 번쩍 안아 들고는 침실로 들어갔다.

다음 날 아침 진주는 창극단으로 출근했다. 오전 일정이 끝나고 이후 개인 연습 시간이 되자 진주는 연습실에 들어가 전날 축제 무대에서 실수한 부분을 계속 불러 봤다.

원래 그 파트는 그녀가 힘들어하는 부분이 아니었기에 연습실에서 노래할 땐 별문제 없이 소리가 나왔다.

'공연에선 왜 그랬지?'

진주는 무대 공포증이 생긴 건지 병원에 가서 정밀 진단이라도 한번 받아 봐야겠단 생각이 들었다.

탁.

진주는 북을 쳤다. 2차 오디션을 준비할 시간은 많았으나 미리 준비해야 할 것 같았기에 다른 노래를 부르기 시작했다.

"저 하늘엔 무엇이…… 읍!"

진주의 동공은 심하게 흔들렸다.

'또…… 왜 이러지?'

목구멍에 뭔가가 탁 걸리어 막히고 곧 통증이 왔다. 진주는 마음을 진정시키며 그녀의 옆에 놓인 물을 마셨다. 어지러웠다. 진주의 손가락이 떨리고 있지만 북채를 다시 고쳐 잡았다. 애써 떨리는 손가락을 잡고 북을 치며 걸리는 부분을 다시 불렀다.

"이 구름이…… 컥."

어려운 부분이 아닌데도 계속 안 되는 것 때문에 공포감이 밀려와 눈앞이 캄캄했다.

똑똑.

그때 난데없이 연습실을 두드리는 소리가 나기에 진주는 문쪽으로 고개를 돌렸다. 누군가 서 있는 인영이 보였다. 진주는 일어나 문을 열었고 거기엔 민수아가 서 있었다.

"선배님."

"응. 극단 사람들에게 물어보니 진주 씨가 연습실에 있을 거라길래."

"무슨 일이세요?"

진주는 제 표정이 엉망일지도 모른단 생각에 얼굴을 정리하고 얼른 시선을 내렸다.

선배님이 혹시 내 목소리가 이상한 걸 들었을까?

"어제 무대 밑에서 진주 씨에게 너무 심한 말을 한 것이 걸려서 사과하러 왔어."

"사과까지 할 일은 아니었어요. 어젠 제가 잘못한 게 맞으니까."

"내가 무대가 엉망이 될지 모른단 생각에 사로잡혀서 잠시 이성을 잃고 진주 씨에게 막무가내로 화를 낸 것 같아. 진주 씨도 무대를 망쳐서 마음이 힘들었을 텐데, 미안해."

"네. 괜찮아요. 당연히 이해해요."

동시에 둘의 눈빛이 마주쳤다. 민수아의 눈동자엔 궁금함이 어렸지만, 그녀는 진주에게 아무런 말없이 인사를 하더니 돌아서 나갔다.

진주는 창극단 일을 마무리하고 서둘러 집으로 돌아가 다시 연습실 거울을 보며 목을 풀었다.

"읍……."

목에 느껴지는 이물감 때문인지 창극단에서 연습할 때보다 더 목이 이상했다.

'이러면 안 되는데…….'

고민 끝에 진주는 애순에게 전화를 걸었다.

"스승님."

[그래. 진주야. 무슨 일이 있는 것이여?]

진주는 자신의 얘기가 아닌 척 말했다.

"소리하는 후배가…… 갑자기 소리가 안 나오고 연습하다 목이 막히고 아프다고 해서요. 그런 일이 다른 소리꾼들에게도 있는지 스승님께 여쭤보려고요."

[갑자기 안 나온다고? 소리를 오래 한 소리꾼인 거여?]

"네. 소리는 오래 했는데, 이번에 목이 아픈 건 이전에 목 아픈 거랑은 좀 다르다고 저에게 물어 왔어요."

휴대폰 너머로 애순의 으음, 하는 소리가 들려왔다.

[우선은 높낮이가 확실한 소리 대목을 내가 들어보면 알것는디. 혹여라도 목에 뭔가 엉키는 느낌이 들면서 지르는 대목이 갑자기 안 되면 그건 목이 상한 것이여. 그러믄 치료받고 쉬어야 혀.]

'하아.'

애순이 말한 것은 진주의 상태와 거의 비슷했다.

"네. 알겠어요."

진주의 표정은 점점 심각해졌다. 입안이 말라 와 가까스로 침을 넘겼다.

진주는 애순과의 통화를 끊고 연습실에 들어가 다시 앉았다. 그녀가 가르쳐 준 대로 북을 잡고 소리의 기초를 배우는 아이들이 하는 쉬운 대목을 부르기 시작했다. 목을 많이 쓰지 않아도 부를 수 있는 쉬운 대목이었다.

"구름은 저기 저어기…… 으윽. 컥."

노래는 불러지지 않고, 목이 찢어지는 느낌에 진주는 북채를 손에서 떨어뜨리고 말았다.

툭. 데그르르.

내가 만약 노래하지 못한다면 어떻게 되는 걸까. 그렇게도 단련하고 단련한 목소리 자체에 문제가 생긴다면. 그것은 진주가 여태껏 한 번도 생각해 보지 않았던 가정이기에, 무대에 오르는 무서움과는 비교하기 어려운 공포였고 두려움이었다.

저도 모르게 참고 참았던 눈물이 뺨을 타고 흘러내리고 있었다.

"아……버지."

진주는 신음 끝에 아버지의 이름을 중얼거렸다.

눈물은 끝없이 볼을 타고 흘렀으나 진주는 자신이 울고 있단 것도 몰랐다.

태어나 말보다 소리를 더 빨리 배웠기에 소리를 못 하는 자신을 한 번도 생각해 본 적이 없었다. 비를 맞고 냉동고에 들어간 듯 몸이 덜덜 떨렸다. 낭떠러지 끝에 매달린 기분이었다.

소리를 못 하면…… 어떻게 살지. 아버지, 나 어떡해.

― 진주야, 소리꾼이 평생 소리를 하다 보믄, 우리 몸도 악기인디 고장은 날 수 있제. 그라고 나이가 들면 변성기도 오고 이유 없이 목소리 변형이 올 수도 있는 거여.

― 목소리 변형이요?

진주는 조금 전, 통화에서 애순이 목이 좋지 않다는 친구에게 전하라 일러 준 말을 떠올렸다. 애순의 목소리에도 안타까움이 녹아 있었다.

― 그 소리꾼은 목을 쉬어야 혀. 말도 노래도 줄여야 헌다. 그뿐이냐? 몸도 마음도 다……. 쉬어야 목이 빨리 돌아오제.

진주는 애순의 말에 스르르 마음이 내려앉아 부서지는 느낌이 났다.

"스승님……. 소리가 안 나와요."

그녀는 중얼거렸다. 이젠 작게 말을 하는데도 목 안의 통증이 느껴졌다.

"내 목이 이대로 돌아오지 않으면…… 어쩌죠?"

대상 없이 던지는 혼잣말이 이어졌다.

톡.

고개를 떨구니 손등으로 뚝뚝 흘러내리는 눈물방울이 보였다. 그제야 진주는 자신이 넋을 놓고 울고 있단 자각에 눈물을 닦아 냈다.

"배진주, 정신 차려야 해."

진주는 손등으로 볼에 묻은 물기를 걷어 내고 손끝으로 눈가에 매달린 촉촉한 것도 흔적 없이 닦아 냈다.

"하아아."

여전히 떨려서 제대로 쉬어지지 않는 숨을 깊숙이 들이마시고 내쉬었다. 자신을 감싼 모든 나쁜 생각을 몰아낼 듯 그렇게 가슴을 한껏 부풀렸다 내렸다.

'윤재 씨.'

진주는 무엇보다 먼저 윤재를 떠올렸다.

그에게 어떻게 말해야 할까. 그가 내 목소리가 이상해졌단 사실을 알게 되면 어떻게 반응할까. 그는 아마도 날 안아 줄지도 몰라. 하지만 그 이후엔?

진주의 머릿속엔 빛의 속도만큼이나 빠르게 한 장면이 스쳐 갔다. 소리를 하지 못하는 자신을 안타깝게 바라보는 이윤재. 자신의 목을 고쳐 주겠다 애쓸 이윤재. 그래서 그런 자신을 위해 무언가를 포기하게 되는 이윤재.

진주는 고개를 저었다. 그건 안 돼. 그러다 만약 그가 나를 불쌍한 눈으로 바라본다면……. 그 상상만으로도 진주는 상처가 터지는 아픔이 밀려왔다. 그러면 정말 어쩌지. 그런 눈빛과 동정은 싫은데. 진주는 이윤재에게 동정의 대상이 되는 건 죽기보다 싫었다.

어지러운 생각들은 부유물처럼 여기저기를 떠돌았다. 두 번째였다. 진주가 물러설 곳 없이 막다른 곳에 이르렀다는 절망

감이 든 것은. 첫 번째는 급성 간암 말기로 진단받은 아버지를 두고 무대에 올랐을 때였다. 공연을 마치고 아버지가 돌아가셨단 말을 듣자마자 그대로 정신을 잃고 쓰러져 결국 아버지의 장례를 치르지 못했던 시간을 줄곧 후회하며 힘들어했던 자신을 반추했다. 진주는 이제는 그런 후회를 더 반복하고 싶지 않았다. 그땐 너무 어렸고 현실을 잊고 싶었지만.

'이 문제는 내 몫이야.'

그것이 좌절이라 해도. 진주는 주먹을 꼭 쥐어 보았다. 그리고 천천히 일어나 거울 앞으로 가서 섰다. 그녀는 두 손바닥으로 자신의 얼굴을 한 번 훑어 내렸다. 그리고 물을 찾아 한 잔 마시고 탁자 위에 올려 둔 휴대폰을 보았다. 윤재에게 부재중 전화가 와 있었다. 진주는 시간을 확인하고는 목을 자연스럽게 풀었다.

"음. 음. 아아."

여전히 목이 따끔거렸지만 그에게 전화를 걸었다. 통화 연결음이 울리는 소리가 들렸고 그가 전화를 받았다.

[여보세요.]

낮지만 상냥한 그의 목소리가 반가웠다.

"윤재 씨."

그를 부르는 진주의 소리가 미세하게 떨렸지만 아마도 그는 알아챌 수 없을 것이다.

[응.]

다른 이에겐 싸늘하면서도 자신에게만 무한히 다정한 그의 목소리. 울컥 무언가 올라왔지만, 진주는 애써 담담하게 그에게 말했다.

"좀 전에 전화했던데 못 받았어요. 무슨 일이에요?"

그의 전화기 너머에는 사람들이 많이 모였는지 웅성웅성 소란스러웠다.

[음. 오늘 오후에 갑자기 공연 대본 수정이 결정돼서 말이야. 당분간 집에 들어가기 힘들 것 같은데. 어쩌지?]

대본이 완성되었기에 주연 배우들의 1차 오디션을 진행한 상태라고 들었는데 진행에 문제가 생긴 모양이었다.

"일정이 많이 변경되는 거예요?"

[알다시피 수많은 사람의 업무 일정이 바뀌게 돼서 제작팀부터 모두 비상이야.]

"바쁘겠다. 식사는 하셨어요?"

[아직. 서로 의견이 달라서 조율하느라 오늘은 좀 정신이 없었어.]

진주는 만족스러운 대본이 확정될 때까지는 아마도 밤낮없이 회의와 수정을 거듭하며 완성본을 만들어야 할 거라 짐작했다.

[어쩌지? 아무리 바빠도 잠은 집에서 자려 했는데. 그마저도 안 되겠어.]

"하루 이틀인가. 전 괜찮으니 더 굉장한 작품으로 만들어 줘야 해요."

[당연하지.]

"윤재 씨."

[응?]

순간 진주는 그에게 기대고 싶은 마음이 불쑥 스쳤다. 목소리가 이상한데 도와줄 수 있느냐고 투정 부리듯 한번 말해 볼까. 그러면 이 남자는 반드시 같이 있어 주고 버틸 수 있도록 도와줄 텐데.

그러나 진주는 아직 무엇도 내색할 수 없었다.

"저도…… 윤재 씨 바쁠 동안, 창극단에 휴가를 내고 산 공부를 하러 가면 어때요?"

[산 공부를?]

소리꾼들은 어릴 때부터 깊숙한 산에 들어가 하루 종일 폭포 앞 바위에 앉아 소리만 하는 산 공부를 했다. 혹은 중요한 공연이나 전수받을 소리가 있을 때도 산 공부를 하러 가기도 했다. 그래서 방학이나 휴가철이 되면 애순은 제자들을 불러 줄곧 합숙할 장소를 골라 새벽부터 밤까지 산 공부를 시켰다.

[얼마나?]

"3일 정도요?"

그의 답이 바로 나오지 않았다.

윤재는 소리꾼들의 산 공부에 관해 알았지만, 진주가 3일이나 서울을 벗어나 있는 것이 마음에 쓰였다. 자신이 옆에 있어 줄 수도 없지만 수련을 하러 가는 것이 어디론가로 떠난다는 말처럼 들려 서운하기도 했고.

[꼭 가고 싶은 거지?]

"네. 괜히 저 때문에 집에 오가는 데 시간 쓰지 말고 윤재 씨는 열심히 일하세요. 저도 제 일…… 최선을 다할 테니까."

[2차 오디션 연습 때문에 그런 건가?]

"네."

[대본 수정 작업 때문에 아마 2차 오디션 일정은 좀 연기될 거야.]

아쉬움이 담긴 그의 숨소리가 휴대폰을 건너 전해졌다. 그리고 바로 그를 찾는 목소리가 여기저기서 들렸다.

[아, 잠시만.]

"아니에요. 끊을게요. 어서 일하세요."

진주는 지금 그가 이렇게 바쁜 것이 참 다행이라 생각했다.

다음 날 진주는 창극단에 출근해 바로 휴가를 신청했다. 진주의 휴가 신청에 행정실 직원들의 반응은 제각기 달랐으나 이상하게 생각하는 분위기는 아니었다. 진주가 단장에겐 이미 말을 했기에 행정실로 가서 신청서를 넣고 행정 절차만 처리하면 됐다.

"배진주 씨, 혹시 임신했어?"

휴가 신청서 작성을 도와주던 직원이 사인란을 진주에게 내밀며 넌지시 말했다.

"아, 아니요……."

진주의 얼굴은 붉어졌다. 달구어진 볼에 진주가 한 손을 얹었다.

"신혼이잖아! 게다가 이윤재 감독님이 요즘 좀 바쁘시냐? 한 사람이라도 좀 여유가 있어야 아기가 생기지. 둘 다 바빠서 아기는 엄두도 못 내는 거 아닌가?"

"아, 아니에요."

다른 행정실 직원들이 돌아가며 놀리자 사인을 마친 진주도 볼을 부풀리고 눈을 깜박였다.

"다른 축제 스케줄도 너무 많고 오디션도 준비해야 해서요."

"명량대첩 준비 때문인가?"

'명량대첩'의 오디션은 이미 경성창극단 단원들 사이에서도 중요한 이슈였다.

"네. 그런 것도 있고……."

진주는 말끝을 얼버무렸다.

"잘 쉬었다 오겠습니다."

진주는 그렇게 인사로 일갈했다.

"그래요. 잘 쉬어."

"다시 올 땐 더 좋은 소식도 있었으면 좋겠네."

진주는 직원들에게 인사를 하고 행정실 건물을 빠져나왔다.

창극단 정원을 지나 연습실이 있는 건물로 간 진주는 집으로 챙겨 갈 짐을 가방에 넣었다. 그리고 지하로 내려가 개인 연습실을 정리했다. 정리할 건 별로 없었다. 그저 앉아 노래하던 바닥에 북만 하나 덩그러니 있는 개인 연습실이었기에.

처음 경성창극단에 합격하여 개인 연습실을 가지게 되었을 때가 기억났다. 처음으로 가지게 된 온전한 내 공간이란 생각에 설레어 온종일 노래를 불렀었는데……. 곧 결혼을 하면서 집에도 멋진 개인 연습실을 갖게 됐지만, 진주는 이 작은 공간이 좋았다.

진주는 자신이 들고 왔던 북과 북채를 챙겼다. 만에 하나라도 다시 이곳으로 돌아올 수 없을지도 모른다는 생각에 아련하게 자신이 앉았던 자리를 손바닥으로 쓸었다. 경성창극단에서 그를 만나 창극을 배우고 그의 지적에 연습하고 또 연습하던 곳이었기에 진주에겐 더 이 작은 공간이 더 애틋했다.

그리고 자신의 방 앞에 붙여 놓은 이름표를 떼어 가방에 넣었다.

'꼭 다시 돌아올게.'

Chapter 16

나만 남겨 두고 혼자

진주는 아쉬움과 미련까지 가방에 넣고 창극단을 나와 민수아와의 약속 장소로 향했다.

어제 저녁, 만나자며 먼저 연락해 온 민수아에게 진주는 바로 그러겠다고 답했다.

약속한 카페 주차장에 차를 주차하고 카페에 들어서니 수아는 먼저 와 앉아 있었다. 평일 오전이었기에 사람들은 거의 없었다. 진주는 그녀를 보고 가볍게 목 인사를 하며 수아의 앞에 앉았다.

"이렇게 빨리 만나자고 할지 몰랐어."

"오늘 창극단에 일이 있어서요."

차가 나오는 동안 둘 중에 누구도 먼저 말을 하는 이는 없었다. 진주는 카페 창밖으로 펼쳐진 아담한 정원을 바라보고 있었고 수아는 그런 진주의 얼굴을 계속 보고 있었다.

"주문하신 차 나왔습니다."

직원이 테이블에 차 두 잔을 내려놓자 진주가 먼저 잔을 잡고 입으로 가져가 댔다. 동시에 수아는 날카로운 두 눈을 치켜뜨고 진주를 보며 입을 열었다.

"목은 좀 좋아졌어?"

"걱정해 주셔서 고맙습니다. 목은 괜찮아요."

진주는 아무렇지 않게 대답했다. 민수아에게 자신의 목에 관해 얘기를 하는 게 탐탁지 않았다. 뭔가를 감시하는 눈빛으로 진주를 보던 수아는 한쪽 입술 끝을 올려 피식 웃었다.

"창극단 연습실로 너에게 사과하러 갔던 날, 문밖에서 네가 연습하는 소리를 들었어."

"……!"

진주의 짐작은 맞았다. 수아는 그녀의 목소리를 듣고 연락한 것이었다.

"그래서요?"

"공연에서 네가 노래를 부르지 못했을 땐 일시적인 문제라고 생각했어. 하지만 연습실에서 들은 네 목소리는 정상적인 목 상태가 아니었어."

"……."

진주는 수아의 속내를 짐작해 보려 그녀의 눈을 빤히 응시했다. 수아 역시 눈매를 갸름하게 만들며 진주의 속내를 알아보려 애쓰는 것 같았다. 하지만 여전히 진주가 답이 없자 대뜸 인상을 쓰며 쏘아붙였다.

"설마 그 목으로 오디션을 본 다음 무대에 올라 갈 생각은 아니지?"

진주는 밑도 끝도 없이 만나자는 것부터 말하는 내용까지 전혀 수아와 상관이 없는데 마치 제 일처럼 반응하는 모습을 더는 참기 어려웠다.

"선배님이 무슨 자격으로 그런 말씀을 하시는 건가요?"

"네가 윤재를 망칠 것 같아서야."

진주의 두 눈은 커다래졌다. 번개가 마치 머리 위에 꽂힌 듯했다.

"말을 가려 하시죠."

수아의 말에 진주의 눈동자엔 소용돌이가 일었다. 그 안에는 분노와 부서져 내리는 마음이 한데 엉켜 혼란스럽게 뒤섞여 있었다.

진주는 연기가 아닌 현실에서 선배들에게 이런 말투를 쓴 적이 없었다. 하물며 연배가 꽤 차이 나는 동종 업계의 대선배에게 이런 말을 하는 것은 예의에도 어긋난다는 걸 알고 있었다. 하지만 자신이 윤재를 망친다는 수아의 말에 예의 차려 가며 잠자코 있을 수 없었다.

"저는 어떤 경우에도 윤재 씨를 망치지 않아요."

진주의 어지럽던 눈동자는 그 짧은 한마디를 던지는 시간 동안 차분해져 어둡게 내려앉았다. 그건 자신에게 던지는 다짐이기도 했다.

어떤 경우에도 내가 그를 망칠 리 없어. 아니, 망치지 말아야 해.

둘이 계약 결혼과 쇼윈도 부부를 감수하면서까지 이 결혼을 진행했던 이유는 오로지 서로의 커리어 때문이었다. 자신도 그도 무엇보다 일을 사랑했기에 결혼쯤은 포기할 수 있었다. 그렇기에 그가 자신 때문에 가장 중요하게 생각하는 삶의 축을 뒤흔들게 된다면…… 그것은 옳지 못했다.

진주는 찻잔을 잡은 손가락에 힘을 꾹 주며 말아 줬었다.

"배진주 넌 오디션에서 실수가 없으면 합격할 수 있겠지. 하지만 언제든지 소리가 안 나올 가능성이 생겼는데 그 상태로 무대에 오르는 건 아니지 않아?"

모든 걸 다 아는 것처럼 말하는 민수아가 불쾌했다.

"어떻게 그렇게 단언하시죠?"

순진하게 보이던 진주가 한마디도 지지 않고 받아치는 태도에 수아는 잠시 움찔했다. 축제 공연을 위해 연습실에서 보이던 모습이나 오디션에서 봤던 순진해 보이는 진주와는 다른 모습이었다.

"2차 오디션에서 배진주가 합격할 거란 소문도 거의 기정사실이던걸?"

"선배님은 제 목 상태를 구실로 저에게 오디션을 포기하란 얘길 하시는 건가요?"

"뭐어?"

수아의 눈꼬리에 가는 경련이 일었다. 진주의 눈동자는 무감한 듯 또렷했지만 사실 다리는 풀린 상태였다.

수아가 던진 질문은 진주 자신에게도 똑같은 물음으로 되돌아오고 있었다.

'명량대첩'의 여주인공이 된다 하더라도 목 상태가 좋지 않아 소리를 낼 수 없다면? 선배의 말처럼 정말 내가 윤재 씨의 무대를 엉망으로 만들 수도 있어.

"정말 내 말을 못 알아듣는 거니?"

수아는 상대방을 배려하며 말하는 사람이 아니란 걸 알았지만 이건 선을 좀 넘는단 생각에 진주도 인상을 찡그렸다.

"제가 선배를 제치고 2차 오디션에 합격할 것 같으니 저에게 떼를 부리시는 것 같아요."

"윤재도 네 목이 그 지경인지 알아?"

'윤재'라는 이름에 진주의 눈동자가 동요했다.

"……!"

그 모습을 노려보던 수아의 눈매도 더욱 매서워졌다.

"이제 보니 배진주, 정말 어리네."

진주가 당황하는 걸 눈치챈 수아는 야릇한 표정까지 지었다.

"무슨 생각이지? 내 무대를 망칠 뻔한 것도 모자라서 윤재의 공연까지 망칠 생각이야?"

하아. 진주는 당장 이 자리를 나가고 싶었다. 마지막 인내를 쥐어짜며 진주는 주먹을 꼭 쥐었다. 이 여자는 사람에 대한 예의란 걸 하나도 모르는지 말을 끝없이 혼자 이어 갔다.

"윤재는 이 공연을 위해 자신의 모든 걸 투자하고 집중했을 거야. 내가 알기론 일이 모든 것인 사람이니까. 그래서 난 윤재가 일을 너무 사랑해서 결혼하지 않을 거라 생각했어."

점점 기가 막혔다.

"걘 나에게 결혼이고 여자고 귀찮다고 분명히 말했거든. 하지만 그토록 좋아하는 일을 하는데 아내란 사람이 발목을 잡는 건 너무하잖아?"

"전 어리지도, 아무 생각 없이 살지도 않아요. 2차 오디션을 보든, 내 남편 발목을 잡든, 그건 내가 알아서 할 테니 제발 이상한 오지랖은 그만하시죠. 이건 우리 부부 문제예요. 전 바빠서 이만 나가 보겠습니다."

일어나며 가방을 잡는 진주를 보며 민수아가 또 말했다.

"내가 갑자기 판소리계에서 사라진 이유……"

그녀의 말에 진주는 기분 나쁜 예감이 스멀스멀 올라오는 것을 느꼈다.

"난 당시에 상이란 상은 다 타던 촉망받는 소리꾼이었지. 그런데 왜 갑자기 외국에서 작곡을 공부했을까?"

진주의 얼굴색이 파리하게 질리기 시작했다.

"나 역시 처음엔 소리가 막히고 갑자기 나오지 않는 것부터였어. 나를 가르치던 스승님은 사춘기를 지나며 목이 변한 것 같다고 했지. 고쳐 보려 온갖 짓을 다 해 봤지만, 그 과정에서 난 결국 소리꾼이 되는 것을 포기해야 했어."

"……"

나가야 하는데 진주의 발이 떨어지질 않았다.

"처음엔 몰랐지만, 연습실에서 진주 네가 소리를 지르는 부분에서…… 나와 같단 걸 알았어. 나 역시 그랬고 그 이후엔 높게 지르는 소리를 못 했으니까."

최악이었다. 민수아는 진주가 과거의 그녀처럼 앞으로 소리를 못 할 거란 확신을 가진 듯했다. 그녀를 무시하듯 인사를 하고 진주는 멍하게 그 자리를 돌아 나와 차에 올랐다.

다음 날 새벽 진주는 간단히 짐을 꾸려 배낭을 메고 집을 나왔다.

진주는 하루 종일 차를 타고 걸어 지리산의 한 암자를 찾았다. 그리 높은 곳에 위치한 곳은 아니었기에 오래된 작은 암자를 찾는 건 그리 어렵지 않았다.

'하나도 안 변했네.'

진주가 아버지와 몇 번 나들이 삼아 와 봤던 곳이었다.

이곳의 스님 중 한 분은 아버지와 같이 소리를 배운 분이었고 소리꾼의 목에 대해 잘 아는 분이었다. 어릴 적 진주가 목이 많이 부었을 때 아버지와 여길 와서 목을 보여 준 경험이 있었다.

진주가 바라는 건 그 스님께 목을 보여 주고 빠르게 나을 방법을 찾는 것이었다. 아직 2차 오디션까지는 시간이 남아 있었고, 그사이 고칠 수 있는 방법이 있다면 뭐든지 할 마음이었다.

"계십니까?"

진주는 주위를 둘러봤다. 오랜만에 산을 올랐기에 기분은 상쾌했다.

"누구십니까?"

한 스님의 목소리에 진주는 뒤돌아 인사했다. 그는 단번에 진주를 알아보고는 놀란 얼굴을 잠깐 하더니 금방 느긋한 미소를 지었다.

"세상에, 진주로구나."

"네. 스님."

진주는 허리 숙여 인사했다. 어릴 때 만나고 어른이 되어 처음이니 얼마 만인지 헤아릴 수도 없었다.

"녀석아, 만수 아저씨다."

"이제 스님이시잖아요."

진주의 기억에 남아 있던 모습 그대로였다.

"네 소식이야 인터넷에서 가끔 본다만 결혼한단 소식을 늦게 들었다. 그래서 내려가질 못했어. 지훈이 며느리가 된 건 알고 있었어."

만수의 옆구리엔 소쿠리에 나물이 몇 줌 들어 있었다.

"밥하려고 나물을 뜯어 오던 참이었는데, 밥 먹을 테냐?"

"네. 제가 도울게요."

진주는 팔을 걷어붙이고 작은 부엌에 들어가 식사 준비를 도우려 했으나 만수는 손님인데 어찌 그러냐고 부엌에 들어오지 못하게 했다. 그래도 진주는 마당에서 나물을 손질하고 씻어다 만수에게 주었다.

따끈한 점심 식사는 그렇게 차려졌다. 밥 위에 익힌 나물과 고추장이 올라간 나물 비빔밥이었다.

"진주야, 차린 건 없지만 맛있게 먹자."

"잘 먹겠습니다."

진주는 맛있게 밥을 먹었고 만수는 다기를 꺼내어 곡차를 우려내어 진주에게 내밀었다.

"무슨 일로 이 먼 곳까지 왔는지 물어도 되니?"

진주가 얼굴을 들어 만수를 보았다. 그는 씽긋 웃어 보였다.

"사실은요, 아저씨…… 갑자기 소리가 안 나와서요……."

만수의 얼굴이 일순 굳었다.

"그래."

죄인이라도 된 듯 진주가 고개를 숙였다.

"진주야. 이 곡차는 직접 키운 보리를 볶아 만든 것인데 이번에 너무 고소하게 맛있게 되었어. 네 입에도 고소하냐?"

"네. 맛있어요."

숭늉 같은 차였다.

"이 차 마신 다음에 우리 진주 소리 한번 아저씨에게 들려 주겠니?"

"네……."

원래 만수는 약재상 집 아들이었다. 한의학을 공부하고 싶었으나 집안 형편이 어려워 공부를 많이 할 순 없었다. 그러다 뒤늦게 배운 소리가 너무 좋아 절에서 소리 연습을 하다 결국 출가에까지 이르렀다.

하지만 그는 스님이 된 후에도 꾸준히 약과 한의학에 대한 관심을 가지며 책을 많이 읽었다. 소리꾼들의 목에 대한 건 만수만큼 많이 아는 이가 드물었기에, 목에 문제가 생겨 그에게 찾아오는 소리꾼들이 종종 있었다.

탁.

만수가 북을 잡았다.

"저기, 저어기…… 컥!"

"다시! 진주야 단전에 힘을 주고."

"저기 저어기……. 크읍."

탁.

진주와 만수의 눈빛이 마주쳤다. 진주는 우리에 잡힌 짐승처럼 절박한 눈빛을 하고 그를 보았다. 그녀를 안타깝게 보는 만수의 얼굴에도 수심이 드리웠다. 말을 꺼내기 미안한지 만수가 고개부터 서너 번 끄덕였다.

"목이 상한 게 맞는 것 같다. 진주야."

한숨 소리도 몇 번 오갔다. 진주가 먼저 입을 열었다.

"……치료는 가능할까요?"

"그건 나도 모르지."

"……."

다시 몇 초간 정적이 감돌았다. 그러나 진주에겐 너무 긴 시간이었다.

"치료가 불가능하다고 하면, 소리를 접을 게냐?"

"네?"

눈동자가 일렁였다. 소리를 접는다는 건 진주에겐 일종의 사형 선고와 같았다. 진주가 딱딱하게 굳자 만수가 먼저 허허 웃었다.

"나이 든 소리꾼들 잡고 다 물어봐라. 이렇게 목에 문제가 생겨서 고생하고 좌절한 적이 없는 이가 하나라도 있는지. 모두 다 너 같은 일이 적어도 한두 번은 있을 거다."

진주는 만수의 말을 들으며 잔뜩 뭉쳐 있던 몸 안의 덩어리가 스르르 풀리는 걸 느꼈다.

고칠 수 있단 말을 하는 거 같았다.

"그러면……."

"이걸 극복할 수 있는지 없는지가 문제지. 소리꾼이 그냥 되는 것이냐?"

한 줄기 희망이 보이는 것 같아 진주는 심장이 뭉글거리며 부풀어 오르는 걸 느꼈다. 어떤 고생이라도 할 수 있단 생각이 들었다. 그거라면 소리를 하지 못해 죽는 것보단 쉬울 테니.

"그럼 가능성이 있단 말씀이세요?"

"우선은 마음부터 진정시키고 다시 처음부터 목을 만들어야지."

진주는 고개를 끄덕였다. 스승님과 같은 말이었다.

"소리꾼 중에는 갑자기 소리가 변하거나 안 나오는 경우도 있지만 아무렇지도 않게 다시 나온 경우도 있으니 무엇보다 마음이 먼저인 게지."

만수는 이전에 그가 겪었던 소리꾼들의 이야기를 진주에게 들려줬다. 그들 중에 누가 어떻게 목이 돌아왔는가 하는 것도 세세히 말했고. 진주는 그의 얘기 하나하나를 마음에 새겼다. 만수에게 인사한 진주는 연락처를 주고받았고 며칠 머무르려 했던 일정을 바꿔 곧장 늦은 차를 타고 다시 서울로 왔다.

차 안에서 얼마나 많고 많은 생각을 했던지. 자신의 목소리가 돌아올 가능성은 어쩌면 반반. 스승님의 말이나 만수 아저씨 말의 공통점은 쉬면서 목소리를 다시 수련해야 한단 것이었다. 얼마나 수련을 해야 목소리가 이전처럼 돌아올지는 알 수 없었다. 그마저도 목소리가 돌아올 거란 보장도 없었다.

덜컹거리는 버스 창에 한쪽 머리를 기대고 진주는 생각에 잠겨 작은 머리를 콩콩 찍어 대고 있었다.

윤재는 관자놀이를 누르며 눈을 감았다. 며칠의 밤샘 작업에도 대본 수정을 위한 의견 차가 좀처럼 좁혀지지 않았기에 극단과 가까운 호텔에 숙소를 잡고 작업을 이어 가고 있었다.

윤재는 이 작품에서 반드시 연출하고픈 전쟁 장면이 있었고, 제작자들은 제작비가 늘어나고 흥행이 보장되지 않는단 이유로 계속 장면 수정을 요구했다. 영화나 공연계에서 작품이 제작 직전까지 갔다가 뒤집히는 건 흔한 일이었지만 이번 작품에선 공연 연출보다 사전 제작을 위한 조율에 너무 진을 빼고 있었다.

거기다 진주가 서울에 없단 것도 스트레스였다. 진주가 집에 있었으면 늦었어도 바로 달려가 힘들었다고 하며 안아 볼텐데. 3일이나 산 공부를 하겠다고 지리산으로 간다고 했었다.

참 나. 거기가 어디라고 혼자. 아니, 나만 남겨 두고 혼자.

금방이라도 쓰러질 듯 피곤한데 혼자 호텔 침실 소파에 앉아 있으려니 외로운 기분이 들었다. 이게 뭐지. 진주를 사랑하기 전엔 한 번도 생각해 본 적 없는 외로움이었다.

윤재는 휴대폰을 만지작거렸다. 늦은 밤이지만 영상 통화라도 한번 해 볼까. 그는 늦은 시간이라 받을지 안 받을지 의문스러웠지만 진주에게 영상통화를 걸었다.

[윤재 씨.]

진주의 얼굴이 보였다.

'배진주다.'

손 안에 담긴 네모난 휴대폰 액정에 진주 얼굴이 빛을 내며 나타났다. 소리라곤 하나도 없던 윤재의 마른 공간에 빛과 더불어 소리까지 가득 찼다. 그녀의 얼굴이 나타나는 순간 피곤하고 아프던 머리가 맑아진 기분이었다.

"배진주."

진주를 보고 이름을 부르면 자연스럽게 그녀를 품에 안고 싶어졌다. 영상 통화를 하면 가장 불편한 것이 이것이다. 보고도 안을 수가 없다는 거.

윤재는 소파에 푹 파묻었던 자세를 조금 고쳐 앉아 빛이 나는 화면 가까이로 얼굴을 더 당겼다.

그전엔 자신이 여자 앞에서 이렇게 자존심이라곤 쥐뿔도 없어질지 알지 못했다. 하지만 휴대폰 화면 속 진주의 얼굴을 조금이라도 자세히 보려고 거실 조명에 각도를 이리저리 맞추는 자신이 한심스럽게 느껴지지 않는 걸 어쩌나.

그런데 진주의 얼굴 뒤로 보이는 배경은 그녀가 묵는다는 방이 아니었다.

"숙소가 아니네? 지금 어디?"

피곤했을 텐데 왜 아직 자지 않는지 물어보려는데 진주의 맑은 음성이 들렸다.

[몇 호에서 묵고 있어요?]

"엉? 1701호."

윤재는 영문도 모른 채 룸 번호를 불렀다.

[곧 올라갈 테니 기다려요.]

"뭐?"

전화가 끊어졌고 화면 속 진주는 사라졌다. 진주가 정말로 여기로 오는 건가, 그럴 리 없는데. 중얼거리는 사이 그는 소파에서 벌떡 일어났다. 문으로 저벅저벅 몇 발을 걸어가다 거실 벽에 걸린 기다란 거울에 얼굴을 한번 비춰 봤다. 얼굴에 별 이상이 없단 걸 힐끗 확인한 후 다시 또 몇 발. 팔짱을 끼고 무표정하게 신발장에 기댔다.

딩동.

몇 분이 지나지 않아 벨이 울렸다. 윤재는 크게 한 번 숨을 쉬고 문을 열었고 진주는 열어 준 문 사이로 자그만 얼굴을 들이밀었다.

"어서 와."

말이 끝나기도 전에 진주는 다람쥐처럼 윤재의 품으로 쏙 들어왔다.

'진짜 진주네.'

그녀가 하얗고 동그란 얼굴로 올려다보며 빙긋 웃었다. 그를 지나 진주가 신발을 벗으려 발뒤꿈치를 움직이는 걸 보던 윤재는 신발 벗을 그 몇 초도 기다리기 싫은지 진주를 품에 안고 말았다.

"앗!"

"어떻게 된 거지? 분명히 산 공부를 간다고……."

"산 공부는 빨리 끝냈어요."

진주는 바스락거리며 그의 품에서 말했다.

"자려던 중이었어요?"

그를 보고 싶어 마음이 급했던 건 진주도 마찬가지였다. 너무 늦은 시간이라 잠시 고민하기도 했던 그녀였다.

"설마. 일하던 중이었어."

"다행이다."

진주는 그의 얼굴을 보니 비로소 헤매던 집을 찾은 것 같은 안도감도 들었다. 그의 팔은 단단히 진주를 잡고 있었다. 진주는 고개를 젖혀 그를 보았다. 그의 냄새, 그의 느낌, 비현실적인 얼굴. 아, 이윤재가 맞네.

"……!"

하지만 윤재의 눈을 올려다보던 진주는 긴 시간 동안 차를 타고 정신없이 왔기에 씻지 못해 냄새가 날 것 같다는 생각이 들었다.

"조금만 놔 주세요."

진주는 그에게서 빠져나오려 몸을 비틀었다.

"놔주기 싫어."

윤재는 더욱 진주를 꽉 안을 뿐이었다. 그의 목인지 머리카락인지, 어디에서 흘러드는지 알 수 없는 그의 향기가 진주의 코끝에 맴돌았다.

"씻어야 한단 말이에요."

이러다 그의 입술이 평소처럼 덮치면 큰일인데. 윤재가 팔을 조금 느슨하게 놓고는 진주의 얼굴을 미묘하게 바라봤다.

"혹시 그거, 유혹인가?"

이, 이 남자가.

"아니요! 밖에 나갔다 왔으니 좀 씻고 싶다고요."

진주의 두 눈이 매서워지는 걸 알아챈 윤재는 그만 그녀를 풀어 주었다.

"알았어."

진주는 신발을 벗고 룸을 둘러봤다. 그는 그녀의 가방을 받아서 옷장에 넣었고 진주는 서둘러 욕실로 들어갔다.

윤재는 진주가 씻는 동안 테이블 쪽으로 가 물을 끓였다. 늦은 밤이라 무언가 따뜻한 것이라도 먹여야 할 것 같았다. 마침 직원이 가져다 놓은 캐모마일이 보였다. 윤재는 물을 끓이고 컵 두 개를 꺼내어 캐모마일을 탔다. 진주가 물이 제법 식을 때까지 욕실에서 나오지 않기에 차를 다시 끓일까 생각하며 전기 포트의 버튼을 누르려는데 진주가 촉촉한 모습으로 욕실에서 나왔다.

"거기서 뭐 하세요?"

"늦은 시간이라 차라도 줄까 해서. 캐모마일 괜찮지?"

"네."

양손에 컵을 든 윤재는 눈짓으로 진주에게 테이블을 가리켰고 그도 테이블로 갔다. 컵을 내려놓은 윤재는 자리에 앉아 진주에게 컵을 당겨 주고는 자신의 얼굴을 바짝 그녀에게 들이밀었다.

"내가 그렇게 보고 싶었어?"

장난기가 가득한 얼굴이었다. 그는 은근히 고개를 젖히고 흘러내린 머리카락을 천천히 쓸어 올렸다.

"파리에서도 갑자기 찾아와 사람을 놀라게 하더니 배진주가 산 공부도 땡땡이치고 나에게 온 거란 말이지? 그 먼 곳에서 이 밤중에."

마치 자신의 마음처럼 너무나 보고 싶지 않으면 할 수 없는 행동이란 걸 알기에 윤재의 기분은 더없이 붕 떠 있었다.

"맞아요. 당연히 윤재 씨가 보고 싶으니 왔죠."

윤재는 헤벌쭉 벌어지려는 입술을 말아 넣었다. 알고 있는데 진주가 담백하게 수긍까지 해 주니 기분이 둥둥 구름 위를 거니는 듯 녹진녹진했다. 이럴 때 보면 윤재는 배진주가 여우

502

란 생각도 들었다. 보고 싶어서 왔다는 말을 뭐 저렇게 덤덤하고 아무렇지 않은 목소리로 말해. 그런데 그게 너무 섹시해. 맑은 얼굴에 표정마저 아무렇지 않은 얼굴로 그런 말을 하는 건 반칙 아닌가.

"내가 보고 싶었어? 정말?"

진주는 고개를 끄덕였다. 하지만 윤재는 한편으로 평소의 진주답지 않단 생각이 들었다. 늘 평온하던 진주의 눈동자에 설핏 두려움이 비쳤기에. 아니, 설레어 떨리는 걸까.

진주는 조용히 차를 마셨다. 호록, 들이마시는 소리가 그녀처럼 예뻤다. 동그랗고 앙증맞은 이마가 윤재의 눈에 걸렸다.

"맛있어요."

"캐모마일에 꿀을 조금 탄 거야."

"그래서 이렇게 달았구나."

호록. 그 모습을 보던 윤재도 차를 마셨다.

"오늘 다녀온 곳은 만수 아저씨라고 스님이 계신 곳인데요."

"스님?"

"아버지 동기분이세요. 암자에 지내면서 소리도 하시는 분이세요."

진주는 처음엔 3일간 그 암자에 머물며 조용히 생각을 정리하려 했었다. 하지만 만수에게 치료의 가능성이 있단 말을 듣자마자 이상하게도 윤재가 보고 싶어 참을 수 없었다. 미치도록.

"거기서 산 공부는 잘했어?"

아뇨. 노래 연습은 할 수 없었어요. 말하지 못해 미안해요.

뱉을 수 없는 말에 미안함까지 삼키며 진주는 그를 응시하다 이내 고개를 떨구었다. 말없이 그를 보고 있으면 그의 눈빛에 눌려 고개를 먼저 떨구는 건 언제나 진주였다. 하지만 그것은 그의 위압감 때문이 아니었다. 그의 마음이 무거워서였지. 그의 배려, 그의 관심, 그의 사랑이. 그러나 지금은 그에게 진실을 말할 수 없어 고개를 숙여야 했다.

"네. 3일간 거기서 지내려고 갔는데……."

처음엔 목소리를 다시 찾을 수 있단 조금의 가능성이 생겨 더없이 기쁘고 감사했다. 그러나 온갖 혼재된 생각을 하며 산 아래로 완전히 내려올 때쯤엔 목소리를 찾을 수 있다는 기대와 기쁨이 처음보다 희석된 상태였다.

만약 그와 결혼하지 않았다면 하루 종일 머릿속을 헤집던 상념들은 의미 없는 것일지도 몰랐다. 아니, 더 정확히는 그를 사랑하지 않았다면 진주가 고민할 건 없었다. 목의 치료에 관해선 스승님과 의논했을 것이다. 그 후엔 아마도 주변을 정리하고 목소리가 다시 나올 때까지 어느 산에 거처를 정하고 종일 노래만 했겠지. 소리가 다시 나올 때까지, 간절한 마음까지 담아. 어쩌면 피곤한 진주에겐 그 시간이 휴식이 될지도 몰랐다. 고요히 소리만 하며 자신을 만나고 돌아보는 시간.

하지만.

'소리를 다시 찾으려면 그를 떠나야 해.'

득음의 길은 누구도 도와줄 수 있는 것이 아니었다. 하지만 지금 그녀에겐 남편이 있었고 진주는 그를 사랑했다. 진주는 소리꾼이 아닌 모습으로 윤재의 옆에 있는 걸 상상조차 할 수 없었다. 그의 옆에서 소리 수련을 할 방법을 생각지 않은 것은 아니었다. 하지만 나오지 않는 소리에 무너지고 좌절하며 고통스러워할 자신의 모습을 그에게 매일 보여 줄 자신이 없었다. 그가 자신보다 더 힘들어할 걸 알기에.

진주는 눈을 감았다. 고개를 흔들어 수많은 내면의 소리들을 애써 지웠다. 배진주, 딴생각은 말자. 우선 어떻게든 목소리부터 찾아야 해.

그렇게 마음을 정돈한 이후부터 윤재와 헤어질 생각이 머릿속을 맴도니 진주의 마음은 미칠 듯 부글거리며 끓어오르기 시작했다. 그와 떨어진다는 가정을 하자마자 그가 보고 싶다는 생각이 풍선처럼 부풀어 오르더니 터질 듯 팽팽해졌다.

진주는 암자에서 내려와 곧바로 서울로 와서는 집으로 가지 않고 윤재가 묵는 호텔로 찾아갔다. 늦은 시간에 로비에 들어섰는데 그에게 영상 통화가 왔고 전화를 받았더니 그의 깨끗한 얼굴이 보였다. 곧 그를 만날 수 있단 생각에 진주의 심장이 부풀어 올랐고 그는 문을 들어서자 그녀를 안아 주었다. 그녀의 마음을 안단 듯, 신기하게도.

멍하게 하루를 반추하던 진주는 고개를 다시 들어 그를 보며 웃었다. 두 눈을 휘면서 볼우물을 만들고 코도 찡긋.

"그냥 여길 오고 싶었어요."

너무 보고 싶어서 왔어요. 진주는 이번에도 말을 삼켰다. 아마 그라면 이런 내 마음을 알지 않을까.

"알아."

"……!"

진주의 커다란 눈이 말갛게 그를 향했다. 여전히 윤재는 장난스러웠다.

"내가 얼마나 보고 싶었으면 집으로 안 가고 여기로 왔는지. 뻔해."

능청스러운 그의 얼굴을 보며 진주는 웃었다. 마음을 읽는 능력도 있는 남자였네. 정말 그러면 좋겠다.

"맞아요. 그럼 지금 내 마음. 또 맞춰 볼 수 있어요?"

윤재는 수수께끼를 풀 듯 진주에게 시선을 맞추고 고개를 기울였다.

"다른 마음이 있어?"

진주는 고개를 끄덕였다. 차를 한 잔 더 마시며 내려앉는 그녀의 속눈썹이 윤재의 눈에 떨리도록 예뻐 보였다.

컵을 잡은 가녀리고 흰 손목이 클로즈업되듯 확대되더니 곧 전체적인 진주의 단정한 실루엣이 눈에 가득 들어왔다.

"배진주는 예뻐."

"윤재 씨 마음 말고요."

"키스해도 돼?"

윤재가 진주를 이번엔 짙고 깊게 응시했다. 낮은 그의 목소리가 진주의 얼굴 앞에서 진동했다. 진주의 심장이 철렁 내려앉더니 무언가 날카로운 것이 푹 심장을 관통하는 느낌이 났다. 이런 그를 거부할 여자가 세상에 있기나 할까. 진주가 잠시 딴생각을 하는 사이 그는 일어나 진주 옆으로 왔고 어느새 그의 얼굴은 진주의 코앞에 와 있었다.

"대답을 듣고 싶은데. 응?"

진주의 숨이 벌써 가빠졌다. 참지 못하고 숨을 한번 터트린 것도 같았다. 몸 안에 뜨거운 열기가 몸속으로 소용돌이치며 단번에 고여 들었다. 진주는 팔을 뻗어 그의 목을 둘렀다. 이것이 그녀의 대답이란 듯.

진주의 몸짓에 맞추어 주저 없이 그의 입술이 그녀의 따뜻한 입술을 삼켰다. 진주의 입술이 조금 벌어지는 것이 느껴졌기에 윤재는 사정없이 진주를 빨아당겼다. 그녀의 모든 것이 사랑스럽다는 눈동자를 하고.

어찌 숨결조차 이렇게 달콤한 사람이 있을까.

맞댄 입술이 위아래로 빈틈없이 물렸다. 달콤한 숨이 누구의 것인지 모르게 흘러나왔다. 진주가 윤재의 목을 더 힘껏 그러안았다. 윤재 역시 목덜미가 쭈뼛 서더니 얼굴이 터질 듯 열기가 치솟았다.

길고 긴 키스가 끝나고 윤재는 제 몸에 매달린 진주를 안고 침실로 자리를 옮겼다. 진주는 거친 숨을 고르며 그에게 안겨 이동하는 순간에도 눈을 감은 채 입술을 끝없이 그에게 부딪쳐 왔다. 오늘처럼 키스에 적극적인 진주는 처음이었다. 진주는 그의 입술과 얼굴이 아닌 다른 곳으로 키스의 영역을 확장했다.

'오늘 배진주 이상하네.'

윤재가 그렇게 원했음에도 평소엔 부끄러움에 겨우 입술에
만 입 맞춰 주던 그녀였는데, 지금은 그의 목덜미와 그의 귓불
로, 그리고 어깨로 입술을 내리며 붙여 왔다. 뜨끈하고 달콤하
고 전기가 흐를 듯 간지러운 그 느낌에 윤재의 몸은 당장이라
도 터질 것 같았다. 이미 팔뚝의 푸른 핏줄은 여기저기서 툭
툭 불거져 있었다.

평소에 밝은 걸 부끄러워했던 진주가 불을 꺼 달라 말하는
것도 잊은 듯했다. 늘 두 눈을 꽉 감고 속눈썹을 바르르 떨며
자신을 봐 달라는 윤재의 요구에 고개를 흔들던 배진주가 그
럴 리 없는데. 게다가 입술을 맞추는 순간에도 눈을 감지 않
고 윤재를 바라보고 있었다.

새까만 그녀의 눈동자 한가운데는 맑은 구슬이 톡톡 깨지
는 불꽃처럼 보였다. 그런 눈빛으로 진주는 윤재를 원하고 금
세 타올랐다. 진주의 달뜬 움직임에 성급해진 윤재가 그녀의
눈꺼풀에 다시 입 맞추면 진주는 그를 휘감고 살포시 눈을 감
았다 다시 뜨곤 했다.

미치도록 당신이 좋아요. 윤재는 간절하게 자신을 원하는
진주의 끓어오르는 눈동자에 정신을 차릴 수가 없었다. 하지
만 한편으로 무슨 생각을 하는 것인지 모를, 천천히 뜬 눈에
고이던 애처롭고 무거운 진주의 눈동자가 마음에 걸려 윤재는
짙은 밤을 보내면서도 내내 조심스러웠다.

진주가 눈을 뜬 건, 막 해가 떠오르기 직전의 어스름한 새벽이었다. 고개를 돌리니 여전히 윤재의 품속이었고 매끈한 그의 살결이 진주의 손끝에 걸려 있었다. 달콤한 그의 숨이 머리카락 위를 간질이며 오가는 걸 느끼다 어젯밤을 떠올렸다.

그가 키스해 오는 순간, 그가 안고 만져 주는 모든 순간이 애틋하고 좋았고 슬펐다. 그래서 그녀는 더욱 그에게 매달리고 그녀의 사랑을 애써 표현했다. 없는 용기를 일부러 들추어 내어 가며.

하지만 그의 곁을 떠나야 한단 생각에 진주의 머릿속은 들끓었고 아팠다. 그를 매만지며 데일 듯 뜨거웠던 순간마다 그와 함께했던 지난 일들이 밀려오며 하나하나 선명하게 스치기 시작했다.

진주는 윤재에게 오기 전, 지리산을 내려오며 그에게 할 말을 생각했다. 그를 잠시 떠나겠단 말을 어떻게 전해야 할까. 그 말의 시작을 생각하는 것만으로도 그녀의 심장이 저미는 듯 아리고 아팠다.

그래서였을까. 그런 마음이 더욱 그녀를 뜨겁게 만들었던 것도 같았다.

거대한 회오리 같은 그는 그녀를 뜨겁게 집어삼키고 몰아쳤다. 그가 키스를 시작하면 진주는 그에게 얽혀 들어 빠져나갈 수 없었다.

그 회오리가 거세게 불어 잠잠하게 되기까지 그는 그녀에게 마음껏 흔들렸고 진주는 그 회오리와 하나가 되었다.

진주는 그런 그가 좋았다.

가쁜 숨소리가 잦아들고 느릿해진 입맞춤에 그의 움직임이 멎는 듯했으나 끝이 난 건 아니었다. 사그라든 그 회오리는 작은 불씨로 남아 진주의 몸짓 하나에 다시 몸집을 키워 또 다른 회오리가 되고, 그는 그녀에게 거듭 몰아치곤 했으니까.

'잊지 말아야지……'

이 모든 순간과 그에 대한 기억.

진주는 엄지손가락으로 그의 볼과 목과 가슴을 천천히 만졌다. 평소였다면 그가 깨면 어쩌지 걱정했을지도 몰랐다. 하지만 진주는 오늘만은 그의 잠을 깨워도 상관없다 생각했다. 그를 더 느끼고픈 욕심이 일었기에, 은근히 그가 자신을 한 번 더 안아 줬으면, 바라기도 했다.

"알고 그러는 거지?"

그는 역시 깨어 있었다. 그녀를 부둥켜안은 그의 손끝이 움직였다. 잠이 덜 깬 탓에 윤재의 목소리 끝이 갈라져 있었다. 하지만 그마저도 진주에게는 듣기 좋게 귓가에 울렸다. 진주는 내렸던 손가락을 다시 올려 이번엔 그의 도톰하고 붉은 아랫입술을 훑었다.

"읏."

자극되는지 윤재의 목울대가 떨리는 게 보였다. 속눈썹이 떨리고 눈썹도 꿈틀거렸다. 진주는 그걸 보고 있었지만, 지금은 여전히 그만하고 싶지 않았다.

그의 눈이 풀썩 떠졌다. 큼직하고 굵은 눈매를 가득 채운 짙은 회갈색의 동공. 남들도 다 이런 눈동자를 가졌나 궁금하게 만드는 그의 눈동자는 불빛과 각도에 따라 색이 바뀌곤 했다. 그래서 진주는 그의 눈동자에도 표정이 있다고 생각했다. 다정한 표정, 즐거운 표정. 어느 순간 삐지기도 하고 갑자기 야해지는 표정까지.

진주는 손가락을 들어 그의 속눈썹을 만지다 그의 진한 쌍꺼풀에 손을 대고 그 라인을 따라 죽 그었다. 부드럽고 연약한 피부 결이 만져졌다.

"윤재 씨는 쌍꺼풀이 예뻐요."

"뭐?"

윤재는 눈꼬리에 힘을 주며 진주의 표현이 썩 맘에 들지 않는다는 얼굴을 했다. 예쁘다는 말에 발끈하는 듯했으나 그녀의 손길은 나쁘지 않은지 다시 눈을 감았다.

좋은 남자. 내 일상, 내 행운.

진주는 그가 건넨 세 잎 클로버와 네 잎 클로버를 떠올렸다.

이 느낌도 이 순간도 다 기억하기 위해 진주는 그를 샅샅이 눈에 담았다.

"윤재 씨."

"흐음."

그는 금방 대답인지 숨소리인지 모를 소리를 냈다.

"이전에 나에게 약속했던 거 기억해요?"

윤재는 머뭇거리며 묻는 진주를 내려다보며 반쯤 눈을 떴다. 그리고 입술을 내밀어 진주의 볼에 쪼옥 소리가 나도록 뽀뽀를 했다. 그는 그녀의 머리카락을 정리해 넘겨 주었다. 눈은 여전히 반쯤 감긴 상태였다.

"약속?"

"결혼하면 뭐든지 하고 싶은 건 하고 살라고 했던 거."

아. 그거. 그는 고갤 돌려 진주를 보는 것으로 답을 대신했다. 눈썹이 조금 들렸다.

"기억나지. 결혼하면 네가 원하는 자유를 주고 싶었어."

그가 커다란 몸으로 진주를 감쌌고 진주는 그의 품 안에서 고개를 끄덕였다. 그녀의 시린 눈에 윤재의 얼굴이 닿았다가 부서졌다. 다정함이 잔뜩 묻은 윤재의 눈빛은 '배진주, 네가 바라던 대로 행복하게 살고 있는 거지?' 그렇게 물어보는 것 같기도 했다. 그의 마음을 알기에 진주의 눈가가 뜨거워졌다. 진주는 손을 올려 그의 볼을 만졌다.

"부탁이 있어요."

진주가 그에게 오는 한나절. 차를 타고 걷고 걸으며 머리가 깨지도록 생각해 낸 것은 그를 떠날 방법. 혹은 그가 자신을 보내 줄 수 있는 방법.

"부탁?"

그에게 선명하게 꽂히는 진주의 눈빛이 반짝하다 사그라들었다. 그러다 한번 어지럽게 일렁이더니 다시 반짝거렸다. 부탁이 있다더니, 주춤거리며 언뜻 불안한 눈빛을 비췄기에 윤재는 그녀의 머리를 쓸어 올려 귓가로 넘겨 주었다. 그리고 엄지 손가락으로 톡, 그녀의 볼우물이 팬 볼을 건드렸다.

"걱정 마. 그게 뭐든 들어줄게."

진주가 워낙 부탁이란 걸 하지 않으니 윤재는 그녀가 오히려 부탁이란 걸 많이 해 줬으면 하고 바랐던 적이 많았다. 그래서 그는 싱긋 웃으며 대수롭지 않은 표정으로 그녀를 보았다. 그러나 진주는 그의 말에 숨이 턱 막혀 왔다.

'이런 사람에게 내가, 어떻게…….'

진주는 자신이 그에게 너무 가혹하단 생각도 들었다. 그러나 더 지체하면 점점 나빠지는 목의 상태를 윤재도 곧 알게 될 것이었다. 몇 초가 흘렀고 마음을 먹은 진주가 턱을 더 들었다. 뱉는 숨결이 떨렸다.

"독공을 하고 싶어요."

"……!"

윤재는 진주의 말에 잠시 당혹했지만, 얼굴에 드러내진 않았다. 진주의 의도를 더 알아보기 위해 고개를 기울여 그녀의 눈을 집요하게 쳐다봤다.

그녀의 눈빛은 장난이 아니란 듯 진지했고 깊이 내려앉아 있었다. 진주의 눈 끝엔 슬픔이 묻어 있었다. 곧 그의 얼굴에 웃음기가 없어지고 곤란한 표정이 되었다.

"독공을?"

윤재는 아무 말 없는 그녀를 한 번 더 보다 후우우, 숨을 내 쉬며 침대에서 몸을 일으켰다. 진주의 부탁은 윤재가 전혀 예

상치 못한 얘기였기에 그녀에게 답하기에 앞서 생각의 정리가
필요했다. 윤재는 진주에게 씻고 오겠다 했고, 진주도 고개를
끄덕였다.

둘은 씻고 편한 옷을 걸쳤다. 가을이 깊어져 제법 싸늘해진
아침 공기를 마시러 호텔 정원으로 나왔다. 해는 어느덧 새벽
을 뒤로하고 밝아 있었다.

"공기가 맑네."

윤재는 어색함을 지우려 팔을 벌리고 청량하게 웃었다. 조
금 뒤에 서 있는 진주를 힐끔 보더니 그는 미안한 표정을 했
다. 뒤돌아 가서 손을 뻗어 천천히 걸어오는 진주의 손을 움켜
잡았다. 윤재는 진주의 보폭에 맞춰 정원을 가로지른 돌길을
같이 걷기 시작했다.

"네 부탁을 들었을 때, 전혀 생각지 못한 말이라 조금 놀라
서 그랬어."

윤재는 한동안 말이 없었던 자신의 반응에 진주가 무안할
까 걱정되었다.

독공이란 단어를 듣자마자 윤재의 머리가 텅텅 빈 것 같았
다. 윤재도 소리꾼들의 독공에 대해 들어본 적이 있었다. 소리
꾼들이 득음하기 위한 수련 과정은 시작도 끝도 쉽지 않았다.
그래서 그가 존경하는 훌륭한 명창들도 모두 산속으로 들어

가 홀로 소리만 하는 '독공' 기간을 가졌고 남애순 명창도, 배기주 명창도 독공의 수련을 거친 걸 잘 알았다.

"배진주도 산으로 들어가서 수련하고 싶은 거, 맞지?"

"네."

"……."

진주에게 확인하고 보니 윤재의 머릿속이 더욱 혼란해졌다. 얼마 전 작고하신 무형문화재 이정윤 명창이 떠올랐다. 그분이 하루 열여덟 시간씩 2년 동안 오롯이 소리 연습을 한 뒤 자신만의 소리를 얻었다 했던가.

'그런 독공을…… 배진주가.'

머릿속을 정리하느라 윤재가 침을 넘기는 사이 진주가 말을 이었다.

"원래 대학 졸업하고 나면 스승님께 말씀드리고 산에 들어가 소리 수련만 하려고 계획하던 거였어요."

"그랬어?"

윤재는 아까 그녀의 부탁을 듣는 순간부터 벼락을 맞은 듯 목덜미가 서늘했었다. 놀란 마음을 모른 척하고 침대에서 일어나 찬물로 샤워를 하며 온갖 생각을 했다. 혹시라도 자신이 진주가 명창이 되기 위한 소리 길에 방해가 되고 있나 생각이 뒤엉켰었다. 대학을 졸업하고 욕심 많은 배진주가 명창이 되기 위해 하고 싶었던 것들이 없진 않았을 텐데 왜 그걸 생각지 못했을까.

윤재는 소리와 창극이 좋아 미친놈처럼 영화며 공연에 빠져

살던 자신의 지난날도 떠올려봤다. 도전하고 부딪히며 자신을 만들어 가던 20대. 그 모습을 떠올리니, 진주를 자유롭게 해 주겠다 약속해 놓고는 오히려 그녀를 잡아 두고 있었던 것은 아닐까 하는 생각에 그녀에게 미안해졌다.

"가게 된다면, 기간은 얼마나?"

"……6개월쯤이요."

윤재의 표정엔 변함이 없으나 뇌는 기능을 멈춘 듯했다. 6개월, 길지도 않으나 짧은 기간도 아니었다.

그렇다면 혼자서 겨울을 지내야 할 텐데, 배진주는 추위도 많이 타는데…….

"6개월?"

진주는 고개를 끄덕였다. 진주는 어쩌면 1년, 2년이 지날지도 모른다 생각했으나 그를 위해 6개월이라 말하는 걸 선택했다. 그러곤 다시 다짐했다.

'반드시 6개월 안에. 어떻게든 소리를 다시 찾아올게요.'

윤재가 삼키는 숨이 뜨거웠다. 진주의 표정을 보니 이미 마음을 단단히 먹고 자신에게 말하는 거였다.

"최대한 열심히, 노력할게요."

훗, 하고 윤재는 웃었다.

배진주라면 너무 열심히 할까 봐 걱정이지. 수련에 들어가면 꼼짝없이 틀어박혀 온종일 소리만 하고 앉았을 텐데…….
나를 얼마나 생각해 줄까. 연습할 땐 전화도 안 받겠지. 진주가 독공을 하는 동안에는 이렇게 같이 손을 잡고 나란히 걷는 것도 힘들겠지. 그녀와 잠시 떨어져 지낼 생각만 해도 서운함이 밀려오는데…… 어떻게 6개월을 버티지.

솔직한 마음으로는 진주를 붙잡고 싶었다. 속으로는 가지 말라고 같이 있자고 매달리고 있었다. 하지만 지금 배진주를 말리는 것이 그녀를 위한 게 아니란 걸 알기에 붙잡을 수 없었다. 그리고 그가 아는 배진주는 자신이 선택한 길을 포기할 사람이 아니었다.

"나도 장기 출장에 해외로 많이 나가니까 그렇게 생각한다면 공평하네. 난 괜찮아."

다시 천천히 윤재는 진주의 손을 잡고 정원의 돌길을 걸으며 어느 정도 마음을 정돈했다.

요즘 같은 세상에 산이 좀 깊어 찾아가기 힘든 게 대순가 싶었다. 보고 싶으면 시간을 만들어 찾아가면 될 것이었다.

"혹시 수련에 들어가는 일정은 어떻게 돼? 언제쯤 시작할 생각이지?"

진주는 윤재의 얼굴을 아련하게 보았다. 만수의 걱정스러운 말이 떠올랐다.

— 진주야, 더 목이 나빠지기 전에, 하루라도 빨리 자릴 잡고 수련에 들어가는 게 좋겠구나. 힘든 싸움이 될 거다.

"최대한 빨리요."

"빨리?"

윤재의 가지런하던 눈썹이 기어코 매섭게 치켜 올라갔다.

최대한 빨리라면 얼마나 빨리?

윤재의 머릿속에 윙윙 소리가 났다. 그는 굳게 입술을 닫고 있다가 아랫입술을 말아 짓씹었다. 빨리란 말이 여전히 귓가에 맴돌았지만 듣지 않았다고 여기고 싶었다.

"천천히……."

윤재는 진주를 잡은 손에 힘을 주었다. 간절함을 담은 짙은 시선이 진주에게 닿았다.

진주야, 보내 주긴 할 건데, 바로 보내 줄 순 없어. 미안.

"오래 떨어져 있을 텐데 같이 준비해. 그렇게 급하게 갈 이유는 없지 않나?"

미세하게 떨리는 그의 음성에 진주는 윤재 얼굴은 보지 않고 잡은 손끝만 보았고 그 역시 마찬가지였다.

"일단 가는 걸로 결정은 했으니까 지금 내 공연 진행 상황을 보고 시간 빼서 같이 일정 잡자. 알았지?"

아이를 달래듯 윤재는 말했다. 잠시 그는 답을 기다렸으나 입을 다문 진주에게선 답이 없었다.

아침 식사를 마치고, 윤재는 무거운 얼굴로 출근했고 진주는 집으로 가서 짐 정리를 시작했다. 작은 캐리어 하나와 배낭 하나만 꺼내어 필요한 것만 간단히 챙겼다. 그러곤 서재로 들어가 한참 동안 편지를 썼다. 윤재에게, 지훈에게, 그리고 애순에게. 그녀의 목 상태가 많이 좋지 않았음을 이렇게 늦게 알리고 갑자기 떠나는 것이 죄송했으나 끝까지 거짓말을 할 순 없었다.

그리고 강아에게 전화했다. 강아는 어디서 들었는지 흥분한 목소리로 민수아 얘기를 대뜸 꺼냈다.

[진주야, 민수아 선배 있잖아? 친한 선배들이 그러는데 유학 시절에 이윤재 감독님을 짝사랑해서 스토커처럼 쫓아다니는 걸로 유명했대. 너 지난번에 수아 선배랑 같이 공연했지? 괜히 엮이지 말고 조심해.]

"……그래?"

[이윤재 감독님이 여자들이 옆에 오는 걸 질색하는 걸 알면서도 그렇게 민수아가 들러붙었다고 아는 사람들은 다 알더라. 얼씨구 밴드 공연은 제법 멋진데 사람이 왜 그렇다니? 소리는 성품도 좋아야 하는데.]

윤재가 민수아에게 얼마나 철벽을 치며 피해 다녔는지 강아는 여기저기서 들은 대로 진주에게 전해 줬다.

그러고 보니 처음 놀이공원에서 그를 갑자기 안았을 때 질겁하던 그의 표정이 기억났다. 그답다는 생각에 진주는 가볍게 웃었다.

[여태 이윤재 감독님이 거들떠도 안 보니, 민수아 선배는 이번 오디션이 기회다 생각한 거야.]

"수아 선배, 실력은 있어."

전화기 너머에서 '쯧쯧 이렇게 물러 터져서는' 하며 혀를 차는 강아의 소리가 작게 들려왔다. 진주는 그런 강아가 좋아서 또 웃었다.

[배진주, 우리 스승님 말씀 못 들었냐? 소리를 하기 전에 인간이 돼야 하는 것이여. 광대는 얼굴에 생각이 다 그려진다. 그러니 먼저 인간이 되고 와라. 엉?]

"훗."

진주는 민수아의 삐뚤어진 열정이 걱정되기도 했으나 그녀의 실력 만큼은 인정했다. 그리고 명량대첩의 여주인공은 가장 실력 있고 그 무대에 어울리는 사람이 하는 게 맞다고 생각했다.

이제 강아에게도 인사할 시간이었다.

"강아야, 내가 너 제일 좋아하는 친구인 거 알고 있지?"

[왜 갑자기 사랑 고백이래?]

"무슨 일이 있어도 나 믿어 줄 거지?"

진주는 강아라면 그래도 자신이 이렇게 떠나는 걸 이해해 줄 거라 생각했다.

'너무 걱정하지 말고, 나 반드시 돌아올 테니 기다려 줘. 강아야.'

[배진주는 당연히 제일 믿는 친구지. 왜? 창극단 휴가 냈다면서 어디 여행이라도 가?]

"응. 빨리 다녀올게."

[어디로 가는데?]

"그건 비밀. 다녀와서 말해 줄게."

[지난번 파리 여행처럼?]

"......응."

강아는 잘 다녀오라며 전화를 끊었다.

그리고 진주는 문자함을 열었다.

> 배진주, 이제 윤재에게 말했어?

진주는 차가운 눈으로 문자를 읽었다. 민수아는 지난번 카페에서 만난 이후로 하루에 두어 번씩 진주에게 같은 문자를 보냈다.

> 아직이요.

> 도대체 언제 말할 거야?

수아는 윤재에게 목 상태를 알리라고 종용하는 문자를 계속 보내오고 있었다. 그녀의 행동이 너무나 황당했으나 일일이 대꾸하기엔 진주는 다른 일들로 지쳐 있었다. 진주는 민수아에게 이유를 직접 물었다.

> 왜 이렇게까지 하시는 거예요?

> 윤재가 네 목이 상한 걸 알게 되면 넌 오디션을 포기할 테고, 그러면 내가 명량대첩의 여주인공이 될 수 있으니까.

"하아."

짐작했으나 막상 그녀의 생각을 확인하고 보니 기가 막혔다. 민수아는 꼬일 대로 꼬인 철부지 아이 같았다. 진지하게 진주가 물어 오니 수아는 그 답이 진주가 오디션을 포기할 이유라도 된다 생각했는지 주저리주저리 자신의 얘기까지 문자로 늘어놓았다.

유학 생활 동안 같은 처지였던 윤재를 친구로서도, 예술가로서도 좋아했으며 그와 같이 일하고 싶었다며 이젠 자신도 준비가 됐으니 이윤재의 무대에 서고 싶다는 말이었다.

한편으로는 수아가 조금은 이해가 되기도 했다. 진주 역시 서 보지 못할 무대가 안타까웠으니까.

그래서, 언제 말할 건데? 오늘 오후엔 윤재 만날 생각이야.

아마도 진주는 윤재가 오늘 저녁이면 민수아의 입을 통해 모든 걸 알게 될 거란 생각이 들었다.

저도 오늘 말할 거예요.

진주는 피곤했으나 휴대폰을 내려놓고 다시 짐을 정리하기 시작했다.

진주는 떠날 준비를 하고 집을 나오며 그의 극단을 찾아갔다. 미련이 남았기에 몰래 숨어서라도 그의 얼굴을 한 번 더 보기 위해서였다. 혹은 얼굴을 보진 못하더라도 그가 일하는 곳을 눈에 담아 두고 싶었다.

4차선 도로를 사이에 두고 멀리 떨어진 거리에서 진주는 윤재의 얼굴을 물끄러미 보고 있었다.

— 진주야. 목이 어느 정도 돌아올 때까진 아무에게도 알리지 않는 게 좋겠구나.

진주는 만수를 만나고 나오며 당분간 자신의 상태를 애순과 지훈, 혹은 윤재가 찾아와도 모른 척해 달란 말을 부탁하려 했었다. 하지만 진주가 그 말을 하기도 전에 만수가 먼저 그렇게 언질을 주었다.

— 수련에 들어가면, 처음 몇 달이 가장 힘들단다. 힘들겠으나 소리꾼이라면 혼자 감당해야 할 일이다.

진주가 차에서 내렸을 때 극단 입구 벤치에서 윤재가 민수아와 앉아 대화하는 모습이 보였다. 아마도 그녀는 자신의 목이 망가진 얘기를 그에게 결국 하는 모양이었다.

하지만 그것이 지금 무슨 상관일까.

"하아, 이윤재다."

진주는 조그맣게 그의 이름을 읊조려 봤다.

그의 얼굴이 지나가는 차들 사이사이로 희미하게 보였다.

흐윽…….

진주는 스르륵 심장이 녹아내리다 떨어져 나가는 듯한 착각이 들었다. 커다란 칼날이 가슴에 날아들어 꽂힌 듯 명치끝부터 날카롭게 아파졌다. 애써 눈물을 참고 있던 눈가가 뜨끈해졌다. 진주의 뜨겁게 헤집어진 속이 뒤틀리며 단전 아래까지 후벼 파듯 아파졌다. 눈물을 숨기려 진주는 손으로 얼굴을 가렸다. 그가 자신을 볼 리 없는데도 고개를 돌렸다.

"으······."

진주는 애써 담담하게 고갤 돌려 다시 그의 얼굴을 보았다.

한 번이라도 더 보아 두려고 그에게 왔는데······.

울지 않고 무표정하게 그를 바라보려 노력했으나 마음이 아려 와 시야가 뿌옇게 되고 말았다. 턱과 눈에도 힘을 주었으나 미련을 가득 담은 눈물은 기어코 흘러내렸다.

침을 넘기니 목구멍이 면도칼 끝으로 도려내듯 아팠다. 진주는 목 상태가 더욱 빠른 속도로 안 좋아지고 있단 걸 느끼고 있었다.

조금 있으면 말을 하면서도 통증을 느낄 테니 그의 앞에서 더 이렇게 있을 순 없었다.

"이렇게 가서······ 미안해요."

빨개진 코끝을 문지르고 내려온 앞머리를 넘기곤 후우, 숨을 내뱉었다. 손바닥으로 볼을 한 번 훑어내리며 뜨거워진 얼굴을 식혔다. 진주는 손가락을 꽉 말아 쥐었다.

눈물을 훔쳐 내며 그를 또 보았다. 민수아와 심각하게 얘기를 주고받던 윤재는 갑자기 커다란 눈을 부라리며 자리에서 벌떡 일어났다. 팔을 잡는 민수아를 거세게 뿌리친 윤재는 무서운 눈빛을 하고 택시를 타고 어디론가 사라졌다.

그 모습을 보던 진주도 멀어지는 그를 하염없이 바라보며 뒤돌아섰고 곧 사라졌다.

윤재의 나쁜 예감은 맞아떨어지고 말았다.

갑자기 극단으로 할 말이 있다며 찾아온 민수아를 윤재는 모른 척 피하려 했으나 민수아는 다짜고짜 진주에 관해 할 얘기가 있다고 했다. 마지못해 극단 입구로 나가 벤치에 앉은 그는 민수아가 늘어놓는 얘기를 듣기 시작했다.

믿을 수 없는 말들이 민수아의 입에서 흘러나오자 윤재는 주먹을 꽉 쥐었다.

배진주 목이 어떻다고? 축제에서 소리가 나오지 않아 무대를 망칠 뻔했단 말은 또 뭐고. 지금 그녀의 목이 완전히 상했다는 건 또 뭔가.

"민수아, 거짓말 좀 작작해."

믿고 싶지 않았다.

"거짓말은 배진주가 하고 있어. 이것 봐."

민수아는 진주와 주고받은 메시지를 열어 윤재의 눈앞에 들이 댔다.

그래서, 언제 말할 건데? 오늘 오후엔 윤재 만날 생각이야.

저도 오늘 말할 거예요.

윤재는 진주와 주고받았다는 말도 안 되는 문자 내용을 훑어보다 눈이 커졌다. 그러곤 휴대폰을 움켜쥐고 팔을 부르르 떨다 벌떡 일어섰다. 윤재는 눈앞에 지나가는 택시를 불러 세워 바로 타고 집으로 갔다. 윤재는 택시에서 내려 집 안으로 뛰어 들어갔다.

새벽에, 아니 어젯밤이라도 눈치챘어야 했는데. 불길했다. 배진주의 모든 행동들이.

말소리가 평소보다 작아져 목을 아낀다고만 생각한 것이 잘못이었다. 연습을 많이 해 목이 쉰 것이라 생각하고 넘기는 게 아니었다. 진주가 산 공부를 하러 간다든가 독공에 들어가겠다는 일련의 말들에 목이 상했다는 전제를 갖다 대니 서로 맞아떨어졌다.

배진주, 왜 나에게 아무 말도 안 하고. 하지만 이렇게 보낼 수는 없어.

드르륵.

"진주야! 배진주."

현관 중문을 열면서 성급하게 진주를 불렀다. 커다란 집 내부가 무언가 썰렁했다. 윤재는 싸한 느낌에 고개를 저었다.

배진주가 벌써…… 그럴 리 없어. 윤재는 큰 걸음으로 거실에 들어섰다.

"배진주, 어딨어?"

퉁퉁. 심장은 아프게 조여들고 숨이 차 오는데 거실 테이블 위에 낯선 무언가가 보였다. 윤재는 다가가 그것을 내려 봤다.

나란히 놓인 세 개의 편지와 진주의 휴대폰.

윤재는 그의 이름이 적힌 봉투 속의 편지를 꺼내 읽었다.

윤재 씨. 사실은 언제부터인가 소리가 나오지 않아 그동안
많은 고민을 했어요.
소리를 못하는 나는 내가 아니니. 그래서 독공을 결심하고 이렇
게 당신을 떠나요.
얼마나 시간이 걸릴진 알 수 없지만 꼭 다시 내 소리를 찾아
올게요.
스승님께도 아버님께도 말씀드리지 못했어요.
나는 윤재 씨가 나 때문에 희생하길 원하지 않아요.
나 역시 나를 포기하지 않으려 이렇게 결정한 것이니
부디 윤재 씨도 멋진 공연을 만들어 주세요.
명량대첩은 오디션조차 볼 수 없었지만, 훗날 내가 더 훌륭한
소리를 가지게 되면
반드시 다음엔 당신의 배우가 될게요. 꼭.
안녕.

윤재는 그 자리에 털썩 주저앉고 말았다.

숨을 쉴 수 없었다.

〈2권에 계속〉

어쩌다, 짐승과 신혼 1

초판 1쇄 인쇄 2023년 2월 22일
초판 1쇄 발행 2023년 2월 28일

지은이 예가온 ㅣ 펴낸이 강성욱 ㅣ 책임 기획 전주예 ㅣ 일러스트 피어나
디자인 김한솔 ㅣ 기획 편집 이진영 김지수 손효은 ㅣ 교정 서진영 손효은
펴낸곳 테라스북 ㅣ 등록 제 2022-000073호
주소 (04799) 서울특별시 성동구 아차산로 17길 26, 301호 (성수동2가, 규장각빌딩)
전화 070-4794-5826 ㅣ 팩스 0505-911-5826
블로그 https://blog.naver.com/terracebook ㅣ 전자우편 terracebook@naver.com
ISBN 979-11-6728-245-3 (04810)
ISBN 979-11-6728-244-6 (SET)

테라스북은 주식회사 스토리펀치의 임프린트 브랜드입니다.